U0906485

魅丽文化
告白
MY LOVE

她的山，她的海

TA DE SHAN
TA DE HAI

扶华 · 著

江苏凤凰文艺出版社
JIANGSU PHOENIX LITERATURE AND ART PUBLISHING

图书在版编目（CIP）数据

她的山，她的海 / 扶华著 . -- 南京：江苏凤凰文艺出版社，2021.5（2025.5 重印）
ISBN 978-7-5594-5827-8

Ⅰ. ①她… Ⅱ. ①扶… Ⅲ. ①长篇小说 – 中国 – 当代
Ⅳ. ① I247.5

中国版本图书馆 CIP 数据核字 (2021) 第 073648 号

她的山，她的海

扶华 著

出版统筹　曾英姿
责任编辑　张　倩
特约编辑　雷凤伶
装帧设计　阿　和
出版发行　江苏凤凰文艺出版社
　　　　　南京市中央路 165 号，邮编：210009
网　　址　http://www.jswenyi.com
印　　刷　湖南天闻新华印务有限公司
开　　本　880mm×1230mm　1/32
印　　张　10
字　　数　298 千字
版　　次　2021 年 5 月第 1 版
印　　次　2025 年 5 月第 8 次印刷
书　　号　ISBN 978-7-5594-5827-8
定　　价　45.00 元

目 录

CONTENTS

目 录

CONTENTS

第一章

池唐的同桌

池唐在一个陌生的房间里醒来，有点反应不过来。她躺在那儿一动不动地瞪了一会儿天花板，才想起来，这是新的住处。

窗外好像下雨了，南林市这地方格外喜欢下雨，池唐来到这里短短一个星期，几乎每天都在下雨。她不喜欢下雨，每次下雨，她的心情就格外不好。

睡前塞进耳朵的耳机还挂着，只是没有声音了，她一手把耳机扯下来，揉了揉疼痛的耳朵，坐在床边很久没动弹。直到门砰砰砰地被拍响，她爸试图打开她的门没成功，生气地在外面喊："锁什么门啊，赶紧起来，等下你自己去上课，我有事先走了。"

"池唐，你听到没有？"锁被扭得咔咔作响，那门也好像要被砸倒一样。

池唐躺下，一句话都没应，重新挂上了耳机，点开手机播放音乐。越来越大的音乐声遮住了外面的声音，就像她从前无数次用耳机里的音乐遮掉父母无休止的争吵。

声音停了，雨还没停，屋子里没人了，特别清静。

池唐背着包出门。她不喜欢打伞，外面雨不大，她出门只是拉起帽子盖在头上，闷头走进了风雨里。

南林一中高一(2)班，开学一个月，班上五十多号人基本上都认识了，男女对半，几乎都找到了自己玩得来的朋友，组成一个个小团体。但一个班这么多人，难免有些独来独往的学生，或被大家敬而远之，或被视为“独行侠”。

池唐属于前者。她一个星期前转学过来，没兴趣和人交朋友，冷漠疏离地坐在后排。她是长得很好看的那种女生，眼皮薄薄的，嘴唇也薄，鼻梁很高，垂着眼帘的时候总有一种厌世的懒散。

（2）班学生大多还是乖孩子，老师不让带手机，就没几个人敢带，但池唐每天都带着。她还常常挂着耳机听歌，一副无所谓的模样，上课迟到也是常事。

一般这样的，多是成绩不好的混日子学生，但第一个月月考，她就进了班级前十、年级前五十，和她周围那一群同样吊儿郎当的“邻居”相差甚远。

除了她，（2）班还有一位被人敬而远之的“独行侠”，那位叫游余。

她以全校第二的成绩入学，这次月考变成第一。和她这耀眼成绩相对的，是她的穷。

班上的同学当然不全都是富裕家庭，也有些比较穷的，可穷到游余这样，简直有些令人难以置信了。哪怕池唐这样不关心身边一切的人，拜同桌的八卦热情所赐，都听说了不少有关于她的事情。

游余来自一个很偏远的山村，能考到南林一中简直是个奇迹，据说她入学是免学费的，学校还免了住宿费。

校服是统一的，但游余穿在校服里面的那件衣服，是一件洗到褪色卷起毛边的圆领T恤，肉眼可见已经穿了很多年，脚上是一双布鞋——在这种大家普遍穿跑鞋、皮鞋的情况下，只那一双格格不入的鞋子就让她完全脱离了集体。

游余坐在第三排窗边，她的个子不矮，正因为不算矮，才显得特别瘦，一头乌黑的长发规规矩矩地扎成辫子垂在脑后——那种很土气的麻花辫。

“天哪，我快受不了和她住一个宿舍了，一整天不说一句话。她那件衣服，破成那样都不扔，还有那双布鞋，穿了这么久都不洗，你不知道她连洗发露、沐浴露都不买，就一块肥皂！”

“不是吧，她真这么穷？买件衣服，买瓶沐浴露，买双鞋要多少钱啊？现在还有人真能穷成这样，我听说学校不是还给她补助了吗？”

“她还打了粥和馒头放在宿舍，就放在床边，能吃两天，都不怕馊。”

女生喋喋不休的抱怨响在耳边，池唐觉得有点吵，抬眼看了附近那两个女生一眼，起身出去上厕所。

本层的厕所人太多，她不喜欢排队等，宁愿多走一段路去教学楼南边那个厕所，那里人少。

才走进去，她就迎面看见了游余，这位刚才被室友嫌弃的年级第一正在洗手。池唐和她没有交集，也没有仔细打量过她，这会儿忽然在这里撞见，也许因为刚才听到的那些话，多看了她一眼。

恰好游余也抬起眼，两个人对视了一下。

池唐这才第一次看清了游余的长相。

游余有一双很漂亮的眼睛，很黑，形状格外好，就是太瘦了，气色也不好，让她看上去没有少女的光彩。她一直都是沉默的，沉默而不瑟缩，只沉浸在自己的世界里，默默做着自己的事。

两个人没有打招呼，擦身而过。

池唐是走读生，每天晚上回家去住。学校忽然停电，高三点着蜡烛、开着台灯上课自习，高一的就直接放了假。池唐背着包坐公交车回家，她其实有点晕车，靠在公交车的座椅上闭目养神。

车上挤上来一位身手矫健的大妈，站在她旁边，没一会儿就咳嗽两声，指桑骂槐：“现在的年轻人不知道怎么回事，没有礼貌，看见旁边站着老人家也不让座。”

池唐抬眼看了她一眼，没有动弹，连到了她该下车的那一站也没动，等到那大妈下车了，才跟着下车，然后甩着包慢吞吞地往回走，走了两站才到家。

新房子对她来说，还是有点陌生，在一栋栋相似的屋子里找了一会儿，她才找到正确那栋，拿出钥匙准备开门。

钥匙插进门里，她听见屋里传来一个陌生女人的笑声，还有自己亲爸的笑骂声。

她爸又把陌生女人带回家了，也不知道是新的女朋友还是别的什么。池唐面无表情地抽回钥匙，转身就走。

她半夜才回去，屋里已经没有人，但客厅里总有种古怪的味道。池唐站在那里，觉得厌烦。

“开学这么久了，怎么突然说要住校？”班主任老方放下手里的申请表，“是有什么困难吗？你的家长有没有同意？”

池唐再回到教室，手里已经拿到了宿舍楼301的钥匙。

“池唐，你也要住校啊？怎么突然要住校？”

池唐靠在椅子上：“突然想住。”

先前和人说过年级第一坏话的那女生也凑过来：“你是住301啊，和我一个寝室。唉，我跟你说啊，我们寝室还剩一个空床位了，就在她上铺，你肯定受不了。”她指指前排的游余。

女生显然在等她搭话，池唐却并不想多说，翻出了耳机，连答一声都没有。女生表情有点不好，一扭头回了座位，过一会儿传来和她同桌的说话声：“跩什么啊，不就是家里有点钱，整天不拿正眼看人，当自己是什么大小姐吗？”

池唐听着耳机里的声音，翻开课本，随便拿了支笔在上面画。

她要搬到宿舍去住，没有受到她爸的阻拦，他只是惯例骂了两句，大约还觉得女儿不在身边，方便自己享受生活快乐，又痛快地给她转了一笔钱：“去学校住要买什么你自己买。”

池唐就提着一个行李箱自己去了学校。她以前也住过校，时间不长，但学校宿舍大概都是那个样子。

六人间，上下床，有书桌柜子，一个独立卫生间，洗衣房和大卫生间在楼层两边。

301果然就剩一个空床位，在这床位下面，是游余的床位，比起其他人色彩鲜艳的被子，她的床位过分黯淡，东西也格外少。

池唐只看了一眼，就整理好了自己的床位，又把东西往柜子里放。

属于她的柜子里被人放了东西。

池唐：“谁的东西，拿走。”

寝室里这会儿除了她，只有一个人，游余。她抱着饭盒安静地在桌前吃饭，回头看了池唐一眼，说：“是罗郑丽的东西。”

罗郑丽，之前那位热衷背后说人坏话的女生。

游余的声音很低，有点沙哑，说完她就继续吃，没有其他反应。

池唐将里面所有的东西拿出来扔到桌上，将自己的东西放进去锁好，转身去食堂吃饭。

她再回来，恰好听到罗郑丽在抱怨——当然是抱怨她。

“把我的东西就随便乱扔在桌上，她什么意思啊，看我不顺眼吗？搞笑！本来我们寝室就有个游余，现在又多了一个大小姐。”

池唐推门进去，里面声音一顿。

游余跟着她后脚也进了门，宿舍里面更加安静了。游余看样子早就习惯她们的反应，自顾自地做好自己的事，收拾好饭盒，就拿了书去教学楼。

这个寝室的氛围并不令人开心，但不管怎么样，也比池唐回去面对骂骂咧咧的父亲好。

下了晚自习，池唐跟着人潮往外走。想让这群脑子里只有躁动的十几岁少年少女自觉学习，是一件很困难的事，哪怕老师们念叨了无数遍，下课铃一响，大家还是成了一群脱缰的野马。

池唐先去小卖铺买了瓶水，拧开盖子喝了两口，刚从冰柜里拿出来的饮料一路从胃里凉到心里。她漫无目的地在操场上转了一圈，看见教学楼的教室窗口一盏盏灯逐渐熄灭，最后就剩下几间教室还亮着灯。

她们教室也亮着灯，窗边一道影子低着头。池唐看了两眼才认出来那是游余，收回目光，往宿舍走去。

宿舍里热闹，有人聊天玩手机，有人刚从厕所里出来，准备用吹风机吹头发。

“我先去洗澡。”看她进来，罗郑丽立刻结束话题站起来说，好像生怕她抢着洗。

池唐眼皮都没抬，又喝了一口水，坐在上铺，在吹风机嗡嗡的声音里闭上眼睛。

宿舍十一点熄灯，她在十点四十分进了厕所洗澡。洗澡用热水需要插卡，她新办的校园卡，往那张蓝色小卡片里充了不少钱。

池唐刚洗完澡，游余终于回来了，她放下书和今天发下的试卷，进了厕所洗澡。池唐看见她手里拿着的换洗衣服，圆领旧T恤，和一条校服裤。

她没有多关注，但熄灯前又进了一次厕所，发现厕所里地面和墙面都是湿漉漉的，却没有丝毫热气，连喷头杆子都是冰凉的。

年级第一，刚才是用冷水洗的澡？

宿舍熄灯了，池唐举着手机回到自己的床铺，看见下铺的游余面朝着墙壁躺着，头发还是湿着的，但人好像已经睡着了。

她躺在陌生的床铺上，再度失眠，大约三点，才迷迷糊糊地放下手机在舒缓的音乐里睡过去。

老师调了一次座位，池唐身后坐了一个男生，叫王焦阳。他是个典型的问题学生，迟到、早退、旷课、打架，成绩排在倒数第四，发型总是被老师点名要求修剪，但修来修去也不见改变。

先前他和池唐隔了一个座位，时常和旁边那人换座位，故意来找她说话，现在换到她后面了，更是时不时就要手贱撩她一下，故意用笔戳她的肩和背，凑上去在她耳边大声说话，和人笑话打闹的时候，故意撞到她身上。

这周围一片的人都看得出来，王焦阳显然是对她很特别。池唐也看出来了，但只觉得很烦，每一次周围人起哄，她都烦得要命。

那次，她去校内的小超市买东西，撞见王焦阳和他那一群要好的男生在操场上打球，王焦阳笑着跑过来和她说话："哎，池唐，你去买东西？顺便给我带瓶水。"

池唐："想喝自己去买。"

"我们阳哥缺的是那瓶水吗？他缺的是个送水的人啊！"跑到王焦阳身边的男生哈哈大笑，引得周围其他男生也哄笑起来。王焦阳笑着斜睨着她，自认为帅气地拍了一下手里的球："前桌，帮帮忙啊。"

这群男生是听不懂女生的拒绝吗？她看着他们，直看得他们都停下了笑，才说："我说不愿意，就是真的不愿意，你以为我是在开玩笑？"

这一点都不好笑。

那之后那群男生是怎么看她的，池唐也有耳闻，他们觉得她太傲太难说话了，纷纷撺掇王焦阳，让他放弃。王焦阳对她冷淡了一点，但还是时不时地凑过来说话。

宿舍里其他几个女生晚上会聊天，池唐一般不加入，她大多数时候戴着耳机听歌。宋芳草是宿舍长，大约是过意不去，偶尔说话会捎带她一下，想让她一起聊天，池唐也就随口应和两声，态度不冷不热。

罗郑丽一直故意不理会她，只拉着其他人聊天。这天她们却在晚上聊天的时候主动问："王焦阳对你有好感吧，我听刘斌说你们两个……"

后面的话不言而喻。

池唐躺在床铺上，闭着眼睛挖苦她："他家里开民政局的，说和谁结婚谁就要被结婚，当事人都不需要知道的吗？"

扑哧——宋芳草忍不住笑了一下。

罗郑丽追问："那你不喜欢王焦阳？他长得还挺帅的，你对他没有好感吗？不会吧。"

池唐还真没觉得王焦阳哪里帅，但听出来了点什么意味，睁开眼看罗郑丽："你要是有想法就自己去，没必要在我这儿打探什么。"

罗郑丽表情一变，手里抱枕一扔发了脾气："你乱说什么？"

池唐嗤笑一声，懒得再搭理她。

周三下午最后一节是体育课，上午下了雨，下午刚好停了，一节数学课刚下，所有人就欢呼着跑下楼等着上体育课。

体育老师很好说话，又不太管他们，经常上课就是让他们跑两圈，然后就解散自由活动。

上课铃响了很久，几十个人才慢腾腾地站出了个稀稀拉拉的队伍，体育老师吹了吹哨子："跑圈啊，男生五圈女生两圈，跑完就自由活动。"

哪怕任务不重，大家还是下意识地发出了哀号，有人撒娇："老师，下了雨，地上都是湿的，不好跑啊，不然减一圈吧！"

体育老师又吹了一下哨子："不能减，再说就加一圈！快快快，跑起来，年轻人比我这个老人家还不爱动！"

几个女生结伴凑过去说了什么，得到体育老师点头后，就笑嘻嘻地坐到了一边。这个"特权"是因为她们来了月经。

有些人来月事确实会疼得半死不活，腰酸背痛，但那几个女生看上去没有半点异样，她们只是不想跑，特意做出的痛苦模样，也虚假得让人一眼就看出来，但没人去拆穿。

真正肚子抽痛，面色发白的池唐，根本没去找体育老师，跟上队伍开始跑。每跑一步，小腹的坠痛就更明显，她的脚步越放越慢，很快落到了队伍最后。没人看出来她的痛苦，只觉得她态度消极随意。

一群男生好像开屏孔雀一样，莫名其妙地比起了跑步速度，王焦阳那几个人跑得最快，很快跑了第二圈，经过池唐身边。

池唐垂着头慢跑，耳边忽然响起一声巨大的巴掌声，是王焦阳在她耳边故意啪地拍了一下手掌，惊吓到她之后，他就飞快地跑到了前面，发出一阵得意的笑声。

池唐感到一阵耳鸣，那阵突然的炸响让她脑子都开始抽痛起来，揉着耳朵骂了句。

南林的天气池唐真的很不喜欢，又湿又热，好像整个人都被束缚住了，不能好好呼吸。

校服外套都已经脱了下来，背后还是起了一层薄汗。有人从她身边轻轻跑过，池唐下意识警惕地退开了一些，然后才发现那不是王焦阳，是游余。

这位年级第一的室友埋头跑步，看上去半点不累。她跑得很认真，和其他女生的敷衍、男生的打闹不同，只是认真按照自己的节奏在跑步。她不管做什么，好像都是这么认真。但是认真，在这个年纪的男生女生们看来，是可笑的。

池唐注意到，游余没有脱下校服外套，全班只有她没脱。她就是再热都不脱外套，大约是怕里面那件破衣服被人看见，池唐心想。

她将思绪从游余身上转开，跑完两圈，直接走向小超市，又买了一瓶冰水。

旁边有两个女生在买冰激凌，一个问："你来那个了，还敢吃冰的啊？"

另一个女生有些得意地说："我来那个从来不疼，吃冰的、吃辣的都不疼。"

池唐每一次都疼，但她仍然想喝冰水就喝冰水。这样闷热的天，她刚跑完步，背后还是汗湿的，但她的手很冷，捏着冰水，更像是冰块一样。

这一次比以往更痛，池唐没去吃晚饭，躺在宿舍里。这个时候的宿舍总是很安静，只有游余一个人。她会拿着饭盒在桌前坐着吃，吃饭速度很快，洗澡也是。

池唐在窸窸窣窣声里昏昏沉沉的，直到有人隔着被子轻轻拍了拍她。

“要不要喝热水？”

池唐没想到游余会主动和自己说话，但惊讶只是一刹那，她因为疼痛而生出的脾气让她不自觉皱眉，不太想搭理人。

游余大概察觉到了，放下手里的杯子：“我放桌上了。”

说完她收拾东西离开，和往常一样匆匆赶去教室学习，没再做任何多余的事。

池唐看了眼桌上冒着白气的一杯热水，忽然想到，从小到大，竟然从来没有人在她疼的时候给她端一杯热水。

池唐翻个身，闭上眼睛。

可她不需要。

再疼也不过是两天的事，她早习惯了。

第二次月考试卷发下来，游余又是第一，足足甩了第二名三十分，比上次还多了十分。以她那拼命的学法，池唐真是一点都不奇怪。课上老师们又夸了这位大学霸好一阵，把她的试卷当成范本讲课。

不过成绩这事，在意的学生很在意，不在意的学生也是非常不在意。

教室后半边，基本上没人管试卷，甚至有人把试卷折成飞机砸人。

池唐考了个十二名。她也不太在意成绩，看了一眼就随手把试卷压在了书本底下。

下午上课前，后座的王焦阳从课桌里掏出了一封信，粉色的信纸，还有一股香味。

“哇，阳哥这是收到了什么啊，谁写的，我看看？”

“走开走开。”王焦阳推开那些七手八脚起哄的人，拆开信看了，啧了一声拿着信纸挥了挥，“我是不敢要这个，要还给人家的。”

他说着就站起来，在全班的注视下，走到前面把那信纸放到了游余面前：“喏，学委，你写的信还你。”

游余抄英语单词的动作一顿，她抬头看了他一眼。

王焦阳的眼神是得意又不以为然的，还有一点鄙夷轻视。

一群学生哗然，起哄大笑拍桌子，还有窃窃私语，吵闹得不像话。游余终于开口说：“不是我写的。”

王焦阳耸耸肩，一手插着校服口袋：“写着你的名字，总不可能是我写的。”

几个女生发出古怪的笑声，悄悄说：“太丢脸了吧，没想到游余也喜欢王焦阳啊。”

池唐戴着耳机在后面听英文歌，歌词里唱：

And you're standing on the edge, face up, cause you're a

（现在你站在悬崖的边缘，抬起头面对，因为你）

Natural

（生来如此）

A beating heart of stone

（就像坚石般强有力的心跳）

她在这歌声中，在所有笑声和私语声中起身，走到游余面前，从王焦阳手里抽出那封信看了眼，扭头走到罗郑丽面前，丢在她的书桌上。

“你的信，自己收好，下次记得不要乱写别人的名字。”

罗郑丽的面颊猛然涨红，她恼羞成怒：“不是我写的！”

池唐：“我看着你写的。你抽屉里还有这样的信纸，不想承认还可以对笔迹，她的字比你的好看，而且她不会买这种花里胡哨的信纸，劝你带点脑子。”

确实，游余写什么从来都是用作业本和那种最便宜的红线信纸，这样粉色香味的信纸，和游余这人就是格格不入。

罗郑丽说不出话，在教室里各色的目光中猛然站起来，哭着跑了出去。

池唐自顾自走回自己的位置上坐下。

罗郑丽被她那几个朋友劝了回来上课，眼眶还是通红的，趴在桌上不肯抬头，一副受尽了委屈的样子。一下课宿舍里其他人都围到她身边，拍着她的肩安慰。

“好了，不是大事，开玩笑而已。”

“池唐也是，人家只是开玩笑，她多管闲事。”

罗郑丽越是被人安慰，越是哭个不停，好像这件事里最大的受害者就是她。

池唐觉得这哭声就已经足够令人厌烦了，身后还有王焦阳戳她的肩和她说话。

“哎，你刚才是生气了？

“你是不喜欢我收信，还是不喜欢别人喜欢我？

“你要是当我的女……”

池唐忍无可忍地站起来，去了办公室找班主任。

这个年纪的学生有什么事，总是不爱找老师，谁找了老师替自己解决问题，那就是脱离了学生阵营，成了老师的眼线一样。可池唐不在乎这些，先前懒得理会，现在却堆积到让她难以忍受的地步。

她从来就不喜欢委屈自己，更不喜欢勉强自己，烦成这样，肯定要做点什么。

“老师，我要换座位，坐在后面看不清黑板。”池唐找了个最合理的理由。

班主任老方虽然有点惊讶，但也没表现得多为难，反而笑起来：“我早就说让你坐前面几排，你看坐后面的都是些不爱学习的同学，你的成绩也很容易被影响下降，你这次月考就不如上次了，以后还是要多认真，争取前进几名，好吧？”

老方和所有的班主任一样，喜欢熬“鸡汤”来鼓励人，即便这些话听在学生耳朵里，没有一点激励人心的感觉。十几岁的孩子心里，自己的那点小情绪，比如讨厌的雨天、同桌的坏话……一切都比学习更加令人在意。

老方拿起班级花名册和座位表看了下，问：“罗青青也是你们寝室的是吧？”

罗青青和罗郑丽是上下铺，一向玩得最要好，她也是游余的同桌。

“罗青青之前也跟我说了，不想跟游余同桌。”老方不知道怎么叹了一声气，抬头问她，“那你跟游余同桌行不行？”

老方看样子也知道，游余和其他女生玩不到一起去的情况。

池唐可有可无地一点头：“行。”

对她来说，只要摆脱身后那个王焦阳，去前面坐也不是不能接受。

下一节课刚好是老方的语文课，一起去了班上直接安排调座位。池唐到了前面第三排，成了游余的同桌，她原本的位置换成了一个男生，罗郑丽的同桌往后，她的同桌换成了罗青青。

对这一番安排要说最不满意的，就是王焦阳。池唐搬桌子的时候他就在后面踩着椅子晃腿，问她：“你什么意思啊，搬前面去干吗？”

池唐毫不客气：“因为你很烦。”

大概是真的伤了他“男人的自尊心”，王焦阳大觉失了颜面，黑着脸扭头去和人说话，没有继续纠缠她。

池唐不想管这一堆人的破事，直接提着桌子，填了游余旁边的空位。

教室的座位一共八列，她们这两列靠窗。之前罗青青坐在这儿，和游余的桌子之间有很大一条缝隙，这是划清界限保持距离的意味，就和小学生在桌上画的三八线差不多。池唐觉得这种行为幼稚可笑。她不在意，桌子靠在游余的桌子边，两张书桌严丝合缝。

身后没了一个没完没了骚扰的人，清净很多，池唐慢慢呼出一口气。她的新同桌不像之前那个喜欢和前排聊天，非常安静且忙碌地在学习。

池唐之前就知道年级第一学习认真，但当了她的同桌，才发现这人确实是个名副其实的学霸。就她搬过来那会儿抬头看过她一眼，之后对方就一直埋头做笔记刷题目，摆在一边的作业本上写得满满的各种公式和解题过程，她竟然看不懂。

坐在这里，好像教室都安静了很多，池唐感觉心情终于慢慢好了一些。

窗外又淅淅沥沥地下起了雨，雨水打在外面那棵老银杏树的叶子上。哪怕下雨了，温度也没有降，仍是闷热湿润。教室里的风扇半晃动着，她们这个位置刚好没有风来光顾，池唐敞着校服外套，袖口撸到小臂，放在冰凉的桌面上。

老方在台上讲课，把前面的诗两首放到了这一课来讲，于是他们又转头回去学。

他讲《雨巷》，讲丁香一般的姑娘，讲独自彷徨在悠长、悠长又寂寥的雨巷。

老方年轻时候大约是个文艺男青年，对这种诗尤其钟爱，念起来也格外富含感情。池唐听得有点困倦，等他讲起这首诗象征着什么，比喻着什么，代表了作者的什么思想心情。

半夜的睡意，全都在这个时候不合时宜地冒出来。

下课铃响，教室里昏昏欲睡的同学瞬间活了，周围桌椅拖动，有人起身去上厕所，有人去喝水，有人去找人说话，外面的走廊响起一片脚步声和说话声。

池唐靠在手臂上，觉得有些累。

这段时间，她每晚都会做梦，一晚上的乱梦，醒来后又会把那些乱糟糟的梦忘得一干二净，只是梦里的不舒服和疲累好像延续到了现实中，依旧影响着她。

她闭着眼睛，听到旁边传来沙沙的声响。

沙沙、沙沙，非常规律，是游余在写字。

笔被放下，书页被翻动，很轻很轻。

难得天晴，温度一下子升高了很多，教室里简直让人待不下去，尤其人坐在窗边，哪怕隔了一层窗帘，阳光还是会照在人身上。

池唐趁课间去买了冰水，一会儿就喝空了大半瓶，冰凉的手撑在脑门上，热得没有一丝余力分出思绪给笔下的数学题，于是转着笔放空发呆。

饮料瓶上沁出一层白霜，凝聚成一颗颗小水珠，又汇聚成一颗大水珠滚落，很快打湿了那一角桌面。池唐没管它，她完全不想多动弹一下。

数学老师布置了题目让她们自己做，但这些题有些难了，不少人抓耳挠腮做不出来，凑在一起低声互相问答案。

池唐往旁边瞥了眼，她的同桌游余在写题目，已经快做完了。游余写字很有节奏，做起数学题几乎也没有停顿，这代表着这位学霸并没有被难倒，所以能保持匀速写字。

池唐也不知道为什么，听着她这平稳的写字声音就犯困。

游余坐在靠窗那一边，几乎大部分的阳光被她给遮住了，但她面上看不见因为闷热产生的烦躁，仍是穿着肥大的校服外套，低着头做题，不像其他人那样爱开小差，或者四处张望。

有时候池唐会觉得，这人眼睛里除了学习，没有任何人。

后面有人喊游余："学委，你做好了吗？借我抄一下。"

游余这才抬头："你应该自己写。"

学生时代，任何一个拒绝让别人抄自己作业的学生都会被人唾弃。那女生遭到拒绝后，果然就和旁边的人抱怨起来："她神气什么啊，就她会做吗，有什么了不起？还说什么自己写不让抄，上次郭逸群不就抄了她的作业吗。"

"她是不是喜欢郭逸群啊，我看她也就和郭逸群说话多一点。"

池唐听见后面聊了起来，觉得她们还真是无聊，不管什么都能立即想到感情方面的纠葛。

郭逸群是班里除了游余，数学最厉害的，池唐没见过这两个人互抄答案，倒是见过他们做完什么课后附加题后在一起对了对答案。那是郭逸群自己买的课外练习集，游余借来抄过题目，郭逸群顺势提出要比一下里面一张试卷，最后做出来他错两道，游余全对。

池唐亲眼见证了这场学霸之间的对决，看着比输了的郭逸群很懊恼地拿着本子回自己的座位上去了，后来也没再借练习集给游余。

池唐腹诽：输不起就小气。

眼看距离下课还剩十分钟，池唐勉强打起精神看最后一道题。前面她胡乱做了，多少有点头绪，但最后一题，她确实完全找不到思路。

池唐其实也不是很在意这一题做不做，拿着笔在草稿本上乱画圈圈。

旁边忽然递过来一个本子。

池唐一顿，低头看过去，本子上写了三个步骤，旁边列了公式。她看了会儿才明白，她同桌是给了她最后一题的解题思路提示。

只给提示，没给答案。

见她将眼神从本子上移开，游余就把本子拿了回去，翻开桌上一本红色封面的数学题集开始做，那是她找数学老师借的。没能从郭逸群那里借到课外辅导练习集后，她就找数学老师借。

池唐原本不想做最后一题，但那开头的三个步骤总是在她脑子里晃来晃去，晃得她不由自主地接着往下思考，然后她就把那一题给做了。

——可惜她做错了。

捏着发下来的作业，看到那一个红叉，池唐迅速把它盖上扔到一边。哪怕她知道同桌那“目中无人”的性格根本不会来看她的作业，她还是觉得有点羞耻。

人家都提示了，还能做错，她又不是个彻彻底底的学渣，她不要脸的吗？

谁知道过了一会儿，旁边又递过来一个本子，还是递本子不说话。学霸同桌这次把整个题的解题过程全写了，从头到尾清楚详细，旁边还有难点梳理，显然是刚才特地添加的。

结果对方还是看到她本子上那个大红叉了是吧。

池唐心道，干什么，给我喂题？还是这种保姆级的喂题？我又不需要。

池唐表面没什么反应，心里有点奓毛。她察觉到自己的同桌好像在朝自己传递友好的讯息，但她是拒绝的，她没兴趣和人交朋友。

可她扭头一看游余，发现对方再度沉浸在题目的海洋里，完全把她忽略在外，这种时候要是主动跟她说什么不想做朋友，未免有点自作多情的意味。她开不了口，这太尴尬了，只好把头扭回来。

更憋屈的是，池唐一回想，发现好像是自己先管了游余的闲事，搞得好像是她先想和人家做朋友一样。

十几岁的少女，一匹孤狼池唐，在心中暗暗发誓不会再多管闲事了。

第二天上体育课，一群女生打打闹闹，不知是谁先起头，踢起了饮料瓶。那是一瓶阿萨姆奶茶，剩下一半，刚好那么凑巧被踢爆了，喷了旁边的游余一身，她的校服上面瞬间浸透了奶茶的颜色。

池唐没见到那一幕，她是听到班上两个女生在笑，说游余太倒霉了，听了一耳朵，她也没在意，谁知道转身去了厕所，就见到游余坐在那儿，好像在走神。

池唐几乎是立刻发现她身上的校服不见了，只有一件薄薄的圆领旧

T 恤。因为这人每天都穿着校服，突然没穿校服就感觉怪怪的。

游余也看见了她，但没说话，垂下眼睛，微微弯了弯腰背，下意识地想掩盖什么。

池唐发现了，游余胸前的痕迹有点明显，对方似乎没穿文胸。

她好像忽然间明白，游余为什么每天再热都不脱校服外套，是怕被人看出来那个痕迹吗？哪怕早已习惯同桌的穷苦，池唐还是猛地感到一点震惊。所以说，她连文胸都没钱买，真的至于吗？

从小到大，见惯了父母争吵打架，几乎没有感受过父母温情的池唐，在物质方面并不缺少，所以亲眼看过游余的秘密之后，她还是有些无法想象她这样的生活究竟是怎么回事。

池唐站了一会儿，听见自己干巴巴冷冰冰地问：“你的校服外套呢？”

游余弯着腰垂着头，看着自己的鞋子，语气还算平静：“刚放在这里，上完厕所出来校服就不见了。”

池唐转身离开，没过一会儿拎了一件校服过来：“穿吧。”

她的衣服是在公共洗衣机洗的，用的洗衣液有薰衣草的清香，和游余用肥皂手洗的校服味道不一样。

游余拿着那件带着池唐的气息的外套，默默地穿上了。

第二章

不要听她的，不会影响我

下了体育课就是下午吃饭的时间，刚下课的学生陆陆续续地往食堂赶，池唐端着餐盘打了饭菜，看见罗郑丽几个坐在那边吃边说笑，走了过去。

“游余的衣服是你拿的？”

罗郑丽一看是她，脸就拉下来了：“她的校服不见了，跟我有什么关系？”

池唐：“我只说她的衣服不见了，你直接就说校服，那你还真厉害。”

罗郑丽一噎，耍赖道：“反正我不知道，有本事你就去搜啊，看是不是我拿的。”说完就再不理会她，直接扭头去和别人说话。

池唐嗤笑一声，端着餐盘走了。她只是随口问一问而已，并没有准备当个正义之士帮游余讨回公道。游余要是想要公道，应该自己去讨要，不用她多管闲事。

但她真的看罗郑丽很不顺眼。

晚自习时，宋芳草过来和她说：“罗郑丽是真的没有拿游余的校服。她是撞见别人拿了游余的校服，但她跟你们有矛盾，所以就没有说。”

池唐纳闷：“你跟我说这些干什么？又不是我丢的校服，等游余回来你们自己跟她说。”

游余每天晚上这个时间，都还在教室里继续学习，快要熄灯了才会回来。

她话音刚落，罗郑丽就从外面气冲冲地进来："又不是你丢的校服，跑过来问我干什么，你以为你是护花使者啊？"

池唐忽然用力踹了一下桌子，冷冷地逼视着她："你再说一遍。"

罗郑丽和宋芳草都被这巨响吓了一大跳，罗郑丽的气势一下子弱了下去，眼看着眼睛一红又要哭了，宋芳草连忙尴尬地把她推了出去。

这事之后没有人再提起，游余也没有，只是她干净的校服上，多了一点洗不干净的奶茶渍。

唯一改变的，大概就是游余开始经常给池唐喂题。池唐数学最不好，游余每次都推个本子过来，告诉她提示和前面几个步骤。

池唐看一眼就硬邦邦地把本子退回去："我不要。"

她听到旁边游余写字的沙沙声停顿，响起，又停顿，像是一个人在徘徊犹豫，断断续续很久，才再度连贯起来。然后她就看到新推过来的本子，这次不仅有解题过程，还有答案了。

池唐奓毛，我是贪你的答案吗？！你的原则呢？你不是不让人抄题目吗！

"我不要。"

游余就把本子收了回去，写字的速度慢了些，像一个人离开时沉重的脚步。

池唐转头看了她一眼，看到她的校服，眉头不自觉地一皱。她这几天总是莫名在意游余这校服，或许也不是在意校服，而是在意她这么热的天一直套着校服的那个原因。知道那有点离谱的原因之后，她很难不去在意。

又下雨了，真烦。

国庆假期，有七天假，哪怕之后要补课，想到一周不用上课还是觉得无比兴奋，所有人都迫不及待离开地学校奔向自由的假期。

下午还没放学时，教室里就乱哄哄的，没个安静，平时几个成绩好的学生也没法安静下来学习了，除了游余。

她好像是不回家的，班主任特地来和她说了声，让她假期一个人住在学校要小心之类，啰唆了很多。游余一一答应了，看上去对于放假并不开心。

池唐和她一样，没什么放假的兴致，也不想回家。

可她不想回也得回。

她的新家，离开前还是陌生的，但她背着包回去后，突然发现多了她熟悉的味道——烟味、酒味、香水味混合的难闻味道。她爸把他那些朋友全叫回家玩了，男男女女一群人打牌聊天，热闹得很。

她以前的家也是这样，相似的气味和场景塑造出的“家”，让她感觉不到丝毫温暖和安心。

“你怎么回来了？”她爸抓着牌，在百忙之中抬头看了她一眼，很诧异。

池唐：“我放假。”她早习惯了父母不记得学校的各种放假安排。

她爸问了一句，没再说话，注意力又被牌桌吸引了，抽出几张牌啪地甩在桌上，发出一声大笑。池唐提着包径直上楼，躲过这一地乌烟瘴气。

她的房间门开着，一个陌生的女人躺在她的床上。

池唐感到一阵热血往脑门上冲，她直接跑下楼喊：“我的房间怎么有人在睡？”

她爸理所当然地道：“你刘阿姨困了上楼睡一下，你又不在家，让她睡一下怎么了？”

池唐气得一阵发抖：“你怎么不让她睡你自己床上去，为什么非要恶心我？啊？”

打牌的喧闹一下子消失了，所有人都安静下来，看着这父女两个各自愤怒地瞪着对方。

“怎么跟你爸说话的！”她爸气得摔下了牌起身大步朝她走去。

池唐走在街边，因为下雨，街上行人寥寥。她依旧没打伞，把卫衣的帽子拉上来遮着脑袋，遮住了大半张脸。

她在街上徘徊，坐在大桥栏杆边，有那么一瞬间很想跳下去，但她没有动。蒙蒙的细雨越下越大，肩上、头上湿了一片，她也懒得动弹。

天地这么大，一眼望不到边，到处都是人，到处都有房屋，可她不知道自己还能去哪里，到哪里才能安安心心地睡一觉。

桥边有几家店铺，是卖衣服的，在黑暗里透出明亮的光，有一家门店格外小，卖的是内衣。

等池唐反应过来，已经看着那边发呆了很久。

她忽然想起了游余，过得那么苦，究竟是怎么活下来的？

放假后的校园，黑夜里十分静默，雨声让它变得无比空旷。池唐看见南林一中几个字，才发现自己竟然闲逛到这里来了。

她穿的卫衣被雨打湿，湿透的卫衣帽子盖在脑袋上，连思绪都好像蒙上了一层沉重而湿润的土，她感觉自己被水淹没了。

侧门开着，门卫室里亮着灯，但是没人。池唐鬼使神差地走了进去，她先走到了教学楼下面，整栋楼都是漆黑的，前后有树影晃动，有些吓人。穿过教学楼，后面是女生宿舍楼，池唐一眼就看见那唯一一个亮着灯的窗口。

她朝那边走过去。

楼下的宿管也没离校，坐在那儿看电视，见了她有些惊讶，问了句：“你没回家呀？”

池唐随便应了两声，就往楼上走，在地板上留下了一串湿润的脚印。

301 的门关着，她敲了敲。

里面响起游余的声音，她问：“是谁？”

池唐：“是我。”

椅子拖动，有人站起来，咔嚓，锁被扭转，门被打开了。

池唐走进去，看见桌上摊着很多张试卷和几本习题册，显然身后那位正在关门的“学习机”，在可以名正言顺地偷懒的假期夜晚，也一如既往地勤奋学习。

你不是回家了吗，怎么现在跑到学校来了？池唐以为她会这么问，但是她没有。

游余只是问她：“你要洗澡吗？放假学校没热水，楼下阿姨那里有热水，可以去她那里装。”

把一个袋子和手机扔到床上的池唐往卫生间里走去，头也不回地说：“我洗冷水。”

她几乎是有些赌气地想：游余能洗冷水，我难道不能吗？

然而冰冷的水淋在身上，比想象中更冷，本就被雨水浸透的身躯，这下子从里到外都冷得发颤。

外面好像响起了一声关门声，池唐没有在意，她在哗哗的水声中抱着自己的胳膊蹲在地上。

过了一会儿，外面有脚步声逐渐靠近，游余在外面敲了敲门：“给你打了热水。”

她把什么东西放在门外，又走开了。

池唐还是把那个热水壶提了进去。她换了一身干净的衣服，用毛巾擦着湿透的头发。游余已经坐回位置上做试卷，池唐就坐到她对面。

宿舍里安静了一会儿，池唐说：“我刚才是不是像只落汤鸡？”

游余写字的动作一顿，抬头看她，摇了摇头：“不像。”

像被雨打得七零八落的花，好像不马上把她移进室内，就要提前凋零了。

池唐放下头上的毛巾，游余这才看见她脸上有红红的痕迹，还有些肿。

其实她们虽然是同桌，虽然住在同一个寝室，但平时都是独来独往，不怎么交谈说话，骤然这样单独坐在一起，也没什么话说。

外面的雨越下越大，砸在玻璃窗上。

池唐发现之前只穿着一件 T 恤的游余，这会儿又把校服外套穿上了。她忽然站起来，从床上拿起那个抓了一路的粉色小花袋子，放到游余面前：“给你的。”

游余露出讶异的神色，拿过去看了看，里面是两件文胸。

“你……给我？怎么会……给我买这个？”游余是真的很茫然，茫然疑惑又尴尬，或者还难得地有一些窘迫。

池唐并没有比她好到哪里去，事实上，在拿着这个袋子离开那家内衣店的时候，她无数次骂自己是不是脑子淋多了雨进了水，怎么会突然想给不怎么熟悉的同学买文胸？她是疯了吗？

她当时脑子清醒过来，后悔得要命，差点把这东西扔进垃圾桶。可她随即想起了在店里更加尴尬的一幕，那个老板问她买多大型号，她想了半天不清楚，黑着脸比画了一下，老板还笑着问她是不是给姐姐买的，又特地给她找了个粉色小花的礼品袋装起来。

如果扔了，那她买这东西过程中经历的尴尬不是白费了吗？而且……她当时脑子里闪过游余的校服，和她脸颊边的汗，又把手收了回来，甚至扎紧了袋口，没让雨水溅进去。

“我每天看你穿校服，看着都觉得热得要死。你要就穿不要就扔了，反正我穿不了。”她说着，已经爬到自己的上铺，倒在上面一动不动，拒绝再和人交流。

下面的游余很久没有声音，过了一会儿，池唐听见窸窸窣窣的声音，游余说：“谢谢你，池唐。”

池唐的肩慢慢松了下去，才发现原来自己刚才一直绷着肩。

雨更大了，像是她经常听的助眠纯音乐雨声。她侧着身子，蜷缩起来，抱着自己的膝盖，忽然觉得好多了。还好，她还有一个能睡觉的地方，还好。

意识慢慢陷入睡眠，迷迷糊糊中，她感觉有人把她的薄毯子展开，轻轻盖在了她身上。

第二天池唐醒来，头疼欲裂。她坐起身，感觉一片天旋地转，忽然非常想吐。

池唐踩着梯子下去，才发现脚很软，一下子差点没踩到栏杆，往下滑了一下。身后扶上来一双手。

“小心。”是游余。

池唐踩在地上，又是一阵头晕，险些摔倒，扶着她的那双手顺势就把她扶到了下面那张床上坐下。

“你生病了，好像发烧了。”游余碰了碰她的额头。

“要去医院吗？”

池唐坐在她的床上，用力按着自己的额头，缓了好一会儿才哑着声音说：“不用，睡一觉就好。”

说完，她去了趟厕所，再出来时脸上是湿的，又爬回了上铺躺下。

游余已经收拾好准备出门了，她看看池唐的背影，犹豫了一会儿，还是起身离开，带上了门。

一中附近有个小区，不少老师住在那里，她们的班主任老方也住在那儿。老方儿女双全，妻子很能干，家庭幸福美满，游余每次看了都觉得羡慕。她进了小区，熟门熟路地来到班主任家门口。

“游余来啦，吃过早饭没有，快进来一起吃。”师母给她开了门，笑着招呼，“还和以前一样，你今天给我家两位混世魔王补数学，中午在家里吃饭，想吃什么师母待会儿去买。”

游余站在门口并没有进去，抿了抿唇有些不好意思：“师母，我今天不能给洋洋他们补课了，有点事……我是来跟您说一声，对不起。”

师母愣了下，笑起来：“又不是什么大事，还特地过来说什么对不起啊。”她本来想说打个电话来说声就好了，又想起来这孩子和丈夫班里其他孩子不一样，孩子那么困难，几乎是在挣扎着求学，来的时候几乎是什么都没有，更没有手机。

她心里叹气，又问：“怎么了，你是遇到什么事了吗？要是有困难就跟师母说。”

看见她担忧的神情，游余摇头：“不，是我的同桌池唐，她在宿舍休息，发烧了，我今天待在宿舍照顾一下。”

师母诧异：“发烧生病了？怎么不通知家里人来接她？我去问问老方她家里人的联系方式。”

“师母。”游余喊住她，“池唐昨晚淋着雨过来的，她脸上还有红印，应该是和家里吵了架才会这样，如果她想回家，就不会待在寝室了。”

如果能回家，难受的时候应该会想要回家吧，不回去只能代表，回去会让她更难受。游余能明白这种感受。

“我在寝室看着她，如果下午她还没好，就带她去医院。”

听到游余有条理地说完，师母也没什么好说的，见游余要走，她想到什么，忙说：“等等，你们都没吃吧，家里煮了粥，还蒸了包子，你带一点回去。”

看游余又下意识地要拒绝，她说：“池唐是生病了吧，生病了也要吃东西，最好喝点粥。”

游余这才站住了：“好，谢谢师母。”

提着师母硬塞的粥、包子还有两瓶奶，游余往宿舍走，开了门却发现上铺的池唐不见了。她站在那里愣了一会儿，才将手里那些还热着的食物放在桌上，拉开椅子坐下来。

她的手搭着书本，想，池唐是回家了吗？挺好的，还能回家就好。

昨天下了那么大的雨，今天却是个晴天，明亮的阳光从窗外照进来，照在桌上，有些刺眼。

门忽然被推开了，头发漆黑凌乱地披散着，穿着卫衣的池唐提着个小袋子走进来。她看到游余坐在那里，也有些惊讶。刚才池唐起来准备出去买药，没看到游余，还以为她出门有事，没想到这么一会儿又回来了。

游余看清楚了池唐手里那袋子上印着红色的“XX诊所”，是学校外面那家诊所的名字，她应该是去买了退烧药。

果然，池唐打开袋子，翻出药片，直接往嘴里放，准备干咽。游余起身拿了热水瓶，倒了杯水，默默推到池唐手边。

池唐有个独门绝技，干咽药片，但这次不知道为什么，可能是嗓子太干，翻了车，没能咽下去，差点哽住，只能端起那杯刚才没准备理会的水，大口喝了。

游余已经拆了打包的粥：“喝点粥再休息吧。”

池唐难受的时候心情就特别不好，心情一不好脾气就非常差，不想理人，但刚才碍于形势喝了人家倒的水，现在不好意思翻脸，只木着一张脸捏着杯子没反应。

她看那粥，以为是游余在外面早餐店买的，想到她平时吃白饭啃馒头的模样，从不知浪费是什么的池唐，忍着不适喝了半碗。

这人大概是报答她昨天晚上莫名其妙的礼物，池唐这样一想，要是不喝岂不是这事没完了？

自觉已经了断恩怨的孤狼池唐，爬上上铺躺下，给自己的同桌留下一个冷酷的背影。

游余想：她看起来蔫蔫的，应该是真的很难受了。

她收拾了一下粥盒子，坐在桌上继续学习，只是相比以往的沉溺，现在时不时会抬起头看一眼池唐。

池唐发着烧，睡梦中出汗，经常把被子卷成一团挤到一边。游余踩着床沿，不厌其烦地一次次给她盖上。有一次池唐被她弄醒了，浑身散发着暴躁的气息：“我不盖。”

游余就抓着栏杆认真问她：“那你喝热水吗？”

池唐愤怒地捶了一下床。

游余的手搭了搭她的脑门：“要去医院吗？”

池唐卷起被子盖住脑袋，不理人了。

游余回去写试卷，写着写着，忍俊不禁，又用手捂住了没发出声音。

最终还是没有去医院，隔日早上，池唐就退烧了，一扫之前颓丧阴郁的病气，又成了平时那个不太爱理人，看上去酷酷的少女。她搬了椅子坐在阳台上，背对着太阳，垂着一条腿打游戏，耳机挂在耳朵上。

她玩手机入迷的时候，会放松下来，不自觉地跟着耳机里的歌哼唱出声，游余解题的思路一顿，静静听着那小声的哼唱。她不知道这是什么歌，但这歌很好听。池唐的歌唱得很好听，嗓音清脆脆的。

手机振动了一下，池唐的歌声停住，她点开微信，看见她爸给她转了一千块，让她自己在外面买吃的。

一直都是这样，她爸骂了她、打了她，她离开家四处游荡，等到她爸觉得她在外面应该反思得差不多了，就给她些钱，这是一种变相的打发。

他们曾经爆发争吵，她爸理直气壮地说："我打你怎么了，我还给你钱了，你还不满意？你还想要什么啊？！"

她想要什么？年纪更小一点的时候，她想要她爸跟她说一句："是爸爸错了，爸爸没有考虑你的想法，爸爸不该打你，不会有下一次了。"

可现在，她已经不想了，她只想快一点长大，再快一点，等到成年，离开那个家，离得越远越好。

假期后几天，池唐都没有回去。她一直待在寝室里，有时候会去网吧上网，而游余则规律地上午离开，下午回来。池唐看她每天出门都带着数学书，有一次看她往教师小区那边走了，猜她不是去给人当学生，就是去给人当老师。

两个人偶尔会说话，池唐某天晚上问她："你是真的没钱买文胸吗？"

游余并不避讳："不是现在非常必要的东西，我不买。"

池唐："那你一星期的生活费多少？"

游余："十块。"

池唐："啊？"

在这个一瓶矿泉水都要卖两块的时候，十块钱要怎么度过一个星期？池唐无法相信，游余却不是在说谎。

她在班级里从没主动说起过自己家里的情况，不管别人怎么议论开玩笑，她都沉默不语，但在这个夜晚，她主动开口说了一些话。

她说："我家里不许我继续上学，我考到这里，以前的学校给了我一千二百块的奖金，我的老师知道我家里肯定不会给我钱，所以也给了我八百，但是这些钱最后全都被我家里人抢走了。我跑到这里的时候，身上只有十块钱，是我偷偷存的。我向师母借了两百块，等放假了，我要去找点工作赚钱。”

池唐不知道该说什么。她没遇到过这样的困境，面对一个身世悲惨的同学，她应该心怀怜悯，但游余说这些的时候，那种平静和打从心底传达出的认真，无法让人怜悯，只让人觉得敬畏。

见她沉默得太久，游余反而安慰她：“其实我已经很幸运了，我还能在这里读书，以后只会越来越好。”

池唐想，她并不是和自己一样的人，是和自己完全相反的人，游余心里有坚定的东西，而她没有。

上下铺，隔着一层床板，隔着一层月亮的光。池唐听着下面平稳的呼吸，忽然觉得自己是那么懦弱，她几乎对这样的自己生出厌烦感。

“其实，我从来没见过你这样的人。”游余忽然说。

“那次的情书……很多人知道不是我写的，但只有你一个人会说出来，你和他们不一样。”

池唐张张嘴，感觉心里那颗洋葱，被人剥去了一层腐烂的皮。她想说点什么，但最后也只是轻轻哼了一声，翻个身结束了这个话题。

期中考试就在眼前，所有人都陷入了疯狂的复习中，连课间去上厕所的人都少了很多。

池唐的成绩是不差的，哪怕她并不比那些整天抱着书本啃的同学勤奋，临时抱一下佛脚，每次依然能考出一个好成绩。不得不说，她心底其实对自己颇为自豪，但是，这种隐秘的她自己都没怎么察觉到的心态，在和游余成为同桌之后，就再也没出现过了——没有人能在这样一个学霸周围沾沾自喜于自己那点小聪明。

他们要考九门课，每个学生多多少少会偏科，有自己擅长和不擅长的科目，但游余没有，她只有擅长和更擅长的科目。数学、物理、化学不用说，连政治、历史这种需要背长篇大论的东西，她也擅长。

考试前夕，游余仍然平静地学习，步调和不考试的时候保持高度一致，并没有因为要考试了就露出任何紧张的神色，也没特地去复习某一科，这很正常，这位学霸在考试的时候一直很稳，从考过一次第一后，就是稳定的第一。

作为她的同桌，近距离看到了她的复习全过程，池唐有了一个疑惑。

“我好像没怎么看到你记历史和政治？”

游余看她：“已经记住了，不用再反复看。”

“记住了？你看了多久？”

“两遍。”

池唐抽出自己那本随意画满了横杠的历史课本，随机选出一段，指了指。游余看了一眼，转开头继续写物理题，口中背诵，一字不差。

池唐目瞪口呆。

游余背完，见她不说话了，又侧头看来，大约是被她毫不掩饰的酸兮兮的表情逗乐了，露出一个由衷的笑容。

池唐忽然发现，游余好像变了一点。她以前不笑的，也不会和她的眼神对上。她还记得更早之前，游余的眼里仿佛看不见其他人，只能看见摆在面前的各种课本题目，沉浸在自己的世界里，但是现在，游余的眼里能看见她了，映出了她的影子。

池唐错开游余的视线，去看窗外的银杏树，银杏树的叶子有些黄了。好像不知不觉间，秋天就到了，来得悄无声息。

期中考的三天，对于大部分学生来说，大约是生不如死的三天。哪怕是池唐，考完之后也换上了一副自闭的表情，戴着耳机放空。题目很难，特别难，她觉得自己这次大约是没考好。

身后充斥着嗡嗡的讨论声，此起彼伏都是“我这次没考好！”“我也没考好怎么办啊！”“真的太难了，老师是想让我们死啊？”的哀号。当然，有一部分人没考好是真的没考好，另外一小部分人没考好是假的没考好，属于学霸特有的谦虚。

池唐忽然兴起，询问游余：“你考得怎么样？”

游余停下笔，诚实地回答了她：“我觉得考得不错。”

这个不错没有刺激到池唐，但是似乎刺激到了其他人，前排的赵绒绒扭过头假笑：“年级第一怎么会考得差，池唐你这不是白问吗？”

池唐没回答，她又没话找话说：“我最近经常看你们说话，我觉得池唐你还是别打扰游余学习了，她那么忙，你一和她说话，她就要停下来和你说，要是打扰到了她，她成绩退步，班主任肯定找你谈心。”

她说这话的时候全程没有看游余，也不像认真在和池唐说话，不知道究竟是在挤对谁。

池唐将手里的笔一丢，抱着胳膊：“你管得还挺宽，我们是谈天，不是谈恋爱，影响不了学习，你放一百个心。就是影响了，她肯定也比你考得好。你有那份闲心，还不如多操心自己。”

赵绒绒被她气得不行，还想说些什么，被她同桌拽了回去：“算了算了，别和她们说话了。”

池唐忽然觉得没意思极了，板着脸翻书，也不说话了。

过一会儿，旁边推过来一个本子。她下意识地以为游余又来喂题，然而看了一眼才发现不是喂题，是小字条。

她那个写满了步骤和草稿的本子上，出现了几排端正的字迹。认真努力的学霸会在自习课上传纸条，从这一点上来看，她还真把人带坏了。

“不要听她的，不会影响我。”

“我不喜欢和别人说话，但是你和他们不一样。”

池唐又觉得心情好起来，拿了本子在上面写了一句话：“赵绒绒是个傻子，我们班上怎么这么多大傻子？”

她骂人毫不客气，写起字来也有一股骂人的冷淡气质，比起游余字迹的端正，显得不羁极了，两种字体排在一起，泾渭分明。

池唐写完将本子推回去，游余那边又露出一个笑。

试卷发下来，游余毫无悬念又拿了第一，红榜贴在公告栏里，第一个就是她的名字。在全员遭遇滑铁卢的高难度期中考里，她甚至超水平发挥，总分数还比年级第二高出了五十分，震惊全校老师。

（2）班一群老师发其他同学的试卷时一张后娘脸，拍着讲桌陷入暴躁状态，说到游余时又瞬间变成慈爱老母亲，把她拉出来夸了又夸。

游余还是那样，被夸了就听着，不多说什么。哪怕是这样，也有人传说游余骄傲自满，考了一次好成绩就看不起所有人。

这种话也不是第一次有人说，游余通通不在意。让她高兴的是这次期中考试因为她的成绩确实太好了，数学、物理、化学全满分，老师们决定给她一笔奖金鼓励。

两百块，不是很多，至少对其他同学来说不是很多，但对囊中羞涩的游余来说是一个意外之喜。

“奖励是给游余的，你这么高兴干什么？不知道的还以为是你拿了奖励。”赵绒绒看了眼池唐，撇了撇嘴。

池唐瞬间警惕地收起所有表情，竖起刺：“你哪只眼睛看到我高兴了？”

她自己糟糕的试卷还摆在桌面上呢，高兴什么高兴，都是胡说！

旁边游余抬头看向她的试卷，池唐敏锐地一把拉起试卷盖住。

“我给你讲题吧。”游余轻声说。

学生的任务是学习，但是大多数学生不喜欢学习，就像大人的任务是工作，但他们也不喜欢工作一样。

池唐是“大多数人”，所以听到这个讲题，第一反应就是拒绝。

“我不听。”

游余没有劝她好好学习，而是说：“那你什么时候想听了，再和我说。”

她这么说，池唐反而有点意外。看她又扭过头去继续忙碌，池唐转着手里的笔，忽然觉得一阵无聊。她抬起头环顾四周，这是一节自习课。

有的同学在忙着补作业，有的在写试卷错题，有的在悄悄玩手机，有的凑在一起窃窃私语，发出嘻嘻哈哈的笑声，还有听歌的、小声打闹的……有人苦恼有人快乐，每个人都有自己的事做。

可她觉得很无聊，没有任何想做的事。身边的游余专心于自己的世界，她的时间好像和其他人的时间流速都不同。

池唐拿出自己的试卷草草看了一遍，错题订正了，只订正了个答案，答案具体是怎么得出来的，她还是不清楚。

她们数学老师讲题毫无作用，他好像觉得每个傻兮兮的学生都拥有他一样的智商，和他一样在数学的题海里畅游了十几年。他觉得每一道题都很简单，所以都没什么好讲的，一律匆匆掠过。

那位年轻的老师，完全不明白想让自己的傻瓜学生们听懂，需要一点点掰碎了喂，他看上去也没有那样的耐心。

嗯，那些错题让人听得更加云里雾里，她干脆就光明正大地发呆。

池唐大约是真的闲着没事干，也或许是旁边认真学习的空气感染了她，竟然真的和这些题目死嗑起来，又是翻书又是翻课外练习册，试图找出它们的解题方式。

可是数学题的解答，不以学生的意志力为转移，死磕只能嗑死。池唐学习的欲望燃起不到半节课，就熄灭了。

橡皮擦在她手边，她伸出手指弹了一下，柔软的橡皮擦一下子弹到了游余那边，游余捡起那枚橡皮擦，用那种透亮清澈的目光看着她，再次询问："听讲题吗？"

池唐："听……"

游余凑近她一些，拿出自己的草稿本，好像早就准备好了："那我们从这一题开始讲。"

她的声音很低，但是很清楚，在池唐眼里难解的题被她拆开，瞬间就条理清晰，那种仿佛是眼前一团迷雾被拨开的感觉，通过不断推理验证最终得出答案的感觉，确实不错。

池唐写下答案，侧头对同桌说："如果你是老师，肯定是个好老师。"

游余讲得比她们那位数学老师要细致很多，她不明白的东西，游余都能为她抽丝剥茧。

"这些题，之前我怎么都做不出来，结果被你一讲，就好像很简单……"池唐说。

游余把她的试卷翻了一面："可能就像是玩一个游戏。以前学过的东西都是碎片，现在我们需要不断把那些碎片拿出来放在一起，拼凑出不同的图案。"

池唐："如果是这样，那我那些碎片肯定边走边丢，所以拼不起来了。"

游余："没关系，捡起来就可以了。"

池唐忽然用笔敲了她的笔杆一下，有点泄气："说得简单！"

游余任她敲，点了点另一题："那我们先捡这块。"

她点的是最后那一道附加大题。

池唐看一眼就拒绝："这道题太难了。"

面对拒绝，游余连眼睛都没眨一下，手已经摸上了草稿本："它不难，只是狡猾了点。”

池唐认命地听着，并且做好听不懂的准备：“你说得好像它是个人。”

结果，她听懂了，真神奇。游余这个人真神奇。

题目听到一半的时候，池唐瞟到前面的赵绒绒往后靠着她们的桌沿，侧着脑袋，聚精会神好像也在听游余讲题。

池唐一根手指按住游余的笔帽，让她暂停，故意清了清嗓子：“是哪只兔子竖起了耳朵在听别人讲话啊？”

椅子被拖动，赵绒绒往前伏在桌子上假装认真写作业，尴尬得耳朵红了。

池唐轻轻哼了一声，一手撑着下巴，朝游余挑了挑眉，意思是“就不要让她听到。”

游余笑了笑，示意她继续跟上思路。

接下来的所有自习课，游余都在给她讲题，不仅是错题，池唐做对的题目游余也讲了。全部讲完之后，池唐再翻了一遍这张试卷，忽然发现如果再来一次，自己绝对能做满分，不是那种记答案的满分，而是可以全部正确做一遍的满分。

更让池唐惊讶的是，自己竟然乖乖认真学习了这么久还没有感觉到烦躁……这可能是她从幼儿园毕业后最认真学习的时刻。

“浪费了你这么多时间，总算还有点作用。”池唐折了试卷，夹在数学书里，不像之前那些试卷一样随手塞进抽屉底下垫书。

游余正给她整理其他科目的试卷，池唐的试卷总是乱放，游余当了她几节课的老师，自然而然地拥有了帮她处理试卷的权利。她闻言摇头：“不是浪费时间。”

池唐觉得同桌在安慰自己：“不是浪费时间是什么？你早就会了的东西再给我讲一遍，你难道还能有什么额外收获吗？”

游余：“没有，但做一件事如果觉得开心的话，花多少时间都不是浪费。”

她一个人学习的时候，是平静满足的，当池唐和她一起的时候，她感到快乐，不知道为什么，可能是因为池唐比她有趣。

池唐无法理解：“给人讲课有什么开心的，你当老师有瘾吗？”

游余不答，抽出她的物理试卷：“接下来要听物理吗？”

已经是课间，下课铃打了两三分钟，池唐站起来：“让我休息下去上个厕所吧老师，物理下回再说。”

她双手插在校服口袋里，快步离开，半长的头发在脸颊边飘飞，迎着阳光的半张脸明亮而朦胧，独自越过许多笑闹的、脸庞模糊不清的同学。

进入秋季的南林，阳光灿烂的日子多了起来。

窗外的银杏树黄了叶子，游余学习的间隙里，最喜欢扭头去看这棵慢慢变成金黄色的树。它的颜色太灿烂了，格外吸引她的目光，好像她天生就会被灿烂的东西所吸引。

池唐踩着上课的铃声回来，回到位置上坐下，忽然把手放在游余面前，抖了抖袖子。

一片金黄的银杏叶从她的袖口里落下来，像一只蝴蝶落在游余的手背上，又滑落在她的笔尖旁边。

“我刚才捡到一片很好看的叶子。”池唐很随意地问，“你要不要？”

游余侧头看她：“要。”

第三章

可能是想超度她

南林一中的秋季运动会，就在期中考试之后没多久。他们学校的运动会规模挺大，每年都是师生共同参与，还有不少家长也会来观看。

紧张的期中考试过后，这样的运动会多少拯救了一些没能拿到好成绩的学生，让他们能迅速投入集体活动中，暂时忘记残酷的现实。

体育委员是个高个子皮肤略黑的男生，很喜欢打篮球，前两天还在为了糟糕的期中考试成绩哀号，听到班主任提起运动会的事，立即来劲了，考试成绩什么的丢到一边，原地复活，拿着打印出来的项目表挨个询问班级里的人，催促大家参与比赛项目。

他性格开朗又爱搞怪，在班里人缘不错，一路插科打诨，求爷爷告奶奶的，一天没过，就连蒙带骗地几乎把大半的项目全分配了出去，每个项目至少有一个人参加，最后就剩下女子三千米长跑没有人肯去。

没办法，体育委员找了自己平时说话比较多的几个女生，那几位忙不迭地摇头拒绝。

“黑皮你想我死啊，我这小身板，八百米都跑不了，让我跑三千米，我当场断气给你看！”

“我跳绳就行了，跑步我受不了，我跑不动！”

“别看我，我已经选了一千五，再跑三千不可能。”

“黑皮你别坑我，我已经被你坑得选了跳高了，我都不会跳，到时候腿都给我摔断，还跑什么步！”

他后桌瞪着眼睛举起书作势要打他，体育委员立即赔着笑，灰溜溜地躲过她那一下，跑到了后面那群女生堆里。

“哎，罗郑丽，你们几个还没选项目呢，至少一个人一个项目，每个人都要选啊。”

几个女孩子不情不愿：“我那天刚好来那个，肚子痛，能不能不参加啊？”

黑皮：“那不行，到时候真上不了再请假，先记一个再说。女生三千米还没人选，你们谁选一个？”

“男生有三千米就算了，怎么女生也有啊！”

“是啊，我四百米都跑不下来。”最后几个人还是一人选了一个，跳绳扔铅球之类，三千米还是空缺。

“池唐跟游余不是没选吗？让池唐去啊，不是说她以前跟人打架吗，能跟人打架肯定能跑步。还有游余，她不是以前在偏僻山村里，读书都要走很远的路吗？她肯定能跑。”罗郑丽这话说得有些微妙，体育委员却没听出来，他大大咧咧的，听了这话反而眼睛一亮：“对啊，游余肯定行，她能吃苦，比不上你们娇气。”

“你才娇气！”

体育委员嘿嘿一笑，赶紧跑了，跑到游余和池唐的桌前，一手撑在两个人的桌子边缘，放下项目表，很是期待地问道：“游余，咱们班上女子三千米项目没人报名，就剩你和池唐了，你和池唐谁报一个三千米行不行啊？”

游余抬头，答应下来：“可以，我报三千米。”

池唐刚停笔，闻言皱眉：“你就这么随便答应了？”

游余疑惑地看她：“怎么了？”

池唐：“别人都不想报就给你？”

游余：“没事，我能跑。”

池唐还是气不顺，笔一丢，瞪向面前的黑皮。

黑皮被她吓一跳，先前和其他人说什么都能开玩笑，在她这里一个字都没说，脸都红了，松开她的桌沿，支支吾吾道：“跟我没关系啊，游余很厉害，每次体育跑步她都能跑，她肯定能为我们班争光。”

游余顿了顿，问她：“还是你也想跑三千米？”她想起来池唐每次体育课也是坚持跑完的。

黑皮赶紧附和：“你也想跑那就你们一起跑三千米，我记你们俩的名字。”

池唐：“跑个屁，我跳远！”

黑皮：“行行行，你跳远。”记完赶紧溜了。

结果没一会儿下课，池唐离开后，黑皮又溜过来和游余说：“通知一下，跑步都要穿跑步鞋或者运动鞋这些适合跑步的鞋子，你们跑步项目的同学自己准备好啊。”

游余顿了顿：“好，我知道了。”

游余买了一双白胶鞋，洗得干干净净的，就放在床底下。罗郑丽回寝室看见了，随口说：“她终于买鞋了，我看她一双布鞋穿了半个学期都不换，臭都臭死了！”

游余不在寝室，但池唐刚好回来，听到这番话，手里还拿着一瓶喝了两口的水，直接把水砸到了罗郑丽脚边，瓶子里的水溅了罗郑丽一身，她的床铺上都湿了一片。

“啊——你干吗？你有病啊！”

池唐几步走过去，抬脚在她的床边重重踢了一下：“你嘴巴放干净点，不会说人话是吧？”

游余确实只有一双布鞋，没有换洗，鞋子穿久了会有味道，罗郑丽之前就在寝室说过了，大声嚷嚷有人鞋子臭了还不洗，整个寝室都是味。池唐并没有觉得有什么味，但游余立刻就知道是在说自己，那之后每周起码洗两次鞋子，每次都是晚上回来洗了放在外面晾，第二天再穿。

如果天气晴，鞋子干了当然好，要是下了雨，一晚上不能干，鞋子还湿着，游余也是穿着去上一天课。

有段时间阴雨连绵，池唐心情就特别不好，看路上的水坑都不顺眼。

“罗郑丽你自己看看你自己的鞋子，穿了一个月的鞋子放在床底下不洗，还管别人？”池唐把她床底下那些鞋子全都扫了出来丢出去。

游余从教学楼回寝室的时候，路过操场，看到一个人影在里面慢跑，那个影子很熟悉，是她同桌。

“池唐。”

池唐戴着耳机，里面激烈的电音节拍几乎冲破耳膜，她根本听不见。

游余站在那儿，耐心地等她跑到附近了，才再次喊了声：“池唐，你怎么这个时候在跑步？”

池唐仍是没听见，但看见游余了，摘下耳机问：“今天这么早回寝室？”说着走向她，和她一起回寝室。

两个人回到寝室，游余发现今天的寝室异常安静，每个人都不说话。罗郑丽坐在床上给人发消息，一双眼睛红肿着，好像哭过。

池唐表情冷冷的，不和任何人说话，径直去洗漱。

第二天下早自习，同学都跑去吃早餐，游余先吃完往楼上走，忽然听到上面楼梯间有人说话，是他们班上的同学王焦阳。

游余记得他，池唐刚成为她同桌的时候，王焦阳还来过好几次找池唐说话，后来池唐不耐烦不理他，他就慢慢不再来了。

现在他语气不怎么好地说：“我听罗郑丽说你欺负她了，怎么回事？”

池唐就站在他面前，被他拦住，表情也不怎么好：“她的事情，什么时候轮到你出头了？”

王焦阳忍着怒气：“你说话注意点，你不要太过分，再有下次，我不会放过你！”

池唐冷笑一声：“那我也警告你，你那个罗郑丽下次再莫名其妙地针对游余，我就不是扔她的鞋，我直接扔她！你们真以为我脾气好吗？”

南林一中有两个操场，新操场那边有跑道、篮球场、足球场、沙坑，还有个室内体育馆。新的操场建成后，这边的老操场就无人问津了，只偶尔新操场篮球场不够，还有人在这里打篮球。

老操场离宿舍比较近，晚上的时候基本没人过来，池唐喜欢这里的安静，所以在这里跑步。

下晚自习之后，差不多半个小时，游余也过来了。

“报了三千米，要提前练习一下。”游余这么说，静静地跑在池唐身边。

这边有两盏路灯，有一盏坏了很久，一直没有修，另一盏立在高大的樟树边，灯光被繁茂的枝叶遮盖了大半，显得朦朦胧胧的，周围都看不太清晰。

宿舍楼那边的说话声，像远方的灯火一样阑珊。

池唐照旧是在听歌，歌曲是根据她的爱好自动推荐的，也不知道是什么名字，是首纯音乐，音量不太大，她隐约听到脚步声回荡在四周，因为同步，像是一个人跑出来的。

树叶被灯影照得巨大而斑驳，落在地上，被她们的脚步踩得不断摇曳。

歌曲停了下来，大概是手机没电了，当她的世界安静下来，池唐听到了身边的人在小声默念什么。

“你在念什么？”池唐摘下耳机问。

游余：“在背书。”

池唐服了这学神了，如果一个人拥有聪明的头脑，还比其他人更勤奋，那这人真的可怕。

游余问她：“不听歌了？”

池唐：“没电了。”

游余：“背课文吗？明天早上要抽背。”

池唐不想背，但跑了一圈觉得无聊了，又说：“你背出来了？”问完觉得自己是白问，估计游余上课的时候看了两遍就会背了。

池唐都不知道自己怎么回事，出去跑个步，只是为了避开寝室里的某些人，结果游余一来，她就用这时间把课文给背了，不仅背了课文，还练习了英语口语。

游余说：“我英语口语不太好，要多练习。”

她在旁边练习着练习着，一段对话，反复重复某一句，池唐就忍不住接下去。她接了，游余再接下一句。

整座学校慢慢安静下来，天上属于夏天的星星还在秋季的天空里闪烁，她们一齐穿过一条绿化带，踩着几十级阶梯，回去寝室休息。一连好几天都是如此。

运动会开幕式，要走班级方阵，班会的时候班主任老方用了大半节课给大家讨论，有人说要租西装，有人建议扮演游戏动漫里的人物，还有人提出男女反串，男生穿裙子，女生穿长裤，气氛非常热烈，吵得隔壁老师来敲门让他们小声点。

班主任老方慢悠悠地听她们说完了，最后来一句："咱们班费不多，花钱太多的就算了，校领导也不准有太奇怪的装扮。"还没说完，底下就是一片哀号抱怨。

池唐对这些也有些兴趣，但没参与讨论，只是听着。

"这样，我们问问（1）班和（3）班准备怎么办，再来决定好吧？"

这个打探敌情的任务黑皮早就完成了，立即汇报："(1) 班和 (3) 班都穿校服啊。"

"啊，太无聊了吧，就穿校服，一点都不好玩！"

结果最后还是穿的校服，因为副校长通知，运动会要有人来拍照，不许穿奇装异服。

"什么奇装异服啊，都什么年代了，我们学校校长和副校长都是老古董吗？"

"无语，这也不让那也不让，干脆运动会也别开了，没意思。"

哪怕抱怨连天，这些学生也无法反抗，到了那天仍然是乖乖穿上校服。他们的校服是蓝白色，不算好看，也不是很难看。

运动会开两天，占用了周四、周五，之后连着周末放假。只要不上课，学生们都是开心的，哪怕因为没能穿上有趣的衣服艳压其他班级，聚在一起仍然有许多快乐。

周三下了雨，周四恰好是个大晴天，只地上还有一点湿润，气温回升，特别热。

入场时，（2）班规规矩矩地走了方阵入场，池唐因为身高，站在方阵后半截。等到后面（9）班的人一出场，池唐听见周围一片喧哗，都是在尖叫吹口哨，还有人抱怨："为什么他们班能穿成这样啊？不公平！"

前面的人都跳起来看，池唐歪着脑袋在空隙里看。（9）班举牌的是个男生，穿着裙子，踩着高跟鞋，还有点扭捏，是他们班体育委员。后面的学生们穿着超短裙——男生穿的，女生们穿着汉服，风格混搭，在一群校服学生之中独树一帜。

这场骚动在（9）班过去很久之后还没停歇，一直在讨论。

池唐听了一阵讨论，就不耐烦听了，开始觉得主席台上讲话太啰唆。这么大的太阳下，站在班级方阵里，被这火辣辣的太阳晒得不想睁开眼睛。她用袖子遮了遮太阳，眯起眼睛。

前面的女生打闹，也不注意周围，眼看要撞到她身上，池唐往后退了一步避过她们的推搡，结果脚下一不小心踩到了身后人的脚。

她身后是游余，游余扶了她一把。

“不好意思。”

“没事。”

游余干净的白胶鞋上被她踩了个脚印，非常显眼，像个一眼就能被人看见的印记。

游余的女子三千米长跑项目和池唐的跳远项目都在下午，跳远在前。

虽然池唐在班上人缘不是很好，很多女生觉得她太高傲不喜欢和她玩，但她听到广播去跳远，体育委员黑皮还是立刻带着人过去给她加油。除了她，班上还有另外两个女生要跳远。

游余刚拿了长跑的号码牌，也走向这边，穿着那双被池唐踩了个脚印的白胶鞋站在一边。

池唐看一眼她的鞋，听到老师喊班上另一个同学的名字。

女生有点紧张，站在起跑的位置，加速，结果没能跳起来，直接跌进了沙坑里，周围围观的其他人顿时一阵哄笑。计分的老师也笑了，见女生实在尴尬，就说：“三次机会，再来一次。”

女生懊恼地爬起来，大约是被打击了，这次匆匆跳完，跳了个不太好的成绩，没脸见人一般埋着头就扎进了人堆里。

接下来又是好几个人跳，成绩有好有坏。

“高一（2）班，池唐准备。”

池唐呼出一口气，抬脚走到沙坑前方。

她个子不矮，腿很长，没穿校服裤，穿的是一件有弹性的牛仔裤，更显得双腿修长。十几岁少女的纤细单薄像是夏天空气里的透明气泡，五彩斑斓，一触即破。

她看着前方奔跑着，黑发飘起，敞开的外套灌满了风，如同一个风帆，她猛然跳起来……

池唐跳了一个不错的成绩，目前为止在十几个人里排第二。

她从沙坑里站起来，默不作声地又走到了起跑点，这回脱下了外套随手扔在地上，看着前方再度起跑——跳跃——落地。

“不错啊！”计分的老师喊了一声。

体育委员黑皮带着几个人在一旁跟着叫起好来，引来一片侧目。

计分老师记录了成绩问：“目前为止最好的成绩了，还有一次机会，要不要再跳一次？”

池唐拍掉鞋子上的沙，捡起外套：“不了。”

黑皮跟她招手：“哎，有三次机会，你怎么不继续跳，万一接下来有人超过你了怎么办？”

池唐：“超就超了，我最远只能跳这么远，已经是超常发挥，你还指望我拿第一吗？”

远处看台上有人大喊：“高一（2）班跑步的过来集合了！”

跑一百米、四百米的在前，三千米的在后。

一个大操场里全都是人，一群群一簇簇地围着，操场外面还有不少家长在那里看。其实高中的运动会并不正规，有很多项目老师是临时来凑数，连规则都不是很清楚，但热闹是足够热闹了。

场面太热闹，池唐觉得有点晕。她不喜欢人太多，不喜欢这种沸腾的情绪，就像她也不喜欢连绵的阴雨。

班上准备了一箱矿泉水，参与项目的同学可以过去拿着喝，副班长坐在那里看着，顺便写广播稿，写稿子有加分，还会在主席台上被播音室的同学念出来。

池唐不想去拿，穿过人群去外面买冰水的时候，听到回荡在整个操场上的播音声：“高一（2）班田雪来稿……”

骤然响起的一阵尖叫和加油声遮盖了稿子内容，是一百米短跑比赛，不仅是那些选手在比速度，两旁充当啦啦队的同学也扯着嗓子比谁的声音更大。

池唐买了冰水，没有立刻回操场，坐在小树林的石阶上安静了一会儿。这个时间不能回教室，有老师在巡逻，不许学生在教室停留，宿舍也不能去。

等到远远听到操场那边播报三千米长跑，池唐才站起来。

回到操场时，三千米长跑已经开始了，她听到黑皮几个在那儿喊着游余的名字。她们班三千米长跑只有游余一个人参加，这要跑上好几圈，一开始游余就落在了后面，黑皮几个喊着她的名字。

“游余跑快点啊，游余快点！”

（3）班一个女生一开始就跑得特别快，连带着其他人也跟着提速，才开始就跑出了短跑的气势，只有游余和另外一个女生在匀速跑动，一下子就落到了最后。

这是下午最后一个项目，（3）班不少同学在那里看着，但是开口为游余喊加油的没有几个人，还有不满她跑太慢的。

“现在落后太多到后面怎么赶得上啊！”几个女生焦急。

虽然可能有些人也明白一开始不能跑太快，但看见其他选手跑得快，他们还是会忍不住着急催促。池唐看见游余低着头，看着自己的脚，跑得不快不慢，好像完全没听到跑道边上的同学们的议论。

池唐把手里的瓶子扔进垃圾桶，跑进了跑道内环。游余所在的跑道在最内环，她踩着红色的跑道，池唐就在她旁边，踩着绿色的塑料草坪。

太阳很大，秋老虎发威，晒着太阳已经足够热了，更何况跑着步，池唐跟着跑了一圈，感觉身上有一层黏腻的汗，很不舒服。

“游余，要不要水啊？”看见其他班给跑到半途的选手送水，黑皮也连忙问。

池唐从他身边跑过，接过他手里的水，拧开递到游余手边。

最后一圈，游余和另一个女生同时开始加速，先前那些跑得飞快的人现在已经明显后劲不足跑不动了，脚步沉重地落在她们后面。还有一个踉跄地摔倒在地，膝盖挫伤了一大块，被人赶紧扶了下去。

池唐停下步子，直接横穿内环走到终点处，和其他人一起等着。游余不再低头看鞋子，抬头直视终点处。她做什么事都认真，跑步也是，池唐觉得在她的世界里，这时候应该没有其他任何人了——没有对手，没有围观的人。

周围特别热闹，越来越快的游余很安静。

激烈而紧张的气氛抓住了所有人，（2）班的同学，哪怕是不喜欢游余的某些人，这时候也忍不住大喊起游余的名字。

游余和另一个（5）班的女生几乎同时到达终点，（5）班那边立刻欢呼起来："第一！"

（2）班这边不服："怎么就你们第一了？差不多是同时到达的，说不定我们才是第一呢！"

黑皮跑去询问计数的三位老师，其余人也跟着过去了。游余冲过终点，不停喘着气，仍然往前走。她抬头看见池唐，朝池唐笑了笑。编成辫子的黑发搭在肩上，头发微微散乱，眼睛清澈而明亮。

"池唐你扶游余一下！"黑皮抽空喊了声。

池唐这才上前扶住游余，扶着她慢慢走了一阵才停下来。这时候那边（2）班的同学爆发出一阵兴奋的喊叫："我们才是第一！"

"加分加分！第一加分！哈哈哈哈哈！"

池唐："你拿第一了。"

游余的气息已经平复："嗯。"

充满了一种经常拿第一的淡定。

运动会晚上不上晚自习，充分发泄了多余精力的学生们终于感到累了，一窝蜂地拥进食堂吃饭，又纷纷回寝室去洗澡换衣服。

池唐耽搁了一会儿，最后才吃完回寝室，其他人已经洗完了，游余正在洗，她是最后一个。

被用过的卫生间里一片凉意，没有丝毫热气，太阳已经落山，温度骤降。

池唐插上卡，把水龙头从冷水转回热水。

她忽然好奇，是不是等到冬天了，游余还是洗冷水？

周五，池唐坐在看台背面，听着前面此起彼伏的喊叫，玩了一天手机。游余不知道怎么也找到了这风水宝地，在池唐附近抱着书做了一天试卷，速度非常快，池唐玩几局游戏抬头看她一眼，就发现她解决一张试卷。她不像做试卷的，像印试卷的。

池唐无语，有人在旁边认真学习，真是连游戏都玩不下去。

池唐："学海无边，回头是岸。"

她没头没尾地说了这么一句，游余从试卷堆里抬起头，想了下竟然说："放下游戏，立地成神。"

池唐怀疑游余可能是想超度她。

运动员进行曲再度响起，为期两天的运动会落幕。

运动会之后，温度迅速降低，几乎天天都是阴天。

正对着她们教室窗户的那棵银杏树落了不少叶子。

池唐用校服袖子掩住鼻子，低声烦躁地说："好臭。"

旁边游余写字的动作停了下来，悄悄抬起袖子嗅了嗅，池唐用余光瞧见了，侧头说："不是说你，是说外面的银杏。"

银杏树的叶子虽然是好看的，但它会结银杏果，而银杏果有种奇怪的臭味。

池唐闻着这股臭味，有点受不了，低声抱怨："你坐窗户边上，离得比我还近，闻不到吗？"

游余摇头："还好。"

池唐翻了个口罩戴上，前桌也受不了这味道，抱怨了两次，但她看见池唐戴口罩，还是和自己同桌一起嘲讽："小题大做，用得着戴口罩吗？真是大小姐。"

池唐从来不惯着每一个阴阳怪气的人，直接开口："你自己也想戴口罩，不戴不就是怕被人说娇气？现在我戴了你说我，你就是你自己讨厌的那种爱嚼舌根的人。"

有时候池唐真的觉得很奇怪。她做了别人想做但是没做的事之后，那些人就会嘲讽她，好像每一个人群聚集的地方都容忍不了特立独行的人，哪怕只是小小的不一样都不行。

池唐对气味特别敏感，被这味道扰得难受，上课都没法集中精神，一连两天都是进了教室就皱眉。

没过多久，银杏树上的银杏果被摘了。

池唐第一时间发现，有点诧异："结的银杏果没了？"

旁边的游余低着头看书，说：“嗯，银杏果可以煲汤，午休的时候食堂老师带着篮子来摘走了。”

池唐没有问她怎么知道的，而是对那所谓银杏果煲汤感到一阵下意识的反胃：“那么臭还能煲汤？”

只要想到那臭银杏果，她连食堂都不想去了，决定去小卖铺买点面包牛奶凑合。

游余：“是用里面的果籽做汤，不要果肉，不臭。”

池唐抬手拒绝。她不信，也绝对不会喝那臭臭的玩意儿煲出来的汤！

天气越来越冷，秋天就像是在夏天和冬天中间夹缝求生，她还没囫囵过出个滋味，冬天就来了。

冬天早早起床变成了一件很考验意志力的事，想要离开温暖的被子特别困难，偏偏她们班主任老方是个养生中年人，要求她们早起跑步锻炼，每天早上起床集合跑步的时候，都是一片哀号。

在缩头缩脑的鹌鹑中间，游余可谓鹤立鸡群，在其他人基本上都穿了毛衣或是换了厚外套的时候，她还是穿着那件校服外套，只是里面的衣服从短袖变成了一件长袖，看上去尤其单薄。

池唐想问她是不是没有毛衣，又觉得自己没必要问，答案想都想得到。游余那个柜子里东西很少，衣服也没几件，什么都缺。

要给她买吗？自从和游余的关系莫名拉近之后，池唐经常烦恼的就是这个问题，要不要帮帮她？

可是她平时给游余带瓶水，游余都要给钱，就算不给钱，也会在其他地方找补回来。很久之前她脑子一抽给游余买了文胸，直到现在游余还在持续试图给她喂题。要是她再给买件衣服，游余肯定也要算钱，还不如叫游余自己去买。再说如果人家不收，就显得她特别多事。

游余坐在窗边，刚好窗子有一条小缝隙拉不严实，入冬后，每天晚上晚自习，总有很大的风，都从那缝隙里往教室钻，虽然游余看上去并不在意那点小风。

“我们换个位置坐，我想坐里面。”池唐突然说。

游余做题入了迷，抬头看她的时候还有点茫然，也没犹豫就和她换了。一直到下了晚自习准备洗澡的时候，她才忽然反应过来，有些不确定地想，池唐是觉得她穿得太少，担心她冷吗？

她想到这里，见池唐从卫生间里走出来，里面还带着腾腾热气。冬天她们没有每天洗澡，基本都是隔开的，但池唐洗澡的频率和她一样，经常是池唐在她之前洗。

游余进了卫生间关上门，不出意外地看见池唐的热水卡放在那里没有拿走。

之前游余每次都是把卡拿下来放到一边，但这次，她拿起卡开门出去，把卡放到池唐的床位上："你的热水卡总是忘记拿。"

池唐正在擦头发，看着热水卡，嗯了一声。

游余转身要走，听到身后的池唐说："下次我再忘记拿，你就直接洗，不用取下来。"

游余忍不住笑了下，心里又猛然感到一点心酸。她转身，把手伸到上铺。

池唐："干什么？"

游余："你摸一下我的手。"

池唐看她一阵，碰了下她的手。游余莫名觉得她像只猫，朝她伸手的时候，会露出吓一跳的那种警惕犹豫的神情。

池唐发现自己这同桌的手是温热的，比她这一到冬天就手冷脚冷的人暖多了。

游余："我不怕冷，以前在家，冬天都是洗冷水，习惯了。"

池唐："哦。"

过了几天，游余穿上了毛衣，那件黄色毛衣不像是新的，但看上去很不错，柔软厚实，池唐没见她穿过，不知道哪里来的。

"我们把座位换回来吧。"游余提议。她现在看上去不冷了，不用池唐坐窗边给她挡那一点风了。

池唐完全不想暴露自己之前那点不足为外人道的小心思，嘴硬地说："我说了我想坐窗边。"

游余："好吧。"

隔天她就向班主任老方反映，找了个校工来把窗户修了下，那一条细细的缝隙没有了。

快要期末考试的时候下了一场雪，池唐以前没住过南林市，不知道这地方往年有没有下过雪，但她奶奶老家是南林市隔壁一个小县城，她小时候在那里住过，模糊的记忆里，那里好像是下过大雪的。

班上南林本地的学生都说，近几年没见过这样的大雪，真是鹅毛大的雪花连成一片。

上课就不断有人往窗外看，等到下课，大半个教室都空了，大家坐不住，全跑出去看雪花。

其实大雪才下没多久，地上还没积雪，但所有人都很兴奋。

池唐也很久没见过大雪了，撑着脑袋凑在窗户边看了很久。上课老师在前面讲台上带着同学复习，她也忍不住时刻转头去看窗外的大雪，看树枝、树丛上落满雪，看地上的积雪慢慢变厚。

脾气不太好的数学老师点了她的名字。

“池唐，老师站在讲台上，不是站在窗户外面讲课，你往哪儿看呢？你要是想看，让你去外面看个够怎么样？”

池唐这才收回目光，绷着脸盯着书本。

数学老师又点了几个学生的名字，全都训了一顿，才说：“马上就考试了，考完回去过年，今年最后一个努力的机会，再不好好复习，看你们到时候能拿什么成绩回去见父母！”

池唐嗤之以鼻，她那父母，从来不在意她的成绩，考成什么样都不妨碍他们吵架和骂她。

游余却在下课后推给她一个本子：“我自己做的考点总结，还有经典题型，你做两遍，期末考试就差不多了。”

池唐：“我不需要。”说完她觉得这话有点耳熟，自己仿佛已经对游余说过好几次了。

游余：“做一遍也可以的，能提高。”

池唐忽然说：“你听过网上的一句话吗？”

游余：“什么？”

池唐：“亲人也许会欺骗你，朋友可能会背叛你，数学不会，数学不会就是不会。”

游余愣了一下，然后捂嘴笑到无法停止。

池唐表情漠然，有这么好笑吗？

在期末考试之前，有元旦晚会。元旦前，校领导发下通知不让开元旦晚会，说快要考试了，会影响学生学习，但是这通知毫不意外地引起了很多反对的声音，在几个班级的联名要求下，最后还是放宽了规定，高一、高二学生可以抽一个晚自习时间，自己搞班级元旦晚会。

(2) 班的班主任老方向来好说话，就像他的名字一样大方，下午最后两节课，都给了他们安排，自由分配任务。

谁去负责买零食，谁带着大家整理教室里的桌子，弄出一个空间当作舞台，还有班上的文艺委员统计擅长唱歌的、有才艺的同学，准备临时组织节目。

哪怕只有一个晚上的晚自习时间，只有一个教室那么大的空间，这个元旦晚会还是令人感到期待。

池唐觉得，这个元旦晚会大概气氛会非常好。因为又下了雪，校园世界一片纯白，不只是她们班，这整栋教学楼都热闹到沸腾。

不知道是哪个班，还拿了小音箱过来，在放米津玄师的《Lemon》，楼上楼下都能听见。

池唐和游余都在搬桌子，把桌子搬到靠窗的位置，游余难得把她那些试卷、练习册、课外练习拓展全都放了起来，没有争分夺秒地学习，甚至还主动问池唐："等下你要上去唱歌吗？"

"不唱。"池唐想也不想就回答。她是个不喜欢集体活动的人，这些晚会让她参与，坐在一边看着还好，让她上台她就不乐意了，总觉得丢脸。

游余有些遗憾。她听过池唐偶尔哼歌，觉得她哼得很好听，如果完整认真地唱，应该会更好。

"你唱吗？"池唐反问。

游余摇头："我不会唱。"

她有点不太好意思，因为大家都会唱的歌，她不会唱，还有其他人一听能说出歌名出处的歌，她也是第一次听。她没接触过的东西，实在太多了。

外面天色灰暗起来，去买零食的人回来了，提着大包小包的东西，开始一个桌一个桌分，有人嘻嘻哈哈闹着要多分一个小蛋糕，多要两个橘子。体育委员黑皮提着大袋橘子，像个守财奴，绝对不肯给别人多分一个，嘴里嚷嚷着："不行不行，我算好数量了，多分了后面的同学分不到了！"

今天她们吵闹一点，老师们就当作没听见，因此手机耳机都可以光明正大地拿出来。池唐就在听歌，看着窗外慢慢变小的雪。

她们的桌子搬到了角落，黑皮是最后分到这里的，池唐听到窸窸窣窣的声音，看见黑皮从袋子里掏橘子，小声说："你们是最后分的，还多了两个橘子，多给你一个。"

说完他就立刻提着袋子转身跑去分其他东西。池唐看一眼自己多出来的那个橘子，没什么反应，游余也下意识地多看了一眼。池唐拿了那个橘子递给她："你要给你。"

游余摇头："不用了，我有一个，够了。"

就是在这个最热闹的时候，节目还没开始，大家都在教室里走动，教室门口忽然出现了一个男人。

这个男人看上去四五十岁的年纪，脸是一种风吹日晒的黝黑，穿一身不太干净的薄棉袄、满是泥痕水污的破旧绿色解放布鞋。他风尘仆仆地站在那里，和这个教室格格不入。看着这么多嬉笑的学生，男人面上有点无措，但他很快就看到了什么，神情变成了凶狠和愤怒。

池唐发现他的目光在自己身边，而游余紧紧抿着唇，脸色有点苍白，再没有刚才那种带着轻松和一点快乐的情绪。

"你个死丫子！"男人一张口就是不知道什么地方的方言，大步走进来直冲这个角落，抬手就抓游余的手，要把她用力扯出去。

池唐几乎是下意识地一把拽住了游余的胳膊，课桌被拖动的巨大声响和这突兀的情况，让闹哄哄的教室瞬间安静下来，所有人都看着这里。

"怎么了？"

"那谁啊？"

"是游余她爸吧？"

男人用力抓游余，嘴里不知道骂些什么，池唐只听得懂他说：“你给我出来，跟我回家去，谁叫你跑到这里来读书！”

游余按住课桌，想要挣开他的手：“我不回去，我就在这里读书。”她的语气还是平静的，但面对这个男人时，声音里那点颤抖也很明显。

啪——男人毫不客气地打了她一巴掌。

“跟我回去！”

池唐反应过来了，拿起书直接狠砸男人的胳膊，大声骂道：“你放开！”

她这一声打破了教室里的寂静，黑皮和其他几个高大点的男生赶紧过来了，拦在游余和池唐面前，试图隔开那个男人：“叔叔是吧？您好好说话，这是干什么，怎么打人啊？”

教室里议论纷纷，还有几个女生赶紧跑了出去，应该是去通知老师了。

男人被几个男生拦住，很不高兴地喊：“我是她爹，我让她回去她就要回去，偷偷跑到这里读书，大半年不肯回去，我坐了几天车子找到这里，就要带她回去！

“你们这些学生伢子管什么闲事，躲开躲开！”

几人推推搡搡，有点拦不住这个力气很大的男人，眼看他推开黑皮，又要打游余，池唐忽然一脚踢倒了桌子，拉起游余就往外面跑。

“啊！”

“哎哟，撞人啊——”

外面天已经黑了，走廊上聚满了同学，有些是听到声音过来看热闹，有些还摸不着头脑不知道发生了什么。池唐拉着游余，穿过这些人，跑下楼梯。她跑得很快，横冲直撞。

游余一直没出声，茫然地任由池唐拉着自己往前跑。她听到身边认识的不认识的同学都在喊叫什么，听到后面自己的亲爹在骂什么，但都听不进耳朵里。

她好像回到了那个夏天，她考上了南林一中，回到家说想去继续上学。

可她爹说，她这个年纪可以嫁人了，不让她继续读书。

她求她爹，告诉他学校愿意给她免学费、住宿费，初中的学校还有老师愿意给她两千元，不会花家里的钱，可她爹还是不同意。他打她，抢了那两千块钱，不让她离开家。

她要是去上学了，家里的事情就没人做了，弟弟也没人带了，家里没钱，她嫁人还能拿彩礼。

她的老师说她很聪明，如果继续读书一定会有出息。她也想去外面看看，所以那时候她去找老师借了两百块钱，凭着一股冲动第一次离开家，到处转车，带着紧张和向往的心情来到这座陌生的城市里。

她以为所有的困难都能克服，只要不怕吃苦，她可以继续学习，可以……

“我第一次看你哭。”

池唐已经停了下来，拉着游余跑到了学校老教学楼后面，这里非常偏僻，有个很小很破的老亭子。

她停下来，才发现游余没发出声音，但脸上都是眼泪。

池唐从来没见过游余哭，她总是沉默、固执、认真的，不在乎那些风言风语和尖酸刻薄的话，永远在做自己的事，除了学习、学习还是学习，就好像一天不努力，就要掉进深渊。

池唐不知道该说点什么，下意识地把手烦躁地插进了兜里。

她摸到了一个圆滚滚的橘子，刚才事情太突然，那个准备递给游余的橘子就被她顺手塞进口袋里了。她想想，把这橘子摸出来，剥了，分成两半，给了游余一半。

“吃橘子。”

游余的眼泪还在默默地流，她接过橘子但是没动，过了一会儿才猛地闭了闭眼睛，抬手擦了下，又把橘子塞进了嘴里。

这么冷的雪夜里，嘴里的橘子很冷，但是很甜。

第四章

跟我走，带你找个地方躲起来

雪停了又下，她们站在这偏僻的角落，能隐约听见教学楼那边的动静，模模糊糊的。

“我可能不能再读书了。”游余忽然说，看上去冷静了下来。

池唐皱眉：“你真准备跟他回去？”

游余摇头：“我不想回去，但是我逃不掉。我上初中的时候，我们村里还有一个女孩也在上学，她的成绩不错，后来她哥要钱娶老婆，她爹妈就让她回去嫁人了。她不肯，待在学校不敢回家，她爹、她哥冲进教室把她带走了，所有的老师都拦不住。”

“我来南林上学时，她已经生了第二个儿子。她生了儿子，已经不想再上学了，觉得自己过得不错。”游余怔怔地说到这里，似乎觉得冷到心里去了，整个人颤了颤。

池唐简直无法理解，如果不是游余亲口对她说，她大概不会相信现在世上还有这种可怕的事在她看不见的地方发生着。

“她不报警吗？”她问。

游余看着她，缓缓摇头：“我们那边都是这样的，没人觉得不对，也不会有人报警。”

池唐：“你会跑，从你家跑到这里，他要抓你，你就继续跑，躲在他找不到的地方，去什么地方都比回去好，不是吗？

“这里不是你家那边，这里有警察局，这里的人都会报警，只要你不愿意，他就没法带你回去。

“你在这里待着，我去看外面怎么样了。”

她说完，把手里另一半没吃的橘子也扔给了游余，扭头离开了这里，压着说不清道不明的怒火往教室走。

班主任老方已经把那男人带到了办公室，但教室里的骚乱还是没有平息，所有人都在谈论着刚才发生的事，连晚会也没有心思再开。

池唐去了办公室，办公室门关着，黑皮几个靠在门边听着。池唐也走过去，刚好听见里面游余的父亲在大声说：“我生她养她，想让她嫁人她就要嫁人，别的我不管！”

班主任老方是个好脾气的人，这会儿听上去也恼了，声音有点严肃：“游万春，游余还没有成年，没有到法定结婚年龄，你要她嫁人是犯法的。”

“我不知道什么犯法不犯法，我女儿就要听我的。”

“游余成绩很好，以后能考上顶尖大学，你不让她念书，是浪费了她的能力。”

“她一个女娃子要读那么多书干什么？浪费时间浪费钱，我已经在家里给她定了亲。”

老方怎么都说不动游万春，不管说什么对方都理直气壮地觉得自己没错，最后他也没办法了，板着脸说：“你赶紧走，学校不让校外人士在这里逗留。”

要不是今晚几个班开元旦晚会，学生进进出出买东西，校门口门卫宽松很多，也不会让他这么容易进来。

“我不走，把我女儿找出来，让她跟我回家去。”

老方对这胡搅蛮缠的男人完全没办法，这时办公室门被推开，池唐站在门口：“老师，叫学校保安把他带走，不然就报警。”

男人一看到她就怒了，大步走过来举起手：“是你把我女儿拉走的，她人在哪里？”

池唐躲也不躲，反而凶狠地瞪着这男人：“你有本事就打，只要你敢打，我让你坐牢，让你赔钱！”

老方连忙上来拦，最后还是学校的警卫把游万春给赶出去了。

游余变得更加沉默了，就像最开始池唐和她还不熟的时候那个状态。她脸上没有了笑，每日埋头学习，池唐甚至觉得她有点疯魔。也就只有和池唐说话的时候，游余眼里还会稍稍有些光彩。

游万春一直没有走，在学校外面徘徊了好几日，班上的学生有住在附近的，每天上学都要悄悄讨论一下那个男人。他被挡在学校之外，进不来但是不肯走。池唐每次听着都皱眉，游余却没什么反应。

班主任老方找过游余一次，和她不知道说了什么，说了半节课才让她回来。

“老方找你说什么了？”在游余再度捏起笔之前，池唐问道。

游余抬头看她，过了一会儿才说：“班主任让我放假后暂时住在他家里。”

马上要考试了，考完试学校放假，游余这状况不能回家，如果那时候游万春还没走，说不定会强制带她走，老方是个很负责的班主任。

池唐心里暗暗松了口气，如果游余放假能去老方家暂住，应该没问题。

期末考试结束，正式放假，成绩单隔日出，很多学生就在学校等到发成绩单再回家。高三的学生晚放假两天，学校门禁还在。

发成绩单后，池唐看完自己的成绩，发现自己某一门成绩提高了很多，就是那门“不会就是不会”的数学。这显然是游余的功劳，她的喂题还是起了作用。

“恭喜游余，再次取得了年级第一的好成绩！”老方满脸骄傲的笑容。

池唐微微侧头去看游余的成绩单：“又拿第一了。”每次考试，她都要说这么一句。

游余在走神，不知道想些什么，听到她说话，下意识地也看了眼她的成绩单，一眼看见数学一栏，朝她露出个笑容：“嗯。”

这是元旦那天之后，池唐见到她露出的第一个笑容。

大部分学生离校了，池唐也要回去。她收拾了一个背包，和游余打了招呼：“明年见。”

“明年见。”

这一次池唐回家，家里空荡荡的，虽然客厅里还有没收拾的扑克牌，烟灰、瓜子、果皮，但至少她的床上没有躺着陌生人。

但就算这样，池唐还是第一时间把床罩被单全都拆下来扔进洗衣机。

她爸不知道去哪里了，但他去哪里，从来不会和她说。听到楼下有动静，池唐还以为是她爸回来了，结果站在楼梯，却看见一个陌生妇女在收拾房子，像是被雇来打扫卫生的。

从以前起就是这样，她爸把家里弄得一团乱，自己从不收拾，她收拾烦了也不管了，她爸训过她好几次，说她懒，都被她堵回去，后来他就开始雇人来固定打扫卫生。

池唐最讨厌她爸像个大爷一样，喜欢摆架子，还异常挑剔。以前他们找过很多打扫卫生的阿姨，他总喜欢大声对人家呼来喝去的，池唐见不得他那样，说上两句，他就要发脾气。

池唐懒得和他吵，只觉得丢人。

她又回去楼上自己的房间，到晚上她爸还没回来。池唐自己去外面随便找了一家店吃饭，吃完回去休息。

屋子里只有她一个人，其他的声音都没有，她早就习惯，也不开灯，坐在床上刷手机，听听歌，发发呆，直到累了躺下休息。

睡了一觉，她被惊醒，听到外面有动静，摸起手机看了眼，凌晨一点二十二分。

是她爸，他又喝醉了，还有一个女人的声音，他们醉醺醺地大声谈笑，发出很亲密的笑声。池唐不用开门都能猜到外面是个什么情况，她撞见过很多次了。

她翻个身，厌烦地用被子将自己紧紧裹住。

过年对于池唐来说，和往常没什么不一样。以前爸妈还没离婚的时候，她妈喜欢出门，哪怕过年也很少待在家里，她爸更喜欢到处去和人打牌，经常就是她一个人在家，想做什么就做什么，饿了就自己煮水饺。

今年是爸妈离婚的第一年，池唐除了换了个地方住，也没什么不一样的地方。她从外面吃了晚饭回家，看见邻居买了很多年货，那家的爸爸带着两个小孩在贴对联，嘻嘻哈哈笑成一团。

池唐收回视线，埋头走路，想着过年了，这里不知道有没有饭店开门，如果没有，她只能和以前一样买点水饺回去凑合。

“池唐！”

池唐抬头，看见烫着大波浪的漂亮女人提着几样礼品盒朝她招手：“池唐，赶紧把门打开，冷死了，南林怎么这么冷啊，我等得都不耐烦了。”

池唐顿了顿，走过去打开了门，自顾自换鞋进屋。

女人跟在她身后，比她更像是这个房子的主人，扫视了一圈之后就有点抱怨：“你爸买的这个房子是二手的吧，你看这个装修，太老土了，我就受不了他这个糟糕的品位。”她边说边脱下大衣，露出里面鲜艳但单薄的裙子。

她换下那双高跟鞋，进了屋：“过年了，妈妈来看看你。钱够用吗，妈妈给你转五千好不好？”

池唐：“转吧，转完赶紧走，等他回来看到你，又要吵架。”

女人摆弄着手机，又不乐意了：“我来看我女儿怎么了，他自己那德行，也好意思跟我吵架？”

她转了钱：“池唐去给妈妈倒杯热水来，南林这地方天气太不好了，要不是我男朋友在这边开分公司，我又想来看看你，肯定懒得过来了。”

她说话还是那样，想说什么说什么，完全不顾及别人的心情。

池唐就知道，她妈肯定不会是特意过来看自己，最多就是有事过来顺道看一眼。她面无表情，看了自己手机里的到账信息，给面子地去给她妈倒了热水。

这位女士名叫唐悦，是她妈，亲妈。

池唐长相遗传了妈妈，性格却和她妈完全不一样，可能是从小看着爸妈互相折磨，导致她对这两个人都产生了厌烦情绪，看到自己身上有一点像他们的特质，就非要逼着自己改掉不可，结果改成了现在这么一副样子。

唐悦女士和池唐说了两句，对池唐的冷淡习以为常，又忙着和人聊起了微信，她从进门起就一直在听微信语音。池唐听到她和一个男人说起让他办完事赶紧过来接她，又抱怨了一番这里的天气和气温，那边的人非常有耐心地发了好几条微信过来哄。

池唐没什么感觉，就觉得她妈这次找的新男友比上回那个听上去脾气更好一点。

说起来也是好笑，她爸妈这两个人，从她懂事起就一直吵架互相折磨。说他们不爱对方，偏偏不愿意离婚，非要绑在一起，可说他们爱对方，又都不愿意改变。

今年他们离婚的时候，觉得最轻松的那个人就是池唐，她真的已经厌烦极了这样的家庭。

“池唐，你到这边在上学是吧？你上初几了？”唐悦女士和人聊了一阵天，又抬头对她笑，看着特别温柔开朗。

池唐同样看着手机头也没抬：“高一。”

唐悦女士露出些真切的惊讶神色：“你都上高中了？”

她不清楚当然也是很正常的，毕竟前两年，她和丈夫的感情已经到了破裂边缘，她基本上不再回家，池唐一个月也不一定能见到她一次，见一次面，说几句话马上又走了。她很繁忙，总会和男友飞到全国各地去玩。

如果是寻常人，弄错了自己孩子的读书进度大概会尴尬，但唐悦女士没有，她向来就是个没心没肺只管自己开心的人。就问了这么一句，听到微信提示音，又去看微信了。

坐着喝了杯水的工夫，她站起来说：“男朋友来接我了，我走了啊。”

她说着，又很亲昵地拉过池唐亲了池唐的额头一口：“那妈妈走了，池唐你自己乖乖的啊。”

池唐记得，爸妈离婚的时候，她妈也是这样，亲了她的额头，笑着跟她说：“池唐，妈妈经常不在家，我男朋友又不喜欢孩子，你跟我住不方便，你以后就跟你爸，好吧？”

她妈轻轻松松地放弃了她的抚养权，连多余的抱歉都没有就奔向了自由自在的生活。

池唐站在原地，看她提着包脚步轻快地往外走。

门忽然响了，她爸的声音带着火气：“这谁的东西放在这里？唐悦？你怎么在这里？！”

她爸往常都半夜回家，今天竟然这么早就回来了。池唐毫不意外地听到这对前夫妻狭路相逢，一言不合又吵了起来。

“你来我家干什么？”

“我来看我女儿，不行啊？”

“我的地方，我的女儿，关你什么事？你给我滚！”

“大过年的，懒得跟你吵架！”

还有个陌生女人的声音：“池璋，这是谁啊，你前妻？”

门口有车在按喇叭，唐悦女士踩着高跟鞋嗒嗒地走远了，池唐听到她爸冷笑着大声说：“别让你的姘头把车停我家门口，不然我砸了他车。”

唐悦女士回道：“你砸，砸破一个玻璃让你赔一套房。”

两个人又吵起来了，前夫前妻，各带一个，吵成一团。等到唐悦女士恨恨地说再也不来他这个破地方，坐上男友的车走了后，池璋才带着他不知道是不是女朋友的女人骂骂咧咧地进屋。

一眼见到坐在那看手机的池唐，他又火了：“我跟你说过让你别见你妈，你放她进来干什么？你是不是存心想气死我？你怎么跟你妈一样狼心狗肺？”

池唐让他骂，等他骂够了，将手机塞口袋里，往门口走，换鞋出去。

池璋大声喊：“你又去哪儿？”

池唐还是没理他，关上了门。屋里有什么东西被砸到了门背上，发出一阵巨响，她爸在里面怒吼：“你走，有本事就别回来！”

池唐深吸了一口气，一脚踩进黑夜里。憋着一股气，闷头走出去很远，那股说不出的心火和委屈才慢慢散去，变成一种了无生趣的疲倦。

过两天就是大年三十，街边很多商铺已经关门，但也有一些店铺为了这最后两日的红火，仍然坚持做生意，反而比平常更热闹。

她出来太急，脱下的羽绒外套没穿，里面就一件卫衣，在这样的冬日夜晚，冷得有些受不住。

路边一家 24 小时营业的便利店里卖关东煮，池唐走进去，看见蹲在货架边补货的店员，背影格外眼熟。

“游余？”

游余扭过头，诧异地看她：“池唐？”

池唐随便买了点关东煮，坐在一边的凳子上慢吞吞地吃，顺便和游余说话：“你不是放假后住班主任家吗，在这儿勤工俭学？”

游余迟疑了一下，才嗯了一声。

池唐："发生什么了？"

这会儿也没什么人，游余就站在旁边，有点尴尬地笑了笑，透过玻璃去看外面的大街："不想给班主任添麻烦了。"

她之前确实住在班主任家，可是后来她爹带着村里一个堂哥过来，说要带她走，又跑到班主任家去闹，班主任一家，因为她连年也过不好，她就骗班主任说去一个阿姨那里躲躲，自己跑出来了。

池唐默默地吃关东煮，忽然说："你是不是没地方去了？"

游余："还好，这里的老板娘让我在店里休息。"

池唐放下签子，抬头看她："你跟我走吗？我带你找个地方躲起来。"

游余在这短暂的十几年人生里，有过好几次绝望的时刻。就是那种，如果没有人帮一把，她实在没办法熬过去的时刻。

她爹带着堂哥出现在班主任家大吵大闹的时候，她有种无法呼吸的感觉，那种惶恐和绝望，让她觉得自己仿佛是在海中溺水。

哪怕她离开好心的班主任家，躲到这里暂时找到了一个小小的容身之处，她也时刻在担心她爹会忽然出现在门外。所以她不断看向玻璃窗外，无法安心。

"你跟我走吗？我带你找个地方躲起来。"当池唐站在她面前，对她伸出手，游余下意识地握了上去。

在她身处陌生的学校，努力不去在意所有人奇怪的目光，将学习当作唯一时，也是池唐第一次主动对她伸出了手。

当她握住池唐的手，终于短暂地感觉到一点安心。

她们在夜色里坐上车，回到了池唐的家，游余望着那栋屋子里隐约露出的光，开始有些迟疑："我住你家没关系？"

池唐却告诉她："不，我们不住这里，你在这里等我。"

她悄悄开门进了屋，从柜子里找出了一串很久没用过的钥匙，还有一沓现金，穿上了之前落下的羽绒外套，背着个包离开了这里，拉着游余飞奔去了车站。

两人乘上车，目的地是南林市隔壁的一个叫作篷宁县的小县城。

"我奶奶的老家在那里，她去世之后那个屋子就空下来了，我们去那里，谁都找不到我们。”池唐坐上车后就好像丢掉了什么包袱，变得有些兴奋起来。

游余感觉到她无意识地紧紧捏着自己的手，忽然觉得，不只是自己无法安心想要躲起来，或许池唐也是，她也想躲开什么，她也在紧张。

她们在这个夜晚相携出逃，心里有着相同的兴奋和害怕。

篷宁县不大，虽说是县，但其实连出租车都没有。她们从车上下来，已经是晚上九点。

池唐站在路边缓了缓，直到被冷风吹得鼻头冰冷，才感觉晕车的症状好了些。

“我以前来过这里几次，但是记不太清了，我去问问。”池唐在路边一家店问了路，发现地方距离这里不太远，就和游余一起往前走去。

游余一路上很沉默，望着周围的街道店铺，默默记着路。

池唐忽然按着手机：“你看。”

游余看向她的手机，见到上面她的支付宝余额。

池唐点了点：“我自己有存款，我们在这里住个寒假住到上学完全够了，你不用担心。”

看游余张口想说话，她又说：“我保证饿不死你，也不要你还钱，我自己想来这里住，就当你来陪我，我包吃包住。”

游余心里涌出许许多多复杂的、无法用语言表达出来的情绪，半晌才嗯了一声。

她望着池唐的侧脸想：这个人，以后我一定要报答她，如果她有需要，如果她遇见困难，我也会像她现在一样告诉她，不用担心。

池唐的奶奶住的是旧城区一栋自建的二层小楼，带天井和一个小小的后院，里面种了棵枇杷树。卷帘门锁着，池唐靠着路灯辨认出这栋许久没人住，已经蒙上了灰的小楼，翻出钥匙开门。

卷帘门太久没被拉开，有些滞涩，推不太动，游余上前帮着往上拉，两个人合力，门才发出嘎吱嘎吱的声响，往上升去。

池唐摸索着开了灯，等明亮的光洒下来，才放松了点：“还好，还有电。”

老人家丧事办得匆忙，身后这栋小屋给了她爸，她爸也不在意，这屋里水电似乎都没去停。屋里属于老人的东西都烧了，只剩下很少的家具，卧室里老人从前那张床也一并烧了，客卧里还有一张床，连屋里没有处理的沙发一起随意地堆放着，都被大油纸袋包裹住了。

窗户紧闭着，地上一层灰，她们走进来，踩出一个一个脚印。

池唐对这里的印象还停留在奶奶去世时，来这里参加葬礼，待了一个星期。

“太脏了……要不我们今天还是去外面找个酒店住？”池唐问。

游余：“这里有水吗？要是有水，清理一下就可以，我来。”

撕开包裹着沙发和床的油纸扔在一边，总算能把她们的背包放下，池唐对这屋子其实也很陌生，但还是带着游余去到处看看，找到了盆和充当毛巾的布，在厕所里放水。

水龙头有点锈住，打开后发出一声悠长嗤声，才哗啦哗啦流出水。

厕所狭窄，烧热水的老式热水器，池唐研究了一下才找到开关，万幸还能用，已经开始烧水，就是显示的数字屏幕坏了，不知道到底是显示的 20 还是 30。

游余端了水盆上楼打扫卫生，池唐也跟上去，在几个房间的衣柜里找被子，如果没有被子，她们还是得出门去找酒店睡。

这个时候，她就有点庆幸这屋子最后清理是她爸做的，她爸最讨厌这些琐碎麻烦事，屋里很多东西他懒得清理。被子在主卧衣柜最顶层上面有两床，她搬着凳子把被子提了下来。

被子又重又厚，大概是奶奶以前做的，老人家习惯这种厚厚的棉絮被子。

游余听到声响，过来帮她一起把两床被子搬到客卧的床上，就这么一会儿时间，游余已经把窗台、桌子擦了，正在擦地板。

池唐：“地板不用扫吗？要不用拖把拖，你这样擦不累吗？”

游余：“没有拖把，这个灰太多了，不能扫，直接用抹布抹比较干净。”

池唐发现游余真的很能干，大概从前在家里没少干活，她还在屋子里转着想把被子拆开铺好，分不清正反前后，游余已经快手快脚地把地面擦了一大半。当然也是因为这间房确实不大。

发现自己搞不清楚棉絮，池唐只好说：“我去找被套。”

等她找完被套回来，发现那间房地面被游余清理干净了，连床上的棉絮都铺得整整齐齐了，游余还把厕所简单清理了一下。

池唐试图套被套，但这被子实在太大，她套了老半天也没弄妥帖，游余湿着手进来，见状过来帮忙。不知道游余怎么做的，抓着两个角抖一抖，被子就整齐了。

“被套有点大了，扯不清的，就这样吧。”

池唐呼出一口气，坐在了床上。

游余坐到她对面那把小椅子上，双手放在膝盖上，问她：“你累了吗？”

池唐低垂的眼睛看见游余的一双手，她的手并不好看，有些粗糙，骨节略粗大，那应该是手常年冻伤留下的痕迹。

看了一会儿，池唐随意地说：“嗯，累了。”

游余不知道该说什么好，保持了沉默。

屋里有点冷，外面风也很大，池唐坐了片刻就站起来：“走，出去买东西。”

附近有个小超市，开在路口，外面搭了两个红色的棚，放着一箱箱水果、奶和礼品，都是过年送人的东西。两个人进超市买了牙刷、毛巾等必需品，又买了些吃的，池唐还提了个小取暖器一起去付款。

这取暖器长得像个电风扇，但没有扇叶。那屋子没有暖气，空调拆了，也没有电热毯，池唐冷得有些受不住。

买完东西两人从小超市出来，外面开始飘小雪花。

“下雪了。”

“嗯，下雪了。”

远处有爆竹声，噼里啪啦地响个不停。大城市里已经禁止燃放烟花爆竹了，但是这个小地方没有，过年期间仍是有不少人放烟花爆竹，她们走在路上，都能看见路边有许多的红色纸屑。

她们回到屋子里，关上底下的卷帘门。

小小一间房里放了个小太阳似的取暖器，暖黄色的光，足以照亮整个房间，没一会儿房间里温度就升高了，温暖的感觉让人不由自主地放松下来。

窗外的夜色很浓，雪越下越大。没有晒过的棉被厚重，压在身上让人有点喘不过气来，还有一股淡淡的潮味。池唐有点睡不着，窗帘拉了一半，她特地留了一些缝隙，可以看外面的雪。

手机忽然响了下，是她爸发来的一条微信语音，池唐只是顺手一点就播出来了，一句很大声的“你再不回来就不要再回来了”在屋子里清楚地回响。

池唐没想到那条语音会这么大声，立刻按着音量降低，但短短一句话已经说完，游余也听见了。

游余刚才一直闭着眼睛，动也不动，池唐还以为她睡着了，语音播完后，忽然听到她问：“你不回去吗？”

池唐原本是侧着身子，闻言改为仰躺着，丢下手机：“不回去。”

她爸不是第一次这么说了，他每次说，池唐都觉得，那个男人是真的这么想，他是真的不想要她这个女儿的，只是没办法而已。

外面有人在放烟花，快过年了，有家的人都在家里。

微信安安静静的，她爸只发了这一条微信，就再也没管她。

烟花炸响了很久，池唐心里许多复杂的情绪，像烟花一样忽然炸开。

“我爸妈之前离婚了，打官司打了很久。”池唐看着天花板，开口说，“那时候他们除了在争财产，争他们那几套房，就是在争我的抚养权，不过不是争着要我，是争着不要我。”

“我妈怕我黏着她，耽误她找新男友，耽误她再嫁一个好男人，私底下给了我很多零花钱，叫我主动选跟我爸。”

“可是我爸也不想要我，我又不是个儿子。可惜，他检查出来有病，除了我不会再有孩子了，所以他才认了这个倒霉继续养着我。可是他又很讨厌我，比以前更讨厌我，觉得是我占了他儿子的位置。”池唐冷笑。

“他喝醉了酒总是怪我，说如果他一辈子只能有一个孩子，怎么不是个男孩呢？”

游余静静听着。她猜过池唐可能和家里关系不太好，但是也没想过会是这样。

池唐发觉自己说得太多了，可是又忍不住心里如泉涌般的委屈和愤怒，最后还是吐出了满是怨气的一句质疑：“他要是不想要我，当初又为什么要生我？”

小太阳没关，暖黄色的光让屋子里很明亮，游余一偏头，就看见池唐眼睛里的光，快要坠落下来。

她不知道该说些什么，只好坐起来抽纸，轻轻按在池唐的眼角。

池唐不看她，拿过那张纸巾，翻个身看着对面的墙壁，不再出声了。

游余过了一会儿也没听到她有任何动静，心里就猜，池唐难过完了，大概又因为刚才和她说那些感到尴尬了。

池唐其实是个很要强又很倔强的人，游余和她做同桌的时候，如果她遇到什么事觉得尴尬了，就会像这样不吭声也不理人，要是实在太尴尬，她第二天连话也不会多说，好像这样子就能显得她多冷酷一样。

她们还不熟悉的时候，池唐第一个察觉到了她的窘迫，而且出乎意料地给她买了文胸，也是这样，摆出十足的冷酷样想要掩饰尴尬。

她当时其实是不想收的。她并不习惯欠人东西，可是那时候池唐的神情……如果她还回去，池唐一定会恼羞成怒。

而且，她是第一次收到友好的讯息，虽然不习惯，也想去珍惜。

“池唐。”

池唐感觉肩上被人碰了一下，她闭着眼睛没反应。

游余也没有在意，只是对着她说：“等我们长大了，一切都会好的。”这是她以前的老师和她说过的一句话，她一直靠这句话在坚持。

“等到我们成年了，能自己赚钱养活自己，找到喜欢的工作……一切就好了，再坚持一下。”

池唐没说话，但有点不自在，忍不住想：游余也没比我好到哪里去，她怎么还来安慰我？

带着这个念头，池唐迷迷糊糊地睡着了。游余没怎么睡着，算着自己节省下来的钱，又想到爹有没有放弃找她离开南林，还想未来，想了很多。

池唐的脚冰冷，似乎睡不暖，无意识地从旁边伸过来，游余感觉自己碰到了一块冰，思绪中断了一下，悄悄把自己暖和的脚靠近些。她想，明天或许应该给池唐灌个热水袋才行。

第二天池唐醒来，发现游余不知道什么时候起床了。她穿上衣服走出去一看，外面昨天没有清理的小客厅都被打扫得干干净净。

池唐没说话，跟了出去。

游余在厨房，池唐靠着门框，问她：“你几点起来的，都快被你打扫完了。”

游余扭头看她一眼："别靠在门框上，门框没有擦。"

池唐低头，果然看见衣服上一道痕迹。在她抬手想拍的时候，游余已经举着热毛巾过来把那一点灰渍擦得干干净净。

池唐说："别打扫了，我们出去吃早餐。"

游余想了想，说："要买菜回来自己做饭吗？今天大年三十了，应该很少有商店开门。"

池唐跟着她一起把厨房翻了个遍，奶奶以前用的煤气灶煤气罐没了，只找出来一个电磁炉还能用，锅碗瓢盆堆在柜子里，落满了灰。池唐看到这些就提不起劲来处理，想临时去外面买新的，可她还没说出口，游余已经端了水过来一副要全部清洗的架势。

池唐最后也只能说："去接热水洗，用冷水你不冷是吗？"

两个人吃了早餐，蹲在屋里擦洗了一天。池唐都不记得自己有多久没有这样打扫过卫生，她还基本上没帮上多少忙，虽然不想承认，但她可能还给游余帮了倒忙。

游余学习认真，打扫卫生也认真，池唐好几次觉得差不多了，转头看见她在擦缝隙角落。

"那里不用擦，不用管。"

"好，马上就好了。"

"为什么床底下、沙发底下都要拖？"

"嗯，马上就好了。"

"那里别擦了，我们又不住很久。"

"好，我已经擦完了。"

池唐看同桌忙碌的背影，有种无语的感觉。为什么搞得像是她们的家一样，这样花大力气去打扫整理？但是池唐不得不承认，当这个小屋子变得干净之后，她也莫名觉得更安心了一点，这里好像不再是一个临时落脚的地方，是能真正住下去的屋子。

她们中午饭草草吃了泡面，晚上池唐本来准备找个还开门的小餐馆请游余吃顿好的，但她高估了这个小小的县城，这个时间除了几家超市，根本就没有其他商铺在开门，餐馆也没有。

"那我们买水饺回去煮了吃。"游余并不在意，在冰柜里选饺子。

最后她们买了水饺也买了汤圆，两个人提着东西往回走，踩在街边的积雪上，发出咯吱咯吱的声响。

大年三十的晚上，她们一人端着一碗水饺，烤着小太阳，看池唐平板电脑上放着的电视节目。

相似的面孔，相似的节目开场，一片花花绿绿的喜庆歌舞表演。

池唐撕了两个卤蛋，分了一个给游余，一言难尽地看节目：“这是什么难看的衣服？大红大绿，跳起来像是一片马赛克。”

游余看她这样说话就想笑，觉得她说话比热闹的节目有趣多了。

听着外面吵闹的烟花爆竹声，游余和池唐度过了她们这一生第一个相伴的除夕夜。

第五章

荷塘月色

池唐从没有过过什么年味浓郁的年，对她来说过年和其他放假也差不多，大部分时间就是一个人待着玩游戏。但是这一次不一样了，她身边有个游余。

从大年初二起，勤劳的学生游余就端着小凳子，凑在茶几上写寒假作业，并在池唐摸出手机准备上线玩游戏的时候，抬头问她："你的作业写了吗？"

池唐："呵，我过年的时候从不写作业。"

她冷酷地说完，毅然而然地扎进了游戏里，游戏音效在客厅里游荡。游余就着游戏音效，埋头一天写完一本寒假作业。

按理说，玩游戏比做作业好玩多了，但池唐还是渐渐被旁边的作业勾去思绪。她感觉好像赛跑的时候别人跑得太远，她落在后面，哪怕她告诉自己不在意跑步成绩，还是会觉得难受。

池唐抖腿，池唐起来喝水，池唐起来上厕所，池唐起来在客厅转圈。

游余听着她游戏里角色死亡的音效响起好几次了，才抬头问她："你是不是饿了，要做饭了吧？"

不等池唐说话，她收拾了纸笔，下楼去做饭，池唐只好跟上去。这几天外面没餐馆开门，她们买了些速食和面食在家里煮，两个人都不是厨房杀手，池唐煮饺子一绝，游余也很擅长做这些，就算材料少味道还是不错的，就是每天吃这些很容易就吃腻了。

好不容易熬到初七，小县城里她们居住的这附近有不少商铺重新开门，出门买东西还看见了烧烤，池唐终于忍不住了，按下游余试图继续煮面的手："今晚出去吃，我请你吃烧烤。"

对于学生来说，油炸烧烤这种食物是最受欢迎的，池唐也不例外地喜欢吃这种在养生中年人看来很不卫生健康的食物。来到那家烧烤店，她就熟门熟路地点菜。

倒是游余，从没吃过这些，有些好奇地看着那些串串和长条炭炉里的火光，又看池唐不停点单："差不多了吧，这么多我们吃不完。"

池唐："吃不完就打包。"

她坚持每一样都点了点。

大多数人这个时候还在家里没有回归工作，这家提前营业的烧烤店也一片冷清，只有池唐和游余两位客人。老板和老板娘一个做烧烤，一个在收拾店里的东西，忙忙碌碌又安安静静。

烧烤的香味渐渐散开，烤肉的热度似乎能传到她们这边。趁着烧烤还没上来，池唐去拿了两罐汽水，摆了一罐在游余面前。

游余迟疑，看着那罐汽水欲言又止。

池唐心想，自己的同桌是学霸、好学生，可能都没喝过汽水。

她拿起那罐汽水，用一个熟练而帅气的动作开罐："你怎么不喝啊？不喜欢吗？"

游余："不是，这汽水是冰的，这么冷喝冰的不好。"池唐晚上都睡不暖和，还要用暖水袋暖脚，怎么大冷天还敢喝这么冰的汽水？

她拿过池唐手里那罐冰汽水放到自己面前："你去拿常温的喝吧。"

游余抿了一口，心想这汽水和水也差不了多少，没什么滋味，怎么卖得这么贵呢？

再看看对面的池唐，喝得十分深沉。

一盘盘嗞嗞冒油的烧烤被端上来，池唐将自己觉得好吃的牛油、鸭胗、鸭肠等都摆到游余面前，让她尝。味道没有她们学校门口那家烧烤店好，但也算及格线上，池唐暗暗评价了一下。

她们学校很多学生周末不回家会在校门口买吃的，烧烤油炸之类的食物最火爆，班上还常有人偷偷带了进教室吃，屡教不改。

池唐从没有见游余去吃过校门口那些小吃，她那个节俭的样子，想也知道肯定没吃过。只是别人吃的时候，游余曾注意过，虽然很快又扭头不去看那些了。

池唐那时候就感觉不太舒服，烧烤而已，游余连想吃什么都不敢表露出来吗？

现在把游余带来吃了这顿烧烤，池唐终于觉得心里舒服了点，感觉完成了一件什么事。

她们吃到天黑，果然没吃完，老板拿饭盒来打包了一下，游余主动提着。池唐过去付钱，一扭头见游余看着这边好像想听多少钱，瞪了她一眼，警惕道："看什么？"

她看多少钱肯定是准备记账好之后还给自己！

游余看她有点凶的样子，只好笑了笑，转头不去看她付了多少钱，低头看着桌上菜单默算价格。等到池唐收起手机回来了，游余也差不多算好了，跟着她一起离开。

两个人走在街上，比起前两天，街上人多了点。

路边一家超市在放音乐，经典怀旧老歌，一首《荷塘月色》。

池唐忽然笑起来。

游余走了下神，没注意她为什么发笑，刚想问，就听到超市那大喇叭里歌词唱道："我像只鱼儿在你的荷塘……"

游余反应过来了，也跟着笑起来。

她几岁的时候都没有名字，是村里有人来登记身份了，催促着，才临时起的，那个余是多余的余，可是现在，她身边的女孩子笑着指她，说："鱼儿。"

鱼比余好太多了。

池唐觉得《荷塘月色》这歌歌词太魔性，就听了一遍，她回去的路上老忍不住哼，洗澡的时候一不注意也哼起来。

晚上她照旧放歌听，驱散屋子里的安静，也像之前一样顺口询问游余要听什么，这回游余没有说都可以，第一次主动说了个歌名："放《荷塘月色》？"

池唐残酷地拒绝了她。

“不行，再听我要中毒了，脑子里都想不起其他的歌词。”

过了年，街上陆陆续续有许多小餐馆开门，街上人也多了起来，环湖的广场那边连续好几日晚上都在放烟花，还有不少小吃小推车扎堆。

池唐在屋里待得烦了，和游余一起去广场那边晃了一圈。正在化雪，比之前下雪更冷，寒风扑面。

池唐先前来这边就没带多余的衣服，这一身是在周围的商店买的，连带着游余身上的一件羽绒外套也是她买的。

游余最开始并不想要，她自己带了换洗的衣服。但池唐看着她大冬天穿得那么单薄就受不了，好像自己也跟着挨冻了似的，直接拿了件和自己一样的羽绒服付款，最后游余也只能接受了池唐的好意穿上。

两个人穿着同样的羽绒外套，站在广场前一个油炸摊子边，这当然也是池唐要吃的。

油锅里炸着的丸子、藕串和香肠、鸡柳在嗞嗞作响，香味浓郁，老板一边询问着她们的口味，能不能吃辣，一边动作利落地捞起锅里的油炸串串，涂抹酱料，撒上辣椒粉，给她们一人一个饭盒，让她们端着边走边吃。

池唐其实对这些小零食也不是特别喜爱，但身边跟着游余，她就想顺便让游余跟着一起尝尝。

在游余看来，自己这位同桌买得多，吃得少，最后全靠她解决。

瞧着游余略瘦的身形，池唐暗暗对比了一下自己的腰身，有点小心思地暗想：要是多来几次，说不定同桌就会比她胖了。

两个人晃荡在路上吃油炸食品，湖另一边燃起烟花，倒映在湖里，灿烂的烟花瞬间成倍绽放。虽然这个小地方的烟花没什么花样，炸开的模样也说不上新鲜，但见识很少的游余还是不由得被吸引，望着对岸和湖边移不开目光。

池唐慢吞吞地嚼着藕串，也停下脚步一起看着。两个人站在环湖路边的树丛底下，和广场的热闹隔着一条街，路灯暗淡得看不清附近的一切。

等到短暂的烟花放完，两个人才继续往前走，深吸一口气，鼻腔里清冷的空气夹杂着一股蜡梅的香味。附近大约有几树蜡梅还在开放。

“放不放烟花？”两个人走回去的时候，池唐忽然想放烟花。

游余：“算了吧，回去了。”

池唐不听她的，跑到旁边商店里买了两打仙女棒，拆了一打给游余，自己拿出一根就用打火机点燃。

噗嗞噗嗞——

这个小小的烟花绽放出光和热，在池唐手里摇晃，光亮稍纵即逝，十分短暂地照亮了她们的手和脸。

“快拿你的来在这儿点！要熄灭了！”

一根变成两根，池唐的火花快烧尽的时候，游余手里也亮起了火花，像是传递的灯，没等到家，两打仙女棒就烧完了。

丢掉最后一根光秃秃的杆子，池唐朝游余挑眉：“还说不想玩，我看你玩得挺开心。”

游余眨眨眼，不说话了。

她以为自己是不想玩的，但是现在，她明白了自己并不是不想玩，而是不敢说自己想玩。从小到大，她不敢有自己想去做的事，只有家里要求她要做的事，她习惯了。现在，她还是有很多事不敢做。

池唐：“好玩吧？”

游余：“好玩。”

池唐拉着她笑出声：“那明天继续玩。”

隔天晚上，两个人没能出去玩。池唐独自出门，去附近两条街给游余买卫生巾，游余突然提前来了月经，两个人又都没带应急的东西，如今人还乖乖地待在厕所里等着她回去拯救。

池唐买完东西匆匆离开超市，这边是老区，夜里人少，街边也没什么灯，她走出去一段路，忽然感觉身后有什么人跟着，有另一个人的脚步声在回荡。

她转弯的时候装作不经意地往后一看，发现后面确实有个人，是个陌生男人，有点矮胖，心里立刻紧张起来，眼睛扫视着前面。旁边一条街有个刚才还没开门的小卖铺亮着灯，她立即跑过去。

走到小卖铺货架边站着，她侧头，看到男人也慢慢走过来，停在街的斜对面。

这人是在跟踪她？池唐壮着胆子回望过去，好像和那人对视了，过了一阵，那男人看她一直不动，才慢慢走开。

池唐呼出一口气，仍是没有放心，最后从杂货铺离开的时候，手里有一根新买的拖把。她提着那根拖把，也提着心，一路无事平安到家。

游余从厕所里出来，看到那个新买的拖把："怎么买拖把回来？"

池唐用力戳着手机："路上遇上个尾随的人，随手买了当武器防身。"

游余吓了一跳："什么？"

池唐："不是什么大事，我以前也遇上过。"

她从前经常一个人在家，有时候晚上出门难免遇上这种事，遇上的次数多了就警惕了。

游余满脸担心，沉默地坐下，生疏地摸了摸她的背："没事，以后我们两个人一起出门，你不要一个人出去了。"

池唐终于丢下手机，绷着的脸露出笑容，好像被游余的紧张逗笑了："你怎么比我还害怕？"

游余认真地说："这是很可怕的事，你一定要多注意。"

之后她果然就再没让池唐一个人出门，大白天也是两个人一起。

正月十五元宵节，两个人在这屋子里煮了汤圆，一人一碗。

"我们要准备回去了。"池唐忽然说。

吹着汤圆的游余动作一顿，抬头看她。

池唐也看她一眼："没事，我打电话问了班主任，他说你爸早走了。"

游余："那你没事吗？"

她们离开之前，游余将屋子里上上下下都打扫了一遍，新买的厨具好好收在柜子里，晒过的棉被塞进衣橱，床和沙发重新罩住。就好像她们是暂时离开，很快又会回到这里。

路上雪快化光了，屋子后面那个小小的院子里，也就剩下枇杷树底下一小堆雪还没化尽。

之前下雪的时候，池唐在这里堆了个形状很奇怪的雪人，游余在厨房里洗碗的时候，每次透过窗户看见这棵枇杷树下的小雪人就想笑。

过了一冬的枇杷树依旧翠绿，两个人离开关门的时候，池唐忽然想起来似的问："枇杷什么时候能吃？"

"四五月前后。"游余回答她，心里猜测着，池唐是不是也有些舍不得离开这里？

她们一起去坐车，一路上池唐都是闭着眼睛想要睡过去，可是游余看见她偶尔喉咙会动一动，那代表着她并没有睡着，还在因为晕车难受。

游余也没有睡着，大巴平缓地往前行驶，周围的景色有点熟悉了，她转头看着池唐埋在羽绒服外套里的脸，心里又忍不住想起那个问题：

自己要怎么才能对这个人好一点，让她能开心呢？

她自己只要能读书，能赚到一些钱养活自己就能开心了，可池唐却好像没什么想要的。她什么都不想要，那就什么都不能令她开心。

生平遇到的第一个朋友非常好，好到游余不知道该怎么回报。

车子停下，代表着她们这一场逃跑之旅正式结束了。她们走下车，池唐还是那副晕车没有缓过来的神情，喝了两口水，说："你直接去班主任家，我和他说过了。"

看她要走，游余拉住她，认真盯着她的眼睛："那你呢，你回家吗？"

池唐扯了扯嘴角："肯定要回去。"

游余："那，你没事吗？"

池唐不太在意地摆摆手："能有什么事？我又不是第一次突然跑出去，我爸早习惯了，就算生气，他还能打死我吗？"

游余看她又上了辆公交车，半晌才收回目光，有些忧虑地皱起眉。

她真的……没事吗？

好在她们就快开学了，就剩两三天而已，池唐就算在家不高兴，很快又能去学校住校了。

她去了班主任家，向他鞠躬道谢，又道了两次歉。

班主任无奈地叹气："你一个小孩子，道什么歉，你爸爸的事，我们也没办法，别道歉了。你和池唐都是，你们两个小孩子，唉。"

好不容易过了两天开学，大家都回到学校，游余早早去到教室，一边看书一边等着池唐。这大约是她第一次这么不认真地看书，以至于那些文字都没能进入脑子，只零散记住了几句。

刚放假回校，教室里同学们嘻嘻哈哈，一看就是无心学习，很久都没能安静下来，也有些同学姗姗来迟，池唐就是其中一个，快要上课了游余才见她背了个小包缓缓地走进教室。

她的羽绒外套里穿了件卫衣，帽子戴在头上，脸上还戴了口罩。游余看见她的时候放下的心，在见到她的脸时又提了起来。

她进来得很安静，班上没有其他人多关注，但游余一眼就注意到了，池唐戴着的口罩底下，隐隐约约有一点青紫痕迹露出来。

池唐坐到自己的位置上，看着窗外没吭声。过了一会儿她感觉到游余的目光还放在自己身上，有点无奈地扭过头，干脆直接拉下帽子："怎么了，两天不见不认识我了？"

她今天没有扎头发，长到肩膀的头发披着，脸颊边也有头发，和口罩一起半遮住颧骨上的痕迹，但那痕迹太大了，没法被完全遮住。

游余迟疑了下，伸手拉她的口罩。池唐往后退了退，想想大概是觉得自己这样太丢脸，干脆又板着脸不动了，任由游余轻轻拉下了她的口罩。

她的左脸有很明显的青紫痕迹，肿成一团。

"你……"

池唐干脆把口罩收起来："被打了一下。"

游余很想说些什么。

池唐："没事。"

人这一辈子，十几岁的时候，最无能为力的时候会想要立刻长大，游余看着朋友若无其事地说没什么，就想，真的好想立刻长大。

游余："对不起。"

池唐："你有什么对不起我的？"

游余："你帮我，我没法帮你。"

池唐："我不需要别人帮我，别人能帮我什么，帮我打我爸一顿吗？不用，他打我我自己已经还手了。"

很快就上课了，两个人没有多聊，只是上课的时候池唐感觉同桌一直在下意识地看自己。她一手虚虚撑着颧骨的位置，实在没忍住，在作业纸上写了句话丢过去——好好听课。

也是稀奇，上学期可轮不到她这样说学霸同桌，都是同桌悄悄提醒她的。

中午游余失踪了一会儿，池唐回寝室放东西，撞见游余拿着一个小袋子过来。她一看袋子里的东西就警惕地后退："我不涂这东西，本来没什么事，越涂看上去越严重。"

游余还没开口就被拒绝。她习惯被拒绝了，张口就说："我跟你一起涂。"

池唐："你又没被打你涂这个药水干什么？"

莫名其妙地涂一脸紫色红色，姹紫嫣红好看吗？班上同学一早上就窃窃私语传她放假在外面和外校不良青年打架，等下午游余也一脸紫红，那就好笑了，她们两个一起被嘲笑。

游余好像能猜到她在想什么，认真地说："我不怕被笑，也不怕她们说什么，你要是觉得涂这个不好看，我跟你一起涂。"

这家伙竟然比自己还狠，池唐也一狠心道："行，你爱涂就跟我一起涂。"谁怕谁了。

下午来上课的班主任眼神不太好，看了她们两个好几眼，才确定她们脸上是什么东西。一下课，班主任就奖励了她们两个办公室一日游。

池唐都做好了班主任要问她这个伤怎么回事的准备，可能还会和从前的班主任一样打电话给她爸试图调解，但是班主任老方最后也没问她的家庭问题，只是叮嘱了游余这学期多帮助同学，一起学习进步。

池唐纳闷，学习进步？

班主任转向她，语气和蔼："池唐，你的成绩是不错的，去年期末考试，也有进步，今年一定要加油，尽量再前进几名，好吧？"

这个好字有点烫嘴，池唐说不出口。她其实不太想好好学习，很烦。但旁边的游余不烫嘴，认认真真地答应了，好像已经把她当作自己的任务和包袱。

班主任欣慰地看着她们两个，点了点头："是，能改变人一生命运的，就是学习，不管现在有多难，等到你们长大了，回头来看，也就是一笑置之而已。"

池唐处于一个不爱听中老年人"煲鸡汤"的年纪，对这话没什么触动，一脸冷漠地又被同桌给领回了教室。

她单纯的同桌好像是被"鸡汤"鼓励了，再度认真地投入学习，比上午认真多了。

池唐等了半天没等到监工来督促自己好好学习，还以为今年游余会比去年更丧心病狂地管她学习。她要是真管了，池唐肯定要不耐烦，可她现在突然半点不管了，池唐又觉得奇怪。

她拿出手机偷偷玩了玩游戏，又掏出一本小说看了几页，游余也没反应。

“你不催我好好学习了？”池唐问。

游余抿了抿唇，严肃地低声宣布：“我想好了，你不学习也行，我替你学习，以后我工作了可以养你。”

池唐消化了一下同桌的意思，良久才问：“所以你的意思是，你想当我爸？”

高一下学期，刚开学，天气还是很冷，连绵的阴雨天似乎比之前的雪天温度更低。

罗郑丽发现，过了一个寒假，寝室里的池唐和游余两个关系好像比上学期还要好很多。

下晚自习，快要睡觉的时候，她忽然看到游余把什么东西放到了上铺的池唐的被子里。

什么东西？罗郑丽心里特别好奇，她假装没有注意，等游余出去了，马上跑过去，掀开池唐的被子往里看了眼。是一个热水袋，灌水的那种。

冬天温度低，不少人买了热水袋，能直接充电的，这样灌热水的热水袋基本上没人买。罗郑丽还以为是什么，没想到就是这么个东西。她撇撇嘴不以为意，放下被子去和好姐妹八卦。

“我刚才看到游余往池唐的床上放东西了，你猜是什么？”

“什么？不会是钱吧？”

“不是，是个灌热水的热水袋，她肯定是偷拿了池唐的热水袋去自己用，趁池唐没回来又给放回去了。不过池唐怎么买这种热水袋啊，她不是很有钱吗？”

她在这边嘴碎，抬头看见池唐端着盆走进寝室，立刻闭了嘴，只用余光瞥着她。

池唐三两下爬到上铺，掀开被子把自己塞进去，动作忽然一顿，拉开被子往里看了眼。罗郑丽也没看清她是什么表情，就见她直接钻进被子里玩手机了。

罗郑丽没能从她的反应里看出什么，也就没了兴趣。

熄灯前，游余带着一身寒风从教室回来，关上门走到自己的床铺面前。罗郑丽瞄过去一眼，正好看到池唐从上铺垂了一只手下去，落在游余面前。

游余看到那只从被子里探出来的手笑了下，仰头低声问："睡得暖了吗？"

罗郑丽竖着耳朵仔细听，听到池唐说："你怎么把在那里用的热水袋都带来了？"

"那里用的"？哪里？罗郑丽有些听不明白。

她当然不知道，这热水袋是池唐和游余过年在另一个地方住时买下的，那边没买到充电的热水袋，池唐又睡不暖，就买了这灌水的热水袋凑合。自从买了这个热水袋，她们每天晚上都是烧一壶水，给池唐灌这么一个热乎的热水袋，剩下的一人一杯热水刚好。

她们回来的时候，游余就带了这个热水袋回来，觉得还能用上，不能浪费了。宿舍楼下能打热水，她顺手灌了个热水袋给池唐提早塞进被窝里，省得她自己总是忘记充热水袋，又懒得下床。

罗郑丽只听她们低声说了几句，心里感觉怪怪的。

前排池唐撕开一根棒棒糖塞嘴里，给了游余一根："吃吗？"

游余接过。

罗郑丽在后面眼尖地瞧见这一幕，给了同桌一个"你看我没猜错吧"的表情。

游余给池唐灌热水袋的行为，一直持续到温度升高，大家都脱下了厚外套羽绒服。

这天是难得的晴天，太阳灿烂热烈，碰上体育课，所有同学都迫切地想要出去飞一圈。班主任本来想占了体育课，面对学生们眼巴巴的表情，无奈地叹气："算了算了，让你们去上体育课。"

学生们生怕他反悔，几乎是他刚迈出教室，就全都欢呼着拥出教室，一分钟内教室就空了，整个操场都是自由飞翔的学生。男生们大喊着打篮球，女生们跑去领羽毛球。

体育老师照常等同学撒欢一阵，才慢吞吞地拍手：“集合集合，先跑步，跑完了再玩。”

迫不及待的男生们迈动长腿，一个比一个跑得快，先把三圈跑完，嘻嘻哈哈地去抢篮球。橡胶跑道附近有看台，也有一排树。

池唐跑完了，转头上了看台最后一排，舒服地往后一靠，半个身子藏在树荫里，半个身子露在太阳下。在这样的天气里，躺着晒会儿太阳，最舒服不过。

她坐在这儿，游余就坐在旁边。也不知道什么时候养成的习惯，一到体育课自由活动时间，池唐就找个休息的地方，游余自然也会跟着她一起。

两人一直在太阳底下晒着，有点热了，又有点恰好的小风。

池唐一个冬天没理发，刘海长太长，在脸上扫来扫去。她闭着眼睛，感觉脸上被头发扫得痒痒的，也不睁眼，懒洋洋地用嘴往上吹气，想把碍事的头发吹开。

细软的头发轻飘飘地被吹起来，又落回脸上。

操场上一群人吵吵闹闹大喊大叫，有人吹哨子，有球猛然撞上篮筐。

池唐忽然感觉有人把她总是吹不开的碍事头发轻轻拨到了一边，拨到耳朵旁边。

她睁开眼，刚好看到游余收回手，收回的手顺便翻了一页笔记。那是她随身带着的巴掌大小的本子，里面是英语单词和各种知识点。

这个学霸上次体育课带书来写题，被体育老师开玩笑似的说了两句，所以她这次不带书了，改带这个。

刚才池唐懒洋洋的，就是懒得伸手整理一下刘海，但现在，她抬起手，啪的一下遮在游余的小本子上。

游余也不恼她，被遮住了内容，就抬起头看着前方开始背诵，把捣乱变成考验。

池唐收回手，游余低头看了眼：“嗯，我全记住了。”

她扭头对池唐说：“记单词吗，等下有英语课要听写，错了老师要骂的。”

她们英语老师年轻，特别凶，每次听写错误的学生都要被骂，一节课她能骂人骂掉半节课，池唐看到这新老师就烦，连带着英语也不想背。

池唐眯着眼睛看头顶微微摇晃，漏下阳光的树叶，随口说："不想背，不想记，待会儿听写借我抄。"

游余："行吧……"

池唐："你的原则又没了。"

游余："我是觉得不抄比较好，但是，你要是真的不想学英语，抄一抄也可以。"

池唐陷入诡异的沉默中，总感觉最近同桌给她营造的学习环境太轻松，甚至充满了一种溺爱的感觉。游余同学这辈子可能都当不成她爸爸了，毕竟她没有这么好说话的爸。

池唐："算了，不抄你的，万一被英语老师看到，她连你一起骂。"

游余脾气特别好："没关系，我不怕被骂。"

池唐抓着头发坐起来，拿过她的小本子："算了，我自己看自己记，行吧？"

池唐看了一会儿英语单词，打了个哈欠。她忽然怀疑同桌是在以进为退，骗她良心发现自主学习。

她怀疑地看向旁边，游余不明所以地回了她一个清澈的笑容。

池唐：好，应该是我多心了。

春，雨水。

南林市阴雨天多得让池唐有些受不了，树木灌饱了水，绿叶一日比一日葱茏，从枯了一冬的树干里挤出来。

永远铅灰色的天空，永远湿润的地面，叶片上滴着水，春日开的花被雨水打得颤颤巍巍，没有一点娇妍的模样，才开了一两日，花瓣就落满了花坛。那带着湿气的香味在雨水里无法传播，只有凑近了才能嗅到一点点香。

"噫吁嚱，危乎高哉！蜀道之难，难于上青天！"

高一下学期语文必背《蜀道难》，班主任老方踩着铃声讲完这一课，最后告诉大家，要背，画重点。

"又要背，又要背，李白大大怎么就不能放过我们？他写的全都要背啊！"有男生发出痛苦的呐喊。

"背书之难，难于上青天！"体委黑皮卷着书大呼。

“背书还好啊，数学才是真难！”他同桌有不同的想法。

“语文还好吧，英语我是真背不起来，什么时候要是没有英语了就太棒了！”

“想得美！”

这一栋教学楼里的都是高一学生，到了下课就是吵吵闹闹，和后面那栋高三教学楼完全不一样，他们下课了也很少有人出来在走廊上走。

厕所又是人满为患，池唐冒着雨，跑去更远一些的厕所。外面雨不大，她不习惯撑伞，淋着细雨就出去了，等到回来，头上肩上都有点湿，坐下来的时候，一点雨水砸在桌面上。

游余从学海中抬起头，看向她的头发：“你又不带伞出去。”

池唐无所谓地嗯了一声，拿了支笔在一个小本子上写写画画，察觉到游余的视线，立即合上笔记本，警惕地看着她。

游余只好把头转回去，假装自己没看到。其实她知道池唐的笔记本上写的是什么，那应该是歌词，池唐自己写的。她喜欢唱歌，虽然不怎么在别人面前唱，但唱得很好。

游余忍不住想，池唐以后是想唱歌吗？

池唐不好意思让同桌看见自己写的狗屁不通的歌词。她最近还在试着作曲，嗯，很难。她看了眼语文课本被画满了横线的句子，比《蜀道难》要难。

后桌的女生在聊明星，说起她们喜欢的男明星的绯闻，同仇敌忾地怒骂起来。

右边的男生在聊游戏，说在家里家长不许玩手机，又约着朋友周末去网吧。

后面的一堆男生在吆喝着打篮球，因为天气不能在外面打，商量找老师要体育馆的钥匙。

前排两个女生在低声背书，想抓紧时间把老师布置下来的背书任务搞定。

池唐想着自己刚才写的歌词，看着窗外的雨有点走神。当学生真烦，每天被困在这里，自己都不知道自己在学什么，学这些又有什么用？她一侧脸看到游余，对方已经合上语文书，大概是背完《蜀道难》了。

这个教室里，恐怕只有游余才对学习充满了兴趣，连下课都懒得出去。

池唐这么想，下一节课课间，好像长在了座位上的游余忽然站起身，问她："去厕所吗？"

她们走出教学楼，游余撑开一把红色的伞，伞面不大，上面写着"喜多多"三个字，显然是赠品。

那把红色的小伞像一朵花，被游余撑在她们的头顶，遮住了细细的雨丝。"喜多多"三个字在头顶晃啊晃，像一个不能实现的美好祝福。

走到一半，雨突然下大了，地面坑洼处的积水泛起涟漪，游余的胶鞋踩着水，洇出水痕。

池唐收回目光。她不喜欢雨天，现在越来越不喜欢雨天。

十几岁少女的心情，就像是多变的天气，池唐尤其是，她的心情，随着南林市的阴晴而变化。

游余从前对于晴天和雨天，没有特别的喜好，但是这一整个春天下来，觉得自己好像被池唐感染了，也变得不喜欢雨天起来。

春天是感冒多发的季节，班上好几个人咳嗽，池唐不幸中招，反倒是穿得不多的游余身体健康，丝毫没有给病魔可乘之机。

"喝点热水。"

池唐听着同桌的关怀，忍不住吐槽她："你知道网上大家怎么形容直男吗？"

连手机都没有，不怎么上网的游余不明所以："嗯？"

池唐："多喝热水。"

游余仍然是茫然的，还把热水往她面前推了推，重复了一遍："多喝热水。"

池唐："你脱离了我们年轻人的娱乐世界，你知道吗？"

游余只是笑："你要吃药吗？吃药好得快。"

池唐并不准备吃药，这么一点小病就吃药不符合她的气质。可是……总是流鼻涕也不符合她的气质，她感觉自己吸一下鼻子，旁边游余就看过来一眼，搞得讲台上的老师也不由自主地看她。

池唐还是去买了感冒药。

她抠出一粒药，示意游余看过来，然后一口吞下。

游余站起来："要水是吗？"

池唐："不是，我是让你看，我会干咽药片……"

看到游余的表情，池唐又加上了一句："还有，让你看到我已经吃药了，所以上课我吸鼻子和咳嗽的时候，不要再看我了。"

游余表示明白。

这一波流行感冒过去之后，春日也差不多要过去了。

绵绵阴雨过去的久违晴天，狂躁太阳火力全开，半天不到就把地面晒干，顺带给校园里的树木打光，每一片树叶在阳光下都绿得炫目，好像绿宝石一般。

同学们穿上校服外套，里面也只需要穿一件长袖。有些格外怕热的人，直接就穿上短袖，在操场上走路带风，尽情享受初夏难得的大好阳光。

在潮湿春天霉了一季的池唐，也终于给面子地对太阳露出一个矜持满意的笑容。

游余不知为何突然笑出声来。

池唐："怎么了？"

游余："我想到昨天的测试，《蜀道难》那一道题填空你错了。"其实不是，她是觉得刚才池唐眯着眼睛晒太阳的样子很有趣，像小卖铺老板养的那只猫。

池唐看了她片刻，抱着胳膊虎着脸："想到我做错的题目，你竟然快乐到笑出声，请问你还是人吗？"

游余："背书吗？"

池唐："不背！"

游余："我是说我背，你听。"听多了自然就会了，她想。

如果池唐喜欢唱歌，喜欢写歌词，那语文还是要好好学。

第六章

生日礼物

晴朗的天气当然是好的，唯一不好的，就是晴天得出去跑操。

南林这地方，住起来称不上舒适，冷的时候很冷，阴雨绵绵，让人觉得骨头缝里都浸着湿气，等到热起来，气温又骤然拉高，在太阳底下跑一通，身上全都是汗。

这学期开学后的两次测试考，游余不出意外地又拿了两次第一。池唐的名字在班级第十名左右徘徊，放在整个年级的话，她能排在前一百名。

这应该算是还不错的成绩。

“池唐，你跟老师说说，为什么家长不能来参加家长会？”班主任老方的语气很和蔼。

“这一次的家长会十分重要，特别是对你们这些高一学生，高二你们就要分文理科了，这一次也是想和家长们聊一聊你们的未来。如果没有特殊情况，家长是一定要来参加的，你回去和你爸商量一下，下周一尽量过来好吧？”

池唐没吭声，老方可能看多了她这样不配合的学生，无奈地叹了口气，又说了几句才放她回去。

池唐想着这个据说很重要的家长会，穿过走廊的人群，看见前面班级门口游余在清理黑板擦，两个黑板擦碰出的白灰在阳光下飞舞。

游余看过来，看见她的表情，手里拍打的黑板擦停了停。

“怎么了？”

池唐都不知道是从什么时候开始，自己每次不高兴，明明也没表现出什么来，游余都能发现，然后用这种语气问她一句“怎么了”。

心情特别不好的时候，池唐就不想回答。

游余跟在她身后进了教室，放好了黑板擦，拉开椅子坐下。

“怎么了？”她又问了一遍。

池唐一直没吭声，想到游余，她应该是不会有家长来参加家长会的。想到这，她更不想说了。

隔天是周末放假，池唐回了趟家拿衣服，把家长会的事说了。

可能因为她最近都在学校不怎么碍眼，也可能是她爸遇上了什么高兴的事，竟然一口答应下来，周一的时候，果然来了学校。

池璋长相不错，是那种很端正的帅，哪怕人到中年吃喝嫖赌样样不缺，穿上西装还是人模狗样，跟人聊天的时候天南海北都能侃，一般人见他第一面可能会觉得这人大气，是个能人。

“我年轻时候带工程队，做了不少工程，就N市那个明珠大楼你知道吧……”池璋和每一个曾赚过些钱的中年男人一样喜欢大肆谈论自己过去的辉煌，动不动把上千万的生意挂在嘴边。

其实呢，他这两年早没什么工作了，早些年赚的钱买了几套房，现在吃着租子，日子是过得阔绰，就不知道还能阔绰多久。

池唐几乎是冷眼看着他在那里指点江山。这个时间，班上同学很多家长来了，但因为班主任还没到，大家都在一起说话。池璋是里面声音最大的，其他家长都忍不住去看他，旁边两个家长和他聊得还挺愉快。

游余的位置上没有人，她果然没有家长来。

池唐看见池璋往游余那边看了眼，就知道他要问什么，果然，池璋开口说：“你这个同桌家里没人来啊？”

他看得出来游余的拮据，目光是很轻蔑、不以为意的，池唐当然也看得出来他的态度，莫名一股火起，靠在桌边冷声说了句：“她是我们年级第一，次次考年级第一。”

池璋还是用那种高高在上、指点江山的过来人语气说：“第一啊，那还行，不过死读书没什么用，知道吧。现在的人，那些大学生，名牌大学毕业，什么事情都不会做，还不是沦落到去扫大街。”

他自己学历不高，但偏偏年轻时候有几分风光，还开过公司搞了一堆大学生来工作，对这些很不以为然。

听他还在那张口闭口当年，池唐一阵心烦，不知道他这持续多年的优越感怎么来的：“你不能少说两句吗？整个教室就听到你在说。”

池璋最重面子，被她堵了一句立刻火了，皱着眉拍桌子：“你什么语气，这么跟你爸说话的？这么多年书读狗肚子里去了，不知道在学校学了什么，听话又不会听话，我就是养条狗这么多年也会帮我做事了，你呢，连句好听话都不会说……”

他从来都是这样，想骂她的时候，从来不会在乎场合，一切都只看他顺不顺心。

池唐察觉到教室里其他人都在看他们，一阵尴尬恼火，嘴里一句“那你怎么不生条狗出来养”差点脱口而出，又被她憋了回去，咬着舌头死死地压在舌根下。

她要在这里还口，她爸只会越吵越凶。这种事不是没发生过，她上初中的时候，有一次开家长会的时候就是这样，具体是因为她说了句什么惹怒了他，池唐已经不记得了。她只记得那一场家长会特别糟糕，老师根本什么都没讲，光在处理她爸的问题。

她不想再发生从前那样的事，更不想被人看笑话。

池唐忍得自己心口痛，下意识地侧了侧脸，看见游余拧起的眉。

她又转过视线，不看任何人，也不说话。

池璋听她不还口，还不解气，嘴里骂骂咧咧。再好看的人，露出这样的嘴脸，都不会显得多有气质，先前和他聊得愉快的两个家长坐得远了点，自顾自和其他人小声说起话来。

好在这个时候老方走进来，学生都要出去了。

池唐一刻也不想多留，头也不回地往外走。游余跟在她身后，两个人都听到身后不知道是谁发出细细的笑声，隐约露出几个字：“她爸……好笑……”

又是这样的闲言碎语，池唐深吸了口气。

天是碧蓝的天，上课的铃声响亮急促。她放在口袋里的手，紧紧捏着自己的拇指。

快点过去，时间快点过去。她想立刻长大，立刻脱离他。

“等到高二，我们还去一个班吧。”旁边的游余忽然说。

池唐看向她，一缕刘海落在眼前晃了晃。

“高三也一个班。”游余思考了一下，“大学……”

池唐打断她：“你考的大学，我考不上。”

游余：“那就去一座城市，只要离得近一点就可以。”

池唐没什么表情：“离得近干什么？”

游余：“我答应过你的。”

答应什么？池唐好半晌才想起来，游余从前玩笑般说的那句“我养你”。

在池唐看来，哪怕游余说得再认真，这也只是个玩笑，毕竟怎么听都挺可笑，哪有人养朋友的，高中的友谊又能维持几年？大概是考上不同大学后，一段友谊就结束了。

池唐记得，自己从前也是有过朋友的，小学、初中的时候都有。但是学校里的朋友轻易认识了，又会轻易忘记，可能就是一个分班，甚至是一个换座位，离得远了有了其他能聊天的朋友，从前的朋友就不见了。

大家也不是发生了矛盾吵架，就是慢慢不说话了而已。

可能她和游余以后也会这样。

池唐一直觉得自己和游余是不太一样的人，或者说游余是一个和这个年纪其他同学都不太一样的人。游余知道自己要怎么往前走，早早找到方向就坚定不移，让人很羡慕。

但她就是那种不知道自己要做什么的人，在人堆里被一群同样不知道要怎么走的人推挤着，只能顺着人流走，又像是一只风筝，飘飘摇摇决定不了方向。

“池唐……池唐！”粉笔摩擦黑板的声音不知道什么时候停下来，数学老师瞪着这边，“上课坐飞机，以后想当飞行员啊？”

教室里有人憋不住笑声，数学老师又一个眼刀无差别地扫射了教室：“一个个心思不知道跑哪里去了！看看你们自己的月考成绩！”

被老师教训也算是学生的日常了，羞愧是不可能羞愧的，低下头只是因为不想和老师对视再被他叫起来回答问题。

等到老师激情说教三分钟后，一节课差不多又完了，于是数学老师又毫不意外地拖堂把时间补了回来，还额外多收了利息，等他终于拿着教案课本离开，内急的同学只能露出焦急的神色往厕所狂奔，耽误了下一节课，接下来的英语老师也不是好说话的。

趁这个课间时间，池唐撞了一下同桌的胳膊："跟你做同桌真的不好。"

游余："嗯？"

池唐："老师喜欢叫你回答问题，还喜欢关注这边，我就在你旁边，一走神就被发现，我被点了好几次名了。"

游余又嗯了一声，翻过来一个笔记本，给她看了某一页上写的一个半"正"字："七次了。"

池唐被她这种小本本记仇的行为给惊了一下："你为什么要记这个啊？"

游余："随手记的。"

池唐不太相信，觉得游余是在故意提醒她认真学习，真是学霸人设不倒。

但是学生上课走神，是无法控制的，尤其是这种春天，外面有花在开，还有太阳从窗户外面跳进来，温度适宜，讲台上老师讲课的声音又规律得像是催眠曲，教室里几乎一半的同学听着听着就忍不住犯困，注意力也难以集中。

其中池唐因为自己的同桌，尤为倒霉，总被老师注意到，所以游余作业的本上那一个半"正"字，又慢慢变成了两个"正"字。

池唐注意到了游余的动作，游余本来在记笔记，听到老师点了她的名字，就熟练而顺手地给那个"正"字加了个笔画，接着翻回去继续记笔记。

池唐伸过去两根手指，把游余那个小本本拖到了两个人课桌的交界线上，用水笔把那两个"正"字给涂黑了，端端正正的两个框框，然后在游余的注视下把本子给她推了回去。

"不准记了！"

"好吧。"

过一会儿，池唐又觉得那两个黑框框有点碍眼，抄起涂改带把黑色涂成白色，这才觉得舒服了点。

讲台上的化学老师往下瞟一眼，就能看到后排的学生在堆满课本的桌子上偷偷睡觉；有人端正地端着书，眼珠子滚动，这显然是用书本掩饰，大概是在看小说吧；胆子更大点的甚至还在吃东西，自以为他不会发现地低头吃一口，又迅速抬起头假装无事发生，然后过一会儿再低头吃一口，腮帮子还在动，像个探头探脑的傻乌龟。其他说话的、做小动作的就更多了。

大家都以为他戴着个眼镜就看不见，其实他看得一清二楚，只不过这群毛猴子也不是他教过的第一群毛猴子，每群毛猴子都是一样喜欢抓耳挠腮。

化学老师又把眼神瞄向自己最看好的学生，这个上课从不走神的好学生也难得走神，正瞧着她的同桌在她的本子上涂涂改改，还在偷笑。

游余这个学生听话归听话，但性子孤僻了点，他们几个老师偶尔聊起来都觉得这孩子的状态其实不太好，没有一点这个年纪的孩子该有的活泼，现在交到朋友，偶尔也能看到她笑得像个小女孩了。

他心里有点欣慰，打算当没看见。

扭过头去黑板上写板书，粉笔和黑板发出咯吱两声很尖锐的声响，故意发出这种警报一样的声音之后，化学老师再转身回来，就满意地发现不少走神的毛猴子端正了很多。

“认真听课啊。”他说。

四月，清明。

“明天早上八点，准时在班级集合，都不能迟到，听到了吗？”

“听——到——了——”学生们拖长声音应了。

老方又说：“这次烈士墓扫墓活动，回来后一人一篇作文，听到了吗？”

“听到了——”这回稀稀拉拉的应声就不那么快乐了。

要写作业总是让人不那么快乐的。

第二天一大早，班上就格外热闹，扫墓活动占了周六的时间，不强制学生穿校服，因此大家穿的都是自己的衣服，女生们基本上都很在意穿着，干净整洁赏心悦目，男生们就随便很多，还有几个看上去是刚从床上爬起来的，鸡窝头都没收拾。

那几个有暗恋对象的学生，基本上都趁这个机会好好打扮过了，梳了好看的辫子，看上去和平时特别不一样，尤其罗郑丽还穿了条裙子，一到教室就和王焦阳打情骂俏，被几个男生起哄了，一脸娇俏地举手要打他们，惹来一阵嘻嘻哈哈的笑声。

班级中的好些个小团体，三三两两聚在一起说笑。

池唐和游余坐在座位上，没有其他人那么吵闹。池唐昨天晚上没休息好，这会儿一脸烦躁地戳着手机。

她穿着米白色的裤子、白色T恤和一件薄荷绿短外套、白色的板鞋，还扣了顶帽子，看上去特别清新干净，本来就长得好看，没了那肥大的丑校服拖后腿，就更漂亮了。前排女生和隔了好几个座位的体委黑皮都忍不住去看她，只不过看她的眼神不太一样。

和她相比，她的同桌游余就显得灰扑扑的，有点发白的牛仔裤，圆领T恤，都是旧衣，脚上又是一双胶鞋，有点不伦不类。不过，整个教室也就只有她这个时间还在埋头学习了。

老师踩着时间点过来，让班长点名，又让体委黑皮去搬了一筐菊花。

“班费买的，下车之后一人领一朵。”班主任老方仔仔细细地说了今天的安排，又催促大家下楼去乘大巴，她们今天要坐两个小时大巴去烈士墓。

池唐有晕车的毛病，上了车就不吭声，靠在座位上闭目养神，偏偏车上的学生吵吵闹闹起来，一路都不消停。

快到的时候，老方又把注意事项说了一遍，最后说：“记得我们的集合时间，大家都能看时间吧，献完花在周围自由活动，下午三点集合。”

游余一边听着，一边注意池唐的神情，看她是不是想吐。

池唐这时忽然睁开眼睛，眉头还微微皱着，把手上的手表卸了下来，放到游余面前：“借你，看时间。”

班上同学基本都带了手机，但游余没有手机。

池唐的手指白皙修长，手腕内侧有一颗小痣，那一截凸起的腕骨，还有青色的血管都很清晰。她先前戴着那块黑色纤细的手表，游余就觉得格外好看，现在这手表到了自己手里，就不太相衬了。

她的手指并不粗短，但是粗糙，骨节因为早几年的冻伤变得有点粗，还有些早年留下的细小伤疤，看上去就有种笨拙的感觉，和这块手表很不配。

刚取下来的手表还带着一点温度，游余把表拿在手上，看着上面的秒针走了三格。

她想拒绝，可是看到池唐重新闭上眼睛，拧着眉毛忍住不适的模样，又觉得现在不应该拿这种事去烦池唐，池唐会更难受。游余犹豫了一下，还是把那块手表在自己的手腕上小心扣好，然后拉下长袖盖住。

几辆大巴车停在山脚下的停车场里，下车后每个班级的学生各自排队，听带队老师的最后一次训话——对老师们来说，一件事要是不重复三次，那些脑子里不知道在想些什么的学生就什么都记不住。

不管是要他们好好学习，还是告诫他们不能做什么，老师都得一遍又一遍地重复。

等到大部分学生开始不耐烦了，班主任老方这才结束了絮叨，让班长和体委一起发放菊花。一人一枝的白色菊花拿在手上，列队爬山。

天是阴天，哪怕是上午十点多，光线也有些暗淡。山脚下有一条长长的石阶通往烈士墓碑，石阶两边就是柏树林，深绿色的柏树林清清冷冷的，在这种阴天里多了几分郁郁的森然。

只不过这种氛围，在一群少年人的嬉戏打闹声中，被冲淡了很多。十几岁的学生们精力充沛，很快就在长阶上打闹起来。

这一次的清明烈士墓献花活动，不只有他们（2）班，其他班级也陆陆续续来了，在他们前面的就是（3）班，（3）班的人来得最早，已经有人献完花开始下山，和他们擦身而过。

那一长条的队列最开始还有个形状，慢慢地就变成了散乱的鱼群。班长在前面大力维持纪律，喊着大家保持好队列。

“卢伟！不要钻柏树林，很危险的！”

“哈哈哈，卢伟，班长喊你不要钻树林！快回来！”

“这种小树林有什么危险的啊，难道有蛇？”

“这个季节哪有蛇啊。”

一群学生七嘴八舌，有坏心眼的男生故意往上大跨步三级台阶，用脚钩出旁边柏树林里一截树枝往后一摔，大喊：“蛇啊！”

“啊！”在他后面的两个女生被他吓了一跳，恼怒地喊他的名字，“陈志然你有病啊！”说着就要去打他，男生嚣张地笑着扭头就跑，仗着腿长一下子跑到队伍最前面。

班长只好再度大喊："陈志然！注意安全，不要在阶梯上乱跑！"

他们吵闹归他们的，游余和池唐都安分地走在队伍后半段。看到前面陈志然故意吓唬人，池唐翻了个白眼，低声说："无聊。"

游余走在她旁边，趁机问她："你晕车好点了吗？"

"嗯。"下车后这边清新的空气终于让她缓过来了。

游余："我们走慢点吧。"

池唐还有点不舒服，懒得说话，摇着手里的菊花晃了两下，表示同意。两个人慢吞吞地走着，时不时有人超过她们，很快她们就变成了吊车尾的人。

这个时候大家都散开了，班长也放弃管纪律，没人催促她们。

有那么一阵子，这条长长的石阶上除了她们两个，就只有零星几个下山的学生，都离得很远。

喧闹声都到山上去了，柏树林散发着一股清新的柏树香，还有不知道哪里的鸟鸣。

石阶上有散落的几片菊花瓣，大概是哪个调皮的学生用菊花玩闹留下的，还有一枝折断的菊花丢在一边的柏树枝上。

池唐哼了一声："他们哪是来献花的，花都丢了，不如献他们自己好了。"

远处的石阶上有个男生挥舞着自己的外套，故意去招惹女生。

池唐："远处看还以为是只野生的猴。"

游余："扑哧——"

游余听她说话，忍不住笑出声。有时候池唐真的挺促狭的，不高兴的时候说话更是嘲讽十足。

"是不是要下雨了？"游余抬头看天。

池唐："好像是，我们走快点。"

一步两级台阶往上走，走了几步，池唐扭头看落在身后的游余："你也快点。"

游余笑着仰头看她："好，我跟在你后面。"

池唐这样走，一不小心摔了就糟糕了，她在后面能扶一把。

两个人走到上面，烈士墓碑旁边已经是一圈的菊花了，两个人手里保存完好的花放上去，像是修建的长城上多了两块砖。

小部分人献完花已经到处跑去玩耍，但大多数人还会选择去不远处的烈士纪念馆看一看。作为身负作文任务的学生，游余和池唐也去了纪念馆。

结果两人在纪念馆转了一圈，外面就下起了雨。

两个人和其他同学一起站在纪念馆的屋檐下，看着细雨中伫立的石碑和肃立的一棵棵柏树。

“雨看起来一时半会儿不会停啊。”

“谁带伞了吗？”

“我只带了点吃的。”

“等一会儿吧。”

池唐戳着手机，她忘把耳机带来了，用最小的音量放着歌。游余站在她旁边，细细听那隐约的歌声。

“这是什么歌啊？”游余问。池唐喜欢听歌，她已经从池唐这里得知了很多歌名，都悄悄记在了本子里。

池唐翻开手机屏幕给她看了歌名，那是几个日文字。

池唐：“歌名翻译过来就是‘那个夏天’，是动画电影《千与千寻》的一首插曲。”

这首歌结束，自动跳到下一首，池唐顺口又说：“这一首也是，意思是‘那一天的河川’。”

游余点头：“都很好听，不过我没看过这部电影。”

池唐和自己这没有休闲与爱好的同桌对视三秒，感觉到一种痛心疾首。她当机立断退出音乐，找出这部电影，拉着她坐到一边的台阶上。

“现在来看，神作不看可惜！”

游余看出来了，池唐是真的很喜欢这部动画电影。

池唐：“宫崎骏老爷子的系列作品我都很喜欢。”

她们俩凑在一起看那个叫作千寻的小女孩被人牵着手奔跑，看她啃着饭团大哭，看她坐上电车，行驶在水面上，窗外风景一格一格地往后退去。

周围的雨声和人声都弱下去。渐渐地雨停了，她们坐在这里看完了这一部动画电影。

“好看吗？”

“好看的。”

“有眼光，下次我们看《哈尔的移动城堡》。”

“也好看吗，讲的是什么？”

“你自己看了就知道了，剧透没意思。快到一点了，走，我们下山去吃东西。”

她们并着肩，踩着湿润的石阶往下走。

“池唐，白龙后来去找千寻了吗？”

“我觉得他们一定会再见。”

“那就好。”

山下有个公园，公园里的小超市聚满了买东西的学生。大部分同学带了面包、零食，游余也带了个面包，但池唐什么都没带。

她在小超市里买了水和几根烤肠，在游余面前摆出了三根。

池唐：“只要你喜欢《千与千寻》，就是我异父异母的亲姐妹，今天用这三根烤肠代替香，在此结拜……”

游余听她突然开始胡说，笑得停不下来，池唐趁这个时候把一根烤肠塞她嘴里。

游余好不容易停了笑，捏着那根烤肠，有点不好意思，眼里还有笑意在生长。

池唐……她怎么这么有趣呢？

清明过后，时间进入五月。

五月的南林仍旧是阴雨连绵，不过温度已经升高，就算下着雨也没有了那种驱不散的冷意，温度还算适宜。开着窗，刚刚好的风吹进教室里。

游余刚填好的资料卡被这一阵风吹到池唐的桌面上，池唐正伏在桌上写自己的那张资料卡，下意识地按住看了眼。

“嗯？你生日是五月十日，农历还是阳历？”池唐顺口问了句。

游余：“阳历。”

池唐：“那不是快到了？”

班长来催资料卡，池唐把两个人的资料卡放在一起交了上去，思考着自己过几天是不是要给游余送点什么生日礼物。

池唐自己的生日在八月份，她一般不过生日，家里那对父母也从不记得她的生日，八月又刚好是暑假，寒暑假不在学校的生日，班上的同学朋友很少会惦记送她礼物。她送人生日礼物也少，还真不太确定送游余点什么好。

送手机？

不行，这太贵了，游余肯定不会要。

送一套衣服？

这好像有嫌弃她平时穿着的意思。

那送生活用品？

考虑一阵无果，池唐不由得瞟了眼同桌，心想，就她讲究多，送个礼物这不合适那不合适的。察觉到池唐扎人的视线，游余抬起头，带着许多好奇看着她。

池唐把游余的脑袋推回知识的海洋里，示意她继续刻苦学习。

她一个人继续思考生日礼物的事，掏出手机看了眼日历，后天是周末放假，还是到时候出门逛逛，看到什么买什么算了。

到了周末，池唐在自己常去的商业街上逛了圈，最后买了两双鞋，图省事挑了两双一样款式的。一双给游余当生日礼物，一双顺便给自己买的，因为她们两个脚差不多大，尺码也相同，颜色都是白色，不过一双是天蓝色鞋带，一双是绿色鞋带。

任务完成，本来准备回去的池唐又看到了一家书店，辅导书广告贴在了门面上，又大又显眼。

她忽然想起先前游余向郭逸群借课外练习册的事，因为测试输了，之后的数学也考不过游余，郭逸群后来就再也不乐意借那几本练习册给游余抄题目。

游余很喜欢刷题，经常自己去找各种课外题目做，老师那边的题册都快被她做遍了。在（2）班一群做完老师布置作业就搁笔甚至都不做作业的同学里，游余就是一股格格不入的清流。

想到这儿，池唐走进了书店。她真没想到自己有一天会主动进书店买辅导书和练习册，不过想到是给别人买，不是买了自己做，紧绷的神经还是放松了点。

练习册的好坏池唐不太清楚，在书店老板的推荐下买了一整套辅导书，又额外挑了些，最后不知不觉堆成一堆放在柜台上。

老板笑眯眯地夸她：“学习这么刻苦，成绩肯定很好，小同学厉害啊！”

池唐有点后悔了。

提着整整两大袋的书，提到手腕酸痛时，池唐的后悔数值再度上涨，这点习题册怎么这么重？！

池唐不太想把这些书提回家去，干脆打车去了学校，把这些沉重的知识交给它们未来的主人。

“这是？”游余给她开门后，看到那两大袋的书，露出有点惊喜的神色。

池唐转转手腕，看她一脸高兴，心里的后悔一下子又没了，有点得意地说：“没错，就是你想的那样。”

游余：“买了这么多练习册回来做，你愿意好好学习啦？”

池唐一愣，发觉她误会了，差点没跳起来：“不是！我没有，不是给我自己买的！是给你的生日礼物！”

游余：“啊？”不是就不是，她怎么吓成这样呢？自己又不会逼她做这么多题。

池唐又找出给游余的那双鞋：“还有这个。”

游余：“谢谢礼物，这个又是什么？”

池唐：“赠品。”

游余：“什么？”

池唐：“买书的赠品。”

游余：“买书送鞋？”

池唐：“因为那个书店老板以前是卖鞋的，后来开不下去就转行卖书，剩下的鞋就当赠品了。”

她说得好像真的一样，游余抱着鞋盒，心里想笑又有点窘迫。这种一听就是假的话，池唐是在开玩笑还是真想用这个理由骗人？

“好，我知道了，谢谢你。”游余最后还是这么说。

丢下沉重的包袱，池唐一身轻松，把自己那双鞋丢到寝室床底下，摆摆手走人。

游余看她走出寝室往校门口去了，把那些辅导书全都拿出来一本本看过，一共三十二本，太多了。

这么重，她提过来不累吗？

游余再打开鞋盒，白色的运动鞋，天蓝色的鞋带。她坐在床上，脱下在寝室穿的布鞋，穿上这双鞋，把鞋带交错整齐地系好。鞋子穿在脚上很轻巧舒适，她坐在那看着自己一只脚上的新鞋，和另一只脚上的旧布鞋，发了一会儿呆。

过了会儿，游余屈起腿，把额头靠在了膝盖上，环住自己的肩背。摸到身上那件文胸的轮廓，她又有点怔然。长到十几岁，她穿的第一件文胸也是池唐送的。

那时候她们还不熟，所以那天她真的很意外。

现在她们是朋友了，可是今天收到这两样生日礼物，她还是觉得意外……或许那种感觉也不该叫作意外，叫“受宠若惊”更合适。

其实，池唐已经给过她很多东西了，游余偶尔会觉得愧疚，因为她什么都没有，也没什么能给池唐的。没有付出就得到，总让她惶恐。

池唐发现同桌在做自己给她买的练习册，桌上多了一堆等着她去做的题，顿时觉得手里的游戏更好玩了。

只不过，游余做完题，记的知识要点和笔记越来越多也越来越详细了，是从前给她的笔记的升级版。

游余：“这个给你，有时间的话可以看看。”

池唐：“不要，拿走。”

她这个学期以来，简直是改邪归正了，相比上学期，迟到的次数大大减少，数学稳步提升，连上课走神都少了。游余说好的不逼她学习，结果现在又原形毕露。

前桌的林香茗转过头：“游余，你的笔记借我吧，反正池唐不要。”

满脸写着拒绝的池唐立刻拿过了那本笔记。

她就是不看，也不把这本笔记借给林香茗，这人动不动就酸游余考得好，酸游余穿什么、吃什么，她都听到过好几回了。暗地里说坏话，一扭头就好像什么都没发生过，池唐不喜欢这种人。

林香茗看到池唐明显是和自己对着干的动作，不高兴地瞪了她一眼。池唐一手拿着笔记一手搭在桌上，毫不犹豫地用更凶的表情瞪回去。

林香茗扭过头去，把桌子往前挪了挪，用行动表明不屑和她们为伍。池唐不客气地把桌子往前挪了挪，故意说：“嗯，宽敞！”

游余没忍住笑声，这下子可把林香茗气得不轻，低声骂了句：“笑屁啊笑！”

池唐幽幽地说：“对啊，我们可不就是在笑屁吗？”

游余用拳头抵住自己的嘴，尽量不笑出声来。她自己从来不喜欢和人计较这些，对她有意见的人她都不会去理会，更不在意闲言碎语，但池唐不是，被骂了非要还回去不可。

池唐是这样一个爱憎分明的人，游余不由觉得，爱憎分明这个词也变得非常可爱起来。

“啊——热死了——什么时候教室能装空调啊？”穿着短袖的男生们刚从室外回到教室，冲到吊扇底下，拽着T恤吹风，口中大声抱怨。

窗外烈日炎炎，从走廊望下去，整个操场都被晒得一片白光，基本上没人敢在这时候走在毫无遮盖的太阳底下，连最喜欢吵闹的学生都安静多了，毕竟坐着不动都是一身的汗，谁都闹不起来了。

刚过午休，正是毛猴们最蔫儿的时候，老师拿着课本进了教室，还见有人趴在桌上不愿起来，就不轻不重地敲了敲桌子。

“起来了，上课了，没醒的周围人叫一下。”

池唐也从手臂中拔起脑袋，露出困顿的脸。趴在课桌上午睡真的不是件舒服的事，脖子疼，而且刚一醒过来还头晕。她满脸不高兴地坐在那里一声不吭，讲台上的老师让同学们翻开课本，她也不动弹。

这时候旁边推过来一杯水，游余给她倒的。感觉手臂被戳了戳，池唐还是保持着那张噩梦初醒的脸，端过那杯水喝了，喝完把盖子盖回她的水壶上。

直到上完半节课后，一场糟糕午休带来的后遗症才完全消退。

窗户外面是一片小树林，除了银杏叶子还有十几株樟树、梧桐树，都是多年的老树了，树冠茂密，夏日就住了许多知了。那种规律刺耳的声音，从天气烧热开始就断断续续地出现，现在更是每天都能听到，三百六十度的立体环绕音，吵人得很。

又热又吵，令人烦躁。感觉到底下学生们的心浮气躁，讲台上的老方不由叹一口气，临时在上课内容中插播心理教育。

“马上就要放暑假了，期末考试近在咫尺，你们都安不下心学习，能考出什么好成绩呢？我知道有些同学暑假能不能过好，都由自己的这次考试成绩来决定了，为了能在暑假玩得更开心，你们也要好好准备这次考试啊，是不是？”

池唐本就一半心神飞到天外，听老方唠叨起这个，更是全身心发起呆来。

她的暑假一般是自己一个人过，因为她爸偶尔能包到工程做，一般就是暑假这会儿了。去年暑假她爸没做到工程，待在家里每天赌博，和她相看两相厌，两个人对打好几次，今年暑假他最好是赶紧出门。

她宁愿整个暑假一个人待在家里发呆。

考试前最后一次放假，池唐回了一趟家，果然听到她爸说要去S省那边做工程。她嘴上应了声，心里放松下来。

难得持续了好几天的好心情，连考试她也不那么在意了。

——但考试的过程还是很煎熬的。调位置，分考场，在能热死人的天气里煎熬了三天，所有学生都熟了。

但是一考完立马解放，考完最后一门的时候，先前的沉闷气氛瞬间消失，教室里变作欢乐的海洋，大家都在讨论暑假怎么过，是待在家里，或是回老家，还是去旅游。

游余在那认真地整理刚发下来的暑假作业。

池唐翻着被撕掉的答案部分，问同桌：“这几本暑假作业，你全做完要多久？”

游余想了想：“五天？”

池唐很是淡定地说：“我也是五天。”

不过，游余说的五天，肯定是暑假一开始前五天，而池唐说的五天，是暑假结束的最后五天。对此池唐并没有丝毫羞愧之意，毕竟比起那些不做暑假作业的，她好歹还会囫囵做一做。

待会儿放学就能回家了，但是游余大概不会回家，池唐考试前就想问了，一直没问出口，拖到今天看到同学们都收拾东西了，才开口问："你暑假去哪儿？"

游余笑笑，凑近她小声说："师母有个妹妹开了家店，我暑假过去帮忙，还能寄住在店里，你放心。"

她是要自己赚生活费的，班主任那边看样子也会照顾她，这次没有游余那个爹来搞事，池唐也觉得放心了。

"好，那你暑假好好学习好好工作。"

游余应了，脸上也露出点犹豫的神色："你呢，你暑假在家不会有事吧？"她是知道池唐和她爸关系紧张的，脸上带伤的池唐她都看过三四次了。她心里的担心一点都不比池唐少。

池唐自己却不在意，把暑假作业随手塞进包里："没事。"

老师该说的都说了，已经宣布暑假开始，有心急的学生早就离开，还剩下的基本上是住宿的学生，还要去寝室里收拾。

"我先走了。"

"嗯，再见。"

"下学期见啊。"

"暑假找你玩！"

同学们各自招呼告别。

池唐压根没收拾衣服，背着包就回家了。只要她爸不在家，她还是乐意回去住的，毕竟家里有电脑可以用。

在家打了两天游戏，又去学校拿了一回成绩单，她刚去就被老方逮住了，揪着她在办公室里谈心。

"池唐，你这次成绩很好啊，全班第四名，全年级总分排四十八啊。你聪明还是很聪明的，语文、英语都很好，数学也有进步，要是再能把生物、政治、历史分提高一点，还能进步。"夸完了他再话锋一转，"不过呢，你的毛病就是不稳定，好几次月考，名次好的时候在全年级五十名内，一旦放松了又掉到年级一百名开外，这么不稳定是不行的……"

池唐瞧了眼放在老方桌上的成绩单，果不其然看到游余的名字，稳稳占据在第一位置上。

老方说："这一点你要跟你同桌多学习一下，她就一直很稳，发挥稳定，心态也稳，老师希望你们能互相帮助，互相学习，好吧？"

池唐想说互相学习是不存在的，就是同桌一直悄悄给她喂题补习这样子，成绩提高都是因为学霸笔记的加成，这次期末考的经典题型游余给她的笔记里都有，恰好撞上了。

老方不知道她在想什么，举起手臂做鼓励状："再接再厉，再创新高！"

池唐在想，为什么世界上会有像班主任这样唠叨的中年男人，也有像她爸那样讨人厌中年男人？这世上的中年男人真是多样。

"老师，打印的卷子都拿来了。"游余的到来打断了老方的大"鸡汤"投喂术，池唐得以逃出生天耳根清净。

池唐走在游余身边，看她手里一大堆的试卷，心里生出不好的预感。

池唐："这是什么？"

游余："老师觉得暑假作业太少了，又印了点卷子等会儿发下去。"

池唐："这么多作业还补充，老师是人吗？"

游余瞧一眼前面的班主任，小声说："还要写十篇作文。"

池唐的心情就像是农民听到官老爷要加税，有些悲愤："当老师就可以为所欲为吗！"

老方转过头来笑着看了她们俩一眼："确实，当老师就是可以为所欲为。"

等他走进了教室，池唐才咳嗽一声说："没想到老方也会玩这种梗。"

游余满脸迷茫："什么梗？"

池唐无言以对，她同桌真是比中老年学生之友还跟不上网络潮流。

第七章

总是忍不住担心你

耳机里传来激烈的枪战声，还有队友口齿不清地指挥，池唐怀疑这个临时匹配的队友是没带眼睛来打游戏的，不然不会瞎成这样。惨不忍睹的水平、高度膨胀的内心。

她和另外一个队友兢兢业业地打，这人自己跑去送死，完了还骂他们小学生操作，令人火大。

“奶妈，奶妈奶我啊！我要死了你瞎呀！我真是服了你们会不会打游戏啊？”

池唐听着那边年轻男人的骂声，干脆丢下对面的敌人，开麦和他对线。

“奶什么奶，我又不是你奶奶。十个奶妈都奶不住你一个，你怎么那么能死呢，对面是你爹吗你一次两次滚过去跪着送死啊？”

对骂一场，池唐毫不犹豫地带着那队友一起去死，成功输了游戏。正所谓游戏可以输，队友必须祭天。

自从放暑假，她已经过了许多天醉生梦死的生活，每天玩玩游戏看看电影和直播，刷刷某站、某博。游戏是玩最多的，只不过她玩什么游戏都玩不久，玩一阵子就没兴趣了。这会儿输掉游戏，她果断下线，去厨房冰箱里拿了冰水，压一压火气。

外面太阳很大，昨天才下了一场大雨，结果太阳晒了大半天，就完全看不到一丝水汽了。站在窗边往外看了眼，玻璃外面的空气都好像在扭曲，她不由得继续窝进了有空调的房间里。

下午两点，她有点困，但不想睡觉，有点无聊，又不想继续玩游戏，不知道想做什么，还有点饿，可又不想吃饭。

她早上睡到十点多起来吃了点东西，中午没吃，天气热的时候她的胃口总是不太好。一个人的暑假生活，虽然不规律，但不规律就是自由。

她瘫在椅子上摸出手机，琢磨着点个什么外卖，看来看去，最后选了家奶茶店，配送范围一千米以内，从前没点过，看评价还不错，可以试一试。

点完坐在窗边刷了一阵手机，池唐就瞧见楼下一辆小电驴开了过来，停在家门口，送餐的人戴着半空顶遮阳帽，身上穿着制服衬衫和围裙，看样子是店家自己的员工送餐，不是小黄、小蓝的外卖小哥接单。

起身下楼的时候，池唐听到门铃，快走两步去打开门。

一开门，她看到一张熟悉的脸。

“游余？”池唐惊讶地看着门外热得脸通红的同桌，见她脸颊边的头发都汗湿了。

“池唐，果然是你点的。”游余看起来挺高兴的。

寒假那会儿她和池唐一起来过一次池唐家拿东西，但那时候她站在门口没有进去，再加上晚上，心情又忐忑，没有细看，对这个地址只有一点模糊的记忆。

“刚才老板接单，我看到地址有点眼熟，就过来送了。”游余拎起自己带来的奶茶交给她。

池唐接过，顺手把她拉进了屋子。

游余有点好奇地看了眼屋子里，就立刻开口说：“我不进去了，马上要回去帮忙。”

池唐还是把她拉到厨房，去冰箱拿了瓶冰水给她：“你之前说师母的姐妹开的店，就是这家奶茶店？”

游余点头：“嗯，在附近不远的地方。”

池唐拉了把椅子过来坐下：“打工感觉怎么样，很累吗？”

游余：“不累，还好，我其实就是帮忙做点奶茶，偶尔白天忙的时候送一送近的外卖单，店里还有个店员，大部分外卖是他送的。”

池唐怀疑地看着她："你没被欺负吧？"

游余又摇头。她也不知道，池唐为什么总觉得她会被欺负，其实她遇到的好心人挺多的，每天都觉得自己过得不错。

"我走了。"游余说了两句就告辞了，带走了那瓶冰水。

池唐提着奶茶回到楼上，从窗户看下去，见到那个小电驴骑远了。手里的奶茶还是凉丝丝的，冰块都没化，看得出来路上半点没耽搁。

她拿出奶茶，旁边还有张小卡片，上面写着"天天开心"还画了一张笑脸。这个字迹池唐很熟悉，就是同桌的。游余的字写得挺好，端正，但是有点拙，一看就是个认真的人。

料加得非常多的大杯奶茶，池唐端起来看了看，心想这么多料，是这家店的特色，还是友情加料？

意外看到同桌，池唐心情好了点，坐在地板上一手端着沉重的大杯奶茶，一手给店家好评，着重夸了送餐员。支持朋友的事业，她义不容辞。

池唐丢开手机又玩了一阵电脑，天不知不觉就黑了下来，屋子里光线暗淡，只有电脑的光在闪，有点刺眼。窗户外面的天是一种淡淡的粉色和紫色，特别好看。

池唐坐在旋转椅上，蹬了下地板，连人带椅滑到窗边，看着天边绮丽的颜色发了会儿呆。屋子里只有她一个人，特别安静，除了电脑发出的一点嗡嗡声就没有其他声音了。

直到屋子里越来越黑，池唐才站起来开灯。

放在桌子上的大杯奶茶就剩下底部的一小半料没吃完，池唐摸了摸肚子觉得有点饿。

她叫了好几天外卖，出门很少，但今天忽然想出去吃。

她带上手机钥匙，在口袋里塞一点零钱，扣上帽子下楼。一出门被炎热的空气包裹，原本吹着空调变冷的手脚一下子都热了起来，这种好像被塞进烤箱里的感觉，让人瞬间心生退意想滚回空调下。

但是外面的空气又太好了，是太阳烤树叶花草的香味，池唐喜欢这味道。

她走在街上，左右张望，考虑今天晚上吃点什么。这边的夜晚灯火通明，一条步行街，里面有好几家卖小吃的铺子，这个时间人特别多。

随意走了一阵，池唐忽然想到什么，摸出手机看了看中午那家奶茶店的位置，然后找了过去。

距离确实不算远，但和池唐常去的方向相反，她都没有来过这边。

这是一栋大楼，楼上有商场和电影院，楼下还有一层美食街。池唐进去逛了圈，很快就看到了游余所在的那家奶茶店。就在商城里，店铺不大不小，有三个店员在忙碌，其中一个背对着这边做奶茶的，正是游余。

那边还围着一群买奶茶的人，池唐远远看了眼，就转身走了，按照墙上贴的楼层示意，去了底层的美食街，路过形形色色的各种吃食店铺，最后停在一家鱼粉店前。

鱼粉加了很多辣，池唐一个人坐在那里，刷着手机慢吞吞地吃。

吃完鱼粉池唐又去奶茶店看了眼，那边仍旧有好些人在，游余一直在柜台后面准备奶茶，都没转身。她本来想去打个招呼，但显然不是个好时机。

现在回家？玩了好几天的游戏，池唐现在不太想回家继续一个人待着。目光看见电梯旁边的电影院字样，她想想还是乘电梯上了楼去看电影。一般她是看到关注的博主推荐了什么电影，才会去电影院看一看，但今天却没什么目标，因此只能随便选了一部海报看得顺眼的电影。

最近的场次，十分钟之后就要开始了，池唐取完票进去，这一场电影厅里人不多，基本上都是成双成对的，除了她还有一对闺密和一行三人的兄弟行，其他似乎都是情侣。

池唐没在意那么多，一个人坐在距离其他人比较远的位置，靠在椅背上看着前方。

不管来电影院看多少次电影，她都觉得这个椅背设计非常反人类，枕头的位置靠那么上，难道这些座位都是给两米高的巨人准备的吗？

一场并不好看的电影，让池唐本就不好的心情雪上加霜。

看到半途，池唐就被这剧情尬到头皮发麻，尤其中间突然唱起来那一段，真令人窒息，电影院里充满了尴尬的气氛。

如果不是良好的习惯让池唐保持沉默看完，她估计一个小时前就要甩手走人。

等电影放完，池唐迅速起身，夹在一群情侣中间离开，下楼的时候又看了眼奶茶店。这会儿奶茶店没有客人了，店员也只剩下两个，一个坐在那里玩手机，一个趴在柜台上写字。

本来准备直接回家的池唐朝那边走过去，伸出手指在写字的人面前敲了敲："买奶茶。"

木色的柜台面在她的手指下发出咚咚的声音，做试卷的人听到声音，抬起头来看到她，露出笑容。

"池唐！"

池唐靠在柜台上，探头看了看她写了大半的试卷："工作时间写作业，老板不管你啊？"

听见她这句玩笑话，隔壁玩手机的大姐姐笑着瞧了她们一眼："是朋友啊？游余你自己招待哦。"

"好。"游余说着，拿过来点单的单子，像模像样地问池唐，"你要喝什么奶茶？"

游余穿着条纹的制服衬衫，系着围裙，头发在脑后扎了个辫子，不知道是不是错觉，池唐觉得自己的同桌好像胖了点。

"你来做吗？"

游余点头："我基本上都会做。"

池唐随便点了个，叮嘱："别给我加太多料。"

游余背对着她，一条辫子在身后甩呀甩的："好的。"

她说着，动作娴熟地开始做奶茶，做得仔细，而且慢。

池唐反正也不急，闻着各种甜甜的奶香，伸手把游余刚才在做的试卷转到了自己这边，这试卷好像不是发下来的暑假作业。

"游余，你暑假作业都做完了？这个试卷又是哪里来的？"

游余："你给我买的。"

她买的生日礼物，里面就有几套配套的试卷，因为太多了，游余做到现在还没能全部做完。

池唐感到心虚，把试卷合上推了回去。

作为关心，游余也问了句："你做暑假作业了吗？"

池唐："做了一点。"其实她根本没打开过。

游余不知道为什么笑了起来："我觉得你一定在骗我，说不定一个字都没动。”

池唐：“知道就知道，还要说出来。”

游余又抿唇笑了。做好的奶茶放在袋子里，送到池唐面前，池唐付完钱，提着袋子打个招呼离开了。

坐在游余旁边的大姐姐就是这奶茶店的老板，见游余还瞧着小同学的背影看，就笑问：“想和朋友一起玩吧？”她被姐姐拜托让游余在这里帮忙，也是知道一些这孩子的家庭情况的，因此平时会多照顾一些。

游余这个女孩吃苦耐劳不娇气，很愿意干活，学东西快，还比这个年纪的大部分孩子要有耐心，她是很喜欢这样的孩子的。只是游余平时沉闷了点，不太爱说话，她还是第一次看游余这样轻松地跟人聊天，连笑起来都带着快乐而不是礼貌。

游余有点不好意思，重新摊开试卷：“她是我同桌。”

老板姐姐恍然大悟：“哦，就是你中午去送的那个外卖啊。”

那一定是很好的朋友了，本来中午那一单她是准备自己去送的，毕竟游余这个年纪，她不太放心让她去送，但是游余看到地址就主动说要去送，送完回来还挺高兴的样子。

老板姐姐在心里碎碎念：青春啊，真好。

自从知道了游余的工作地点，池唐偶尔就会点那一家的奶茶，大多时候在上午或者傍晚不太热的时候，每次都是游余来送。除了奶茶，池唐有时候还能从奶茶袋子里找到一包手工做的小饼干。

“老板自己烤的小饼干，送你一包。”

“老板今天烤了蛋挞，给你一个。”

除了这些偶尔出现的小礼物，还会有小卡片，奶茶小卡片上写着“天天开心，好好学习”之类的话。

池唐：同桌又夹带私货催我学习！

其实游余真的只是随手一写，还写了“身体健康、万事如意”呢。

每次游余来送奶茶，池唐会给她几个水果，提子、草莓、桃子、哈密瓜或者西瓜。而游余带着一小盒水果回去，老板姐姐就笑她：“小同桌又给你加餐啦？”

池唐有时候还会去那个商场底下的美食街吃饭。她自己不太擅长做饭，当然主要是懒，基本上除了外卖就是街边餐馆解决，游余那边的美食街如今也成为她的觅食场所之一，吃完了顺路就会去带杯奶茶回家。

相比其他同学的暑假，池唐的暑假要自由很多，她没有父母管着。没人会在大早上叫她起来吃早饭，没人会念叨让她少看电脑，也没人会在晚上催她睡觉要她早点休息。

吃饭睡觉，上楼下楼，就是她一个人。

池唐早上起来有点鼻塞，大概是感冒了，翻出药剂泡一杯喝了。

游余两天没能看到池唐出现，也没看到她点奶茶外卖，趁着中午人少的时候，骑着小电驴去了池唐家，在楼下按门铃。

池唐下来开门，游余看她穿着一件睡裙，外面披了件外套，似乎没什么事，心里松了口气。拿出一包好几个的小面包给她："老板烤的豆沙小面包，很好吃，给你送一点来。"

池唐："这么闷热的天，特意给我送面包，真服了你了，赶快回去吧，快要下雨了。"

游余看着她的脸色，问："你是不是不高兴？"

池唐："我不是经常不高兴吗？"

游余："是不是有什么原因啊？"

池唐："不高兴要什么原因？"她不太想多说话，催促着游余赶紧走，然后关上了门。

游余只能离开，走出去两步，听到门里面有人小声打了个喷嚏。

池唐是感冒了吗？她好像到换季的时候，或者突然冷了热了，都容易感冒发烧。

晚上下了场大雨，池唐下来开门的时候，见到同桌衣服头发都湿漉漉的，站在门外，怀里还抱着打包的外卖盒。

池唐刚想开口说话，话到嘴边变成了一个喷嚏，游余立刻开口说："老板今天有事，奶茶店那边暂时休息，我不想一个人住那边，可以在你这里睡一晚吗？"

她语速很快，好像是念叨熟了之后脱口而出的。池唐还穿着中午那件睡裙，笼着外套，听到这话也没有多说什么，干脆地把她让了进去。

游余早就听她说过她爸不在家，就她一个人住在这里，但还是有点紧张。先前来送外卖，她都是歇歇就走，只看过客厅、厨房，但今天，她在玄关换了鞋，就跟在池唐身后上了二楼。

头发上的水滴到地板上，游余不由得抬手擦了擦鬓边的湿发。

一进池唐的房间，游余就忍不住打了个哆嗦。虽然是夏天，但池唐的房间空调开得太低了。

房间里电脑开着，床上被子卷成一团，桌上她中午送来的小面包打开了，但只吃了一个的样子。

“你去洗澡，先换我这件睡裙。”池唐说话的声音带着点沙哑，比中午那会儿听上去要严重一点，看上去不太想说话的样子，找出睡裙让她去洗个澡换掉湿衣服后，就坐在了电脑椅上。

游余把手里的打包盒放到她面前：“我带了一份粥和汤，你喝点吗？”

池唐看了看她湿漉漉的头发，默不作声地拆开打包盒开始吃。游余看她吃了，赶紧去洗澡，免得把地板打湿。

她过来的时候其实还没有下雨，只是天阴沉得厉害，她才走到半路上雨突然就下大了。她是步行过来的，有一段路没有遮掩，带着汤担心泼出来了又不好快跑，结果就只能淋了雨。

她迅速洗完澡出来，看到池唐缩在椅子上敲着键盘，旁边的粥喝了半碗，汤没动。

“不喝汤吗？”

“闻到油腥味就不想喝。”池唐的电脑桌面上还是个游戏画面。

游余：“要不，汤我给你放冰箱里，你自己明天热了喝？”

只要不让她现在喝，什么都可以。池唐无所谓地点点头，看见游余收拾了汤，顺手拿着她的杯子离开了。没一会儿，游余端着两杯热水回来，两个人一人一杯。池唐不是特别排斥喝热水，但是没人给她倒，她自己绝不会主动去喝。

游余走到她旁边把杯子放下：“喝点水，然后早点睡？”

池唐不太乐意：“我今天睡很久了……二楼就两个房间铺了床，你今天跟我挤着睡吧。”她是不乐意让游余去睡她爸那个房间的，总感觉那边特别脏，一楼的房间也是，她爸总带那些乱七八糟的人回来，谁知道一楼的房间被什么人睡过了。

游余一口答应：“好。”

她本来也不是为了来睡觉。中午过来就觉得池唐肯定有点不舒服，她就是不放心才找理由过来这边住一晚。池唐一个人住在这个大屋子里，真生病了又没人管就麻烦了。

空调里的冷风吹在床边的位置，游余看了眼池唐的睡裙，忽然又说：“空调可以调高点吗？我有点冷。”

池唐把遥控器扔给她，看她拿着遥控器按了好几下，以为她是真的冷，就说：“吹风机在卫生间柜子里，头发吹干。”

游余又匆匆去吹头发，吹完出来看她有一下没一下地还在点游戏，开始催促她到床上躺着。

“要不然，躺床上去？可以看看电影什么的。”

池唐一愣：“你想看电影？”她之前向同桌安利了宫崎骏老爷子的系列动画电影，不过老爷子的看完了，她还有一些其他喜欢的类型。

游戏玩太久了，她现在其实也不太想玩游戏。

池唐就这么被哄到了床上，大半截身子盖着被子，后背靠着大靠枕。她拿着平板电脑翻电影。游余就坐在她旁边，散开的头发带着和她一样的洗发水的香味。

“《生化危机》系列电影你看过没？”

“没看过，但是听说过，是丧尸是吗？”

“嗯，最近的新电影没什么喜欢的，还是以前的一些电影比较经典。”

池唐决定了看这个，游余也就没什么意见。房间里的空调温度调高了，呼呼的冷风声音也小了，但是窗外的雨声越来越大，雨滴噼噼啪啪地砸在玻璃上，好像有人在拍窗。

屋里就开了一盏台灯，游余眯着眼睛看着那紧张刺激的怪物大战，一动不动。

池唐看得不太专心。她毕竟看过了，看着看着就注意到了游余的表情，不高兴了两天的脸忽然就绷不住了：“你这是什么表情啊？”

游余回过神，把整个皱起来的脸舒展开，有点不好意思：“这个丧尸，太可怕了，他们到底是怎么想出来的丧尸啊？”

池唐倚在柔软的大靠枕上：“其实和我们国家的僵尸差不多，小时候看《僵尸先生》，也是咬一下就能把人变僵尸。”

游余看她有精神说话了就高兴：“我也没看过这个僵尸。”

池唐：“小时候觉得恐怖，现在就觉得没什么了。”她同桌真的是什么都没看过，从前没条件接触这些，现在有机会看了，她也会用每一点空闲时间去学习，简直是个神人。

游余有点紧张地看着女主角逃跑，不自觉地又眯了下眼睛。池唐瞧着，用手肘撞了撞她：“你是不是看不太清楚？”

游余揉了揉眼睛：“嗯，字太小了就看不太清楚。”

“你是眼睛痛还是近视？”池唐坐起来开了灯，房间里明亮起来。她凑近看了看游余的眼睛，好像是有点红。

游余把她推开的被子盖好：“好像是有点近视了。”

“近视了要不要去配眼镜？不然你能看得清黑板吗？”池唐心想，她不是因为没钱配眼镜所以不去吧？

大概是因为先前她爸来学校闹过，游余再也没想过回家，平时就特别节俭。如果说最开始口袋里没钱，那现在她应该存了一点生活费，可还是不愿意轻易花钱，衣服鞋子能穿就行，食物能吃饱就可以，并不挑剔，其他女孩子买的什么化妆品、零食，她都不会去买。

池唐觉得自己是做不到这么克制的，想要什么东西就忍不住，也不愿意去忍，就没吃过没钱的苦。

她忽然叹了口气。

游余不知道她在想什么，看她叹气，只以为是她又不舒服了，主动提出不看电影了早点休息。

池唐按掉电影，觉得不看也好，省得游余这眼睛越来越近视。

两个人躺在床上，又只剩下了一盏小台灯。

外面打雷闪电，有些吓人，但池唐没出声，呼吸也渐渐缓和下去了。过了一会儿，游余伸出手轻轻摸了摸池唐的额头。

池唐忽然睁开眼睛，猛地嘿了一声，把游余吓了一跳。

故意吓人的池唐高兴了，躺在那里笑。游余只好收回手，安生躺着。

池唐笑完了说：“放心，没发烧，就是有点感冒而已。”

游余：“没发烧就好，感冒也要注意，在学校的时候，你也感冒了两次，每次都要难受一个多星期。”

池唐又沉默了一会儿，才问：“你是担心我发烧，特地来看我的？”

游余嗯了一声。

鼻子不知不觉通气了，池唐顺畅地吸了两口气：“其实没什么好担心的，我这么多年每年生病发烧，我爸不管我，最后也是我自己这么好的。”

有一年她发烧的时候比较严重，昏睡了一天，半夜醒了，饿得不行，头昏眼花地坐起来想要下床喝水，结果摔在地上爬不起来，磕到了膝盖和脑袋，直接晕了过去，在地上又躺了大半夜，最后也没什么事。

虽然当时她是难受的，但是事后想想，确实算不得什么。

游余翻了个身，漆黑的眼睛平静地看着她：“我总是忍不住担心你。”

池唐捶床，并不服气：“谁担心谁啊，明明是你比较让人担心！”

池唐这场感冒并不严重，但断断续续一个多星期才完全好了。往年的暑假放假对她来说就是吃吃喝喝玩电脑，连逛街都去得少。今年的暑假虽然有一点不一样，但大部分时间她还是延续了从前的“传统”。

日夜颠倒三餐不定的次数多了，网瘾少女自然而然地挂上了两个黑眼圈。

“昨天又没有休息好吗？”给她做奶茶的游余问道。

池唐接过加冰的奶茶，戳开喝了口：“昨晚没睡。”

游余：“打游戏？”

不全是，不过池唐没准备解释，嗯了一声。她从暑假开始，就陆陆续续看了不少唱歌直播，也有点想试试，还在家里翻出了很久没用的尤克里里练习了一下。

其实她还有个口琴，都是从前无聊的时候买的，自己自学了一段时间，尤克里里玩得不错，口琴吹了一阵没太大兴趣就放置了。后来搬到南林，她大部分时间住在学校，没有再玩过这些，现在倒是又有了兴趣拿出来折腾。

她不太好意思和朋友说自己会什么，觉得主动说起这些就像是在炫耀。

游余看着她回家了，叹了口气，继续做奶茶。旁边的老板姐姐玩笑着问她：“小余叹什么气呢？羡慕同桌可以通宵玩游戏吗？”

游余：“我在想，她一个人住经常日夜颠倒，三餐也不固定，这样很容易得胃病。”

老板姐姐被她的话逗笑了：“你们这么大年纪的小孩不都喜欢玩吗？我年轻时候也这样啊。不过小余你真像个家长，还会担心这种事。”她摇了摇头，“对了，你们两个谁大啊？”

游余：“我大她几个月。”

游余想到什么，又说：“她下个月就生日了。”

她是想送池唐一个礼物表达感谢的，可是不知道该送点什么好，自己想了很久都没有想到合适的，所以想要询问一下老板姐姐。

老板姐姐想了想：“我的朋友大多有自己的工作，平时也很难聚在一起玩，她们生日的话，我一般是订一束鲜花快递过去。”

“你们还是学生，其实不用送太贵的礼物……你同桌给你送过什么生日礼物？”老板姐姐问。

游余说：“我上次生日，她送了我一双鞋。”

老板姐姐：“鞋啊，不错啊。”

游余接着说：“还有三十二本辅导书练习册。”

老板姐姐的笑容消失了：“三十二本……你跟你同桌真的是好朋友吗？”

如果她上学的时候朋友给她送这么多练习册辅导书，这份友情大概就结束了。

池唐不知道同桌正惦记着给她的生日礼物，她回到家，提起那把尤克里里练习了一下，犹豫了一会儿还是没有开直播，只坐在窗边有一下没一下地弹着。太久没弹过，现在她弹久了手指都有些红。

只有尤克里里的声音其实有点单调，弹着弹着，她又轻轻地哼唱起来。

在莫名其妙多了游余这个朋友之前，她有一两年都没有朋友了。她习惯独来独往，一个人的时候最常做的也就是听歌唱歌摆弄这把小小的尤克里里。

音乐能让她在长久的家庭争吵中感到平静和放松，她一直是靠着歌来躲避父母的争吵。他们大声吵架的时候，她听狂风骤雨嘶吼的歌；不高兴的时候，听欢快的歌；心情平静的时候，听那些悠扬的旋律。

今年父母离婚，只剩下她爸在家，那种歇斯底里的争吵从她的世界里消失了，她也慢慢放下了从前的一些习惯。

从前不管去哪里她都喜欢戴着耳机，不说时时刻刻在听歌也差不了多少，但这一年听歌的时间少了很多。

现在她再拿起尤克里里，再开始练歌不像从前那样是为了逃避，而是因为真的喜欢。

未来她要去做什么呢？池唐偶尔会想这样的问题，暑假之前，有一次她问过游余，游余回答说："我也不知道以后应该做什么，但做自己能做的，或者喜欢做的吧。"

游余当时说完，池唐就有点不明白，皱着眉反问："你觉得我喜欢什么？"

她当时正在听一首歌，游余就笑着用手点了点她的耳机，带着点凉的手指碰到了她的耳郭。

"你不是喜欢歌吗？"她说。

池唐那时候才恍悟，感觉自己就好像是一个拿着钥匙，还要四处去找钥匙的傻子。

"你的手指怎么了？"游余注意到池唐的右手手指上贴了小小的创可贴。

池唐："不小心刮到了。"

游余："那你要小心不要浸水了。"

池唐："哦。"

过了几天，创可贴又没了，见游余一直盯着自己的手指看，池唐张开手掌凑过去吓唬她。

"哦——"

游余往后仰头，按住她的手，戴着的店员帽就往后掉了。她蹲下捡起帽子，看见池唐靠在柜台外面，笑着张开手晃了晃，忽然觉得池唐这动作有点像是招财猫。

老板姐姐在一边笑眯眯地看着她们，她已经习惯游余这位小同桌经常过来光顾生意，人少的时候这两个人还会像这样玩闹一下，怪有趣的。

暑假说短不短，说长也不长，转眼就到了八月底，距离上学也就剩下几天的时间而已。

池唐的生日在八月的尾巴，八月二十五日。每年到了自己生日，池唐就知道，差不多该开始补暑假作业了。

知道归知道，她就是不想做，总感觉对着空白的作业和日渐逼近的开学日期，不只是游戏，弹尤克里里和唱歌都变得更好玩了。

生日这一天晚上，游余再一次敲响了池唐的家门。

池唐早就从楼上窗户看到她过来，可是打开门，见她一手提着个盒子，一手拿着个袋子，还是有点诧异地抬了抬眉毛，因为那盒子里显然是个蛋糕。

生日的时候被人送蛋糕，对池唐来说是个比较新奇的体验。她偶尔会在不是生日的时间里吃蛋糕，但从没有在生日这天吃蛋糕。

“我今天晚上可以住在你家吗？”来给她过生日的同桌这么说。

池唐一时间竟然不知道该说点什么，站在那里和游余大眼瞪小眼一阵，才忽然笑了：“我肯定不会让你放下礼物就赶你走。”

她把特地来给自己过生日的朋友拉进屋，等对方换拖鞋的时候，池唐还在那个袋子里看见一朵粉色的香槟玫瑰。

她一抬手把那枝藏在纸袋里柔软甜香的花抽出来，看见纸袋里还有个礼品盒子，心里好奇起来，游余还给她准备了礼物？是什么东西？

想想游余这个性格，平时又只会学习，池唐有点想象不出她会送自己什么。

那枝粉色的香槟玫瑰被池唐插在了桌子上的水杯里，她和游余两个人隔着一张小桌子坐在地板上。

游余拆开那盒蛋糕，蛋糕小小一个，两个人吃刚合适，白色的奶油花，上面铺了一层水果，草莓、哈密瓜、猕猴桃，看起来整齐但是并不精致，不太像是蛋糕店做出来的成品。

难道——

“这是我做的。”游余的话印证了她的猜测。

游余有些不好意思地解释说：“我们店里的老板喜欢做烘焙，我就请她教我做了一个小蛋糕……做得不太好，里面的蛋糕芯有一点塌，奶油花我也没挤好，只能多铺一点水果。”

话虽如此，看这个小蛋糕的卖相，想想游余一个新手，池唐也叹服了：“太厉害了吧你，一下子就能做成这样吗？”

她以前也尝试过，但完全没有天赋，失败几次后就再没碰过了。

池唐兴致勃勃地准备尝尝味道，结果这个时候两个人才突然发现，没有生日蜡烛。

“我忘记了！”游余懊恼地道。

“没有蜡烛就不要蜡烛了。”池唐站起来把灯关了，开了台灯，橘黄色的灯笼罩了小桌子的范围，“我们假装有蜡烛，这样就有气氛了，你再等我一下。”

说完，池唐又踩着拖鞋嗒嗒地跑下楼，过了会儿抱着大瓶可乐和两个杯子回来。

哧——打开的可乐瓶发出一声响，池唐抱起可乐瓶倒了两大杯可乐。

游余接过可乐，看见池唐举起杯子，也笑着举起杯子配合地碰了一下。

“生日快乐。”

“谢谢你啦。”

池唐确实挺高兴的，直起身跪坐在垫子上，去切蛋糕，直接把一个蛋糕一分为二，两个人一人分了一半。

蛋糕就是普通的蛋糕味，而且太甜了。

“你放了多少糖啊？”池唐吃了几口忍不住问。

“好像是太甜了。”游余把没动过的蛋糕朝向池唐，“那你吃上面的水果。”

池唐没客气直接叉走了两颗草莓。

游余：“还要吗？都给你。”

池唐摆了摆叉子，示意她自己吃。瞧见放在一边的纸袋子，眼神忍不住飘了过去，池唐戳着蛋糕问对面认真吃蛋糕的同桌：“你送我的这是什么？现在能拆开看吗？”

游余：“可以。”她放下蛋糕，准备帮池唐拆。

池唐：“我来！”

她倒不是很想要什么礼物，但真的很好奇游余会送她什么。池唐一边拆着包装纸，一边问：“你不会把你的笔记整理了送我吧？”

游余看她好像心有余悸的样子，觉得好笑：“不是。”

池唐：“那难道是暑假作业的答案？”

游余：“也不是。”

池唐：“或者是耳机？”

游余：“不是。”

池唐打开了盒子，取出一个木制的小东西，比手掌大，可以用两只手拿着，有十七个琴键。

“这是……拇指琴？卡林巴？”池唐诧异地问，想来想去，就是没想过游余会送她这个，“你怎么会想到送我这个？”

游余说：“我看到一个来买奶茶的女孩子，她在玩这个，我觉得你说不定也会喜欢。”所以游余询问了人家那是什么乐器，最后终于挑选出了这个礼物。

池唐试了试音，不大的卡林巴拿在手里，手指弹奏出的声音轻灵干净：“这个弹出来的声音有点像是八音盒。”

她低头试了几遍音，就开始尝试弹奏，最开始弹得断断续续，但没一会儿就能听出调子了。游余仔细听着，忽然啊了一声，有些高兴：“是《天空之城》？”

《天空之城》这一部动画电影，也是池唐带她一起看过的，那些奇妙的幻想就像是真实存在于另一个世界，池唐喜欢这些动画里面的配乐，游余也十分喜欢。

池唐还在试着弹那个小东西，笑着说：“对，是《天空之城》。”

游余不再说话了，托着腮靠在桌边看池唐摆弄拇指琴。池唐应该还算喜欢这个礼物，好像一个小女孩在摆弄喜欢的玩具。

暖黄的光落在她的额头、鼻尖和跳跃的手指上，在游余眼里，有些朦胧。

游余没有听过很多人弹奏拇指琴，但觉得池唐弹得好听。池唐真的很厉害，一样新的乐器拿到手里，这么快就能弹出调子来，换她就做不到。

池唐玩了一阵，拿起拇指琴，放进一边的柜子里，又从里面取出了自己那把尤克里里。

池唐：“你知道这个是什么吗？”

游余：“吉他？”

“它算是吉他乐器大家族的一员，但是比一般的吉他要简单，因为它只有四根弦。”池唐解释着，抬手拨了两下。

不比刚才玩拇指琴的生疏，她拨弄尤克里里的动作就娴熟多了。

池唐先前不好意思主动说起自己在练习，但现在她收到了那个拇指琴作为礼物，忽然就很想和游余这个朋友分享一下自己最近的练习成果。

“我最近……其实在练习尤克里里。”池唐轻咳了一声，“谢谢你今天来给我过生日，我弹这个给你听？”

“好。”游余端正坐着，好像平时准备上课的样子。

听个歌而已，她为什么搞得这么严肃？池唐调整了下尤克里里的位置，问她：“你想听什么歌？”

游余：“我知道的歌不多，你喜欢的歌我大多都喜欢，随便弹就好了。”

池唐想了想，开始弹奏《未闻花名》。

这一首歌出自一部日本动漫，非常经典，用尤克里里弹奏出来的时候，比原曲要欢快跳跃一点，听上去就像是夏天的汽水、阳光和田野。

游余静静地听着，看见池唐随着音乐的节奏轻轻摇晃，跷着的脚搭在一边动啊动，有种说不出的可爱劲。

池唐没有弹完一整首，弹了一段，看见游余还坐得那么端正，手底下动作一停，换了首歌。

这首歌的节奏一起，游余就和她对视一眼，双双笑出了声。

因为池唐弹的是《海绵宝宝》的片尾曲，可爱有规律的节奏，动感很强，让人听着就忍不住摇晃。池唐弹着弹着，整个人摇晃的动作越来越大。她还伸出脚戳了戳游余，游余只好跟着她一起摇晃起来。

“哈哈哈哈哈，这样看上去好傻！”

“像两个蘑菇面对面在晃。”

“我以为你会说像摆钟。”

两个人莫名对着笑了一阵，游余由衷地说道：“你真的好厉害，会弹好多歌啊。”

她不说还好，被她这么一夸，池唐忍不住就想多炫一下技，又换了首《恋爱循环》。这同样是首非常欢快可爱的曲调，用尤克里里弹奏的时候，她还特地加快了一下节奏，听得人更是摇头晃脑。

游余悄悄给她鼓掌。

池唐抱着尤克里里站起来，又换了一首《一步之遥》。

“这是电影《闻香识女人》里面的一首舞曲。”

第八章
她不可能轻易认输

池唐的房间挺大，床和书桌之间有不小的空间，铺着一层绒毛地毯。这地毯是冬天用的，到了夏天本来应该收起来，但池唐偶尔喜欢躺在床边的地上发呆，所以就一直铺在这里。

她抱着自己的尤克里里，脱了鞋赤脚踩在地毯上。

《一步之遥》的旋律绮丽优美，她一边弹着，踩在地毯上随着音乐小幅度地转圈。

“看，我可以边跳边弹。”

穿着睡裙的少女散着头发赤着脚，脸上带笑，有点掩不住的小小自豪，小幅度转着圈的时候，睡裙像绽开的花一样飞扬起来。

台灯的光被裙角遮住片刻，又猛然流泄开，被裙摆拂起的光异常温柔。有不知道从哪里传来的淡淡香味，和蛋糕的甜香一起飘散在房间里。

池唐直接躺倒在了地毯上，尤克里里放在肚子上面，张开双手。

“啊……好累！”

游余坐在她旁边，看见她的手指有些红，捏起她的手对着光仔细看了看。

“手指都有点红了，你之前贴着创可贴，是因为这个吧？”

池唐懒洋洋地勾了勾手指头，做了个点头的动作。

游余抚了抚她的手背，问：“不是有那种套在指头上，可以弹琴的，叫什么……”

池唐：“指套？没必要用那个，多弹一阵子会长茧子，习惯了就不疼了。以前我这里也是有茧子的，但是很长时间没弹，指腹又软了，所以要重新开始。”

池唐说着，忽然又笑起来：“我现在想想还是觉得很神奇，你怎么会给我买拇指琴？我是真没想到。”

“我也不知道，当时看着就忽然觉得很适合你。”

“你就没想过，你要是买了这个拇指琴，我不会弹怎么办？”池唐问。

游余反问道：“你给我买了那么多本练习册、辅导书，里面有高三的内容，还有特别多的奥数题，你担心过我不会做吗？”

池唐想起自己当初买参考书，是直接和老板要求“拿最难的题目”，所以很多题目她别说做了，看一眼就头晕，但完全没想过池唐不会做怎么办。

想起这事，她侧了侧脑袋，瞧着同桌的表情，语气里带着点自己都没发现的诱哄道：“你这么厉害，那些题目再难，以后你肯定都会做。”

游余点了点头：“所以我也是这么觉得的，我觉得你一定能学会拇指琴。”就是这种莫名的信心。

池唐：“我们这是在互相吹捧吗？”

游余：“应该不算，说真话不算吹捧。”

池唐：“好了同桌，别吹了，我叫个夜宵吃吧。”

她爬起来找到手机点外卖：“我今天没吃什么东西，光吃蛋糕吃不饱，我请你吃麻辣小龙虾。”

她的房间有个大飘窗，拉开窗帘就能看到外面的夜灯，还有远处大厦上流动的光。两个人坐到飘窗上聊了一会儿天，等来了小龙虾外卖。

一盆小龙虾摆在那里，整个屋里都是龙虾的香辣味，池唐干脆关了空调开了窗。大开的窗外吹进来的风是带着热气的，又比中午的时候要凉爽许多。

“是不是要下雨了？风有点大。”

“天气预报好像是说要下雨的。”

“南林真是经常下雨，我来这边快一年了，大部分时间在下雨。”

“那我们以后读大学，去个不常下雨的地方吧。”游余这么说，池唐也就随口应了："好啊。"

池唐剥起小龙虾又快又好，但是游余就不行了，剥得特别慢，还剥不出一个完整的虾尾。池唐看她的动作都给看急了，直接把手里剥出来的虾尾塞给她："我剥五个你也剥不完一个。"

自己又拿了一个示范给她看："你看，把它的尾巴这样拉平，折一折，然后这样一用力，可以把虾尾直接完整地抽出来。"

游余有点手足无措。

"哎呀，你做题那么厉害，剥小龙虾怎么这么笨？"

"剥好了……"

看游余终于剥出来一个完整的，池唐感觉有些欣慰，这大概就是同桌平时给她喂题，看到她成功做出来一个题目的感觉。

才想到这儿，游余就心有灵犀一般，忽然问起了她的暑假作业完成情况："对了，你的暑假作业写了多少了？"

池唐："呵呵。"

游余懂了："完全没有做吗？"

池唐："大胆一点，去掉那个吗字和问号，就是完全没有做。"

游余也没说什么，只提醒她："还有五天时间，该开始做了。"

池唐埋头吃麻小，好像突然间失聪。道理她都知道，但是真的不想做作业。

游余："要我帮忙吗？"

池唐抬头："我们的友情深厚到你愿意让我抄你的作业啊？"

游余："不是，我知道一种快速做完暑假作业的办法，可以教给你。"

池唐见她一脸的认真，不由得好奇起来："这么厉害吗？"

游余点头："嗯，你不相信的话我们待会儿就能试试。"

本来完全没想写作业的池唐，因为这份好奇心，自然而然地答应了待会儿一起写作业的邀约。

吃完一盆麻小，满身汗和香辣味的两个人洗完澡吹完头发，一人穿一条睡裙，脑袋对着脑袋趴在桌上做起了作业。

游余翻开她空白的暑假作业，从数学开始，迅速地用铅笔在上面勾画。

池唐撑在桌上，看她迅速地勾题目，没什么规律的样子。

“我勾的这些题目，你先做。”游余把勾完的暑假作业递给她。又拿出那些空白的试卷，同样开始勾画。

池唐半信半疑，接过暑假作业做起来。而游余勾完了试卷上的一部分题目，就坐在池唐身边看她做题目，时不时还自己写点什么。

池唐乖乖地做了一会儿作业，放下笔，端起可乐喝两口：“你先告诉我，你让我做的这些题目这一题那一题的，有什么关系吗？”

游余拿过她的作业，指给她看：“你看，这一道题和这一道题其实是差不多的，只是数值这些微小的地方有变动，所以我勾选出了其中一道让你做。”

“这些题目看着很多，但其实知识点涉及不多，相同的题型大量出现，只是为了用数量加深同学们对于这些知识点的记忆，如果你能记住这个知识点，能做这一种题了，那其他的这些类似的题都可以不用做，我帮你写了答案。”

池唐一看，似乎真的是这样，自己做的每一道被勾出来的题，涉及的知识点都是不一样的。而游余刚才在旁边写的，都是其他相似题型的答案。

游余:“你不会的题型我给你讲一讲，然后你再自己试着去做一道题，能做完其他的就不用做了。”

池唐很想问问，这就是强者的世界吗？

游余迅速地画题做题，不忘对她说：“其实哪怕是大量重复题型，基础不好的话最好也全部做一遍。”

这样算的话，她需要做的题就少了很多，再加上后面一些乱七八糟的题目可以偷懒不做，负担一下子减轻了很多。现在唯一让池唐觉得烦的就剩下十篇作文了。

“还有十篇作文我都没动，好累啊。”池唐无意识地抱怨着。

游余埋头写字，闻言说道：“那作文我帮你写吧，你的作文一向写得好，不差这几篇。”

在这一刻，池唐觉得身边的同桌简直散发着普度众生的光芒。

池唐：“真的吗？你太好了吧，我愿意以身相许！”

游余被她逗笑了，抬头看了她一眼，明亮的眼睛月牙儿一样弯起来：“快点做作业吧。”

距离开学还剩下两天的时候，池唐提前写完了暑假作业。真是从未有过的体验，她竟然还有时间打游戏看直播。

打开被屏蔽了消息的班级群，看到里面一群人在哀号着暑假作业没有完成，呼朋引伴邀请同学去家里一起写作业，作为一个已经靠同桌完成了暑假作业的人，池唐感觉有一点爽。

她默默爽着，没有在痛哭完不成作业的人群中发言，又默默退出了班级群，继续玩自己的游戏，总感觉手里的游戏更香了。

开学前几天，时间过得飞快，哪怕池唐完成了暑假作业，也有种莫名的紧迫感，好像刑期将至。

不管学生们乐不乐意，开学还是如期而至，又要开始日复一日地早起跑操念书上课了。

在开学报名这天，池唐她爸还是没有回来，甚至给她发的最后一条消息都已经是一个月之前的事了。换作其他人大概会慌张，但池唐已经习惯了，毕竟她更小的时候，她爸出去干活，最长有两个多月都没想起联系她。

她照旧是自己提着行李箱，自己坐车去学校报名。他们这边从高二一开学，就要开始分文理科，顺便分班了，分完班之后，还会重新分配寝室。

在高一放暑假之前，老师们都耳提面命，让学生们回去和家长商量好文理分科的事，池唐干脆就没和她爸提，直接自己选了理科，她对于文理科并没有特别的偏好。至于游余，一开始就是选的理科。

报名之前，班主任已经统计过同学们的分科意向，然后进行了初步的分班。高二全年级分完文理科重新调整后一共二十个班，池唐被分在了（3）班，游余也是。因为南林一中分班是各班班主任随机抽取，从考试排名依次往下抽，保证每个班的成绩均衡。

话虽然是这么说，但总有心照不宣的好坏班级，老师们私底下也会协调。池唐一开始和游余分到的不是同一个班级，是找了班主任老方之后，他帮忙调整的班级。

老方虽然唠叨了一点，但确实算得上池唐遇见过的最负责的老师之一，只可惜老方分配到文科班当班主任，从高二开始，就不再是她们的班主任了。

池唐报名比较早，一去就拿到了新的寝室号，不过她还是提着行李去了原本的寝室。她走在校园里，遇上一些眼熟的同学，一个暑假没见，大家都多多少少有了点变化。进了寝室楼之后，她就看到不少人楼上楼下地跑，忙着搬新寝室。

许多寝室门开着，里面乱糟糟的，还有些都已经搬空了。池唐进了原本的寝室，寝室里除了她目前只有罗郑丽一个人在。她和罗郑丽从高一上学期开始就闹了矛盾，后来基本上是当对方不存在。

池唐环顾一圈这住了两个学期的宿舍，放下行李，坐在自己的下铺，也就是游余的床上开始玩手机，对于对面罗郑丽的目光视而不见。

“哎，你不是分到（3）班，已经换寝室了吗，怎么还坐这儿啊？”罗郑丽问，语气不太友善。

池唐没理会她，好像她不存在，只盯着自己的手机看。

罗郑丽被她无视了个彻底，又发起脾气，把自己的东西一阵摔摔打打，偏又觉得自己现在一个人势单力薄，不敢和池唐吵，端着盆就气哼哼地走了出去。

寝室里其他人也很快来了，气氛顿时热闹起来。要搬走的除了池唐和游余还有另外一个人，那个人和罗郑丽关系比较要好，拉着罗郑丽抱怨：“我真不想搬走，谁知道那个寝室里的人好不好相处啊。好不容易在这里住熟了又要搬，好烦啊。”

罗郑丽有了小伙伴在，连说话的声音都比刚才大了，也拉着她的手姐妹情深地道：“你的新寝室在楼上吧，没事就下来找我玩呗。”

游余终于匆匆来了。看到她走进寝室，池唐才把眼睛从手机里拔出来，和她打招呼：“好久不见啊。”

游余想说，我们昨天不是才见过吗？

看到池唐脸上不明显的笑，游余只好配合地说：“嗯，好久不见。”

池唐站起来提起行李：“走吧，我们新寝室在楼上 501。”

游余也收拾了一下她床上还卷着的被子等物，提着行李和池唐一起离开。她们走出寝室，寝室里忽然安静了一会儿，寝室长张了张口，似乎想说什么，最后也什么都没说，只看着她们有说有笑着往楼上去了。

“我看她们是瞧不上咱们，巴不得早点搬走。”罗郑丽哼哼。

“算了吧，人都已经走了，还是别说了，反正以后都不是一个班了。”寝室长说。

罗郑丽不吭声了。哪怕是不喜欢的人，但是分班了，大家各自去了不同的班级，她想起来也有点不得劲。

她的家庭条件其实也不太好，在这个宿舍里也就比得过游余，但是她和游余不一样，经常买零食、衣服，放假了和其他人一起去逛街，指甲油眼线膏那些她看到别人有了就也要买，用不上也买，从不节省。

刚上高一那会儿，挺多同学来自下面的乡镇，都有些土气，罗郑丽也是。她一心就想变得更加漂亮一点，最好光鲜亮丽让人羡慕。所以她一直就讨厌比自己更穷、更土，但成绩又特别好，所以被老师偏爱的游余，也讨厌自由自在想买什么就买什么，好像一副高高在上的大小姐模样的池唐。

哪怕游余现在改变了很多，看上去不再寒酸土气，只是朴素了点，哪怕知道了池唐就是性格孤僻不爱理人，其实并没有看不起人，她还是讨厌这两个人，这种讨厌都已经变成了习惯。

可现在人家开开心心地搬走了，她不知道怎么的，心里也没觉得有多高兴。

游余和池唐提着行李往楼上走，游余回头看了眼，想起自己刚住进那个寝室里，几乎是什么都没有。她孤身一人从家里逃出来，来到这里，和周围一切都格格不入，寝室里其他人明着挑剔，或者暗暗嫌弃的眼神，让人无地自容。

一年过去了，她看见身后慢吞吞爬楼梯的池唐，目光一下子温柔了很多，对她说：“不知道新寝室是怎么样的。”

池唐随口和她闲聊：“寝室不都那样嘛，多多少少会有争执，能不能好好相处都看运气。”

游余：“嗯，我今天运气挺好的。”

池唐：“嗯？怎么说？”

游余：“早上坐公交车，坐上了最后一个位置。”

池唐：“这也算运气好？”

游余：“再小的幸运也是幸运。”

两个人说话间已经走到了新的寝室门口。一个寝室六个人，除了她们两个，寝室里已经到了两个人，都不是她们原来的同学。那两个人在忙忙碌碌地收拾东西，池唐和游余也就直接进去选床位了。

游余：“你要上铺还是下铺？”

池唐：“和以前一样吧，我比较习惯上铺。”她不太喜欢住下铺，让其他人随便坐自己的床。

游余就选了同样位置的下铺，池唐把自己的行李和被子扔到了她空置的上铺。

做事干脆利落的游余很快把手里的东西放好，又在选好的床铺上收拾起来。池唐就坐在她的床铺上玩手机，一动不动。

游余展开薄薄的一床棉被铺床，池唐稍微挪了挪位置，但仍然没有从她的床铺上起来。游余也不在意，就在她身边忙活。等到游余要铺床单，池唐才站了起来，游余把床单铺好，她又坐了回去，全程眼睛都看着手机，半点没察觉自己有多碍事。

游余铺完床，看见上铺还没有收拾，顺口问了句：“你还没铺床，我帮你铺吗？”

池唐：“不用，我待会儿自己铺。”

游余:“待会儿铺，肯定要等到晚上睡觉前你才肯铺。”池唐的拖延症，她算是深刻认识到了。

池唐默默地丢下手机，踩到上铺去铺床。游余就随手帮她套枕头，掖好床单，帮她迅速整理好了床铺。

寝室里另外两个人已经收拾好了，看着这一幕，都有点好奇。

其中一个扎马尾的女生主动问她们：“你们以前是一个班的吧？”看着感情就好。

“是，我们以前是（2）班的。”游余说。

另一个有点沉默的短发女生说道：“我知道你，全年级第一，叫游余是吧？”

“是，我叫游余，她是池唐。”

池唐扭过头朝两个人点了点头。

“到了到了，是这里，你的新寝室在这儿！”门外传来一阵吵闹声，很快有一对夫妻带着一个女孩子过来了。女孩子矮矮小小一个，背着个小背包，她爸妈各自帮她提着行李箱和桶盆之类的生活用品。

“你的新室友已经到了，小同学们好啊！”当妈妈的笑眯眯地和她们打招呼，又帮女儿收拾起来。那女孩看上去挺内向，站在那里看着父母给她收拾，也不吭声。

这对父母不放心地叮嘱了一大堆话，最后又拜托她们多照顾一下自己的女儿，好不容易才走了。内向女孩大概觉得这样被父母送来寝室有点丢人，坐在床上不想说话。

其他人也不说话，寝室里的气氛就有些沉闷。

最后一个来寝室的是个性格特别活泼的女生，她提着大包小包一过来，瞧见游余，就哇了一声：“不是吧，年级第一的学霸和我一个宿舍！”

“我叫魏行行，这个行念行走的行，不念一行两行的行。”

新室友魏行行是个非常热情开朗的人，个子比其他人高大半个头，她一来，就火速认识了一圈宿舍里的人，顺带也让大家互相认识了一下。

“以后大家要在一起住两年呢，互相认识很有必要。我以前是（7）班的副班长，成绩还算不错，去年期末考，排名全年级第十，虽然比不上游余，但也算不错了，在我们班级经常拿第一。”这种本该是炫耀的话，魏行行说得非常自然，好像是站在台上演讲竞赛一样神采飞扬。那是一种良好家庭环境养出来的自信。

“我读书晚，应该是比你们都大一岁，如果你们都同意的话，我想当我们这个寝室的寝室长，可以吗？”魏行行大大方方地询问。

除了她，寝室里另外五个人，似乎都不是什么特别能说会道的角色，闻言互相看看，也都没什么异议。

魏行行笑着朝她们拱了拱手：“多谢妹妹们支持，以后我就是寝室长了，会负责照顾大家的！”

有时候一个宿舍的气氛是好还是坏，只是因为一个小小的契机。有魏行行在，本来陌生的几个人，也放松了许多，能坐在一起聊聊天了，连去食堂吃饭，都是一起去的。在之前那个寝室，池唐和游余从来没和她们一起去吃过饭。

没有人买特别贵的东西，吃粉的吃面的，打了一份饭一份菜的，都聚在一张桌子边吃。魏行行速度最慢，除了自己的饭菜，她还端了几瓶奶，一人发了一瓶："我这个寝室长新上任，请大家喝饮料。"

"谢谢寝室长。"

"谢谢。"

在新寝室度过的第一天还不错，至少大家都相处和谐，已经达到了池唐的标准。

接着就是大家按照分班结果，带着自己的书，直接去新教室报到。(3)班的教室在四楼的另一边，看不到窗户外面的银杏树了。

"大家先随便坐吧。"

池唐原本准备挑靠窗的第三排，看了游余一眼，最后还是往前一行，挑了第二排。

她们坐好，寝室里其他人也自然地坐了过来，六个女生直接承包了靠窗这边的二、三、四排位置。班级都是打乱了的，碰上从前班级同学的概率挺小，意外的是她们原来班级的体委黑皮也分到了（3）班，还有两个池唐不太熟悉的男生。

池唐环顾着教室里的新同学们，对上了教室另一边的体委黑皮，看见他笑得露出一口雪白的牙齿。

池唐扭过头，听到后桌的魏行行对游余说："咱们都是一个寝室的姐妹了，生活上互相照顾，学习上也要互相帮助对不对？我是想好好学习提高成绩的，一切都靠你了啊游余！"

魏行行的同桌是内向的女生，说不出这么直接的话，但也用小期待的目光瞟着游余。

游余只好点头。

魏行行："妥了！大佬带我飞！"

她们说得热闹，池唐没有参与，耳朵里听着，撑着下巴看着窗外不同于之前的风景。

新班主任是个中年女老师，手上戴着老式的手表，脸上戴着眼镜，走近了能闻到身上有一种类似于红墨水的香味。她是个数学老师，脾气看上去不是特别好，站在讲台上说话时显得有些严肃。

“我姓柯，以后就是你们的班主任，联系方式我都写在黑板上，大家记一下，有什么问题随时可以找我。”

“每个分到（3）班的学生，我都了解过你们的情况，现在我这里有一份班干部名单，是我按照你们从前老师给你们的评语选出来的，我念一下，念到名字的同学站起来，让大家认识一下。”

“魏行行，班长。”

魏行行站起来，虽然有点意外，但很快就笑起来，还做了个简短的自我介绍。

接下来副班长是一个男生，长得高大，模样有点憨厚，站起来时还不太好意思地摸了摸脑袋，也学着魏行行做了个自我介绍。

“学委，游余。”柯老师说起游余的时候，严肃的神情微微一动，好像冰雪消融似的笑了下，“这个名字大家应该都耳熟，在高一时，游余几乎次次能考到年级第一，成绩非常稳定，有这样一位榜样在班上，希望我们班上的学习氛围能有所提升，大家都能有所进步。”

…………

“体育委员，冯睿白。”

黑皮站了起来。

…………

“以上就是我们的班干部，如果不合适的话，以后我会再根据情况进行替换，大家有异议的也可以提出。”

池唐全程围观。她是在高一开学后才转学过来的，一开始就没能融入班级，也没有经历过这样的环节，现在从头到尾参与了也没太大的参与感，毕竟她并没有兴趣做什么班干部。

不过她们这个寝室，有三位班干部，还有个文艺委员也在这儿，就是那个短发比较冷淡的女生张檬。

班主任柯老师是雷厉风行的性格，火速地确定了班干部之后，开了个鼓励大家好好学习的简短班会，然后就让游余抱来一堆试卷，说要进行开学小测。

“这是我和你们的任课老师们自己出的一份试卷，主要是为了测验大家真正的水平以及大家暑假有没有偷懒，这次小测不算分数，但是希望大家能认真对待。”

他们坐在教室里埋头写试卷的时候，门外有其他班级的学生路过，很是好奇地往里面看，见到（3）班同学满脸苦涩地考试，他们在门外嘻嘻哈哈地发出幸灾乐祸的声音。

“他们班一开学就考试吗？”

“太惨了吧，我们就不用考试。”

“爽还是我们爽！”

坐在门口监考的柯老师推了下自己的眼镜，从教案里抬头看向那几个男生，开口问道：“你们是哪个班的？”

两个男生一愣，顿时缩起了脑袋，像两只小鹌鹑，支支吾吾不想说话，但抵不过老师的威压，还是哭丧着脸，紧张地报出了自己的班级。

柯老师：“很好，（9）班的，我待会儿就会和你们班主任说，让他也进行开学小测。”

两个男生真的快要哭了。

（3）班同学顿时发出一阵死道友也死贫道的嘻嘻声。池唐原本因为一开学就做试卷感到心情不好，这会儿也莫名感觉一阵舒爽，心情好了再去做题，甚至觉得思路都更加通畅。

呵，幸灾乐祸什么啊？要考大家一起考啊！

考完试，柯老师收拾试卷离开，教室里这才热闹起来。

有个男生感叹道：“柯老师以前就是我的班主任，她……专治各种不服。”

有不了解这位柯老师的同学紧张地问：“柯老师很凶吗？”

那男生做深沉状：“她不是凶不凶的问题，是那种……那种……不知道怎么描述的那种……反正你们以后就知道了。”

这意味深长的话，听得（3）班众人都是后颈皮一紧，连池唐这种自问并不像一般学生那么害怕老师的角色，都打了一个激灵。

（3）班是最早开始进行开学小测的，等考完，柯老师以试卷没批改完为名，大方地给她们特批了两节体育课，放她们去操场上撒野。

先前还在战战兢兢地想象着柯老师可怕之处的同学们，一下子欢呼起来，傻白的一些小同学甚至天真地觉得，柯老师完全没有想象中那么可怕。

“这就是打一巴掌给一颗甜枣，是不是？”池唐问游余。

游余：“我听方老师说过，柯老师很会调教学生。”

池唐：“懂了，不是个简单角色。”

他们去操场上体育大课，路过几个高二班级，看见里面的命运共同体们正在重复她们之前的经历——开学小测。

“他们在考试啊？哈哈哈哈，我们都考完了！”记吃不记打的天真猴子们发出快乐的叫声。

宽阔的操场上，只有（3）班几十个人在，体育老师闲闲地走着，哨子也吹得懒洋洋的，充分表达出他也不想上课的咸鱼心理。咸鱼体育老师无力地哼哼：“排队，跑圈。”

“啊！不要跑圈啊老师！”

“对啊老师！让我们自由活动吧！求求你了！”

面对学生们的哀求，体育老师宛如慈悲的菩萨，拈起兰花指挥了挥。

“哦！太好了！我们去拿球！”

“女生要羽毛球拍，多拿几副拍子！”

池唐和游余也拿到了羽毛球拍，虽然池唐想像从前一样找个地方安静地待着，但是有寝室长兼任班长的魏行行在，她们颇有种野生变家养的趋势。

魏行行安排好了寝室的里其他人，又把试图去树荫下休息的池唐和游余拉了过来，给她们塞了羽毛球拍。

“快来打羽毛球啊！你们会打羽毛球吗，要不要我教？”

池唐拿着羽毛球拍。她是会的，但游余不太会，游余压根就没打过两次羽毛球。从前每次上体育课都是和其他班一起，一个班分到的羽毛球拍只有几副，被其他女生早早占着不放，池唐懒得去和人抢羽毛球玩，游余就更不会去了。

现在游余握着羽毛球拍，还是感觉挺新奇的。池唐看她那个架势，只好过去教她。

魏行行欣慰地看着她们混在同学们中间打羽毛球，提议道："待会儿我们刚好分成三队来比赛啊！打双人羽毛球吧！"

游余自然是和池唐一组，试着发了个球，结果和轻飘飘的羽毛球擦拍而过，打了个空拍，游余捡起羽毛球就有点沮丧："我不太会，我们待会儿会输的，我还是不参加吧。"

三分钟前还想说不参加比赛的池唐语气一变："输是不可能轻易认输的，怕什么？"

张檬那一组也是一个擅长一个不会，对上池唐、游余两个人，算是半斤八两。游余站在池唐后方，一开始还担心自己接不住球怎么办，结果比赛开始之后，她压根就不用接球。

池唐和张檬两个你来我往，一个球都没能越过池唐的防线打到游余这边，她甚至可以坐下休息，就像对面的另一位同样无用武之地的室友一样。

虽然游余无所事事，只能在接不到球的位置给前方大发神威的队友鼓劲加油，但看到池唐一拍子把羽毛球抽回去的动作，还是不由得紧张起来。

池唐打羽毛球的样子好像有点……凶，那种用力抽球的劲道，甚至带起了呼呼的风声。而且对面张檬也挺厉害，两个人越打越快，那小小一个羽毛球砰砰砰撞来撞去的声音异常清晰，引来了其他同学的注意，不一会儿周围就围了不少人。

因为池唐好几次感冒发烧，游余一直觉得她有点身体虚弱，现在看她在场上跑来跑去，跳转腾挪的架势，又觉得好像自己弄错了什么。

最终，凄凄惨惨的一个羽毛球落在张檬那边，她没能及时拍回来。

魏行行拿着球拍在旁边迫不及待地喊："换人换人，换我来！"

张檬两个人下场，魏行行上去，捡起那个羽毛球，发现断掉了两根羽毛，又跑去换了个新的羽毛球来。

她笑容灿烂地和池唐商量："我们不要打太用力，爱护一下羽毛球。"

池唐擦了擦脸："行。"

她刚胜了一场，气势非常不错，然而——魏行行真的太强了，虽然场下是个热心姐姐模样，但是打起羽毛球，瞬间变身大魔王，跑得快，反应快，跳得高，池唐接球接得险象环生，就像刚才的张檬一样，最终差一点没有接住。游余倒是想上前帮忙，但她那一拍，没能把球拍过网，还是输了。

张檬再度上场，三分钟后二次打输下场，几个人站在一边看着班上其他人轮番上场挑战魏行行。

张檬：“魏姐是羽毛球大魔王吗？”

池唐：“她很强……”

魏行行原本的队友夏园园早已经默默下场，把舞台留给了魏行行一个人发挥，抱着羽毛球拍小声说：“为什么这场面有点像热血动画啊？”

总之，两节体育课过去之后，所有挑战者都败在了魏行行的羽毛球拍之下，从此（3）班同学都开始热情而亲切地称呼这位爱笑的女班长为魏姐。

在魏行行用羽毛球拍征服同学的时候，池唐和游余在一边打了一阵羽毛球。游余一开始有点紧张，看到刚才池唐打球的样子，觉得节奏那么快自己大概没办法接得上，谁知一上手比想象中容易很多，池唐打得慢悠悠的，那羽毛球也悠闲地在天上飞，游余几乎每一个都接得到。

不管游余打回去的姿势是如何歪歪扭扭，降落的地点又是哪里，池唐每一次打回来都能打在差不多同一个位置。游余看出来，她是在给自己喂球。

体育课结束后，所有人都累了一身的汗。本该去吃饭的，但池唐受不了这满身臭汗，准备先回去洗澡。她是独来独往习惯了，随便招呼了声就准备脱离队伍先去宿舍。

魏行行一听，也说：“我也想先洗个澡再去吃饭，不然太难受了。”

张檬：“我也是。”

池唐也不知道是怎么回事，但事情莫名发展成了一个寝室的人全都赞同了她的想法，决定先一起回宿舍洗澡去。

“宿舍的卫生间太小了，不如我们都到大卫生间去洗？”

“那边没热水啊。”

“这么热的天要洗什么热水啊？！”

“真的要一起洗吗？也太不好意思了，我还没有和其他人一起洗过澡呢。”

“这有什么不好意思的？我在老家经常去澡堂洗澡，那么多人一起洗呢。”

池唐没吭声，也被魏行行拉进了宿舍尽头的公共大卫生间。这个时间里面刚好没人，六个人进去把门锁上开始洗澡。

池唐有点不习惯，但看着最害羞的夏园园都脱了衣服，她不脱岂不是被比下去了？她只好跟着一起脱衣服。

游余倒是没什么不习惯的，从前初中也有宿舍，只有一个公卫，人多轮不过来，洗澡都是在一起洗的。

只是洗着洗着，几个女生就忍不住打闹起来了，最开始是因为水冷，不敢狠心往自己身上淋，就互相浇水，然后就上演了女生宿舍经典的剧情。

“哇！你的胸好大！羡慕——”

“啊——你干什么！不要看！”

“哈哈哈！我就要看！”

看她们互相泼水打闹，池唐面露警惕之色，默默离她们远了一点，双手放在胸前。

“池唐，你一个人躲在那儿干吗？别害羞呀，都是女生怕什么？”魏行行注意到她，嘻嘻笑着凑过来。

池唐一听话音不对，迅速朝她喷水，还很机智地挤了一手洗发水：“过来我就擦你脑袋上了。”

刚洗完头的魏行行不敢惹她，只好放过她去和其他人闹。池唐得了安稳，一转眼看到游余蹲在一边用毛巾擦肩，还满脸的笑。

游余刚才在看她的笑话吗，而且怎么没人来闹游余？池唐捂着毛巾一个箭步上前，顺手把手里的洗发露涂到了游余的头上。

洗完澡，或者说打水仗出来的池唐，陷入沉思。

为什么呢？明明上个寝室和其他室友相处冷淡，怎么这个寝室没几天她就和其他人一起洗澡玩水了？

这一点，罗郑丽也不大明白。她和以前的两个老室友一起去食堂吃饭，刚好看见了池唐和游余，这两个人和其他几个女生坐在一起，似乎相处得挺好。

这两人以前在寝室，不是和她们完全相处不来，上课、下课、吃饭都不走在一起吗？现在怎么就和人成群结队了？

学校一共就这么大，只要有心，大家经常碰得见，罗郑丽就发现池唐和游余两个人，经常和她们的新室友一起行动，有时候是六个人走在一起，有时候是其中几个。池唐对她们的态度竟然还不错，完全不像对她那样冷淡厌烦，真是见了鬼了。

魏行行从其他寝室串门回来，关上宿舍门，有点神秘兮兮的样子问其他人："我刚才去楼下找以前的朋友玩，你们猜我听到了什么？"

寝室里几个人吃零食的、玩手机的、洗脸的还有收衣服的，都给面子地看了她一眼。

魏行行对上下铺玩手机的池唐和写作业的游余说："我听到有人说你们两个的坏话了，好像是你们原来的室友。"

池唐不太感兴趣地从鼻子里嗯了一声。张檬好奇，从一边探出脑袋，问了句："说什么了？"

魏行行说："她们说池唐特别孤傲不合群还看不起人，从来不和别人一起玩，哈哈哈！"

池唐是这个宿舍里年纪最小的那个，平时话不多，还经常发呆，确实有点孤僻，但是孤傲就算了吧，她觉得这小妹妹还挺可爱的。

"至于游余，那些话就不用说了，我觉得那人真的特别酸，吃太多柠檬了吧，估计是嫉妒我们游余成绩好。"魏行行说着又看了眼坐在床上写题的游余。

游余的床上放了张小桌子，上面还有盏台灯，她就在那里安静地伏案学习。先前游余下完晚自习还要在教室继续学习，魏行行就直接劝她回宿舍来学，张檬为此贡献出了自己闲置的小桌子，池唐还不知从哪儿拿出来一个台灯。

从前游余习惯下晚自习后还在教室学习，是因为先前的寝室有两个人不乐意她在宿舍占用书桌学习太晚，经常冷嘲热讽，但现在的室友不介意，游余就开始按时下晚自习，到寝室继续学习。

魏行行说完八卦，没听到游余有反应，仔细一观察，发现人家还沉浸在学习里，顿时觉得服了。

那种两耳不闻窗外事的认真，魏行行心想，难怪人家能当第一呢，论起勤奋谁比得过她呀。

“她刚才是没听到我们说话吗？”魏行行问和游余感情最好的池唐。

池唐这才开口说：“游余一般听不到别人说话的时候，就是她在做的题非常难。”

她刚说完，游余就抬起了头，有点茫然，探身看向上铺问道：“池唐，你刚才叫我？”

池唐：“没叫你，你继续做题吧。”

魏行行无语地拍了拍手：“嘿，游余，刚才是我在和你说话，你是只听得到池唐跟你说话吗？”

游余：“啊，什么事？”

其他人发出笑声，魏行行摆了摆手：“没事没事，你继续做题哈。”

过了几天，池唐和魏行行、张檬三人提着零食、饮料回宿舍的时候，在楼梯上遇上了罗郑丽。魏行行立刻撞了撞池唐的胳膊，小声说：“就是她，之前和人说你跟游余的坏话那个。”

池唐哦了一声，忽然喊：“罗郑丽。”

罗郑丽朝她看过来，池唐不客气地朝她竖了个中指。

魏行行也是没想到这妹妹这么直接的，扑哧一声笑了出来。罗郑丽脸都气红了，可看她们三个人走在一起，一句屁话都不敢说，埋头跑了。

张檬问：“这种背后说人坏话的人不用理她。不过你们以前是跟她闹了什么矛盾吗？”

池唐：“她看游余不顺眼，带头搞孤立，我就看她不顺眼。”她住进那个宿舍的时候，游余基本上除了睡觉不会回去，就是因为罗郑丽。

魏行行听得行有点蒙：“孤立谁？游余？不是吧，游余成绩好，性格也挺好，孤立她？”

池唐：“孤立自己不喜欢的某个人，不是一些人最喜欢做的事吗？”

游余刚上高一那会儿没有现在这样愿意说话愿意笑，吃的、穿的都很差，和大部分同学格格不入，偏偏成绩又特别好，难免惹人嫉妒。

先前班上成绩不太好的像罗郑丽她们一伙人带头排斥她。成绩好的那一群人有自己的小团体，也不想主动和她接触，游余自己只知道埋头学习，之后就好像形成了一种恶性循环。

在她这个同样没朋友的人转学过来和游余认识之前，游余在班上连一个玩得好的朋友都没有。

也不是所有人都排斥她不喜欢她，只是很多人冷眼旁观，看别人不和游余接触，身处在那个环境里，也就不愿意和别人不一样。

张檬："也不奇怪，要是表现得和别人不一样，就很容易被孤立，我以前也有很长一段时间被孤立。"

魏行行闻言诧异地左看看右看看，忽然揽住两个人的肩："我觉得还是班级风气问题，这种事要是没人管就会变得越来越严重，不过在我们班，我作为班长，肯定不允许这种事发生！

"有魏姐罩着你们，以后没人能欺负你们！"

被她用看小可怜的眼神看着，池唐捏着一瓶冰水不为所动："我没有被人欺负过。"

魏行行想起她刚才那个中指："哦……"

第九章

我现在飞奔回去

夏天的晚自习，除了热，最大的问题是蚊子还有飞蛾的肆虐。

教学楼周围有很多花草树木，因此蚊子也格外多，还有扑灯蛾子也是这边教学楼的常客。晚上一开灯，整栋教学楼就是周围最亮的建筑，只要开着门窗就会有很多飞蛾从外面飞进来，停在灯上、墙上，有时候还会停在人身上，下上两排模样神似毛毛虫的蛋蛋。

池唐特别不喜欢这种蛾子，每次看到都浑身起鸡皮疙瘩。

晚自习如果有一只蛾子飞进教室，时不时扑棱翅膀，池唐只要听到那种振翅的声音肯定就要警惕起来，时时刻刻注意是不是飞到自己身边了，精神紧张。

魏行行一开始没有发现这事，看到晚自习课间，游余起身用扫把赶飞蛾，这样的事发生了几次，还以为是游余害怕飞蛾。

有天晚上，游余去老师的办公室帮忙改试卷，魏行行看见一只飞蛾停在池唐的外套上，顺口笑着和池唐说了句，就听见池唐忍不住发出了一声短促的惊叫。

她从来没听过池唐这种饱受惊吓的声音，看到池唐迅速脱掉外套差点丢到窗户外面，才明白怎么回事。

“你怕飞蛾啊？”

池唐的脸变得臭臭的。

魏行行："哈哈哈哈，我还以为是游余怕飞蛾，结果是你怕飞蛾？"

池唐完全不想碰自己扔到一边的外套，不知道那只飞蛾还在不在，坐在座位上按着自己的脑门，也不想和班长说话。

她怕飞蛾，知道的人并不多，先前在（2）班就没什么人知道，游余是很早就发现了。去年她们夏天上晚自习，也有很多飞蛾飞进教室，池唐忍无可忍地逃课了两次，被老师说了也不改。后来游余注意到这个原因，坐在她身边都会帮忙把飞进来的飞蛾赶出去。

不过现在，（3）班很多人知道了，毕竟刚才她那一声惊叫虽然不是特别大声，但也有点惹人注意。

有魏行行这个喜欢组织活动的班长在，（3）班的气氛是很好的，好到池唐甚至觉得有点不习惯了。因为之后没多久，教室里又飞进来一只飞蛾，这次没等池唐有反应，后排一个男生直接挥着扫把把飞蛾赶走了。

池唐甚至和那个男生不太熟悉，但他显然是在帮她。那个男生赶完飞蛾，被另一个男生起哄了，听到那男生满脸嬉笑地发出哦哦声，魏行行扭头说道："瞎起哄什么呀王小二！我们（3）班人要团结友爱懂不懂？待会儿再有飞蛾就交给你。"

池唐无语，捂着自己的脑袋，已经尴尬到不忍心抬头，手里抓着魏行行的衣服不断用力，试图让她不要再说起飞蛾的话题。

魏行行看了看她："没事，我跟那小子讲道理。"

池唐面无表情地低声说："换成之前在（2）班，我的前桌这个时候就会骂我是个小公主，要劳动这么多人帮我赶飞蛾。"

魏行行诧异道："她是长这么大没被人帮助过，也没想过帮助别人吗？这种事有什么好嘲笑的？"人人都有害怕的东西，刚才池唐脸都吓白了，她还看到池唐手臂上的鸡皮疙瘩非常明显。池唐这么好面子的人，要不是很害怕怎么会在这种情况下惊叫出声？

魏行行："嘲笑别人的恐惧的人，都是烂人，知道吧？"

外号叫王小二的那个男生被魏行行说了两句有点尴尬，但魏行行教训完就不在意了，还笑着和他们开玩笑。王小二倒是自觉，课间瞧见一只飞蛾停在教室门口，上去抓住了飞蛾。转头见没人注意他，他又有点不想就这么直接把飞蛾悄悄赶走。

瞧见前桌的一个女生转头看过来，他想也没想就把手里的飞蛾凑过去吓唬了一下：“哦！虫子！”

“啊——”

魏行行：“王！小！二！”

那只可怜的飞蛾最后进了垃圾桶，魏行行和寝室里的几个人抱怨：“这些男生怎么都这么幼稚啊，吓唬女生很好玩吗？”

池唐：“被吓唬了就要吓唬回去。”

张檬：“话是这么说，但我们用什么吓唬他们？”

被老师带走干活的游余终于回来了，一来就听到她们的讨论，疑惑地问：“你们在说什么？”

夏园园小声道：“在说怎么吓唬那些男生。”

游余还是疑惑：“吓唬他们干什么？”

魏行行：“还不是那些男生拿飞蛾吓人。”池唐赶紧在课桌底下踢了魏行行一脚，让她别提刚才的尴尬事。

听到“飞蛾”两个字，游余就下意识地看了眼池唐，见她的校服外套远远地搭在窗户上，上面还有些尘土，一下子猜到了什么。

寝室里另一个马尾女生路芝提议：“一般东西吓不到那些皮实的男生，难道我们要抓条蛇吓他们？可是蛇我也怕啊，用玩具蛇吗？”

魏行行摆手：“你信不信到时候那些男生吓不到，他们只会反过来用玩具蛇吓唬其他女生。”

游余这时候开口：“不如请柯老师上课的时候多点他们起来回答问题吧，对他们来说，这事应该挺可怕的。”

她一本正经地说：“整天想吓唬人，一定是因为平时太闲了，可以多做题。”

池唐无语，几个人面面相觑，默默散开。

王小二还在教室后面发出天真而快乐的笑声，享受恼羞成怒的女生们的怒骂。

晚自习只要老师不在，都难免有些吵闹，有些班长比较老实听话，管得很严，随便有人说句话也要管，希望能让整个教室达到鸦雀无声的境界。但是魏行行管得不严，小声说话她一律不管，只有闹得大声她才偶尔出声制止一下——还要感谢他们这个班级得天独厚的地理位置，距离老师们的办公室比较远，不是老师们经常经过的班级。

大家胆子一大，晚自习的时候就开始想要玩点花样。特别是老师没布置作业，让她们自主学习，班上又吵得停不下来的那种晚自习，魏行行一想既然大家都没心思学习，那就来玩吧。

她带头，全班一起玩你画我猜。

在课本里找一个成语，然后给某个同学看，让他在黑板上画，然后其他同学在底下猜，全班刚好分成四个组，每个组猜对一个加一分，黑板角落有“正”字计数。

“有人作弊，猜不到就翻语文课本去找词语对照！”他们你画我猜的词语都是从课本上选的。

魏行行非常好商量：“行，那下次画数学书里的词语。”

本来这只是个心血来潮随便玩玩的游戏，后来成为（3）班的必备游戏项目。游余也被魏行行强行推上讲台画过一次，她选的就是数学书里的某个定理。

可是，全班同学默默看着她在黑板上画出的图，都不想说话。人家玩你画我猜，画的都是些乱七八糟的东西，可她呢，分明是在做题！看那个圆，看那个辅助线，她除了没写字，和平时被老师喊去黑板上做题有什么区别？

（3）班的晚自习你画我猜项目，第一次遭遇了滑铁卢，非常安静，没人尝试说出答案。

池唐直接举手：“换人吧，她不行。”

还在画图的游余一下子感觉手里的粉笔好沉重。

充当主持人的班长魏行行：“哎，大家不要这么不给面子，还是猜一猜吧。这样吧，我知道答案，我给你们一点提示好吧？”

气氛渐渐热闹起来的时候，教导主任突然出现。他看着吵闹的教室一瞬间安静下来，刚想开口训斥他们，结果抬头一看，发现两个学生在演板，上面分明是数学题目的板书。

原来大家是在讨论数学题目吗？这个班级的学习氛围还不错啊。教导主任点点头，放松了表情：“图画得不错，你们继续学习。”

魏行行无语，继续什么呀，他老人家是不是没发现我们在干吗？

虚惊一场，等教导主任离开，同学们不知道为什么，都突然觉得很好笑，一齐哄笑起来，快要笑疯了。

池唐也笑了，捶了一下游余的胳膊："真有你的。"

游余："我没做什么。"她还有点不甘心，"真的猜不出来吗？"

池唐："好了，你下次别选数学书里的定理公式就行了。"

游余："选物理吗？"

池唐："你下次看着就行了。"

她们寝室里，对这个最擅长的高手是张檬，这位文艺委员很擅长画画，教室后面的那块黑板报，就是她的地盘，现在，教室前面的黑板也成为她打下的江山。

画什么像什么的张檬，是所有人最欢迎的选手，因为很容易猜。最绝的是有一天她玩你画我猜，画了《琵琶行》里的一句诗"千呼万唤始出来，犹抱琵琶半遮面。"抱着琵琶的女子在船上，身影袅娜美丽。

大家都猜到了，但是因为画面太美，谁都没忍心去擦，一直留在了那里。第二天上课，语文老师一看这图，乐了："哪位大神给我们的课文配图？挺好看的。"

他写板书的时候在另一边写，没有擦掉那个姑娘犹抱琵琶半遮面的图。

接下来柯老师的数学课，她看到这图，毫不手软地抬手就要擦，同学们在下面发出一阵哀号，把她吓了一跳。

"干什么？"

"老师，这么好看，就不要擦了！"

"对啊，让它留着吧！"

柯老师挑眉："想要老师听你们的，没有那么容易。我点个同学回答问题，回答出来了就留着；回答不出来，就让这同学来擦黑板。"

所有同学异口同声道："点游余！"

一片"点游余""游余"的喊声，不知道的还以为是在烧烤摊上点菜。

柯老师肃着一张脸扫视了一圈教室，还真如他们所愿点了游余，最终平安留下了这幅画，留了许久才被擦掉。

“今年夏天好热啊！”

“每年夏天不都很热吗？南林这个破天气真绝了！”

自从开学后就没断过关于温度的抱怨。南林燥热的天气令人心浮气躁，老师才刚离开教室，教室里的学生们就忍不住叽叽喳喳地说起话来。

下午第一节课，一天最热的时候，教室里的电风扇转得格外慢，连带起来的风都是热的。整个教室就好像是一个高压锅，底下架着火，锅里一堆饺子都快煮熟了。

教室里有人用那种一块钱一把的便宜塑料扇子猛地扇风，其实也不能带来清凉，噗噗噗的声音还有点吵。

“游余，你是怎么保持这种岿然不动的姿态的？”夏园园悄声问。

游余说：“心静自然凉。”

魏行行不由得评价了一句：“这笑话真的老套。”

她们还有心思说话，池唐是一句话都不想说，感觉连说句话都热。她整个暑假都是在家靠着空调度日的，现在在学校没有空调，日子就难熬了。

汗湿的手捏着笔，不一会儿连作业纸都能黏在手上，池唐写作业写了没一会儿，因为天热火气大，动作比较重，结果手往旁边一移，作业纸都不小心给撕了。她刚做了一半的题，一撕两半。

池唐干脆丢了笔，不做了！

虽然她不吭声，但这丢笔的动静周围几个人都能注意到。相处有段时间，魏行行她们都发现池唐的脾气确实不太好，经常不知道怎么了就生气，不过她也不爱和别人生气，就在那里自己生闷气，还挺好玩的。

不过，最让魏行行觉得好玩的不是池唐，是游余。

瞧见池唐丢了笔靠在桌上发呆，魏行行用胳膊肘捅了捅同桌，示意她看：“快看快看，她们又要开始了！”

游余早写完了作业，现在就从池唐桌上拿过作业本看了眼，动手撕掉破的一页，然后把池唐写了的那部分重新誊抄上，再把作业给她放回去，做得非常顺手。

看得出来，池唐是十分不想写作业的，而且写了一半的作业中途被损坏，就像是游戏没存档，需要重新打，实在令人暴躁，完全不想继续打下去。但是同桌把游戏进度给她打回去了，她好像就只能接着玩了。

默默把笔捡回来重新开始写作业的池唐，回想起自己没有转学来南林之前。她那时候真的挺叛逆，完全不是个让老师省心的学生，像这样突然因为一点小事很烦，然后不做作业，晚自习早退都是很正常的事，反正老师找家长，她爸也不管。

是什么让她变成了现在这个好好学习天天向上，认真做作业还要好好上课的好学生？

——是救火队员同桌。

看着前面两个室友又什么都没发生似的趴桌上写作业了，后排的魏行行和同桌对视一眼，都从对方眼里看到了羡慕。

“唉，好羡慕有同桌帮忙写作业啊。”

“我也好羡慕同桌帮写作业。”

行，大家都是不想做作业的姐妹，指望不上了。魏行行也丢下笔，准备去寻找好心的外援朋友。

“嘿！游余！”魏行行戳了戳游余，合拢双手对她说，“大家都是同一个寝室的姐妹，你既然帮池唐写了作业，也顺手帮我写一个吧！”

游余：“我没有帮池唐写作业，我只是帮她抄了她写过的部分而已。作业还是要自己做比较好。”

想起自己暑假作业是怎么完成的，池唐目光复杂地看了眼同桌，一声未吭。

魏行行做出幽怨的模样：“唉，我早该知道，你对池唐就是比对我们好。”

夏园园也轻轻叹了一声：“终究是我们错付了。”

张檬同样不甘寂寞地加入了对话，来了句：“你们想什么呢？池唐自从入宫以来，独得圣上宠爱，她不死，尔等终究为妃。”

游余：“啊？”

池唐扭头，无语地看她们一眼：“你们说的梗，游余一个都听不懂。”

游余才反应过来：“哦，刚才是在开玩笑吗？”

她笑了笑：“不能帮你们写作业，但是写完了我可以先帮你们检查对错。”

大家笑闹归笑闹，说完还是得自己写作业。

柯老师没让他们自由多久，很快就过来讲题了，然后就到了学生们最恐惧的环节:“现在我要抓一个小朋友到黑板上来做题，是谁这么幸运呢？”

教室里最安静的时刻，就是数学老师要点人上黑板做题的那一刻，没有人发出一点声音，教室里一片令人窒息的死寂。

眼看着柯老师的目光扫了过来，定在自己身上，感觉到危险的池唐镇定且毫无表情地看着课本，坚决不和柯老师对视，不着痕迹地将手里的笔在游余桌面上敲击催促。

救我！柯老师要点我了！

于是在柯老师开口之前，游余主动举了手。

柯老师向来很喜欢游余这个学委，一般只要她主动举手了，肯定会点她，但游余总上前挡枪，柯老师也想看点新鲜面孔，于是这回点了两个人：“那就游余，还有池唐，你们两个一起来。”

池唐腹诽，还是没躲过！

好死不死分配给池唐的这道题她不会，上去演板简直是公开处刑，尤其对比旁边的游余，游余肯定三下五除二写完，留她一个人在讲台上受死。

众目睽睽之下，柯老师还在旁边看着，游余哪怕发现了池唐不会做，也不能去替她做，只能减慢了做题的速度，心里替她着急。

池唐抄完题目，写了个解，然后苦大仇深地瞪着题不动。

游余放慢速度，题也已经写一半了。

柯老师回过头，在讲台上拿起杯子喝了口水。游余迅速用粉笔在池唐手边写了个公式，写得飞快，柯老师喝一口水的时间游余就把一个解题的开头给写出来了。

在全班同学眼皮底下光明正大地做这种小动作，实在令人紧张。虽然大家看到了，但没人作声，池唐来不及多想，迅速把两个解题步骤抄上。在柯老师转过头来之前，游余又把那两排小字给擦掉了。

两排公式就像一个线头，池唐看着看着，忽然有了点思路，能磕磕绊绊地继续往下解题了。柯老师喝完水扭头过来继续盯着，也不催促，池唐虽然速度有点慢，但最后还是写完了这一题。

游余早早就能做完，但故意写得特别慢，柯老师同样不催她，任她在黑板前面磨蹭。等到池唐快写出答案，游余才把自己的答案同时写上，然后和池唐一起走下讲台。

池唐沾了一手的粉笔灰，回头看了游余一眼，游余对她安抚地笑，两个人回到座位上坐下。

柯老师好似对两个人之间的小动作一无所觉，开始讲黑板上的两道题。

魏行行悄悄朝两个小姐妹竖起大拇指，不知道是夸她们做出了那两道难题，还是夸她们敢当堂作弊的勇气。

柯老师下课，回到办公室，坐在她对面的老师好奇地问她："柯老师怎么笑成这样，遇上什么好事了？"

柯老师收起笑，说道："没有，就是想到两个小孩，有点好玩。"

那老师摇头："这年头的小孩，哪里好玩啊，一个个都不好管。"

不好管的学生们一下课，又到处疯玩，尖叫打闹的声音都传到了办公室里。老师们习以为常，自顾自做着自己的事。

池唐去了趟厕所，洗手的时候，看到自己手上沾着的白色粉笔灰，指腹的纹路在白色的粉笔灰下格外显眼。

池唐回到教室，游余仍然是她离开前的模样，在沸腾如油锅的班级里，她坐在那里写字的模样异常沉静，和周围一切格格不入，认真得让人不敢轻易打扰。

魏行行她们围在一起说话，并不会时常想起游余，所以游余总是安静的。

池唐在门口站了片刻，在引起注意之前走回了自己的座位。她刚洗过的手带着凉意，在游余的桌面上敲了敲。

笃笃——

游余侧脸疑惑地看向她。

池唐："课间时间，眼睛也休息下吧。"

游余一愣，放下笔揉了揉眼睛。

池唐撑着下巴看她："你现在看得清吗？"暑假的时候，她就有点近视，照她这种学法，池唐真觉得她很快就该去配眼镜了。

游余放下手，苦笑道："什么时候有时间，是要去配眼镜了。"她小声抱怨，"语文老师写板书有时候字写太小就有点看不清楚。"

池唐诧异道："你看不清？"可她每天记的笔记都很清楚，自己记漏了都会去看游余的笔记。

游余照实回答："有些看不清，根据上下文理解猜的。"

池唐真服了，这种笔记都能根据上下文乱猜着记，只好叮嘱她："这么看不清，还是要早点配眼镜。"

游余答应下来："嗯，我知道了。"

很快就是国庆长假，作为两个小长假之一，也是学生们最期待的日子，哪怕近年来假期一度缩水，放假之后之前学校还要找各种名目补课，把放假的天数补回来，也浇灭不了学生们对于小长假的热情。

一早还没放假，大家就讨论起来了。

去年国庆长假，池唐和游余还不是很熟，两个人相处起来也尴尬生疏，不过一年，今年她们已经可以很自在地询问对方国庆小长假要怎么过了。

游余说："我答应柯老师去给她小区里的孩子补课。"

柯老师和方老师都住在学校附近的小区，游余小长假都会留在宿舍里。池唐无所谓，自由自在，回去也行不回去也行。

魏行行和夏园园两个人都是国庆长假要跟随父母一起去旅游，家庭和睦得令人羡慕。

国庆长假，寝室里张檬没回去，和游余两个人在寝室做伴。

池唐回去了，毕竟游余大部分时间外出给人当小老师补课，不用她陪。而且她真的热得要命，想回家抱着空调好好睡几个晚上。

然而，她想要好好清净睡觉的希望终究是落空了。

她一回到家，就闻到屋子里呛鼻的烟味。她爸在外面几个月，终于回来了，一回来就带着一帮朋友在家里赌博喝酒。

池唐尽量忽略那些吵闹的声音，自顾自上了楼，打开房门上的两个锁把自己关进去。可就算紧紧关着房门，她还是感觉鼻子里能闻到烟味，戴上耳机，也能听到楼下的吵闹声。

许久没出现过的糟心感卷土重来。

晚上她下来喝个水的空隙，牌桌上的她爸终于发现了她，叼着烟吩咐了一声："去叫几个菜回来。"

屋里男男女女十个人，凑了两桌牌，看上去晚上又准备打通宵了，晚饭当然是要在这里解决的。从前她爸招呼狐朋狗友过来打牌玩耍，懒得自己费心去叫饭菜，都会支使她，池唐习惯了。

她端着一杯水，身上穿着长衣长裤，完全不敢像一个人的时候那样穿一条睡裙。

“给钱。”手往前一伸，池唐漠然道。

她爸刚好输了一局，气得把嘴里的烟吐了出来，骂道：“钱钱钱，你的钱就用完了又找我要？”

池唐不为所动：“你几个月不在家，我不吃饭吗？我反正没钱。”

她爸好面子，听不得她在他朋友们面前这样堵他的话，骂骂咧咧地从桌上抽出几张百元大钞丢给她。

池唐心里冷笑，张口就说：“不够。”

她爸又要骂，池唐先说：“你的朋友都在这儿吃饭，我总不能小气点些便宜东西吧？”

片刻后，池唐捏着一沓钱，噔噔噔上楼，应付地随便点了个外卖，把那一沓百元大钞丢在地毯上，静静坐着发了会儿呆。

她爸这回出去难得做的一个工程，估计是没拿到钱，可能还贴本了，不然管他要钱不会是这个反应。这种测试一测一个准。

饭菜很快到了，下面热热闹闹地吃饭，池唐躺在自己的房间里吹着空调，没有下楼去吃，也没人来叫她吃饭。

池唐感觉到自己肚子饿了，但是不想下去面对那些人，就从柜子里摸出来一块巧克力嚼着吃了，又拿起自己放在柜子里的尤克里里。

弹出两个音，又放下了，她忽然想起暑假的时候，游余坐在这里替她做暑假作业，所以她还能偷懒，抱着尤克里里坐在游余对面弹。

她有点想回寝室去了，就算寝室没有空调也想回去。

手机屏幕亮了亮，是宿舍群里的消息。池唐有很长一段时间手机通讯软件里都没有朋友的消息，但现在又有了，寝室长魏行行建立的群，寝室里除了一个还没有手机的游余，其他人都在。

群里果然是魏行行的消息，她和家人在外面旅行，刚到酒店就给她们发了照片，据说是某个著名古镇，但照片上全都是人，穿着现代服饰的人群在仿古街道中拥挤，实在没法令人心生向往，只觉得扑面而来一股窒息感。

魏行行打字飞快：“真的见面不如闻名，和先前照片上看到的完全不一样，太失望了！”

夏园园也发了自己和父母在外旅游的照片，她妈妈是个微胖美人，扬着丝巾站在一个雕塑前面摆着造型。

夏园园：“我专门给我妈拍照片了，拍了两千多张，好累。”

其他人陆续发言，一会儿群里就刷过了数百条消息，池唐还看到张檬发了张照片，她在寝室里刚洗完澡，正吃零食，照片一角还有伏案写字的游余。

翻看着这些消息，池唐糟糕的心情稍微缓解了一点。

每次她爸带很多人回来，她就说不出地烦躁。躺到深夜，楼下还有人大声说话，池唐洗了澡，睡觉之前又检查了一遍房门是锁上的，用椅子在后面抵住。

第二天还是那些人，甚至多了两个，池唐站在楼梯上有那么一瞬间想要扭头回房间去。但是快两天没吃饭，只吃了两根巧克力，饥饿抽搐的胃阻止了她的后退，她还是路过那些人，出门去吃了顿饭。

之前被她故意多要了钱，她爸没有再让她帮他们点饭了，但是也不管她。

吃一顿饭，池唐在外面游荡很久，黄昏才回去，那些人当然还牢牢地坐在牌桌前。不论男女，在缭绕的烟雾中像是某种可怕的生物。池唐迅速跑上了楼，没有理会他们。

但是上楼开自己的房间门锁的时候，池唐看见一个中年男人从另一边的房间里出来，像是在那个房间休息了出来。

看到她，那男人上下打量了一下，笑着和她打招呼：“哟，是池老板的女儿吧，多大了？上高中了吧？”

池唐看到他靠近，后背下意识地爬出了鸡皮疙瘩，拧开门把手进了房间，重重关上门，一句话都没说。

她爸的那些朋友，但凡见过她，对她的印象大概都是阴阳怪气，没有礼貌，但是池唐不在乎，只恨不得能离那些人远远的。

她长得好看，十二三岁的时候就是个美丽的少女了，妈妈那时候已经开始常年不在家，跟着这样一个爸爸，他带回来的那些朋友都和他差不多，有些事情的发生，简直就是必然的。

她还记得那次自己半夜去喝水，回房间忽然被某位“叔叔”抱住时，心里的惊惧和恶心感，到现在想起来她还是浑身不舒服。她大声地尖叫，用抓到的东西敲打背后那人的头，引来了其他人的注意，才让那男人放手。

这事之后不了了之，那位“赵叔叔”笑着和她爸说了句不好意思，说是喝醉了，她爸也笑着拍拍那人的肩，说不是什么大事，毫不介意的模样。

她吓疯了，朝她爸大喊，她爸却骂她丢人。

她丢人，她那么害怕，他却说她丢人。

“别人的爸爸都会保护女儿的，你为什么不会，你究竟是不是我爸？”她浑身颤抖。

她爸脸色难看，同样吼她：“我要不是你爸，早把你丢了！闹够了没有，又没发生什么你吵什么吵，别人不睡觉吗？滚回你自己的房间去！”

好像就是从那时候开始，只要她爸在家，只要她爸的朋友，那些“叔叔阿姨”在，她就不敢穿裙子，不敢露出身体的部分，不敢在晚上独自出自己的房门。

窗外有雨。

魏行行和夏园园又在群里发她们今天的旅游照片，照片里魏行行的父母把她拢在中间，三人笑起来的样子特别像。夏园园和她的妈妈一起拍照，母女两个人看上去都矮矮的，她连发好几条消息抱怨她爸拍照的水平差。

她们聊天，池唐就趴在床上静静看着，直到魏行行在群里喊她。

魏行行：“@池唐，池唐怎么不在？”

魏行行：“@池唐，池唐出来聊天哪！”

池唐发了个句号出去。看她出现，几人又欢快地聊了起来。

张檬忽然发消息说：“游余让我替她问候一下她亲爱的同桌，这两天在家有没有好好吃饭，有没有做作业。”

池唐滑动消息的手一停，下面刷新的消息自动把这句话给刷了上去，池唐又把它拉下来看了会儿。

最底下张檬发了张图片，游余坐在寝室的书桌前，不太好意思地看向镜头，脸上架了一副眼镜。

她很适合眼镜，挺好看。

张檬继续发：“游余配了眼镜，想给同桌看看，问问同桌怎么样。”

魏行行发了大笑的表情：“好看好看，气质提升百分之百！”然后又发大哭表情，“不对啊，游余你不能偏心啊，怎么只问池唐不问我们？我们不配吗？”

夏园园默默加一：“是我们不配吗？”

张檬也笑：“我只是个没有感情的传声机器。”

池唐看着这些消息，不知怎么的，忽然感觉眼睛一酸，随后发了条语音出去：“想回宿舍了。”

魏行行问她：“一个人在家很无聊吗？你这家伙真是身在福中不知福，我想回家玩电脑、吹空调啊！”

她们都在高兴，没有人发觉她的心情糟糕。

张檬的头像再次出现，她也发了条语音。

池唐点开来却是游余的声音，她说：“想回寝室就回来吧，有点晚了，要我去接你吗？”

池唐的心情好像一条弧线，被人钩着往上滑。她快速打字，一条新消息发了出去：“不用，我现在回寝室，飞奔回去。”

游余举着伞站在校门口，等来了自己的同桌。

池唐踩着夜色和雨水过来了，神情有些沉郁，看到她才勉强笑了下说：“去年国庆长假，好像我也是这个时间回学校。”

“是不是每年国庆长假这个时候就要下雨？”她看上去好像没什么事的样子，但是身上的衣服被淋湿了一层，肩头的颜色是深色的。

游余把伞打在她的头上，和她站在一把伞下并肩走向寝室。放假的学校真安静，下雨也很安静，从出了那道门，池唐就感觉自己从那种吵闹混浊的世界里逃出来了，不自觉绷紧的肩也慢慢放松。

池唐：“我忽然觉得自己很没用。”

游余侧头观察着她的表情，忽然说：“嗯，其实从地球的角度来说，人都是没用的。”

池唐：“啊？”

池唐：“你在说什么？”她露出茫然的神情，心里那种自我厌弃的感觉都变成了疑惑。问号大家族在脑子里跳舞。

游余："我看了个纪录片，说人类是地球上的病毒和害虫，就想，人对地球来说是不是没用？"

她问得很认真，完全不像是为了转移话题临时想出一个毫无意义的问题，池唐也不由得跟着她的思绪跑了，想了想说："好像确实没什么用，人类一直在破坏环境和生态，地球上有没有人都没差。"

游余："嗯，我想也是。"她说完还叹了口气。

池唐心说这事你叹什么气啊，莫名觉得好笑，好奇地问她："你在哪儿看的纪录片？"

游余："给小孩做家教的时候，她在做题，我就看了会儿她父母要求她看的纪录片，挺有趣的。"

池唐："我也看过很多纪录片，关于自然的有很多，你喜欢看这个？很多人觉得这种纪录片无聊。"

两个人讨论起纪录片的事，一路走回了寝室。寝室里一台风扇歪着脑袋转来转去，张檬吃着零食从上铺探出个脑袋，问走进来的池唐："池唐，你是一个人在家里待得无聊吗，突然又跑回来？"

池唐随意地嗯了一声，不想多说。

她擦头发，换衣服，坐到游余的床上，用塑料小扇子扇风。

游余收起桌上的作业，回头看到池唐在好奇地打开她的眼镜盒看，她新配的眼镜是细细的边框，眼镜腿儿一半是黑色的。

池唐捏起那副眼镜，打开，朝游余说："你戴上我看看？"

游余就把脸凑过去，直接让池唐给她戴上了。

真人站在眼前，比照片里的更加生动些。这一年多来，游余的变化很大，少了许多拘束和不自信，她正在飞快地变得更好，现在戴上了这一副眼镜，整个人又多了几分书卷气。

扎在脑后的辫子大概因为出去匆忙，扎得很随意，松松地搭在脑后，额头光洁，薄薄的刘海有一点乱。

两个人坐在床边，有一会儿没说话。整个寝室里就剩下张檬咬苹果的咔嚓声。她吃着吃着感觉气氛不太对，奇怪地看了眼对面下铺的两个室友："怎么了？"

池唐悠悠地扇了两下扇子：“被游余戴眼镜的美貌惊呆了。”

张檬捏着苹果在上面差点笑岔气，游余也跟着笑。张檬笑完了觉得奇怪：“游余今天晚上不写试卷了？”

游余：“今天晚上休息一晚。”

池唐先惊讶了：“你竟然还知道休息？”

游余无奈地看了她一眼，池唐耸了耸肩，直接躺在她床上玩手机。时间还很早，至少她们不可能这么早就睡觉，池唐一边刷手机，一边关注游余，看她今晚上不准备做作业要干什么。

只见她撩起袖子，去刷了鞋子，打扫了一下宿舍的卫生，然后洗脸洗手，回来坐在床边摸出来一本书，对着台灯看起来。

池唐占了她的床没有要让的意思，见她坐在自己脚边，挪动脚点了点她的腿：“你在看什么？”

游余给她看书封。

“《边城》，作者沈从文……”是部好作品，但怎么讲，大多数学生不会喜欢看这种书。

游余看出了池唐的意思，解释说：“语文老师不是给我们推荐了高中生必读课外读本吗？我去补课的时候看到那个孩子家里有，就借来看看。”

池唐服了：“语文老师只是说一说，你看咱们班上有谁真的去看了？”

游余：“看看也没什么，我作文没有你写得好，还可以进步，多看点应该有用。”

游余在台灯下握着书看她：“我有很多没看过的东西，以前都没机会看，现在应该补一补，只是成绩好好像不行。”

池唐：“‘只是成绩好好像不行’，你说这句话的时候，张檬在那边翻白眼。”

张檬：“你们说话，不要管我，不要在乎我。”

外面的雨又停了，本来就不大，开着窗有一点点清爽湿润的气息飘进来。宿舍里大家都用了席子，游余的床上也铺了一层竹席，凉凉的。

池唐躺在那看手机，脸贴着竹席不知不觉就睡着了。她睡着了就喜欢蜷缩起来，弓着背，像只热水里的虾。游余注意到她睡着了，脱了鞋踩在床上，去上铺拿了毯子给她盖上。

张檬看着小说，瞧见这一幕：“池唐怎么在你的床上睡着了？把她喊醒让她上自己的上铺睡吧。”

游余：“不用了，待会儿我睡她的床。”

张檬：“她不是不喜欢别人碰她的床……哦，恕我多嘴，你们关系好，是亲生的姐妹，你肯定没问题。”

游余笑笑，没说什么，只是盯着书上的文字有一点走神。她看的这个故事应该也算个爱情故事，只是，这里面的主角们怎么知道自己是不是喜欢对方呢？似乎他们也没有经历太多生死相许。

身旁的池唐翻了个身，不耐烦地掀开了盖在肚子上的毯子，她觉得热了。游余脑子里什么都没想，当她反应过来的时候，发现自己手里拿着刚才池唐用过的扇子，正在给池唐扇风。

风吹着她的头发，吹开她紧皱的眉。

气氛让人觉得安静，好像心里那些偶尔忽然出现的疑惑，也并不怎么重要了。

游余端详了池唐一会儿，忽然笑了下。张檬恰好见到她笑，好奇地问：“你笑什么？”

游余：“她明天起来，脸上肯定会有竹席印子。”

张檬：“请问这有什么好笑的？”

游余想想似乎确实没什么好笑的，但是刚才就是自然而然地笑出来了。

池唐早上起来，发现自己半边脸都是竹席的印子，拿着毛巾擦了好一会儿。游余要去当家教，而池唐并不想回家，于是在附近找了个网咖待着。

就是网咖里总有些人，从她身后经过要吹口哨，见她在玩游戏，还要过来搭讪问她要不要带她一起飞。飞个头，就知道带妹带妹，自己不能好好玩游戏吗？

对于这些不认识的人主动搭讪，池唐的态度就一个：给老子爬开。

待在这里玩游戏，时间消磨得很快，一不注意就快天黑了，感觉肩上忽然被搭了一只手，池唐第一反应就是扭头瞪过去，看是哪个狗崽动手动脚，结果转头看到游余。

准备丢出去的鼠标平安地被放回了桌上。

游余："你打完游戏了吗？去吃饭然后回寝室休息吧？"

池唐就被游余领回去了，其实池唐出门的时候也没想过游余会来找，而且还真被她找到了。

池唐："你怎么知道我在这里的？"

游余："周围几家我都找了。"

池唐跟她开玩笑："你下次别来找我了，不然万一住在周围的老师过来突击检查，以为你跟我一样是去玩游戏的。"

游余："到时候可以告诉老师我是去查资料的。"

呵呵，哪个老师会信这种胡话？不过，如果是从游余嘴里说出来的，大概还真的会有老师相信。

晚上三个人在寝室里，过得也挺热闹，虽然学校不让送外卖进来，但池唐特地去校门口买了点烧烤回寝室。照片发在群里，魏行行三人的口水都馋出来了，恨不得马上回来共享。

平时上课的时候，门禁比较严，除非走读的学生，住宿生一般很难出校门，只有些艺高人胆大的学生，敢在门卫不注意的时候蒙混过关，去学校外面带吃的回去。池唐就是个中好手，哪怕手里没有走读证，也能理直气壮地潇洒走出校门，不像夏园园她们那样心虚得和做贼似的。

可惜她也不会经常出去，所以烧烤不常有，只有学校内小卖铺的零食才是常有的。

国庆长假就这么一下子过去了。

第十章
哎，有点可爱

国庆长假这个假期过后，又是紧张的学习日。作为学生，每天上课下课，写不完的各科作业和试卷，每一个人桌上堆起的书和辅导教材都是两大堆，只是写过的试卷厚度就有三十厘米厚。

人家是两座书山，作为稳坐年级第一的大佬，游余桌上堆的书最多，都堆到了地上，足有四座书山——其中一座书山是池唐给买的，高得不可跨越。

哪怕游余勤勤恳恳，这一座书山还是没有做完，因为还有好些书压根就是高二下学期和高三的内容，她们还没学呢，游余只是尝试着做了其中一小部分。

自从得知那些可怕的题海都是池唐买的，魏行行等人每次看到游余在做那些题都感觉心有戚戚焉。

“选同桌就要选游余这样的，不能选池唐这样的。”魏行行感慨万分。游余这样的同桌，会自主喂题，还能充当小老师，脾气又好。池唐呢，虽然这个妹妹也不能说糟糕，但她确实在学习上比较放松，还常有点小脾气，其他都不说了，这个给人买题册的劲头就令人害怕了，但凡不是游余，谁受得了这个，早就结束这段友情了。

池唐扭头看她：“不要想让我晚上出去带烧烤了。”

魏行行立马改口：“我开玩笑呢，你这样的优质同桌，只有我们班第一的游余才配拥有，至尊享受！是吧游余？游余你说实话，和我们池唐做同桌你快不快乐？”

游余头也不抬回答道：“快乐。”

夏园园适时抬起草稿本，上面写了一排潦草的字：“被胁迫了你就眨眨眼！！！”

游余一抬头看到这个，又被她们逗笑了。

这个高二一开始，带给她的就是比高一那一年还要多的快乐和幸运，不管是这个没有排挤的班级，还是没有不和谐的寝室，都让她觉得很喜欢。同寝室的几个人，也已经成为她的朋友了。

更让游余觉得高兴的是，池唐同样很喜欢这个宿舍，虽然她不太愿意开口去说自己喜欢什么，但她愿意和宿舍里的其他人一起开玩笑一起玩耍，有了更多能说话的朋友，变得更快乐了，这真的很好。

游余第一年认识池唐的时候，池唐总表现得自己不需要什么朋友，但是游余看着她，觉得她真的很需要更多的关心和照顾，就像现在这样。

池唐以一敌二，和后座的魏行行、夏园园两个人进行幼稚的“斗法”，脸上不自觉露出那种一点都不冷酷的笑容。游余看着看着就跟着笑了，感觉学习的疲惫被这样的欢笑驱散了许多。

课间玩笑打闹的快乐时光稍纵即逝，大多数上课的时候是枯燥的，唯一让大家期待的就是每周周末，还有校内各种大大小小的活动，譬如今年校内组织的秋游活动。

总有那么几个学校的校领导，喜欢扼杀学生们的乐趣，但凡有趣好玩的事，他们通通不允许，巴不得如今的学校还是三十年前的老样子，所有学生都规矩听话墨守成规不搞新花样，这样他们才能平平安安不出一点差错不负一点责任地送走一届又一届的学生。

然而这是不可能的，每一届的学生都想要推陈出新，抗争精神往往一届更比一届强，学校越是镇压学生就越是反抗。

今年的学校组织秋游活动，按照某些校领导的意思，高二、高三干脆取消，安心留在学校学习补课，高一就让各班老师带着学生去附近的公园晃悠一圈凑数。

这么一来，学生们当然不依，连常年落灰的意见箱都被塞满了，几栋教学楼下的小黑板被人涂上了“还我秋游”几个大字，如果换成红色，看上去简直像是某种催债手段。

面对汹涌沸腾的“民怨”，还有一些老师的尽力争取，几位校领导只好放弃了自己原本的坚持，放宽了条件。初步抗争获得胜利的学生们有了可以自行申报秋游地点的权利，因此（3）班这星期的整个班会，闹哄哄的就是在商量秋游地点。

不只是（3）班，其他班级差不多都是这么个状态，兴奋又吵闹。柯老师这回也不阻止他们，就坐在讲台边上喝茶看着，把这事甩手交给了班长魏行行。

“赶紧赶紧，大家还有没有想到其他的秋游地点？马上要投票了！”魏行行笑容满面地催促着。

大部分学生的快乐很简单，不用学习，出去玩就很快乐了。如果再给这个快乐加一个等级，那就是语文老师说这次秋游不用写作文。

投票环节过后，魏行行唱票，游余计票，黑板上一共六个地点，最后投票选出来东山植物园和洞崖山，两个地方票数一样多。

这两个地方都不在市里，但位置相近，从南林一中过去需要一段时间。和其他地方比起来，东山植物园和洞崖山的优点在于那边能爬山，而且很多本地学生还没去过，比较有新鲜感。

池唐是提出东山植物园的人，作为提出这个地点的人，也没想到这个地方竟然会被这么多人选择，颇为意外。她刚才随手提名，就是想起上次和游余聊天聊起各种纪录片，有些纪录片描述了热带雨林和沙漠之类的自然景观，游余表示了好奇。

池唐听寝室里另一个本地学生路芝说起过南林有个东山植物园，里面的玻璃温室引进了很多亚热带植物、多肉植物和巨型仙人掌之类。仙人掌，沙漠里长的那种？池唐虽然也不太清楚，但想起就随便提了名。

“现在两个地方票数一样多怎么办？重新投一次？”

“不对啊，游余不是还没投吗？”

“对啊，游余在记录，她的一票没投！”

游余面对着大家的目光，默默地在东山植物园的“正字”后面加了一笔，把那个差一笔的“正”字补满了。有人高兴地大喊，有人不高兴地拍桌子，柯老师敲了两下讲台让大家安静，宣布："那就决定了，就是东山植物园了。"

秋游地点一确定，大家就开始盼着那一天到来。

501 寝室里唯一去过东山植物园的就只有路芝，她家离学校挺近，经常回去住，在寝室里并不活跃，但和其他几个人相处得挺好，晚上大家回寝室聊天，她就给其他几人讲起东山植物园里值得去的景点。

"东山植物园特别大，是国家五 A 级景区，要是全走一遍，我敢保证你们腿都要走断。它的大门在山腰，然后一整个山顶的区域都属于东山植物园，划分出不同的植物园区，不过不是那些山茶梅花开花的时候，也看不到什么，最值得去的就是山上那个玻璃展览馆，里面特别多一般看不见的植物，好像还有些珍稀植物……"

游余坐在桌边听着，手里的笔都很久没动。她今天晚上也没法认真写题了，干脆放下笔一起认真听着描述，想象着那是什么样的，心里有些雀跃期待。

"不过，要上山那段路是盘旋往上的，坐车转来转去很容易晕车。"

听到路芝这一句，游余下意识地抬头往上看，看到池唐趴在上铺的栏杆上，长长了的头发垂下来。

张檬脸色不太好："完了，我晕车，很严重的那种。"

池唐却没说话，魏行行几人都在安慰张檬，魏行行还拍着胸脯说："没事，我有个表哥是当医生的，知道很有效的晕车药，保证吃了就没事。"

游余又看了眼上铺的黑色脑袋，说："池唐也晕车，如果有这种晕车药多带一份。"

魏行行一口答应："行，我会多带一点的，万一到时候晕车的人太多就糟糕了，那还怎么好好玩啊？对了，池唐晕车不严重吧？"

池唐终于开口说话："不严重，没什么事。"

游余到底没再说什么。池唐晕车是严重的，但她好像并不喜欢把自己的不适说出口，也不习惯让别人照顾。

游余还仰着头往上看，池唐忽然把脑袋往外移了点，露出一双眼睛和她对视，那双眼睛变成了有点凶的小刀眼，眼里明明白白地写着："不许再说了！"

哎，有点可爱。

秋游那天，天气不太好，下了小雨。

池唐坐在窗边，接过魏行行递来的、据说很有效的晕车药丸，面无表情地往嘴里塞，和后座盯着药拧眉犹豫，不停问这药到底苦不苦的张檬形成了鲜明的对比。

拧开一瓶水喝了一口，耳朵里塞上耳机，池唐迅速地进入坐车模式，闭上眼一动不动地安静睡觉。

最开始，池唐还能听到魏行行在车上询问有没有人需要晕车药的声音，还有班上同学的讨论声，但是随着车子往前开，这些嘈杂的声音慢慢就消失了，没有人再大声说话。

身边好像有人轻声说了两句话，但很快声音又消失了。池唐陷入一种半梦半醒的状态里。大约是那晕车药真的有用，她并没有从前那种头疼恶心、胃里翻涌喉头泛苦的感觉。

睡了一个不是很安稳的觉，池唐醒过来之后，眼前看到的就不再是城市的街道建筑，而是大片的绿色。

南林这边，就算到了秋冬季节，大部分植物还是绿色的，特别是植物园这一块，落叶的植物并不是很多，打眼看去，仍是郁郁葱葱的模样，如果不是雨水中隐约的一点凉意，几乎要让人以为还是盛夏。

小雨未停，他们下车后，纷纷打起了伞，各种颜色的伞聚在一起。池唐这回终于也带了伞，她的伞是透明的。

排队进入东山植物园的大门后，柯老师大概知道他们就像是出笼的神兽，管也管不着，干脆不管了，随便说了几句就让大家各自自由活动。东山植物园特别大，占地面积很广，每个人都有自己感兴趣的东西，几十个人一散开，顷刻间周围就剩下几个人。

池唐跟着寝室里的几个人一起走，由路芝带领着，几人叽叽喳喳地走上某条石子路，准备先去看玻璃温室。

道路两边长着茂盛的花草，池唐不太认识，游余在一边好奇地看着这些花草树木，有点应接不暇的感觉。

走着走着，两个人就和前面几个朋友隔开了一段距离。池唐走着路，仰头去看自己那把透明伞上砸下来的雨点和流动的水珠。

一错眼，见到隔壁一条小路上写着通往菊园，池唐拉住游余。

游余回头看她："嗯？"

池唐看一眼前面兴高采烈的几人，忽然笑了，轻轻嘘了一声，拉着她往旁边的小路走，两个人悄悄脱离队伍走进了菊园。

植物园太大，今天又下着小雨，除了她们，园内基本上没有看到其他的人在参观。

正是菊花开始开花的季节，植物园特地培育出来的各种菊花有用花盆栽种摆放成各种形状的，也有就地栽种的大丛大丛的菊花倒在路边。细小的花蕾像是炸开的烟花，那些花盘特别大的特殊品种更是好看，两个人往里走，每隔几步都能看见不同品种的菊花，大大小小，各种颜色。

"这么多，好漂亮啊……"游余看着这些几乎铺满了每一块地方的花，眼睛都不够用了，不停地和池唐感叹，"你看，这里还有绿色的菊花。"

池唐以前也曾看过菊花展，倒是没有她这么高兴："可惜是下雨，如果是晴天，这些菊花应该更好看。"

她蹲下来拍了几张照片。她手机里的照片不多，大多是风景照，现在又多了两张带雨的菊花。游余很喜欢的绿色菊花，还有粉紫色、白色相交的一种菊花。

菊花的香气并不明显，在这种雨天里更是无法发挥，所以两人鼻间闻到的都是复杂的草木泥土气息。游余蹲在那里，凑近了去嗅某一棵菊花，疑惑地问她："这些菊花确实好看，但为什么都不香呢？"

池唐站在她身边，随口回答："已经长得这么好看了，还要人家是香的，要求也太多了，说不定它不想香呢。"

她这么胡说八道，游余也深以为然地点了点头："你说得对。"

两个人说着些漫无边际的无聊废话，逛完了菊花园，去往下一个地方。这里的路四通八达，她们没有往回走，而是一直往前去。

"这是什么花呢？"

"我不知道。"

"这是什么树啊？"

“我也不知道。”

“这……”

“不知道。”

“我是想说，这里有牌子写了名字，你看。”

“有牌子你还问我，逗我玩吗？”

走出去一段路，池唐忽然闻到了一股幽幽的香气。她跟着这股香味，朝某个方向走去，游余也跟着她走，不一会儿走到了兰桂园。这里除了桂花还有兰花，只可惜现在并不是兰花开花的时候，她们只看到了各种兰花纤长墨绿的叶片。

桂花不比菊花那么灿烂夺目，但香味令人忽视不了，两个人面前就有好几棵低矮的桂花树，叶子之间结着一簇簇或金黄或白色的小花，花簇繁多。

“哎，不能摘的。”游余见池唐伸手要去摘，立刻说道。

池唐伸手揪了一簇白色的小桂花，一簇十几朵小花，拿在手里就已经把她的手掌都染上香味了。她神情自若地摘了花，闻着又忽然觉得香味太浓郁了有些受不了，故意把手里那些小花抛到了游余身上。

看游余无奈地闭上眼睛躲开那些小雨点一样的桂花，池唐就笑开了，有点恶劣的样子。

游余睁开眼睛，拍了拍自己的脑袋，也不知道上面有没有沾到桂花，还想和池唐说点什么，就见她已经打着那把透明的雨伞，脚步地轻快往一边走了。

之后是盆景园，这里的格局仿佛是个江南园林，假山池水亭台楼阁，那些盆景就巧妙地安放在园林的每一处地方，处处都是雅致的风景。

巨大的一个盆栽放在一块大石上，开着粉色的小花，看池唐伸手，游余以为她又要摘花，赶紧按住了她的手腕，把她拉住。

本来只是想碰一下，结果还没碰上就被游余拉回来，池唐瞧她一眼，算了。

游余试图转移她的注意力：“你看，上面那里有个亭子，我们去那里看？”大概是怕她被阻止了反而更想去摘花，游余都没敢放开她，拉着她往小亭子那边走。

通往小亭的是一条曲折的石阶梯，青石垒砌的台阶有些光滑，下了雨之后上面还粘着些落叶，两个人举着伞小心翼翼地踩着青石台阶往上走。

游余放开池唐的手腕，叮嘱她：“扶着旁边的石头，小心摔跤。”

在最上面的小亭子里转了圈，又拍了两张风景照，两人才转头下来。

下最后一级台阶时，游余一个不注意，脚下一滑就要往前扑倒，池唐眼疾手快，见她要摔倒下意识地拉了她一把，结果游余倒是站稳了没摔倒，池唐自己摔了。

眼见池唐往前扑倒，游余吓了一跳，手里的伞都扔了，赶紧扶她：“摔到哪儿了？！”

池唐的手撑在地上有点挫伤，还有膝盖也挫伤了一块。她只穿了一件单裤，现在那里慢慢地溢出鲜血，把牛仔裤膝盖上一小块印成了深色。

“能站得起来吗？”

“能。”

游余把她扶起来，搀着她坐到旁边一个回廊下，卷起她的裤腿看。挫伤不算太严重，但是还在往外渗血。

“跟老师联系一下，问问这边有没有服务中心能清理伤口？”游余蹲在她面前，按着她的小腿，看着膝盖上的血和挫伤，有点不知道该怎么办。

如果这样的伤口在她自己身上，她就不慌了。她出生长大的地方没有医院，连小诊所都相隔很远，小时候她要干活，刀伤、烫伤、摔伤都很正常。可是在池唐身上，这样的伤就好像很严重。

池唐从小包里抽出纸巾擦了擦膝盖上的血：“不用，又不严重，等会儿就不流血了。”

游余：“不行，你现在这样肯定不能走路了，我去找柯老师，看看有什么办法我们先回学校……”

池唐皱眉看她一眼，站起来就走。

游余：“等一下！”

她分明看到池唐走路一轻一重，那只脚走路用力的时候会疼。

游余：“池唐！”

池唐不理她，姿势有点奇怪地往前走，还准备把裤子拉下去。

游余追上去阻止她："好、好，不找柯老师了，你先坐下休息，不要碰膝盖了，裤子不要拉下去。"

"去看玻璃温室。"

"可是，你的腿伤了，走路膝盖会疼。"

池唐要是真的很想做什么，是非做不可的，谁拦都没用。游余也算是了解她的性格了，话语中避开"你不能走路了"这种话，生怕池唐听了反而倔劲上来当场表演个带伤竞走三千米。

但是，现在情况也没好到哪里去，池唐非要去玻璃温室，游余劝不动。

她只好在池唐面前蹲下，扭头朝池唐说："那我背你吧。"

池唐眉毛一扬："你背我？"

听出她话里的惊讶，游余安慰道："我背得动你，放心。"

她从很小就开始干活，小时候妈妈身体虚弱卧病在床，还有个比她小几岁的弟弟，她大部分时间忙碌着照顾他们，负担家里所有的活计。后来妈妈病死了，她也没有更轻松，要做的事情反而更多了。至于爸爸，他是一家之主，从来只负责在地里耕作，赚取微薄的收益，家里那些"琐事"他是一概不管的。

"我小时候挑水，这么大的水桶，能一次性挑两桶。"游余一边说，一边示意池唐趴到自己背上。

池唐看看面前和自己差不多宽的肩背，一动不动，好奇地问她："你……还要挑水吗？你们那里没有自来水？"

她没有亲眼看过那种真正穷困的乡村，所以很多东西哪怕听了也无法理解无法想象。游余告诉她："我十一岁的时候，村里才通了自来水，先前要吃水都是去挑的。"

池唐："十一岁之前，你那么小的年纪也能挑得动水？"

游余语气很是寻常："能，习惯了就能，经常搬很重的东西，力气会变大一些。"

可不到十一岁的小女孩，再厉害能干，又能有多大的力气？

"你信吗，我的力气肯定比你大，我背你试试？"

在游余的催促下，池唐还是迟疑着趴在了她的背上。少女的肩背既不宽也不厚，单薄得像一根青竹。但是她稳稳地把池唐背了起来，看上去并不吃力。

池唐一只手搭在同桌的肩上，另一只手举着伞，撑在两个人的头顶，另一把伞被游余勾在身后，刚好托住池唐。

雨点噼里啪啦地砸在她的透明雨伞上。

“从这里去玻璃温室有点远。”池唐说。

游余看着前方的地面：“没事，要是走不动了我们就停下来歇一歇，不着急。”

就像游余说的，中途她觉得累了，就把池唐放了下来，两个人在一座小石桥上坐着休息。雨停了，伞被收了起来。她们停下的这个地方有几树红枫，还挺高大，笼罩在道路上方，形成一片红云华盖。

池唐还晾着膝盖，坐在栏杆上举起手机拍头顶的红叶，身体微微后仰。游余坐在她旁边，默默地伸手在她背后挡了挡，免得她不小心栽倒下去。

休息完起身，游余又准备背她，池唐收起手机，摁着自己的膝盖看了会儿：“没流血了，我可以自己慢慢走。”

游余也不说其他的，就微微弯下腰，笑着说：“来，背你。”

池唐：“你要是累了再放我下来吧。”

一个人背着另一个人，卷起的雨伞和那条受伤的腿，都在轻轻摇晃。她们走在树林中间，偶尔会有水滴下来，在叶子上凝聚的雨珠轻轻砸在游余的肩膀上，池唐伸手擦干那一点水珠，听到前方传来魏行行的声音。

“池唐、游余！你们两个怎么了？”

魏行行她们竟然还没有去玻璃温室，站在前方一条长廊底下，她身边除了夏园园还有黑皮和另外两个男生，几人现在都有点惊讶地看着她们。

池唐这个好像摔断了腿的架势，显然把他们几个给吓到了，魏行行迅速跑过来，有点惊慌紧张：“怎么了，池唐你腿摔了？现在不能走路了吗？”

池唐：“没有，就是膝盖蹭破了点皮。”面对这么多双眼睛，她极力想要表现得轻描淡写一点。

魏行行已经看清楚她膝盖上那一块血肉模糊，吸了一口冷气说："这也算严重了，肯定很疼吧？"

池唐不太想面对这个集体慰问的场面，迅速表达了没什么事，准备去玻璃温室的想法。

魏行行赞同："也行，柯老师肯定在那边，那边还有服务中心。"

她说着朝身后的三个男生招了招手："黑皮，赶紧过来帮忙背人！"

游余立即说："不用，我背得动。"

黑皮跑了过来，他也是个能说会道的热情人，但是每次面对池唐就吞吞吐吐很不爽快。他也是被池唐这个造型给吓了一跳，过来后明白了班长的意思，立马对游余说："我来背吧，这种粗活就应该交给男生，你去一边休息。"

另外两个男生看见黑皮脸上不太显眼的红色，挤眉弄眼地起哄帮腔："是啊是啊，赶紧的，让黑皮替换。"

"黑皮肯定乐意，帮助同学，乐于助人嘛哈哈哈！"

这种意味深长的调侃，让场面一度很欢乐，接下来就应该是游余功成身退到一边休息，让这位跃跃欲试的黑皮同学表现。但是，游余和池唐两个人都没说话，游余没有放下池唐的意思，场面慢慢就有点尴尬起来。

那两个没心没肺的男生也笑不下去了，有点蒙："怎、怎么了？池唐不乐意让黑皮背啊？"

魏行行也奇怪，用询问的眼神看她们俩。池唐这时候慢慢用手扣住游余的脖子："游余背我就行了。"

游余听了这话，把背上的人往上颠了颠，继续往前走。其他几人只好跟在她们身边，黑皮看她埋头走路，背上的池唐表情冷冷淡淡的，不由得几次欲言又止。

走得久了，游余显然有些累了，黑皮又说："换我背池唐吧，你还不累啊？"

游余摇了摇头。从前有很多很多时刻，她觉得很累，但那个时候从来没有人来为她分担身上的沉重负担。现在，哪怕她累了，也不需要、不想要别人来分担。

魏行行也不理解她们在犟什么，小声问两个人："池唐是不想要黑皮背吗？人家也是好心帮忙，不用这么嫌弃他吧？池唐你稍微忍一忍，不然游余背着你还要走那么长的一段路，多累啊，女生的力气又没有男生大。”

“不。”不论她怎么说，池唐就是这一个字。

游余则说：“我背得动。”

黑皮和她们有一段距离，和两个朋友嘀嘀咕咕，神情懊恼又有点悻悻的，伸手捶了两个朋友一下。

他觉得或许池唐是听刚才他们说那些话不高兴了，她最讨厌男生这种糟糕的态度。他还记得高一的时候池唐特别讨厌他们班一个男生王焦阳，就是因为王焦阳身边一堆朋友总是在池唐面前说些模糊不清的话，才惹她不高兴。

想到这儿，他也不好再凑上去了，只是走在前面，时不时往后瞧上一眼。

就这样，游余还真把人背到了玻璃温室。几个人都莫名地松了口气。

魏行行要带着她们去服务中心处理伤口，一离开黑皮那三个男生的视线，魏行行就装不下去了，捏着池唐的手：“啊啊啊，你这个傻子，你看不出来人家黑皮对你很特别啊？让他背你他肯定乐意，你非要游余背，现在好了，错过机会！”

池唐没什么反应，游余先愣了下：“冯睿白对池唐很特别吗？”

魏行行：“有眼睛的人都看得出来好吗，你没看出来啊？”

游余摇了摇头，她真的没有注意过这些事，忍不住去看池唐。

池唐还是那个表情，有点厌烦，谁也不看，盯着自己的膝盖：“我就是知道，才不想让他背。”

这个年纪的少男少女心中充满了萌动，尤其热爱身边这些感情八卦，夏园园也问：“啊？你真对他没意思啊？因为他太黑了吗？”

池唐：“没原因，就是我不喜欢。”

玻璃展览温室果然没让人失望，分隔开的好几个区域里长着不同的植物，大多池唐也是第一次看见，一个个认着牌子看过去。

因为池唐伤了膝盖，游余陪在她身边，两个人并没有走遍整个玻璃温室，粗略看了看其他地方，剩下的时间两个人几乎就待在多肉多浆区。

虽然这一区域都是黄土沙子，里面的植物也没有外面那些花卉鲜艳娇丽，但游余格外喜欢这些带着刺、形状各异的仙人球、仙人掌，高大的霸王树，还有那些不起眼、好像小石头一样的生石花。

那些在刺球上开的花，哪怕没有外面的花好看，但因为身在刺丛里，越发显得难能可贵。

游余蹲在那里看看大小各异的仙人球，找见一朵花就要和池唐分享，池唐也会顺手给那朵花拍张照片。

这边区域同样人少，池唐也不要游余背了，腿上的伤处理过之后，她就自己像个老太太一样慢慢挪动，或者干脆单腿蹦跶。

魏行行作为班长来催大家回去坐车的时候，看见池唐一手扶在游余身上，跳得虎虎生风。

魏行行："不愧是我们池唐，单腿跳也能如此帅气逼人。"

张檬："动如脱兔。"

夏园园："用这个词好像不太合适？"

回去路上，池唐又睡了一路，除了她意外摔了一跤，这场秋游还算圆满成功，至少大家都玩得挺高兴。

因为出去玩了一场，大晚上熄灯了，寝室里几个人还睡不着，躺在床上漫无边际地聊天。

高中女生寝室，晚上的夜话时间，经常谈论起的八卦除了大家各自喜欢的明星和小说，就是八卦各种感情问题了。

不过在 501 寝室的六个人里，并没有人恋爱。

游余一心读书，除了最好的朋友池唐，见得最多的就是老师，去得最多的地方是办公室，仿佛是个成精的学霸，哪怕长得秀丽，众多男生还是下意识地对她敬而远之。

池唐倒是一直不缺对她有好感者。她长得好看，平时穿着也是加分项，成绩不错，尤其是那个冷冷淡淡的劲儿，偶尔高兴地笑一笑，非常吸人眼球。但她的态度在那儿，压根没有男生敢凑过来找死，都是默默想想就算了，连献殷勤的机会都很少，毕竟她完全不像一些女生那样乐意把自己的事情交给男生们去做。

夏园园和路芝两个人比较羞涩含蓄，哪怕在熟悉的寝室室友们面前偶尔会爆出和外表不符的言辞，本质乖乖女的两位也不敢真的和人恋爱。

张檬和池唐有点像，在外的时候她比池唐更不爱理人，一心沉迷自己的小说和画画。

至于魏行行，虽然是位“好学生”，但在这种方面出乎意料地大胆。

“我感觉那些男生都太幼稚了。”熄灯之后的女寝，没什么是魏行行不敢说的。

夏园园：“那白天你还想让黑皮背池唐，人家池唐又不喜欢。”

魏行行：“我那是觉得游余背不动，就想让力气更大的人上，这不是理所当然的吗？然后就是，我上次听说黑皮对池唐有点特别，又以为池唐应该对黑皮不讨厌嘛。”

池唐一直在玩手机没说话，听到话题转到自己身上，这才开口说：“我对黑皮没意思，所以，是什么给了你错觉？”

魏行行听她搭话，侧过身子朝着她的床铺方向分析：“这可是我对比出来的，你看看你平时对咱们班上那些男生的态度，是不怎么理会吧，但你上体育课偶尔会跟黑皮说话。之前班上聚会，也是让黑皮来问你，你就去了。对比发现问题啊！”

池唐在记忆里搜索一圈，没发现自己对黑皮有什么特殊的地方，随便说了句：“你搞错了，我跟他说话应该是去要羽毛球拍，聚会我会去就是因为无聊想去，跟其他人没关系。”

夏园园小声道：“黑皮好像也觉得你对他有意思。”

池唐：“自作多情的人一般对自己没有正确认知。”

张檬扑哧一笑，抬脚踢了踢自己上铺的魏行行：“魏姐，照你这么说，要对比的话，池唐对游余才是最好啊，然后就是我们寝室的几个人，哪里轮得到黑皮，他后面排队去吧。”

魏行行捶床：“我是说女生不算！”

夏园园有点吞吞吐吐：“其实，我觉得，路芝好像对黑皮有点儿不一样。”

路芝是她们寝室的另一个女生，经常回家去睡，今天也回去了，并不在这里。寝室里一静，魏行行霍然起身：“什么？我怎么不知道？”

夏园园："嗯，黑皮不是老过来我们这边玩吗？他又不敢过去和池唐说话，就和路芝打打闹闹的。"

魏行行听了，幽幽地道："这也是有点尴尬……不过我以前一个朋友，喜欢的男生喜欢我，后来我们就不怎么在一起说话，现在也没联系了。"

夏园园："我也有个好朋友，以前我们同时喜欢班上的一个男生，不过还是朋友比较重要，我们就约定都不喜欢那个男生。"

十几岁的喜欢就是这么幼稚，他喜欢她，她喜欢他，他又喜欢她，有时候那种异常的好感甚至不只是对一个人。

池唐最不喜欢这种复杂的感情问题，尤其是她从前也有个朋友因为感情问题疏远了她，现在碰见这种事就格外烦。她听着其他人聊天，心里决定下次离黑皮远一点。管他喜欢谁，管谁喜欢他，反正都跟她没关系。

大家聊了一阵，始终没听到游余说话。魏行行隐约看见游余翻了个身，忙把她一起拉进谈话："游余怎么一直不说话，睡着了？"

"没有。"游余开口回答道。

魏行行不冷落任何一个人，又问了句："游余有喜欢什么人吗？"

张檬："不用问游余了，我们全都恋爱了，游余也不可能会恋爱的。"

夏园园："我也觉得，总感觉游余以后会是一心忙事业的那种人，比起男人更爱学习！"

魏行行："'该死的男人，走开，不要妨碍我学习'这种吗？"

大家哈哈哈笑了起来，空气里充满了快活的气氛。

就是这种时候，她们听见了游余有些犹豫地问："怎样才算是喜欢一个人啊？"

这……这是有情况啊？

魏行行一个鲤鱼打挺坐了起来，拂开自己的蚊帐，眼睛在黑夜里像猫一样亮起来："有情况！游余，你从实招来！"

游余被她的激动吓了一跳："怎么了？"

张檬啧了一声："你会问出这种问题，显然心里是有喜欢的人。"

夏园园："实不相瞒我在少女恋爱漫画里面看见过类似的台词，女主角说'我不知道怎样才算是喜欢一个人'，然后脑子里想起了男主角，这不就是爱吗？！这不就是心动吗？！"

魏行行：“所以，刚才游余你想到了谁？是我们班的男生吗？！”

游余的声音有点窘迫：“不是……”

其他人还想再问，池唐倏然插话：“你们一个个都说得头头是道，好像感情大师，其实都没谈过恋爱，全员瞎说。”

夏园园：“可是我看过很多漫画和动画，说的都是有依据的。”

张檬：“我看过很多小说。”

魏行行：“我听过很多八卦。”

池唐：“哼。”

魏行行：“你这个轻蔑的冷哼是怎么回事，难道说你比我们有经验吗？”

池唐：“不说了，睡觉。”

到最后，大家也忘记逼问游余了，只是，游余的疑问也没能被解答。

她有点睡不着，其他人已经睡着了，游余睁着眼睛看着上铺的床板，慢慢也有了睡意，这时候上铺忽然传来池唐翻身的动静，游余一下子又清醒了。

她轻声喊：“池唐。”

上铺的人隔了会儿才回答她：“什么？”

“你睡觉的时候小心点，翻身别压到膝盖了。”

“哦。”

第十一章

赶回来给你加油

游余忽然间变得更加忙碌了，大家不仅上课下课都看见她在自学，还经常在午休和晚自习时间去办公室，她的座位时常空着。

“好像是柯老师在给她开小灶来着，听说她都把这学期的数学学完了，在学高二下学期的内容。”

“为什么呀，柯老师也太喜欢她了吧？难道她是准备跳级？”

（3）班其他人不知道内情，有各种猜测，但池唐、魏行行是清楚的。柯老师给游余开小灶，是想让她参加数学竞赛。

南林一中虽然是市一中，但在全国性的数学竞赛里，从来排不上名次，本身就是个数学竞赛弱省，大型赛事年年陪跑。柯老师是教数学的，据说从前在其他地方当老师的时候培养过专门竞赛的学生，但是来到南林一中之后，就没有再当过竞赛老师了。

数学竞赛和一般高中数学性质并不太一样，有太多专门朝着竞赛努力的学生从小学、初中就开始各种针对性训练，他们学习的范畴和知识都远超普通高中生。

池唐从前对学习就不上心，对于这种事更是不感兴趣，因此也不太清楚情况。她只知道前段时间柯老师在班上让几个数学成绩好的学生做了一份试卷，之后一一询问了他们的意思，最后只有游余一个人得到了她的额外辅导。

“柯老师说我起步太晚，目前掌握的知识还不够，想要参加全国性的数学竞赛可能有点吃力，但是现在再开始努力一把的话，省级比赛很有可能拿到名次。”

游余和池唐说起这事时，虽然看上去有点疲惫，但神情是很快乐期待的。别人把学习当作折磨，但对于游余来说并不是这样，她是真的喜欢学习，尤其面对各种难题，大概就像是池唐面对各种高难度游戏的感觉，跃跃欲试地想要攻克，迫不及待地想要了解。

池唐：“听上去很难，但是你应该可以，毕竟我没见过比你更聪明的学霸。比你聪明的人没有你勤奋，比你勤奋的人没有你聪明。”

如果不是因为她足够聪明且刻苦，柯老师也不会想要培养她去参加竞赛。

游余抱着柯老师单独给她的试卷，笑着微微摇头：“比我聪明的人太多了，比我勤奋的也大有人在，比我更聪明勤奋的人更不会少，我的起点很低，如果想要拿到名次，就要更努力。”

池唐看着她的神情，觉得好像这个世上厉害的人都是不觉得自己厉害的。

秋日阳光灿烂的日子多了起来，细碎摇晃的日光落在她的鞋子和阶梯上。

“反正我觉得你肯定能拿第一。”池唐看向远处跳起来打球的同学们，晃了晃腿，语气随意又轻松。

游余露出一点羞愧的神情：“第一我可能拿不到，柯老师说我可以拿到第二、第三名就很不错了。”

这么难吗？如果像游余人这样的都不能拿到第一，那些参加竞赛的人都是什么怪物？池唐托着自己的下巴有点无法想象：“太夸张了吧，你已经很厉害了……算了，你加油。”

游余：“好，我会的。”

像这样安静地和同桌一起趁着体育课的时间休息闲聊，之后就再也没有了，游余挤压了自己的每一滴时间，所有的自习课、体育课等不重要的学科，都是她去办公室向柯老师学习的时间。

池唐买的那些高二下学期、高三年级的书，都被她用最快的速度写完了，还有大量柯老师布置的针对性训练。游余完全就是泡在题海里，做完的各种试卷题册摞在一起的时候能看得人头皮发麻。

以前她本来就睡得晚，现在就更加晚了。寝室里那一盏台灯，每天晚上都是最后熄灭的。

池唐躺在上铺，看着映在墙面上的光影，偶尔会有种茫然又惆怅的感觉，并不只因为游余，也有许多对于自己未来的迷茫。

如果大家都是庸庸碌碌没有目标，那在学校学习的日子，也就是按部就班，过一日算一日。可是身边有这么一个人，就让人觉得，自己最寻常的学习仿佛是在浪费光阴。

池唐不太喜欢这种感觉。

寝室里的几个人，包括班上其他人，一部分慢慢知道了游余在忙些什么，眼看着她日复一日更加刻苦，心里不自觉都生出一种敬畏感，也会下意识地远离她。那是和高一时候不同的一种另类“孤立”，当大部分人觉得某一个人和自己不是同一世界的人，那“孤立”就是必然的。

不过前一种“孤立”是因为自大，这一种“孤立”是因为自卑。

连魏行行也是这样，自觉自己比不过游余，又觉得游余这么认真，她们不应该去打扰游余学习。于是，上课下课、吃饭睡觉买吃的、放假的休息娱乐，慢慢都没有了游余的影子，她不再强行把游余拉进她们的各种谈话和娱乐里了。

这看上去好像是她们这个小团体抛下了游余，可是池唐觉得，是自己被朋友抛下了。游余在往前奔跑，追寻自己的目标去了。

池唐偶尔会和魏行行她们一起玩，不过更多的时间恢复了独自一人的习惯。她本来就不是什么喜欢热闹的性格，但是和高一那会儿比起来，她身边又多了许多人。

晚自习时，身边的座位是空着的，游余座位上的书籍纸笔都整齐摆着，没人会动，只有池唐会动。她做题做烦了会在那一大堆的题册里翻出几本，寻找自己的作业上无法解答的题目答题过程。

只要发现自己课桌上的书被人动过了，游余就知道，这一个晚上的晚自习，池唐大概遇上难题了。

下晚自习，班上没有人再留下来自主学习，全都迅速离开，回家的回家，回寝室的回寝室。下晚自习的时间，学校很嘈杂，走在人群里，池唐抬头看见柯老师的办公室里亮着灯，游余会在那里学习到很晚。

等到游余回寝室，池唐大多时候已经躺在床上准备入睡了。

有时候池唐没睡着，感觉到游余轻手轻脚地扯了扯她的被子，也不想理她，就闭上眼睛假装自己睡着了。

可是这样，池唐又觉得自己气闷得毫无道理。

游余坐在床上，窸窸窣窣的，不知道在做什么，比平时更早一点关掉了台灯，似乎还叹了口气。

池唐翻个身，忽然把自己的耳机扔下了床铺。两只耳机吊在床边缘晃荡，然后被人轻轻拉住了。

池唐缩进被子里，点亮手机。

她的歌曲库里，正在播放的是一首《桜流し》。

游余坐在床边，听着耳机里的音乐，伸出一只手，在上铺边缘晃了晃，又晃了晃。没有人理她，游余从床边的笔袋里拿出一支笔，又伸到上铺，非常轻地在护栏上敲了一下。

那支笔被人抽走了。

游余踩着床边沿站着，去看上铺的池唐："你在做什么？"

池唐瞧她一眼："在钓鱼。"

她是指把耳机丢下去，好像钓鱼一样。游余被这个双关语笑到了，又不敢笑太大声吵醒其他人。

池唐伸手把她的耳机摘下来，收回被子里，一个翻身背对着游余。

游余伸手拍拍她的被子，小声说："你不高兴吗？"

池唐抬手按住她的脑袋，把她摁了下去："赶紧睡觉，不许说话了。"

第二天的早自习，游余照样不在。

池唐坐到自己的座位上，随手拿起语文书，忽然看见书下面压了个东西。那是一只纸折的小船，用非常寻常的作业纸折成的，纸面上好像还画了些乱七八糟的线条。

不知道是谁放在这里的，池唐原本想直接丢掉，但大概是太无聊，又有点好奇纸面上画的是什么，还是动手把小船拆开了。

纸面上那些凌乱的线条展开后，组成了一条条鱼，除此之外，上面一个字也没有。

池唐立刻就知道这小船是谁放的了，是昨天她用耳机钓的那条"鱼"。

小船被重新折好，池唐顺手将它塞进了游余的书堆里。她想了想，又撕了张新的作业纸，折了一条纸鱼，也塞进小纸船里。

又一次到了秋冬运动会举办的时间。

上一次，池唐是高一（2）班，这一次，她是高二（3）班。和高一（2）班的风气不太一样，高二（3）班的气氛让池唐更喜欢一些。

从运动会开始筹备阶段，（3）班晚自习的时候就经常开始讨论各种比赛项目，这一次参赛名单，不是让黑皮这个体育委员一个个去询问意愿，而是在班上举办了个抽签活动来决定。

运动会上所有需要干的活，所有需要参赛的项目，全都写在字条上，和空白字条混在一起，等着每一个（3）班同学去抽。

比起高一时候参与运动会的热血，到了高二，除了少数集体荣誉感特别强，又喜欢参与这些活动的人，大家基本上就不怎么想动弹了。由自己报名的话，估计没几个人肯参加，于是大家才商量出这个方法。

“大家按照学号依次来抽，抽到什么就是什么。我话先放在这里，这是大家都认可的，就算抽到不想做的也不能耍赖。大家都不是高一的小孩子了，要学会认命，愿赌服输，好吧。”魏行行抱着放字条的大箱子疯狂摇晃。

有人忍不住问道：“那要是真的抽到很不想做的怎么办？”

魏行行：“可以和别人换，如果对方愿意的话。”

抽签进行得很快，最后大家都拿到了属于自己的字条。池唐把手里空白的字条放在桌面上，听到身后的夏园园喊：“啊，要死了，接力跑！”

张檬也语气消沉：“铅球……完了。”

魏行行是早就定下羽毛球比赛的，另外作为班长，她还额外抽了张字条，成功抽中了短跑。

路芝也轮空了，拿了张空白字条。还有游余……她的座位依然是空的，自习课她肯定是在办公室里学习，就算是运动会，她也不能放松，柯老师给了她不参与的特权。

班上大部分同学拿到字条，虽然不太情愿，但也唉声叹气地接受了，唯独有个女生，看着手里的字条，眼圈就是一红。

她拿到了三千米长跑。女子三千米，历来就是最难搞的一个项目，如果班上没有长跑特长生，那其他人多半不愿意参加这个项目，很多班级年年都是随便选一个人凑数。

那女生长得娇小，平时跑步大多也是请假，这时候红着眼圈说："我跑不了，真跑不了，可不可以和人换啊？"

她的同桌是个男生，平时关系要好。见小姑娘要哭了，男生说："我跟你换，我去跑长跑。"

其他人："那是女子长跑，你怎么跟她换？"

男生之前没转过弯来，说出口就发现不对，尴尬地看着自己的同桌。

魏行行闻言，说道："女子长跑怕什么，到时候我们给李远驹化个妆、戴个假发，把他装扮成女生不就好了？"

全班同学都被班长这个骚操作给镇住了。

然后大家沉默片刻后，哄地开始议论起来："不错啊，还要穿裙子，这样才更逼真。"

"不行吧？李远驹太高了，不合适啊。"

"我觉得大为可行，反正咱们校内的运动会，检查又不严，替跑的人不是没有，去年不就有吗？"

女生看着身边的男同桌，不知道想到什么场景，忽然扑哧一声笑了出来。破涕为笑的女同桌，让李远驹脸色一阵红一阵白，他尴尬迟疑地问："这样……真可以？"

魏行行翻了个白眼，拍了拍桌子："当然不可以啊！我明显是开玩笑，大家又不是瞎的，你这体形扮成女孩子会看不出来吗？！"

大家笑闹一阵，晚自习铃声就响了，那女生跑到魏行行的座位前，眼泪汪汪地道："班长，通融一下吧，我真不能长跑，我有哮喘，运动过度会发作的……"

魏行行拿过她的长跑字条："好吧，那你到时候帮忙做点后勤吧。"

"好！谢谢班长！"女生快乐地走了。

501 寝室的几个人收拾收拾准备回去，池唐见魏行行要收起字条，问了句："这个长跑你准备自己上？"

魏行行无奈地说道："那不然还能怎么办？没人愿意拿这个项目。"

池唐："你身上已经有两个项目了。"

魏行行："唉，能者多劳了，谁叫我是班长。"

张檬："身先士卒，魏姐，不愧是你。"

夏园园："魏姐，吃点好的，补补身体。"

池唐伸手从魏行行那里拿过长跑字条，丢到自己的笔袋里。

魏行行一愣，随即满脸笑容地扑上去抱住她的胳膊："天哪，池唐你愿意参加长跑啊？还是你心疼姐姐，呜呜呜……"

池唐："不保证名次。"

魏行行："没事，名次什么的咱们不在意！池唐唐你真好！我请你吃辣条喝可乐，走走走！"

大家快乐地一起去了小卖铺。

游余晚上很晚回寝室，才知道大家各自要参与的项目。听到池唐要长跑，她一愣，对池唐说："我那天要去外校参加一个竞赛。"

只是市内组织的一个小数学竞赛，虽然比不上大型竞赛，但柯老师想要游余去熟悉一下那种气氛，而且柯老师也知道她家里的情况，有心想帮帮她，给她报名的这次竞赛奖金挺丰厚，前几天就已经报名了。

游余："我不能跟你一起参加长跑。"

池唐："你去年也是一个人参加的长跑。"

游余算了算时间，说："我尽量赶回来给你加油。"

池唐："你还是好好竞赛做题吧。"

接下来的几天，池唐都会去操场跑步。魏行行偶尔会拉着张檬或者夏园园陪她一起跑，但她们都坚持不住，最后就是坐在操场的阶梯上聊八卦喂蚊子，顺便看着池唐跑。

到了运动会那天，大家早早起来，在寝室里忙忙碌碌地准备，游余也准备去竞赛会场了。

"池唐，比赛加油。"

"你的比赛也加油。"池唐说完这一句，忽然勾了勾手指。

游余走过去，就见池唐抬脚在她的鞋上踩了一脚，然后摆了摆手走人。

看着自己白色鞋子上的一个脚印，游余愣了下，接着就笑了。

旁观到这一幕的魏行行，脸上挂满了问号："游余，池唐忽然踩你的脚干吗？你们吵架了？不是，她踩你的鞋子哎，这么大一个脚印，你还笑？"随便换成她们哪个人，马上追上去给嚣张的池唐一个头槌。

游余把眼镜盒塞进袋子里，摇头解释了一句："不是，池唐是在祝我拿第一名。"

魏行行："啊？"为什么我不懂你们？

比赛的操场上加油呐喊声冲破天际，数学竞赛的考场里安静无声。

池唐在跑道上穿梭，去给魏行行送水，再去给张檬加油。

游余坐在陌生的教室里，审视着手中的试卷题目，提笔书写。

"加油！加油！快啊快啊！（3）班（3）班！勇夺桂冠！"

"请各位同学仔细审题，不能提前交卷，不能交头接耳。"

…………

女子长跑三千米在下午，广播来通知的时候，池唐起身准备。太阳很大，她站在跑道上，魏行行几个人都走到了跑道内圈里，就站在她附近，手里拿着水随时待命，十分紧张。

池唐看了眼操场关着的铁架子门，缓和了一下呼吸。

"预备——"

哨声响起，所有人飞奔出去，观众席上很多人同时呼喊起来，尤其（3）班，体育委员黑皮站在最前面挥舞着不知道哪里拔来的一面红旗，大声喊："池唐加油！"

声音都喊破音了，还有他身后的(3)班同学，一开始闹哄哄一通乱喊，到后面就整齐起来了，那气势惹来不少人的注意。

有别班的同学好奇地询问："池唐是哪个？"

"应该是下面那个跑在第三的吧，他们班班长在旁边送水的。"

"哇，长得蛮好看的哎。"

累，非常累，跑完几圈下来呼吸急促，脚步也特别沉重。池唐看着前方，忽然一个错眼，看见身旁有另一道影子在跑，白色的鞋子上有一个隐隐约约的灰色鞋印。

冲向终点的时候，有人上来接住她，池唐没能及时刹住车，又在那人脚上踩了一脚。

她低头看了眼，缓了好一会儿才说："这下……踩对称了。"

游余也是一头的汗，好像比她跑还累，扶着她笑："还好赶上了。"

池唐没能拿女子长跑第一名，拿了第三。

"跑第三也够厉害了！走，请你们吃烧烤去！"魏行行带着寝室的其余四个人——还有一位路芝照常又是不在寝室住。五个人趁着运动会晚上校门门禁不严，大摇大摆地去外面吃小吃。

游余已经挺久没有和她们一起行动了，不过坐在一起聊天的时候，大家又很快热络起来。魏行行去点单，而后鬼鬼祟祟地抱着几瓶饮料过来："你们猜我拿了什么？"

池唐看了一眼："你怎么买的？"

魏行行嘿嘿笑道："我是在那边杂货铺买的，跟老板说是给我爸买的，来来来，一人一罐。"

夏园园有点为难："啊，我不会啊。"脸上虽然为难，但神情颇有点跃跃欲试，一看就口是心非。

张檬显然也是没喝过的，但她不说，只看一眼校门口的方向，有点心虚。毕竟这个烧烤摊子就在学校外面不远处，万一这时候来个老师检查，她们这一窝都得被逮住。可是，这么想一想又挺刺激的。

"喝不喝？喝不喝？"魏行行小声问，还特地多看了眼游余，大概是觉得游余特别听话守规矩，不会和她们同流合污，怕她阻止。

池唐瞧见了，撇了撇嘴，不知道想起什么，有点无语地说："快别看游余了，她比我们都厉害。"

游余露出无害的笑容。

魏行行三人："啊？！"

大家一人一罐，各自打开喝了一口。池唐和游余神色平淡，魏行行喜滋滋的，张檬和夏园园都不太习惯这种涩涩的苦味，拧着眉头："这什么味道啊，不太好喝。"

"苦的，啧啧，还有点酸？难喝，我不喝了。"

但是大家吃着烧烤，吃着吃着，看其他三个人都喝，她们两个又忍不住端起自己那一罐喝上两口，不知不觉也喝得差不多了。

这两位回到寝室洗了个澡就呼呼大睡，夏园园甚至打起了小呼噜。魏行行坐在一边坏心眼地去捏人家的鼻子，忍笑忍到肚子疼。

游余在刷鞋子，水声哗啦啦的，池唐就在这哗哗声里睡着了。

运动会结束，（3）班没能取得好成绩，但是大家玩得都挺高兴。柯老师在这种事上不怎么管他们，也不在乎运动会成绩能给班上加多少分，基本上就是打开笼子放他们出来玩两天。

除了魏行行几个人，班上其他人也都在运动会的晚上偷偷溜出去玩了，还有去网咖玩通宵的，都没人检查。

不过这样快乐的日子终究是少，轻松两天，柯老师立即就把他们关了回去，让他们把皮紧了又紧。

游余还是那样，参加了好几次柯老师给她报名的竞赛，不只是数学竞赛，大大小小的竞赛，她的成绩都挺不错。数学竞赛因为柯老师的帮助，成绩尤其好，拿了很多第一。

忙忙碌碌，时间过得特别快，偶尔走过教学楼中间，游余看见从前窗外那棵银杏树叶都掉光了，天气也开始慢慢转冷起来。住校的学生们会在天气转冷后回家去拿厚衣服。

池唐很久没有回家，这次也回去了。她之前每次回去，总会和她爸闹矛盾，相比起来，寝室更让她安心。

这一次回去拿厚衣服，池唐也没准备在家里睡，想赶紧拿了东西就回寝室。

可是，她再一次站在家门口，发现自己的钥匙打不开门了。

两个月没回家，门似乎换了一个。池唐微微皱眉，又试了试，但是钥匙确实打不开门。

换锁了？换门了？

池唐第一反应是她爸搬家了，这房子的新住户换了锁，所以她手里的钥匙打不开门。别的父母可能不会做这种事，但如果是她爸，真有可能这么做。

她用力敲了敲门，敲了一阵，里面传来一个陌生女人的声音。

“谁啊？”

门被打开，出现一个二十多岁的女人，穿着时髦，打扮漂亮，池唐没见过。对方打量了她一眼，忽然就笑起来："是池唐吧，怎么回家了，学校放假了？"

听她喊出自己的名字，池唐就知道，自己猜错了，她爸没有走人，这女人应该是她爸带回家的女人。

"你是谁？怎么在我家？"

女人踩着拖鞋，一副女主人的模样说："我是你徐阿姨，以后就住在这里了。"

住在这里？池唐走进屋子里，扫了一眼，发现这屋里的很多东西都换了，就像大门一样。她脸色不太好地问："大门换了，锁也换了？"

自称徐阿姨的年轻女人神情里有点淡淡的自得："是换了，我刚来这里的时候让你爸换的，这屋子他买来就没有换锁，这可不安全。"

屋子里多了些东西，多了个陌生女人，好像就变了许多，但仍然是让池唐不喜欢的样子。她刚准备上楼，正撞上她爸哈欠连天地从楼上下来，池唐指指底下的女人问："她是谁？"

她爸池璋张口就说："你徐晓萱阿姨，以前住在京市，她现在怀孕了不方便，接她来这里住，以后孩子生了我们再结婚。"

池唐沉默，一时间不知道该说什么。这个名字她有点耳熟，想一下就想起来了，她爸的手机通讯录里有这个人，两年多前他还没和她妈离婚的时候就和这个人打得火热，对，这就是他在外面包的"小三"。

怀孕，接过来，池唐觉得挺可笑的，不是说她爸这辈子生不出孩子了吗，怎么又能让人怀孕了？不过，要是这样就难怪他会把人接回来住了，他想要个儿子想疯了。

想到这里，池唐忽然觉得很没意思，越过他们往自己的房间走去。

她的房间之前被她加了两把锁，现在那两把锁都没了，门也和大门一样换了新的。

"家里的门都换了，你之前那门搞得乱七八糟的，太不美观了，我就给你换了这个。"徐阿姨跟了上来，见她看着门不动，就这么解释了一句。

女人的眼睛还紧紧盯着她，好像是盯着一个不受欢迎的外人，或者是突然闯进家里的贼。

在那种异样的目光下，池唐感到一种被冒犯的愤怒。她想要生气，想要发火，想要大喊大叫，就像从前很多次那样。但是她很清楚，这样的大喊大叫并不能改变什么，她爸永远只会对她发火，质问她为什么要像个疯子一样。

池唐最后只是拧开门走了进去。

房间里还是那个模样，不过东西显然被人动过了。她看了一圈，拿出了自己的行李箱。

她的东西不多，更多的东西在搬家来这里之前就已经被处理过一遍，该丢的都丢了。现在她迅速把自己比较重要的东西再次放进行李箱。

她拖着行李箱背着琴包离开，那位徐阿姨还假客气地问她："哎呀，你这就走了，不在家里吃个饭再走啊？"

池唐嘲讽地看她一眼，直接去找她爸："我没钱用了。"

她自己偷偷存了一些钱，但还是隔一段时间就会管池璋要一些，现在出现了个什么徐阿姨，更是准备多要几次。她不用，难道留给这个女人用吗？

池璋坐在沙发上架着腿，很不爽快，抽了几张纸币打发她。他给得干脆，池唐也走得干脆，刚走到门口，听见女人在客厅里对她爸说："池唐是不是对我有意见啊，回来也不喊人，拿钱就走，哪有这样当女儿的？"

这是故意挑火呢？池唐忍了又忍，还是没忍住。

她扭头回去用力踢了下鞋柜，冷笑一声，对那个吓了一跳的女人说："我不是对你有意见，是对所有在别人家里不把自己当外人的人都有意见。我是不会当人的女儿，你又有什么资格说我？你回去问问你爸，你找一个大你十几岁的男人，他是不是还要夸你是个好女儿？"

在屋里的两个人发火暴起之前，池唐迅速关上门，提着行李箱就跑。

池唐吭哧吭哧地拖着行李箱和琴包回到寝室，大下午的，张檬还躺在床上睡懒觉，卷着被子蠕动着问："池唐，你这么快就回来了？"

坐在桌前戴着耳机用手机看番的夏园园抱着一包辣条："池唐，你怎么带这么多东西回来？"

魏行行从厕所里探出头来："琴包？你还带琴来了？文化人，讲究，太讲究了，不如咱们今晚来开寝室音乐会？"

池唐本来满心的憋闷，被她们几个人这么一说，就好像平地一阵风，卷走了满地的枯叶，心里也亮堂起来。

她有点乏力地坐在游余的床上，仰面躺下，不太想动弹。

魏行行觉得有点不对，甩着两只手的水，蹲到床边问她："怎么了？你整个人都蔫掉了？"

池唐从来没和她们说起过自己家里的事，因为觉得难以启齿，但是这会儿，看到她们三个从三个方向传递来的担忧眼神，自然而然就说出口了："我刚才回家看有个女人怀着身孕住到我家去了。"

魏行行："什么东西？"

夏园园："什么？怎么感觉像是小说里出现的狗血剧情！"

张檬："生活永远比小说更狗血。"

魏行行："不是……那你怎么办啊？你要有后妈了？还要有个弟弟或者妹妹？"

夏园园："有后妈就有后爹，这话是很有道理的，池唐你要小心啊！"

张檬："确实，还好我爸妈离婚后我是跟我妈的。"

几个人又一同看向张檬。

张檬："看我干什么？看池唐啊。"

池唐坐起来，抱着胳膊冷笑："我爸之前检查不能生孩子了，现在要跟那个人结婚是因为她肚子里可能是个儿子，但是，我觉得孩子根本就不是他的。"

魏行行："这都行？成年人的世界也太混乱了吧！"

池唐看她一眼，心说真是大惊小怪，还有更乱的没说呢。不过她也不想再说了，把自己的行李箱塞到游余的床下。

"我是不管他们要怎么样了，反正把我自己重要的东西都带回来了。"池唐拍拍手坐起来，"随便他们在那里怎么糟蹋吧。"

"重要的东西……"夏园园看了眼她的行李箱，"如果很重要，还是放到柜子里锁起来吧，有时候咱们寝室门都不关，别人想进来都很容易，万一丢了就不好了。"

池唐："没事，就放游余的床底下。"这么多东西，箱子里根本也锁不下。

还有个琴包，她放到了自己的床铺上。

魏行行挠她："池唐，你会弹琴啊，给姐妹们来一个嘛！"

池唐："只是尤克里里。"

魏行行："听听听！"

池唐看了这三个人期待的样子，还是打开了琴包，拿出自己的尤克里里。

游余抱着书和卷子满身疲惫地走上楼的时候，隐约听到了琴声，还以为是哪个寝室里的人在放歌。走到自己宿舍的门口了，琴声越发清晰，她才发现好像是自己宿舍里传来的琴声。

很熟悉的琴声。

有人弹着琴，唱道："我怀念的是无话不说，我怀念的是一起做梦，我怀念的是争吵以后，还是想要爱你的冲动，我记得那年生日，也记得那一首歌……"

是池唐。

游余靠在门边静静听着，宿舍里除了池唐的弹唱，没有其他的声音，游余就靠在门外安静地听完了这一首歌。等到里面传来魏行行她们鼓掌的声音，她才敲了敲宿舍门。

"游余你回来了，刻苦学习了一天，辛苦了，来来，快来让池唐用音乐洗涤一下你的身心。"魏行行打开门，满脸的嬉笑。

游余走进宿舍，看见池唐穿着睡衣坐在她的床上，披着头发，抱着那把尤克里里看过来。

张檬："游余你来晚了没听到，刚才你同桌弹唱了两首歌。"

魏行行："快，让池唐再来一首，她也太小气了，说了半天才表演两首。"

游余只是笑，不说话，坐到自己的床上："怎么把琴带学校来了？"

池唐稍微挪出一点空间让给她坐："因为家里很烦。"

游余："挺好的，无聊了可以弹一弹。"

池唐撇嘴抱怨："刚才才弹了一下，其他宿舍的人就跑过来看，要不是锁门了就被人围观了。"

游余："那以后你肯定是要弹给更多人听的，被看也要习惯啊。"

池唐："就很烦。"

游余："嗯，那就先弹给我们几个人听。"

听着这两个人你一句我一句地说话，张檬裹紧了自己的小被子，对床铺下的魏行行脱口而出道："游余一回来就和池唐聊上了，好像我们都不存在一样，我怀疑她们两个在弹'琴'说爱……"

这话一出，池唐、游余包括魏行行和夏园园都看着她。

张檬一愣："你们又这么看我干吗？我开玩笑嘛！"

魏行行扒在床铺上，拍了拍张檬的大腿："别吃醋，毕竟有个先来后到，谁叫游余才是正宫娘娘呢，更受宠爱才是正常的。"

正宫娘娘游余，起身去洗澡。

池唐提着琴爬回自己的上铺。

夏园园："别啊别啊，我还没听够呢，池唐继续弹吧。"

池唐充耳不闻，把尤克里里收起来，又拿出了一个拇指琴。

夏园园的哀号声顿住："咦，这又是什么？"

张檬："是拇指琴啦，池唐还会弹拇指琴吗？"

池唐先弹了个简单的调子找感觉。

游余在卫生间里，听到外面传来《两只老虎》的调子，非常活泼可爱。其他人也在笑，魏行行还跟着唱起来。

卫生间里有一面镜子，映出她湿漉漉的头发和脸。眼镜摘下来了，眼前模糊得好像蒙了一层雾，镜子上也有一层雾，让她有些看不清自己的模样。

游余抬手擦了擦镜面，让视线稍微清晰一点，又在上面写了池唐两个字。

外面的池唐换了一首歌，一首《小星星》。

游余又在镜子上池唐的名字下面画了个小星星。

等她洗完澡出来，池唐已经不弹了，其他人各自在做自己的事，偶尔聊几句天。

游余像平时一样，伏案做试卷写题。她已经用尽全力在努力，虽然很多人觉得她拿第一是天经地义，但是世上从来没有轻轻松松的第一。她有时候也会觉得很疲惫，身体上的、精神上的。

但是如果回到这里，游余看到池唐高兴的话，那种疲惫自然而然就会减轻，听着对方弹琴也是一样，好像是能给她力量的声音。

她以前说过，想养池唐，这样的话，就要替池唐一起努力才行。

临近寒假的最后一次月考，池唐没有考好，比之前几次发挥要差一些。班主任柯老师照旧点人去办公室谈心，大概这个年纪的班主任都比较喜欢和人谈心，不论男女。

她一般不和成绩特别差而且自己不想学的人谈心，只找那些有过好成绩但是成绩不稳定，时不时下降的学生谈，池唐很不凑巧就是其中的典型。

晚自习之间，办公室里很空旷，池唐坐在柯老师对面，听她说："你是聪明的学生，只要愿意努力一把，成绩能有很大提高，在我看来，你还有很大潜力，但是你自己的心态没办法调整好，只要一放松，这成绩自然而然就会表现出来。你自己是有什么想法，可以跟我说一说……"

池唐低着头，有点走神，想起来据说从前有个女生被柯老师谈心谈哭了。柯老师，恐怖如斯。

办公桌对面每天晚上在这里做题的游余，在这场与她无关的谈话里坐立不安，捏着笔看着这边，好像柯老师不是在和池唐谈话，而是在和她谈话。

池唐瞧着这两位，有那么一瞬间很想对柯老师说："老师，要么你这些话对游余说算了，她比我更受教。"

有人在办公室外面，把柯老师叫走了。

柯老师一走，池唐立即抬起自己的脑袋，放松地坐在椅子上。同样是谈话，这位柯老师比从前的老方严肃得多，给人的压力也更大，但是，很不巧，她从小就对老师谈话免疫，不管是什么类型的谈话她都毫无感觉。

游余很快放下试题站起来，拿了一次性纸杯倒了杯水送过来，担忧地在她背上拍了拍，询问她："没事吧？"

池唐："啊？"能有什么事？她又不是第一次被老师叫来谈心。难道一个办公室还能吓到她吗？

池唐喝了一口水，感到莫名其妙。

第十二章
给你买两个橘子

今年的元旦晚会，有魏行行这个班长在，办得非常热闹，和去年那个潦草的元旦晚会比起来，要有趣很多。

去年的那场元旦晚会，对游余来说不是什么美好的回忆，那天她爸找到学校，想把她带走，还是池唐把她从教室里拉出去躲起来的。

下着雪，她们从人来人往的教学楼一路往下跑，跑过操场，躲在后面那栋楼的角落里。之后，游余也是担惊受怕，回到寝室后，浑身都是僵冷的，而那时寝室里的其余人，还因为她爸的突然出现，在背后议论她。

那一切都像是一个噩梦。

或许因为这样，游余对元旦晚会并没有期待，魏行行鼓动大家表演节目，去和柯老师申请班费，又缠着池唐、张檬她们弹琴跳舞的时候，游余都是安安静静地写她的题，一声不吭，完全没想参与。

虽然她平时也很安静，但池唐看得出来，她有点心绪不宁。

“池唐，求求你了！你就表演一个弹唱节目吧！”魏行行抱着她摇晃。

池唐把她撕开，还是受不了缠，答应下来：“行，我表演，你在我之前表演怎么样？”

魏行行毫不犹豫地说：“行啊，我就叫行行，有什么不行的？”

她从家里带来小音响，还拿了两个彩灯球，又带着黑皮他们去借了个小台子，摆放在教室前方，做了个小舞台出来。这场地一到位，其余人也来了劲，又去买气球吹气球布置教室。

池唐也被抓去帮忙吹气球，圆形的、长条形的，还有心形的，分给她的几个都是粉色的心形气球。

她吹了一个，腮帮子都吹酸了，赶紧用线紧紧地把气球扎起来。

教室里的课桌被搬得乱糟糟的，她们的桌子都靠在墙边，池唐坐在自己的课桌上吹气球，看见游余坐在底下，埋头对着一张试卷，好长一会儿没动笔，不知道在想什么。

砰——

她把手里的粉色心形气球按在游余的脑袋上，发出一声轻响。被这气球轻撞了下，游余回过神来，抬头看她。

外面天黑了，但是今天没下雪，只是有点冷。池唐坐在桌子上，位置正对着门口，好像是挡在她身前一样。

池唐晃了晃手里的气球："手拿过来。"

游余放下笔，将手伸过去。

池唐就捞着她的手，把那个气球绑在了她的手腕上，系了个蝴蝶结。

"元旦晚会马上就开始了，别写了，赶紧来吹气球，不要偷懒。"

黑皮几个人把吹好的气球装饰在小舞台上，还把剩下的和彩带一起系在了电扇上，打开电扇让它们转起来。气氛是有了，但是大冬天的扇风扇也是真的冷，引起众怒，很快就被走进教室的柯老师给关掉了。

"好了好了，都准备好了！"

"灯关掉！"

"等一下，灯球在哪儿？灯球打开呀！"

魏行行作为主持人，站在台上口齿清晰地先宣布开始。她拿着一个长条形的气球当作话筒，说道："首先我来给大家唱首歌暖场，大家掌声给我鼓励！"

她作为第一个上场的，大大方方地唱了首歌，然后就迅速把接力棒交给下一位："好，我表演完了，接下来有请我们的池唐同学上台，为我们表演尤克里里弹唱节目，大家用热烈的掌声欢迎她！"

因为关了灯，教室里的光线不太明显，大家都放开了，一阵鬼哭狼嚎，还有人拿着小灯球乱闪。

池唐有点后悔答应魏行行在这个群魔乱舞的时刻上台去表演节目，但是答应都答应了，现在好像也容不得她反悔。魏行行把她哄到台上，搬来一把凳子让她坐下。

教室里慢慢安静下来，有人问："池唐唱什么歌啊？"

池唐拨了两下尤克里里，也没回答，直接开始奏响旋律。这旋律刚响起来，就有人在下面哦哦乱叫："是《告白气球》哦！"

池唐开口唱：

塞纳河畔，左岸的咖啡

…………

亲爱的，爱上你，从那天起

甜蜜得很轻易

…………

场下还有人跟着小声一起唱。

池唐的声音清澈，翻唱起来很有个人的风格，清新又动人。

"哇，唱得好好听啊，我感觉以前听的那些翻唱都比不上她！"

"嘘——别说话，听不清了都！"

魏行行靠在桌边，招呼其他人一起挥舞手里的气球，在池唐唱完一首后热情大呼："池唐好棒！"

"再来一首！"

池唐坚定地走了回来，不听她忽悠，没办法，魏行行只能上去继续活跃气氛，放起伴奏，请下一位张檬。张檬虽然没有池唐唱得好听，但作为普通高中生，也是不错了。

池唐坐回自己的座位上，夏园园凑过来，捧着一个气球笑着说："我是你的粉丝！求签名！"

池唐无语。

夏园园像模像样地递过去一支黑色记号笔，开始妄想："等池唐以后唱歌红了，这个签名就值钱了，我真是个投资理财小天才！"

池唐想板着脸，但还是被她逗笑了，接过笔当真给她签了个非常潦草敷衍的名字。

夏园园笑呵呵地拿着气球去给路芝看了，池唐一转眼看见游余抱着之前自己给她的那个气球，也在看着她们笑。

“你也要签名啊？”池唐故意说，抬笔在游余的那个气球上签字。

“好了。”她声音带着笑。

灯球在昏暗的教室里乱闪，台上的张檬唱着：

我听见远方下课钟声响起
可是我没有听见你的声音
认真呼唤我姓名
…………
爱上你的时候还不懂感情
…………

有了她们寝室三人组的带头作用，其他人也陆陆续续上台了，原本不想上台的害羞同学，在发现大家都不要形象之后，也抛掉了包袱，上台唱歌跳舞说笑话，还有人表演了脑袋顶篮球。

当然还是唱歌的人多一点，好些个破锣嗓子的男生也上去唱，借着歌暗暗表达心意，在中途柯老师离开的时候，教室里更是有一男一女被哄上台去来了情歌对唱。

最后结束的时候，柯老师抱着茶杯说：“你们唱的这些歌啊，就是些情情爱爱，都没有点特别的积极向上的东西啊。”

魏行行仗着柯老师喜欢，大声道：“那老师你给我们来点积极向上的？”

柯老师也不扭捏：“行吧，那我给你们朗诵一首《琵琶行》。”

数学老师朗诵语文经典课文，场面太美，同学们听着都有点受不住，好在柯老师自己激情澎湃地朗诵到半途忘词了，只好装作非常正经的样子，咳嗽一声停了下来，自己找补说：“这个太长了，我就朗诵这一段了。看看你们，就没有一个人有学习的心，没一个人出这样跟学习有关的节目。”

她刚说完，就听一声琴响，池唐坐在座位上重新抱起了琴。

在其他人讶异的眼神中，她跷着二郎腿，边弹边唱，唱的是一首《琵琶行》，正是刚才柯老师朗诵的原文。

《琵琶行》用歌声唱出来，更加朗朗上口，而且池唐唱完一段又一段，节奏异常流畅，半途她还炫了一下技，来了个婉转风流的戏腔。

“大弦嘈嘈如急雨，小弦切切如私语。嘈嘈切切错杂弹，大珠小珠落玉盘……”

场面忽然热烈，掌声、口哨声快要掀翻整个教室，柯老师拍掌：“安静点安静点！”

没有人听，大家还在鼓掌拍桌，柯老师说着说着，自己也笑了，一边笑一边摇头。

等到最后一句“江州司马青衫湿”唱完，琴声也剩了袅袅余音。又是新一轮的鼓掌响起，这回柯老师自己也带头鼓掌了。

她哪能看不出来这小兔崽子故意用这首歌怼她先前那句话呢，但是，这个年纪的学生，用这种方式表达不满，也是蛮可爱的。少年意气，桀骜不驯，不外如是。

不过——

柯老师鼓完掌，幽幽地道：“池唐啊，语文课你这么有心，我的数学课你就不听，你是不是更喜欢语文老师啊？你要是对数学老师有什么意见，提出来，老师看看能不能改。”

池唐：“没有……”

她对数学老师没意见，是对数学有意见。数学太难了，它能改吗？

元旦晚会结束，大家收拾收拾把借来的东西送回去，还有那些没用上的彩带气球重新放好等着下次用。至于已经吹起来的气球，大家想要的带回去，没人要的就全都扎在一起放在讲台上绑着。

游余抱着那个被池唐签了名的气球回寝室，把它绑在床柱子上，睡觉的时候都能看到气球在头顶，“池唐”两个字在上面晃啊晃的。

张檬她们见了，笑话她，游余也不在意，一直把这气球留到漏气，再也飞不起来才收了起来。

期末考试近在眼前，考完就要放假了。

能放假，大部分学生是高兴的，但池唐高兴不起来。只要想到放假的时候她要回去，天天对着她爸还有那个多出来的后妈，她就打心眼里觉得厌烦。

不用说，到时候她肯定是天天都要和他们吵架，忍不住的时候动起手来，她又要被打。而且对方两个人，她一个，肯定打不过。

她很烦，就想起去年的过年，有点犹豫地想，是不是今年干脆也去篷宁县的奶奶家住一段时间？虽然去年从篷宁县回来，她被她爸打了一顿，但是要她一个多月的时间都待在家面对那两个人，简直比被打还难受。

想到这儿，她就考虑起了游余。

问游余要不要一起去？去年她一个冲动就把人带回去了，也是因为过年那段时间她们才真正熟悉起来，变成了朋友。可是今年她们更加熟悉了，她反而不知道怎么的，有点开不了口。

如果今年游余那边没发生什么事，自己这样突然问她要不要一起去其他地方住，感觉怪怪的。

池唐考虑了这么多，寝室里其他人却没她这么多顾虑和别扭。魏行行聊起寒假放假的安排，直接就问游余："游余，你过年要去我家住几天吗？我家离得挺近，我带同学回家去住我爸妈也同意的。"

她们都知道游余家里的情况，对于她的"无家可归"挺在意的，平时放假时间短她还可以住在学校里，但是寒假，学校里根本就不能住人，那她就要考虑找住处了。

魏行行作为寝室长，平时就照顾她们，一早就考虑了游余的事，悄悄和家里说起，眼看没两天就要放假了，这才问起游余的意思。

面对她的好意，游余摇摇头有点抱歉地说："不好意思啊魏姐，我放假要去参加一个数学冬令营，柯老师给我报名的。"

在一边按着手机，其实侧耳听着的池唐有点心酸。行了，游余寒假有地方去，她也不用再问什么了，心情好像一下子更差了。

魏行行："你真是学神，寒假还要学……不过那个冬令营应该过年前就结束了吧，最多就两周，那之后你去哪儿？"

游余："和柯老师说好了，会暂时住在她那里。"

魏行听了，点了点头："也行，挺好的，柯老师虽然严肃了点，但是个好老师，有她照顾你魏姐就放心了，过年后回来，希望能看到一个胖十斤的游余！"

其他人都在关心游余寒假住在哪儿、怎么过，但比起自己，游余更加担心自己同桌的情况。

游余："池唐，你过年的时候还是住在家里吗？"

池唐看着手机头也没抬，嗯了一声。

其他人都觉得游余这话问得有点奇怪，虽然池唐家里要有个后妈，但她爸不是还在吗，过年肯定是要待在自己家的，这还用问？

看出来池唐不想多说，游余没有再问。

在紧张的期末考试过后，各人放假回家之前，游余拿出一部手机，虽然是新的，但是部杂牌手机，很是便宜的那种。她不太熟练地用着微信，加上了池唐的微信，又记下其他联系方式。

"我现在有手机了，你有什么事可以和我打电话。"

游余先前因为觉得没必要，一直都没买手机，现在忽然买了。池唐看着她手机上简单的几个软件，还有联系人一栏里排第一的自己，感觉有点复杂。

难道说，游余买这部手机，还有她的原因吗？因为过年两个人可能见不到，游余想和她联系？

池唐抱着这种疑问，回到家三天，都没看到游余那个微信出现一条消息，一张充满了中老年气息的绿色风景照头像，安静地躺在她的列表里装死。

魏行行、张檬她们给她分享小视频，给她发表情包，还讨论追剧感受，一天也有好几条消息，唯独游余，毫无动静。

池唐百思不得其解：所以她加上微信到底有什么用？

池唐打开消息页面，给她发了个翻白眼的表情。

对面没动静，过了好几个小时，池唐都快忘记这事了，打着游戏的时候忽然看到手机一亮，是游余回了微信消息。

她中午发的消息，现在外面天都黑了。

"对不起，我才看到消息，刚才在上课，刚刚下课。"后面带着个微笑表情。

如果别人用这个微笑表情，那肯定是嘲讽的意思，但游余显然不是。

但池唐还是被那个微笑脸看得额头一跳，拿起手机打字：“等你回消息我都凉了。”

这话不过脑子，池唐发完才感觉自己语气有点怪怪的，立刻又接着发了句：“搞什么？你们冬令营还要上课？”

“对不起，我的微信没有提示消息，下次你可以和我打电话。是的，这个数学竞赛冬令营里面还有二中、三中和其他几所学校的学生，我们每天都要上课还有考试。”后面又是个微笑表情。

池唐顺手给她发了一连串的微笑表情回去，看着那一排似笑非笑的表情才感觉好受了点。

对面也很快发过来一排微笑表情，比她还多一个。

池唐觉得，这天聊不下去了，将手机丢到一边，继续打游戏。

另一边的冬令营，游余端着手机去吃饭。她独自一个人打了饭坐在一边，一边吃一边看看手机，但是再没有新的消息，就停在了那排微笑表情上面。

晚上她们还有夜读活动，游余走到教室，见池唐还是没有发来新消息，只好遗憾地把手机收起来。

她在这里不认识其他任何人，也没有朋友，但是没有关系，她早就习惯，来这里本来也就是学习的。而且，池唐虽然不在这里，但是也表达了关心，她的心情大概还不错吧，发了一排的笑容，感觉挺高兴的，这样游余就放心了。

夜读活动后，老师出了题，要求这里来自各校的学生们共同解题，大家都投入进去，很快交上答案。

“有三位同学完全做对了，梁鹏、任丘林，还有游余。游余，你来讲一下你的解题思路。”

游余在一教室陌生同学的注目中站起来，虽然冬令营才开始几天，但几次的测试考验，定下的名次里，游余次次都在前三里，因此也备受几个老师的喜爱，像这种时候，老师都喜欢点她起来回答。

池唐打完一局游戏，重新拿起手机，看到上面的一排微笑，还是没忍住，发过去一条新消息："这个微笑表情真的很欠揍，你下次再给我发这个表情试试［刀子］［刀子］［刀子］！"

一排的刀子显得十分凶残。

游余讲解着自己的解题思路，忽然感觉口袋里的手机振了一下，这是微信消息的提醒。她嘴里说的话也不由得顿了下，很快在老师的目光中反应过来，她不由自主地加快速度讲完这题。

"很好，坐下。"老师赞许地点头。

游余坐下，犹豫了一会儿，还是忍不住趁着没人注意的时候拿出了手机。

果然是池唐的消息。

可是，微笑的表情不是很诚恳吗，怎么就欠揍了？虽然她不知道为什么，但是下回还是发大笑的表情吧。

池唐这边起身下楼去吃晚饭。她在家这几天算是和家里的一男一女相安无事，那位徐阿姨显然还记着上回她那一番话，对她态度十分冷淡，坐在桌边吃饭的时候一个劲地和池璋抱怨自己最近哪里不舒服，要去医院做什么检查，连一个眼神都没给她。

从她来这里住，请了个阿姨回来做饭，又请保洁隔两天来打扫卫生，住起来确实更舒服了一点，而且池璋因为她那肚子里可能存在的儿子，心情大好，连池唐都不教训了，同样当池唐不存在。

这本来是池唐想要的清静，最好大家都这样互相冷淡，不要有任何交谈。

可是不知道怎么，她一个人坐在餐桌另一边，听着那边一对男女说话，感觉到前所未有的憋闷烦躁。这座房子现在给她的窒息感，比那缭绕的烟气与打牌的吵闹声还要重。

池唐迅速吃完饭上楼，百无聊赖地上网乱逛，刷刷好友消息，恰好刷到张檬的一条朋友圈，是给她家旅馆发的广告。

"柠檬旅馆，麓源山景区最优质的家庭旅馆，还有天然温泉，冬季大酬宾，房源不多，速来订购吧，电话：1××××××××××……"

九宫格照片里的小旅馆看上去确实不错，温馨又干净，周边风景也很好，青山绿水，看着就令人放松。

池唐滑动着那些照片，忽然生出一个想法。反正她在家里也待不下去，不如去张檬家的旅馆住几天？

池唐做事一贯干脆利落，一旦想做什么，马上就会行动。

她前一天晚上看到张檬的朋友圈广告，给对方发了简单的信息询问后，第二天一早，她爸和徐阿姨还没起床，她就已经拖着行李出了门。直到上了去往麓源山景区的车，她才随手给她爸发了条消息，说去同学家住几天。

一如她的猜测，她爸骂了她一顿事多，之后就没再管她。如今他越来越不在乎她这个女儿了。以前他以为自己这辈子只有她这一个女儿的时候也懒得多管，更别提现在，心心念念的儿子近在眼前，他哪有心思分给她。

手机上的新消息一条接一条，全都是张檬发来的。从昨天晚上联络张檬说要去她家旅馆住几天，张檬就非常惊喜，激动地给池唐发了无数条消息，一直聊到大半夜。

一个学期相处下来，张檬早已不复当初第一次见面的高冷，大家熟悉之后，张檬在她们面前就完全是变了一个样子。私底下，她就是个经常口出惊人之语的话痨，从前的冷淡都是假象。

“你出发了吗出发了吗？”

“下了车直接给我打电话，我和我舅去接你，不要随便上那些拉客的车，那些很多是黑车，你一个人不安全。”

“你带了厚衣服来没有？这边比市区那边要冷很多啊，没带也不要紧，要是太冷可以穿我的衣服。”

“啊啊啊啊！太激动了天哪！你到我家来玩，我带你去景区逛！”

对于朋友突然造访这件事，张檬的激动和快乐显而易见，这种溢出屏幕的欢迎让池唐的心情好了很多。她在那个家里并不受欢迎，姓徐的女人有意无意地排挤，她爸越来越漠视的态度，都让她如鲠在喉。与其待在家，不如出来避开他们。

今天的车程，池唐照常是晕车了，不过她并没有睡过去，只是习惯地闭目养神。一个人出门坐车的时候，她并不敢真的睡过去。车子开出市区，两边出现青山绿树，车身有些颠簸，池唐翻出矿泉水喝了一口水，压下胸口的恶心感，不由得想起了游余。

先前几次她坐车都是和游余坐在一起，那时候她就敢安心睡着。

想到游余，池唐就拿出手机给她发了条语音消息。

晕车看着手机屏幕都感觉头晕，迅速地发完语音，池唐就没有再管那些消息，继续闭目养神。游余那边刚好准备去上课，才站起来就收到了这条消息，点开语音放在耳边倾听。

“我坐车去张檬家了。”

去张檬家？游余一愣，又仔细听了一遍，池唐的声音有一点沙哑，背景里有汽车的声音，她确实是在车上。

如果好好的，池唐怎么会去张檬家？是不是她家里发生了什么，她爸又打她了？她又和家里吵架了？

游余心里一时间满是担忧，可是发了几条消息过去，那边的人都没有回。游余想了想，直接给张檬打电话，询问她关于池唐的事。

张檬接到这个意外的电话，听到游余的问题，有点茫然地回答她说：“池唐是要来我家的旅馆住，估计很快就到了，到时候我去接她。啊？她家里有什么事？我不知道啊，她不是觉得无聊所以想到我这边来玩一玩吗？反正她没说过，应该没事吧。”

游余一听觉得更加担心了，叮嘱张檬：“池唐说不定是和家里闹矛盾了，你到时候可以稍微问问，如果她不高兴了，那就不要再问了。”

张檬：“我知道了，你放心，要真是和家里闹矛盾，她来我家这边的景区散心也挺好的。”

游余听到朋友这么说，稍稍宽慰了些，又想起其他问题：“还有池唐坐车晕车，到了肯定很难受，你说要去接她，给她带几个橘子过去吧，开车的时候把车窗打开。”

张檬：“行，我知道，我自己也晕车啊，平时坐车都是车窗全部打开。”

游余继续叮嘱：“池唐肯定是心情不好，到时候如果她有什么异常的地方，你就给我打电话，好吗？”

张檬：“好，你放心。”

听着这些没完没了的叮嘱，张檬的心情有点说不出的微妙，满口答应的同时她听到电话那边有人在说："游余，要上课了你还不走吗？"

游余嗯了一声，接着在电话里说："等她到了，你再给我发条消息。"

张檬翻了个白眼："干吗呀？你们搞得难舍难分的。"

游余一时间有些无语，那边突然响起一阵刺耳的上课铃声。

游余最后说："麻烦你了，那我先挂了。"

终于挂了电话，张檬反手就给池唐发消息："刚才游余给我打电话，叮嘱了一大堆，我感觉你们两个简直像是闹矛盾的情侣，一个不接电话，一个只好打给朋友拜托朋友多照顾自己的对象。"

等到池唐下了车，缓过来后打开手机查看消息，看到张檬的抱怨，表情一瞬间就有点微妙，这人真是看多了言情小说。池唐顺手回复她："我到了。还有，我们没有闹矛盾。"

和自己舅舅等在车站外面的张檬看着信息无言以对：你反驳闹矛盾，你倒是反驳像情侣啊！对吧，你自己也觉得像吧？

接到池唐，张檬拉着她絮絮叨叨。张檬的舅舅，一个精壮黑瘦的中年汉子替她把行李箱放进后备厢，招呼两个人上车。

面包车的车窗全部打开着，虽然冷了点，但是这种冷意驱散了晕车带来的不适感。张檬还拎起一兜橘子放在池唐的膝上："喏，游余让我给你带的橘子。她还要我给她发消息，说你到了就给她报平安，我懒得发，你自己发吧。"

池唐拍了张橘子的照片，发了过去。

"到了。"

对面的人迅速回过来一条消息："好的，注意安全。"

张檬凑过来看她们的消息，莫名好笑，还有点无语："我妈给我发消息一般就是这样的。"

这一段车程，橘子的香味掩盖了车内的气味，车窗外流动的空气都是树木的气味，两个人聊着天都没怎么晕车，顺畅地到达了柠檬旅馆。

柠檬旅馆的老板娘是张檬的妈妈，她和丈夫离婚后，带着女儿独自经营这家小旅馆，是个性格很爽利的丰满阿姨。

把外甥女和她的同学卸到旅馆门口，寡言的舅舅又开着车去镇上买菜，而等在旅馆门口的张檬妈妈笑容满面地把池唐领进了门。

“你叫我柠姨就好了，我家檬檬很少有同学来家里玩，你来了这里就不要把这里当个旅馆了，我就当招待小朋友。不过你是准备来住几天？离过年也不远了，要是什么时候回去要早点说，不然这边要是下了大雪封山不好坐车出去了，到时候我给你安排车子。不过你要是放假在家没事，也不用急着回去，可以在这里多住几天和檬檬一起玩，阿姨是很欢迎的！”

张檬妈妈的性格还有点像魏行行，热情是热情，但这说话连珠炮一样的架势，让人有点招架不住。

池唐最没办法应付这种长辈，连话都插不上了，见缝插针简单地应两声。张檬也知道自己老妈的性格，眼看池唐整个人都木了，赶紧把池唐拉到房间去，让她摆脱了中年妇女的致命关怀。

“快进来，你住这个房间，这不是给旅馆客人住的，是我家自己来了客人住的客房。喏，被子都是晒过的，床单是我今天早上新换的。”作为主人，张檬很是称职地给她介绍了一番旅馆里的情况。

“我还没有登记入住，房费也没给。”池唐说道。

张檬摆了摆手：“不用，我妈不是说了吗？招待我的朋友，不用你给钱了。”

池唐：“不给钱我不住，下午就走。”

张檬：“来了这里你还想走？走不了了。”

池唐：“你们是家黑店吗？”

张檬：“反正你不要这么死心眼，你是不是不把我当朋友？”

池唐：“激将法没用，住宿费和餐费我要给，不然我不好意思住。”

这个年纪的大部分孩子，总是说到钱就尴尬，但是池唐不会。看张檬犹豫的样子，她很自然地说：“要么你给我打折好了，友情价。”

张檬只好挠挠脸答应下来：“行吧，我和我妈说。”反正她对付不了她妈，池唐肯定也不能。

她噔噔噔下了楼，池唐打开落地窗，走到外面的露台上。露台正对着山，还放着两盆兰草。她凑上去仔细一看，兰草都结了花苞，快要开花了。

她顺手拍了张照片，发给游余看。

游余在这一天的课程结束后，接到了柯老师的电话。

“游余，真是不好意思，老师也没想到这个情况，我丈夫的母亲身体有点不好，我们一家现在就要回老家去探望她，今年过年可能都要在老家过年，不能回来了。你过两天冬令营结束，就直接到我家来，去楼下刘奶奶家拿钥匙，你一个人住在我家。冰箱里存了吃的，你自己煮着吃，可以吧？”

游余迟疑了一下：“柯老师，你们不在家，我住在你家不太方便。”

先前她答应寒假后半截在柯老师家里住，但那是柯老师一家人都在的情况下。如果主人不在，她大咧咧地住在人家家里，就算柯老师不在意，柯老师的丈夫和女儿也不见得乐意她这个陌生学生独自住在他们家。

担心她弄坏家里的东西，担心她在家里乱翻看到什么私人物品，这样的疑虑他们虽然不好意思说出口，但一定会有，这是无法避免的。

她知道柯老师很好，很关心自己，但就是因为这样，她也要为柯老师考虑。

就好像她高一的时候，因为穷，很多东西买不起，寝室里其他人不见了什么东西，第一时间就会怀疑是她偷拿的。她们并不会直接说，但是有意无意会在她的柜子里翻找，不言不语就直接定了她的罪，把她当成贼一样提防……那实在不是什么好的体验。

柯老师听出这个学生话里拒绝的意思，叹一口气，在电话里说：“有什么不方便的，我就怕你住在那里过年，一个人不安全。好了，你也别想那么多，除了我这里你临时也找不到其他地方住，要是去租房更不安全，还是就在我这里住吧。”

柯老师那边挂了电话，游余坐在座位上微微耷拉下肩膀，忽然感觉手机振了振。

是池唐的新消息，她又发来了一张照片，是一棵挂满了小彩灯的树，应该是柠檬旅馆院子里的，照片一角还有柠檬旅馆那蓝色的瓦顶。

“灯，我挂的。” 池唐发过来的消息非常简单，但那种隐晦的小自豪让人无法忽视，从这几个字里面就能看得出来她的心情不错。

池唐在柠檬旅馆住了好些天了，最开始游余还觉得她有点闷闷不乐，但是现在她看上去已经好多了。

游余给她发消息：“池唐，你还会在张檬家住多久？”

池唐收到这条信息，正准备给柠檬旅馆里的另一棵树装饰小彩灯。这小彩灯是她和张檬以及柠姨在镇上买回来的，柠姨说过年要好好装饰一下旅馆，池唐随口建议买点小彩灯，结果柠姨就同意了，现在还有一大箱的小彩灯放在那里，等着她和张檬来挂。

她看到信息，放下手里的小彩灯，一屁股坐在了旅馆的木质走廊上，直接回答说："我准备在这里住到过年后回学校。"

是的，来这里之前她只准备在这里住上几天换换心情，但是这几天住下来，她觉得比在家舒服多了，所以准备过年也在这里住。昨天她就询问了柠姨的意见，柠姨也表示十分欢迎——经过这些天的相处，柠姨对她越来越不客气了，平时使唤她干活都和使唤女儿张檬一样自然。

据柠姨说，再过几天旅馆就没客人住了，一般过年前后，这边的旅馆都没生意。而每年过年都只有她和张檬这个女儿一起，偶尔镇上的弟弟会过来看一看她们，送点菜过来，除此之外都没什么人来，母女两个人也是挺冷清，如果今年池唐要在这里和她们做伴还能热闹一些，那当然不错。

柠姨从女儿那里知道了池唐家的情况，明白了她为什么不愿意回家去过年，不由得想到自己和丈夫离婚的事，对池唐也更加爱护了。没有父母疼爱的孩子，没有家能回的孩子，总是让人怜惜。

池唐打字问："你问这个干什么？"还没发出去，游余的新消息就来了。

她说："我可以去那边一起住吗？"

池唐挑眉，片刻后拍拍屁股坐起来，丢下还在院子里挂彩灯的张檬，跑到旅馆后厨找到蒸包子的柠姨，询问她："柠姨，我们寝室得另一个同学游余，问我过年她能不能也来这里住？"

柠姨没太听清，但不妨碍她回答："来呗！"

这位身形丰满的阿姨就是这么爽快。

张檬也听到声音跑了进来，手里还拿着两串彩灯："什么，我刚才听你说谁要来？"

池唐："游余，她不知道为什么说过年也要来这里住，问行不行。"

张檬大喊一声："游余！我天，行啊！怎么不行？让她赶紧来！"

柠姨这才听清楚了："游余？这个名字好耳熟，就是你说你们那个老是考第一的同学，很厉害那个？"

张檬与有荣焉地挺起胸膛："对啊，我寝室里的，学神，次次都考年级第一！"

柠姨哈哈笑道："那好啊，等她来了就让她督促你们两个好好学习，这一放假你们就玩疯了，作业也不做。"

张檬、池唐很无语。

游余那个问题发出去三分钟不到，她就收到了回答，池唐说："来，具体什么时间到？我和张檬去接你。"

后面池唐还接着发了句："少带点作业，我谢谢你了。"

游余："啊？"

张檬高兴完了才想起来一个问题："池唐，游余先前不是说过年要去柯老师家住吗，怎么又改主意了？"

池唐："肯定发生了什么意外，不过依照游余那个性子，一定不是她有什么问题，反正到时候她来了你也别问她这事，她愿意说就说，不愿意说就算了。"

张檬："我懂。"不过，这个说法怎么感觉有点耳熟？她依稀记得当初池唐来这里的时候游余在电话里也是这么叮嘱她，让她不要多问池唐过来的原因。

张檬忽然有感而发："你们两个才是亲姐妹吧，感情这么好。"

冬令营结束当天下午，游余按照张檬给的地址，坐上车来到镇上的车站，见到了差不多半个月没见到的同桌。

同桌披着半长不短的头发，正低头看手机，穿一件羽绒服，里面则是薄薄一件卫衣，但脖子上又系了两圈围巾，老气的格子纹围巾，把脖子缠得密不透风，不太像池唐的风格。

"池唐。"

游余抬起头看池唐，露出一个笑。等游余走到面前，池唐张口就说："你站在此地不要走动，我去给你拿两个橘子。"

游余无语。

坐在车上等的张檬笑出声："你干吗一见面就占游余便宜？"说着又招呼游余，"快上车，外面太冷了，我们还要顺道去买点菜，再回旅馆。"

游余坐上车，手里果然被塞了两个橘子，橘子凉凉的，和池唐的手一样凉。

今天开车来接人的是柠姨，她坐在驾驶座上，扭头来和游余打招呼，同样非常和善。在来接人之前，柠姨已经听自己的女儿和池唐讲述了一番游余的家庭状况，知晓了她同样没地方过年才会来这里，一路上也就和她聊聊天气和学习，绝口不提家庭问题。

"我听檬檬她们说你之前是参加数学冬令营是吧，这是干什么的？补课吗？"

游余认真回答："也不算，是南林市好几所高中里的学生一起学习数学知识，进行数学竞赛模拟，主要是……"

她简单解释了一通自己学的东西，柠姨其实没太听懂，但明白了这个显得有点文静的小女孩成绩一定是特别好，心中的喜爱更是节节攀升——试问哪位家长不喜欢成绩好的孩子？

已经备受宠爱好几天的池唐，在这一刻被冷落了。

张檬也好奇地问起游余在冬令营的情况："你们还有考试啊？那你肯定又是第一了。"

游余："没有，大家都很刻苦认真，我不能每次都拿到第一。"

池唐一听就知道这厮的意思是不能每次拿第一，大部分时间拿第一，偶尔拿第二。

柠姨已经觉得这女孩特别厉害了，语气异常温柔地说："这么刻苦学习也太辛苦了，肯定是用脑过度，看你瘦的。"

车子停在菜市场的时候，她就带着三个女孩子直奔禽类养殖区，买了好几只鸡，笑呵呵地说："回去给你们炖汤。"说完又去买了鱼，"鱼汤也很有营养，补脑子。"

她还买了很多干货之类，池唐提着一袋干蘑菇和干笋落在后面，小声说："我隐约记得我当初刚来的时候没有这个待遇？"

张檬："别怕，我作为亲女儿也没有这个待遇。"

柠姨耳朵尖，一下子就听到了她们的叽叽咕咕，没好气地笑道："大部分买了回去存着过年吃的，又不是只给这个小同学一个人吃。咱们过年不吃菜了是吧？到时候这边都没菜买，看你们几个就吃榨菜能不能过日子！”

提着红枣桂圆干的游余瞧见池唐围着围巾的通红笑脸，轻轻呼出一口气。

十几天高强度的学习，还有这几个小时的车程，经过疲倦的旅途，到这一刻她感觉慢慢安心了。虽然这里对她来说还算是陌生的地方，但是能让池唐这么放松快乐，一定是个好地方。

第十三章
以后的事情以后再说

游余来到柠檬旅馆的时候，已经快要过年了，旅馆送走了最后一位住宿的旅客，店里就剩下了老板娘柠姨和三个小姑娘。

麓源山景区这边有几个旅馆，还有杂货铺，地方不大，总体比较偏僻，过年这会儿人虽然不多，但气氛比起大城市的市中心要更浓郁一些。

游余和池唐一样享受了温馨客房待遇，还有柠姨的拿手好菜梅菜扣肉以及参炖鸡招待。

四个人围坐在格子花纹桌布前吃完饭，张檬就拿着拖把抹布带着两个室友前去打扫浴池。

旅馆里是有两个浴池的，一个男浴一个女浴，据说是引的天然温泉水，池唐当初看到张檬发的广告上就是这么写的。但是她来了这里之后，张檬才偷偷告诉她，广告，都是广告，这边压根就没温泉，反正这边所有的旅馆宣传天然温泉的都只是噱头而已。

因此，池唐来了这里之后，一直就用的房间卫浴洗澡，压根没来泡过温泉。当然还有个原因就是她有点洁癖，想到其他客人也要泡在一起，哪怕张檬说水会换，她也不想去泡。

“过年前没客人了，浴池要全部重新好好打扫一遍！”张檬给两个人分发手套和打扫工具，像个包工头一般催促她们，“吃饱喝足就要赶紧帮忙干活了！”

池唐给自己套手套，嘴里说着：“原来吃一顿好的就是为了让我们干活！”

说完她转头一看，游余二话没说已经开始工作了，非常干脆。

池唐：“你不要一句话不说就直接开始干了啊！”

游余扭头表示疑惑：“不快点洗不完的吧？”

池唐：“问题根本不在这里！”

张檬跳进水池里放水，哈哈笑道：“还是游余勤劳朴实。”

池唐翻了个白眼也跟着进了水池：“她是比较好骗又比较好说话吧。”

张檬：“好说话吗？好像也不算，你看在学校的时候，有人要抄她的作业，她从来都不答应的，就因为这个，不少人在背后说她。她有时候好说话，有时候不好说话，对有的人好说话，对有的人又不好说话。”

说到这里看一眼池唐，张檬说：“反正对你她是最好说话的。”态度就摆在那儿，这都是大家公认的了。

游余并没有加入她们的聊天，哪怕她们聊天的主角是她自己。她已经进入了工作状态，蹲在那儿拿着小刷子和抹布洗洗刷刷，把池子边缘贴着的石缝都细致地刷干净。

池唐蹲在她旁边，非常生疏地干着活，顺便和张檬聊聊天。旁边的游余洗洗刷刷很快就刷到她负责的地盘，池唐就往旁边挪一挪，游余接着自然而然地把她马马虎虎的工作成果重新扫尾一遍。

这种情景不由得让池唐想起去年过年，游余打扫的动手能力令人惊叹，又快又利落，比得上两个池唐加一个张檬。

浴池里抽水放水，热气弥漫，虽然外面是寒冷的冬天，但待在这里也完全不觉得冷，池唐早脱了外套，撸起袖子，大半的衣服湿透了。

虽然浴池经常清洗，先前看上去也不脏，但是现在经过这么一番彻底清洗之后，池子还是肉眼可见地亮了好几个度，重新注满水后看上去非常透亮干净。

没能在这场打扫中贡献出特别多力量的池唐，看着干净无比的水池还是有种自豪感。

张檬：“都湿了，咱们去洗一洗，然后来泡温泉吧。”

池唐看着这个热气袅袅的水池也很心动，但还是犹豫着说：“我没带泳衣。”

张檬：“泡澡还要什么泳衣啊，就我们三个人，在学校又不是没有一起洗过澡，你还怕我们看啊？”

都这么说了，那她们当然是洗洗就来泡热汤了。

池唐是最先洗好澡回来的，只穿着一条小内裤走进池水里，靠着一个边缘光滑的石头坐下去。

游余第二个过来，身上还穿着一件薄薄的 T 恤。

池唐腹诽，这家伙太狡猾了！说好的不穿衣服结果偷偷穿了！

两个人隔着两米的距离坐下，没人说话，莫名有点尴尬。这种尴尬，是池唐的，按理说她们关系这么好，平时相处也自然，并不应该有这种心情，但池唐偶尔就会像现在这样，出现莫名其妙的尴尬感。

注意到她的视线，游余看向她问：“怎么了？”

池唐才注意到游余鼻梁上还架着眼镜，张口说：“你怎么泡温泉还戴眼镜，热气都把镜片熏得看不清了吧？你没发现镜片上起雾了？”

游余一愣，才发现自己忘摘眼镜了：“忘了……”

“这都能忘，你脑子里在想什么啊？”看她出糗，池唐就感觉自在很多，往她这边挪过来，抬手故意往她身上弹水。

一滴水落在眼镜镜片上，游余仰着头躲了躲，池唐看到她躲，下意识地伸出手去。伸到一半觉得不太对，但收回来也不太对，她干脆就直接点到了游余的镜片上，又顺手沾着那滴水在镜片上画了个心。

游余闭了闭眼又睁开，看到池唐收回手，还很是自在地笑，默默把自己的眼镜摘了下来，放在一边。

没有眼镜，眼前就有一点模糊，但池唐的身影还是看得清的。池唐又靠过来了，好像想和她玩耍，故意用脚来踩她的脚。

游余不动，任池唐踩着，等到池唐觉得她不会还手放松警惕后，游余迅速伸出脚踩了池唐一下。

张檬姗姗来迟，抱着个小盆：“我妈喊我去做事，来晚了点……你们在干吗，打水仗吗？”

池唐笑着大喊：“她踩我的脚！”

张檬想都没想地说：“肯定是你先踩游余的，不然她不会踩你。”

池唐：“你不用这么偏心吧？直接就肯定是我先动脚。”

张檬已经扑腾下水，参与进这个幼稚的游戏，结果才踩了一下池唐的脚，对面两个刚才还你踩我我踩你的人立刻变成队友，一起来踩她。张檬尖叫一声赶紧跑，愤愤地喊："什么叫我偏心，游余才是偏心！我刚才可是给你出气，你还跟池唐一起踩我！"

池唐："我跟我同桌是一伙的，对不对同桌？"

游余："嗯，对。"

张檬惹不起她们，一个人远远躲开坐到了水池另一边，连连摆手："我不玩了，不公平，你们联手对付我一个人！"

刚才玩闹的时候扑腾得太厉害，池唐扎起来的头发都散了，她还在那嘲笑张檬。游余看见她的头发全都垂在背上，尾部一截湿漉漉的，伸手撩起了她的头发。

"池唐，头发散了。"

池唐脸上笑意未消，闻言扭头来看她，脸颊边都贴着打湿的黑发，肌肤白皙，嘴唇嫣红，眼神湿润而明亮。

"啊，怎么掉了，我的皮筋断了？"

池唐撩起自己散落的头发，让它们拢在肩头，寻找水里掉落的皮筋。

对面的张檬说："我这里有皮筋和梳子要不要？"

池唐："在哪儿？"

张檬把放在岸边的小盆朝她们这边推过来，里面果然放了梳子和一些小东西，还有三瓶奶。

反正头发都打湿一截了，池唐随手用梳子梳了两下，就用一次性的黑色小皮筋随便扎起来。

她背对着游余，抬起的手臂纤细，手指灵活地在头发间游动，圆润的肩和清晰的肩胛骨像是起伏流动的波浪。很快处理好自己的头发，池唐扭过头来看了游余一眼，见她安安静静地抱着膝盖坐在那儿，不由得笑了。

池唐从张檬的小盆里拿出一瓶奶，一手抛给她："游余接住。"

三人一人一瓶奶，池唐没急着喝，把奶放在水里看它沉沉浮浮："这个水温，放在里面泡一泡会变热吗？"

游余："你想喝热的吗？"这水温怕是泡不热，想喝热的只能帮她去厨房热。

池唐迅速回答："不想。"

既然她不想，为什么又要把瓶子放在水里泡着呢？游余也是不大明白。

"哎哟！"池唐忽然脑后一疼，被什么砸了个正着，往旁边一看，瞧见个小黄鸭。

张檬在对面，手里还拿着两个小黄鸭，也不知道从哪儿摸来的。

池唐看着那个水面上漂浮荡漾的小黄鸭，目测了一下距离，在水里后退两步抬起脚。她把脚抬出水面，脚背刚好托起那只小黄鸭。

池唐示意游余："看。"

游余很给面子地说："厉害，厉害。"

旅馆在麓源山景区里，靠着山，温度比市区要低上不少。晚上下了小雪，早晨起来雪已经停了，地上积了薄薄一层积雪。

池唐每天都要去景区山上逛一圈，张檬最开始两天还会尽地主之谊陪着她一起，后来见她熟悉了这边，就懒癌发作不想动，让她一个人去走。现在游余也来了，池唐很自然地去敲了隔壁的房门。

笃笃——

游余刚拿出自己的书，就看见池唐站在门边，双手插在口袋里："去山上转一转？"她问。

游余瞧了眼自己面前的习题，有点犹豫。

池唐也看出来了，挑眉："都放假了，你就不能休息一天？"

虽说努力的人让人觉得佩服，但每天都这样学习，好像生活里没有其他东西，都不觉得无聊吗？

游余还是站起来，穿上了羽绒外套准备和她一起出门。

两个人在旅馆门口穿鞋，坐在那看电视的张檬一动不动，柠姨从厨房探出头来嘱咐了一句："外面很冷的，你们两个都把围巾围上。"

池唐不情不愿地围上了一条方格围巾，就是之前去接游余的时候围的那一条。游余觉得这围巾不太符合池唐的喜好，之前看她围着这围巾还有点奇怪，现在明白了，这不是池唐的围巾，是柠姨的。

"游余也没带围巾来吧，来，柠姨这里还有一条围巾给你围上。"

热情的柠姨翻找出另一条花纹相似的方格围巾给了游余。

两个出门闲逛的人，就围上了同款围巾。

这周边毕竟是开发的景区，很多道路修得非常完善，连上山的路都修成了大马路，顺着山道一直走，地势开始变得陡峭，道路才慢慢从水泥路变成石子路。

前方有路障，但是没有人守着，两个人就直接越过路障往前。临近过年这两天景区这边没人维护，道路也没人清扫，除了林中小鸟和小动物，她们是今天第一批到访的客人，薄薄的雪地上两排脚印，都是她们留下的。

外面果然很冷，鼻子都要被林间的风给吹掉了。池唐拉了拉围巾遮住大半张脸，瞥见游余抬头看着上方交叉的树枝，脚下一步一个脚印，静默无声地行走。

她的手垂在身边，口袋里鼓鼓囊囊不知道放了什么东西。池唐有点好奇，随意地把手伸进了游余大敞的口袋里，从里面掏出了……一本英语词汇小册。

池唐："你还真是无时无刻不想着学习，简直争分夺秒，出来走路也带着这个。"她连翻开看的兴致都没有，直接又给塞了回去。

游余并不是故意带出来，只是先前放在口袋里忘记放回去了。她把题册往口袋里塞了塞，问道："我们要去哪里走？"

池唐："随便吧，我之前就顺着这条路往前走，走得差不多就回头，要么我们今天走另一条岔道？"

游余："嗯，不要走太远，一会儿就回去吧。"

池唐皱起眉毛："才刚出来就想回去，回去又没什么事做。"

游余："回去可以做题。"

池唐听得无语，抬脚踢了踢路边一丛堆满了雪的草，踢得雪花四溅，鞋面上都是雪花："现在可是放寒假，还快过年了，你没看到那条新闻吗？高三学生压力太大，熬夜学习结果猝死。你还没上高三呢，这么紧张也没必要吧，休息几天不行吗？"

她是真的不懂，这段时间以来，眼看着本就勤奋的游余变得更加刻苦，好像是在逼迫自己学习一样，她作为旁观者都觉得特别累，不明白游余那种急切感到底怎么来的。

游余沉默了一会儿，看向她，忽然轻声说："我以前跟你说过，等我以后工作了，可以养你，你记得吗？"

池唐一愣，回想了一下，好像确实有这么一回事："是高一时候？你那不是在跟我开玩笑吗？"

游余："我不是开玩笑，要是你愿意。"

这一年多了，她和身边的这个人从陌生到熟悉，每次看到对方带着伤和满不在乎的表情从家里回到学校，看到对方独自一人郁郁寡欢，对未来迷茫又担忧的样子，游余就觉得，自己应该更努力。

她想未来能成为一个足以令人依靠的人，只有足够厉害，她才能彻底摆脱家里的阴影，才能帮助池唐。

这个念头出现得很早，早在去年冬天她和池唐一起躲藏在篷宁县的老屋时就有了，但那时，她只是很单纯地感激池唐，想要报答池唐。

不知道什么时候，那种感激的心情里又多了很多其他的东西。具体她也不是很明白，有很多想做的事，但是现在都做不到，只能在自己能做到的事上更加努力，做到最好。现在作为学生，她只擅长学习而已。

如果她努力之后能得到的东西。可以和人分享，她唯一想要分享的就是池唐。

池唐踩着地上的雪，没有被游余肯定的回答感动，相反，她感觉到一种难言的烦躁。

"都没有成年，说这个也太早了，你没必要给自己这么大压力吧，而且，就算我们是朋友，我以后也不可能靠你养。"

游余："不是……"

池唐："你以前只有我一个朋友，但现在又多了这么多朋友，张檬、魏姐她们，你全都要养吗？那你不是累死了，你没必要承担不属于你的责任吧。"

池唐明白游余的一些想法，这种的担忧和关心，有时候池唐也会有，可是她不喜欢这种变成了别人的责任的感觉，就好像她变成了一个包袱，好像是她让游余过得艰难，压得游余不能喘息。

从出生起，她就是她妈的包袱，她妈终于丢下她这个包袱了，她就成了她爸的包袱，一旦变成了别人的包袱，让人过得困难艰苦，那喜欢就会被磨灭，变成厌烦。她是这么觉得的，她从小到大的经历，让她害怕变成别人的责任。

对于把自己莫名当成责任的游余，池唐有些想发脾气。

池唐的复杂心情，游余并不能理解，但游余看得出来，自己认真说出想要养池唐的话，让池唐不高兴了。

池唐不主动说话了，游余只好开口说："池唐，等到我们成年，去上大学了，你会离开家吗？"

"会。"池唐硬邦邦地回答。

"我想和你去一所学校，如果不能，那我想和你的学校离得更近一点，我们依然可以当朋友，就算不能每天见面，隔几天见一次、一周见一次也可以。等到再以后，我们毕业了，工作了，如果那时候你还没有喜欢的人，我想和你一起住，互相照顾。"这些话说出来有些不好意思，但大概是放在心里想太久了，忽然就能说出口了。

游余看着脚下的雪想，如果没有分别，能一直在一起就好了，像现在这样，做最好的朋友就挺好的。

池唐再次强调："以后的事以后再说。但是，你为了自己努力就可以了，不用替我一起努力，这本来就不是可以代替的事。"

游余有一点明白她的意思了："对不起，我不是想给你压力。"

池唐没有吭声，两个人默默又走了一段路，天气慢慢阴沉下来，天上开始飘起了雪花。

游余："又下雪了，看上去要下大雪，我们现在回去？"

池唐："嗯。"

两个人转身往回走，果然没走出去多远，就变成了鹅毛大雪，雪花落了两个人满头。游余解开脖子上的大围巾，盖在池唐的头顶。

池唐："在盖盖头吗你？"

她反手扯下自己脖子上的围巾，也盖了游余一脸。

被雪水打湿的两条方格纹围巾搭在电暖桌上，散发出袅袅白气。张檬把腿伸进电暖桌里，抱着一篮子橘子，边吃边盯着电视上的女团选秀节目看。

池唐和游余一人一边坐在她身侧，隔着她分别看手机和看书，非常安静。

游余看了一会儿书，抬起头来歇息，从张檬抱着的篮子里拿了个橘子。剥开，递给了池唐一半。

张檬发现游余从书中抬头，也开始和自己一起看女团选秀节目，感到很惊讶："游余，你不看书不做题啦？"

游余看一眼对面面无表情的池唐，她正在游戏里疯狂地大杀特杀，隐隐约约传出"一杀""二杀"之类的系统提示音。

游余："我休息一下。"

张檬："哎，真难得你也会休息，不过你确实应该好好休息，来，多吃几个橘子。"

两个人看着女团节目，看着年纪只比她们大两三岁的女孩子们在舞台上又唱又跳，光芒四射的样子，游余又忍不住看了下对面的池唐。

"池唐，你以后想像她们这样上舞台唱歌吗？"

池唐头也不抬，非常冷淡地说："不想。"

游余看见她面前的一半橘子没动，心想，她这是还在生气呢。

张檬没听出来池唐生气了，只觉得她是忙着打游戏没时间理会她们，毕竟池唐从前就这样，她每次不高兴了暗暗和什么东西较劲，都让人看不太出来。也就游余次次都能发觉。

张檬托着下巴，瞧着电视，无意识地问："你们长大以后都想干什么呀？"

游余："是说大学专业吗？这个我还没想清楚，可能要到高三后再去决定。"

张檬："不是大学专业，很多人大学专业都不是自己后来的工作方向，比如我的两个表哥和表姐就是这样，我是想问你们以后准备做什么。"

游余："还没有决定，你呢？"

张檬："我想画画，但画画赚不了什么钱，就怕连我自己都养不活。"

池唐忽然开口说："我在网上看到很多画师，画插画的，画漫画的，还有在游戏公司工作的，有不同的工作方向，你以后选这些专业去学就是了。"

张檬眼睛微微亮起来："我也这样觉得的，我有一个很喜欢的画师，我就是因为特别喜欢她的画才会想要学画画，就是我妈他们，老一辈的思想，还是觉得画画这个行业会饿死我。"

池唐："什么行业都有好有坏，只看你做得好不好。"

张檬："那你呢，你想做什么？你喜欢唱歌，以后做歌手？"

游余没办法问的问题，张檬很随便地就问了。

提起关于自己的问题，池唐摇头，有点敷衍："不知道，以后再说吧。"

反正，以后她也只会去做自己想做的事，一个人的话，不管怎么样都是自由的，不会有人在旁边告诉她什么合不合适，该不该做，不用考虑会不会连累别人，过成什么样都是自己的事。

她面前那一半橘子，直到离开回房间去睡觉也没有动，她捏着手机离开后，张檬才后知后觉地问游余："池唐是不是心情不太好啊？"

谁知道游余不仅没能给她回答，还忽然伏在桌上，把脑袋搁在了手臂上。

张檬从没见过这个室友露出这个模样，吓了一跳："你怎么啦？跟池唐吵架了？"

游余伏在手臂上摇了摇头。张檬几乎要以为她是哭了，可是过一会儿她站起身，看上去神情又很平静，拿着那一半池唐没动过的橘子，也回自己的房间去了。

张檬看着电视上节目插播的广告，耸了耸肩。算了，吵架闹矛盾而已，朋友嘛，难免的，她和魏行行、夏园园偶尔也吵架拌嘴，过两天就好了。

但是……池唐和游余这两个，从前要么不吵架，现在一闹矛盾就有点严重了，在柠檬旅馆过年这段时间，两个人说话的次数都少了很多。

张檬夹在两个朋友中间，左右为难，又不知道怎么劝她们和好，只能联系魏行行和夏园园和路芝，想询问一下其他小伙伴的意见，特地拉了个四人群聊。

听说寝室里感情最好的两个小伙伴闹矛盾了，魏行行表示惊讶："什么情况？游余不太可能会生池唐的气吧？"

张檬："游余是不会跟池唐生气，游余基本上就很少和人生气啊，她对人其实也挺冷淡的，不过是那种跟池唐不太一样的、有礼貌的冷淡。我感觉吧，是池唐那边在单方面冷战。"

夏园园："这我就不奇怪了，池唐是不是心情不好？她心情不好就不想理人的，让她冷静一段时间就好了。"

张檬："关键就是池唐已经冷静好些天了。"

路芝："要么你让她们两个开诚布公地谈一谈？有什么矛盾，大家都是朋友，可以商量的。"比如她先前对黑皮有点喜欢，但黑皮喜欢池唐，这事她某天晚上在寝室夜聊里说开了之后，就完全不介意，也不喜欢黑皮了。反正喜欢个别人也挺容易的。

张檬："朋友闹矛盾，我要去劝和的话，一般而言，这种事都是吃力不讨好的吧？？"

魏行行三人表示："哈哈哈哈！"

张檬左思右想，觉得池唐那个性格，和她谈心真的很难开口，于是先去找了游余。

游余又很罕见地没有写作业，而是在看一本书，而且还不是学习相关的书，只是一本有趣的课外读本。这些天来，游余的行为也有一点怪异，她不再时时刻刻盯着书本习题了，竟然学会了放松？

得知她的来意，游余有些不知道该怎么说："我们没有吵架。"

张檬："但是池唐好像是在生气啊。"

游余如实点头："嗯，她最开始气我，现在在气她自己。"

张檬茫然："这有什么区别吗？我怎么看不出来？不是，你们因为什么闹矛盾啊，说开了不好吗？"

说不出口啊。游余感到局促，同时想，如果张檬真的去问了池唐，池唐一定会恼羞成怒，然后生气更久。

游余只好叮嘱张檬："你不要问，就装作不知道，过段时间就好了。"

张檬："行吧，你都不急，我还有什么好说的？"

就像游余说的，随着时间慢慢过去，池唐又会和游余说话了，只是比起以前来，没有那么随意，话也少了点，不知道在闷闷不乐什么。

就算过年后张檬带她们又去景区其他地方逛了逛，池唐也没有表现得很高兴，就在这种略沉闷的氛围下，池唐结束了这一次的小住，终于坐车返回了市区的家。游余倒是还在柠檬旅馆里住着，准备等到开学和张檬一起回学校。她们这次寒假时间比较短，很快就要上学了。

游余有点担忧池唐回家会不会被她爸打，在她回去那天给她发了条消息询问，池唐也只是简单回答了没事。在这之后，池唐都没有再和她联系过。

游余提前两天回到了学校，安静等待着开学。

在正式开学上课那天她才再次看到了池唐，好在池唐看上去身上没有伤，不像是和家里吵过架。

“怎么了，看我干什么？”池唐扭头。

游余想说没什么，但又觉得该找点什么话题，于是问：“寒假作业，做了吗？”

池唐呵呵冷笑，露出早有预料的神情，抽出寒假练习册丢在桌上。游余翻了两下，发现竟然不是空白的，写了字，虽然不能细看，一细看很多是乱写的，而且大部分题目连个过程都没有，但好歹她真的写了。

心中刚有一点欣慰，池唐就仿佛知道她在想什么，直接揭露了作业黑幕：“我和张檬她们拉了个五人群，题目是互抄的，不是我自己做的。”

被五人群排斥在外的认真做题学生游余不知该说什么。

“能动手做就不错了。”游余最后这么说。

池唐：“你的底线好像又变低了。”明明夏天的时候还要求她自己做一部分题目的。

听出她话里的松动，游余终于露出一个笑容，问她：“你还在生气吗？”

池唐反问：“我什么时候生气了？”

“你之前明明就生气了”这种话是不能说的，游余只是笑着点头嗯了一声，表示自己明白。

后桌魏行行和张檬窃窃私语：“她们这是和好了？”

张檬：“好像是哦。”

开学第一天，大部分学生还在魂飞天外，飘飘然过了一个上午之后，下午突然遭到柯老师的考试袭击，这才纷纷如同落网的麻雀一般飞不起来了，一个个灰头土脸地重新端起了书本进入学习状态。

进行了一场“招魂”仪式的柯老师见状满意地点点头，把自己的得意学生游余单独叫到办公室询问她的寒假情况，顺便给了她好几个竞赛奖状，和蔼地对她表达了新学期的展望和期许。

游余抱着奖状证书回到教室后不久，柯老师带着一个陌生的男生走进教室。

“这个学期，我们班新转来一个学生，他叫孟清华，希望大家团结友爱，帮助转学生尽快融入班集体。”

新同学孟清华，从名字来看是个学霸，戴着一副眼镜，斯斯文文小白脸的样子无限趋近于教养良好的“好学生”形象。

但是——

就在柯老师给他安排位置的时候，孟清华忽然对着池唐这边笑了笑，说：“我想和池唐同桌。”

正凑着脑袋说悄悄话的501寝室众人，还有班上其他人全都一愣。只有被人喊出名字的池唐有点嫌弃地望着讲台的方向。

“我和池唐以前就是同学，我们一个初中的。”孟清华虽然没能如愿和池唐成为同桌，但是一下课就跑到了她们这边来找池唐说话。

只可惜池唐态度冷淡，不怎么爱理会他，孟清华就和魏行行聊了起来。

“我和池唐还有另外两个人，以前玩得挺好的，经常一起去网吧玩通宵，后来池唐转学了，我们几个分班，就不在一起玩了。我转学到这边，本来要进（2）班的，看到（3）班名单上有个叫池唐的，就让我爸把我安排到（3）班了，没想到还真是我认识的那个池唐。”孟清华嬉皮笑脸，边说还要边招惹池唐。

池唐完全没有理会他，自顾自写作业。

孟清华探过头看见她在做作业，发出一声浮夸的惊叹：“哇，不是吧，池唐你现在还会乖乖写作业啊。”

他这一开口，就是老学渣的味道了。

魏行行对新同学挺感兴趣，问他：“你跟我们池唐是老同学啊，那你成绩怎么样，比池唐好吗？”

池唐这会儿冷哼一声，讽刺道：“他那烂成绩，要不是家里有钱，早就失学了。”

孟清华对于她的讽刺不以为意，将手臂搁在她的肩上，笑嘻嘻地说：“我们当初一起玩的几个人里，就池唐成绩最好，其他几个人常年垫底，我，常年倒数第一，哈哈哈。”他不以为耻，反以为荣的语气，听得周围的女生们神情微妙。

池唐毫不客气地把他搭在自己肩上的手臂掀开，孟清华也是习以为常地把自己的手臂再一次搭上去，如此再三，显得脸皮特别厚。

池唐白了他一眼，讽刺他：“想上清华是做梦，他的名字是这个意思。”

孟清华附和她说："唉，可不是嘛，我爸取的名字，他想让我上清华，简直做梦。"

虽然池唐对这位老同学表现得不耐烦，但一天没过，游余、魏行行她们就确定，他们以前应该确实关系不错。

孟清华每个课间都要来找池唐说话，对她的冷脸毫不在乎，下课后还特意过来问她要不要一起去上厕所。

池唐："滚。"

他又去了趟小卖铺回来，提着一大袋零食，先到池唐这边问她吃不吃，池唐顺手从里面拿了几包零食，完全没跟他客气。

班上其他的男生，哪怕相处了一个学期，他们买的东西，池唐也是不要的。虽然她对孟清华的态度不算好，但对比她对其他男生的冷淡，孟清华反而变成了个特例。

魏行行看一眼坐在教室后面，和周围人一起吃零食聊天，还插着耳机和几个男生一起打游戏的孟清华，又看前面的池唐，凑上去问："池唐，你跟新同学以前什么关系啊？"

对于这个新同学的讨论，持续到晚上的寝室夜聊。

池唐烦不胜烦："没什么关系，就是以前一起去网吧打游戏。"

其他人还想问，游余开口说："挺晚了，睡觉吧，明天还要早起，有个小测。"

她今天安静学习了一天，和平时一样没什么存在感，但一开口，其他人还是听话地准备休息了。

第二天的小测结果下来，全班都知道了，那位名字很学霸、长相很学霸的新同学，真的是个彻底的学渣。

魏行行对此表示疑惑，逮着孟清华过来找池唐说话的时候问他："你以前跟池唐一起玩，怎么她成绩那么好，你成绩这么差，还能愉快做小伙伴吗？"

孟清华靠在桌子上，把玩着自己的手机："我们几个人，成绩都不好，以前池唐成绩也很烂，她是因为一些事后来才成绩变好的。"

魏行行闻言特别好奇，追问："因为什么事？"

在陌生人面前尽收话痨特质，显得有点冷的张檬也忍不住开口："因为受到了刺激，决定发愤图强？”

羞涩的夏园园也跟着开口猜测：“是为了向谁证明自己吗？池唐确实挺不服输的。”

孟清华哈哈笑起来，想说的话开了个头，不知道想起什么，又笑到浑身打战。

被他们讨论的主角发怒了，扭头看过他们几个人好奇的脸，没朝他们发火，冲着孟清华说：“滚回你自己的座位上去！”

孟清华嘻嘻笑，躲开她的怒火，干脆拉了把椅子，坐在了夏园园后面的一个位置上，继续和她们聊：“唉，我们以前上初一换了个新班主任，那个班主任非常讨人厌，班上成绩好的学生不管做什么他都不管，成绩差的学生做什么他都看不顺眼。我们当时和班上成绩好的学生闹了矛盾，他就不分青红皂白地让我们道歉。

“还有我们考试，只要没有及格的，差几分，就要我们在讲台上自己用手砸讲台边缘几下，有的女生手都砸出血了。他还老是骂我们不好好学习将来就是社会的渣滓，什么学习成绩不好我们都是大脑发育不完全的废物之类的，我们都没少跟他吵架，但最后被学校记过还要叫家长。”

魏行行几个人听得一惊一乍，孟清华讲得眉飞色舞，连看着好像在认真写题的游余都停下了动作，仔细听着后面传来的声音。

孟清华：“我们都受不了那个家伙，后来池唐被他骂烦了，一声不吭认真学习，最后不声不响地考了个班级第一，上讲台拿试卷的时候当着全班同学的面对他说：‘我能考到全班第一，但我就是不想学习，因为有你这种老师，上课我都不想听，什么样的老师教什么样的学生，你也只配教你自己说的废物！’哎哟，当时他那个表情啊，看得我们特别爽！”

魏行行：“啊？是池唐能做得出来的事。”

张檬：“就为了赌气好好学习吗？”

夏园园：“问题是她想学习就能考第一，这也太让人羡慕了吧！”

游余捏着笔，看向身旁戴着耳机不想听他们八卦的池唐。

注意到她的注视的池唐挑了挑眉，眉目间隐约还有桀骜的色彩。游余记得当初自己刚认识池唐的时候，她和孟清华话里描述的那个形象更契合一些，自我又自由。但是现在，池唐显得规矩了很多，很少再显露出不驯的一面了。

好像有什么让她变得柔软了。

孟清华讲述完池唐的“好汉当年勇”，也看向前面几个座位的池唐，叹息一声，语气颇有英雄迟暮的感慨怅惘：“两年不见，池唐变了这么多，准时来上课还按时做作业，上课都不玩游戏了，简直像个好学生，要是他们看到，都要不认识她了。”

魏行行笑着示意了一下池唐身边的游余：“都是我们游余教导有方啊，喏，那个，我们年级第一，池唐跟她相处久了就被传染了。”

孟清华的目光这才放到了游余的身上。之前他对池唐的同桌，那个戴眼镜的清秀女生毫无感觉，并没有过多关注，现在听了魏行行的话，那探究的目光就在游余身上扫视。

他看着前面两个人的背影，看到池唐撕开一个口香糖，又给了她同桌一条，那个叫游余的女生低声说了句什么，池唐就把自己的书本递给对方。这两个人虽然没有一般女生那么亲密，但他总感觉挺碍眼的。

池唐很少主动接近别人，从前他们几个玩在一起，但那会儿，她对他们团体里另一个女生也没有这么好，至于男生就更不用说了，在池唐那里，所有的男生只要对她表现出一点喜欢，都会被她疏远。她很讨厌男生喜欢她，也就只有当她的普通朋友，才能和她稍微接近一点。

他们的小团体分崩离析，池唐去了其他班，后来又转学到这里，看上去也没有半点不舍得，现在还过得这么好，或许在她看来，朋友都是麻烦吧，说不要就能不要了。

孟清华笑嘻嘻地听魏行行她们聊天，压低声音问：“池唐现在有对象了吗？”

魏行行一听这话就警铃大作，喜欢池唐的人她已经知道好几个了，面前这个好像也有那么点意思。她干脆也一脸的笑容，神神秘秘地说：“池唐没有，但是……”

“她有好朋友，就她同桌。”

孟清华：“……”

魏行行笑着转了转笔：“而且呢，我们池唐对那些事情真没兴趣。”

第十四章

你打游余了？

“哎，你是叫游余？”孟清华趴在走廊上。（3）班这节课是体育课，人早就下了楼，这一段走廊上除了孟清华，一个人都没有。

游余从他身边走过，被他喊住，有些诧异他会忽然和自己搭话。

孟清华已经转过来半个月了，性格不错，出手又大方，经常买许多零食拿到教室里分给其他人，再加上（3）班氛围好，又有魏行行班长在，孟清华这个半途的插班生，很顺利地融入了（3）班之中。

只是，孟清华经常混迹在热闹人群里，喜欢说笑，还喜欢招惹池唐，却从没有主动和游余说过话——直到现在。

“什么事？”游余站住脚，问他。

孟清华上上下下打量她许久，绕着手里白色的耳机线：“我就是挺好奇的，你和池唐关系不错啊，你们是怎么好起来的？”

最开始，孟清华对于魏行行几人口中“游余和池唐关系很好”这个说法，在心里表示不屑。什么关系不错，池唐根本就不是喜欢和人有亲密关系的人，她喜欢人和人之间有距离感，最好互不干涉，就连他也是锲而不舍地和她在一起玩了许久游戏才能当个关系不错的普通朋友，游余和她关系再好又能好到哪里去？

但是很快，孟清华就发现，事情好像和他想的有点不一样。那个游余不声不响，看似好像只知道埋头读书，像个书呆子，但是池唐竟然很关心她，也很在乎她的感受。

她到底有哪里让池唐另眼相待？这人除了会读书还有什么优点吗？孟清华默默观察了好几天，百思不得其解。

游余没想到这个新同学忽然把自己叫住，会问这样一个问题，但对方似乎是真的满怀疑惑，等着她回答。于是她抱着怀里的一堆作业本说：“我不清楚，最开始是她帮了我，然后我们自然而然地就变成朋友了。”

很多东西出现得太自然了，等她反应过来好像生活里就已经深深刻下了另一个人的痕迹。

孟清华甩着耳机线，看女孩子认真回答的样子，心里感到一种不愉快。就像是自己想要但拿不到的东西，被别人拿到了，那人还一副平平淡淡的样子，令人非常不爽。

他脸上还是笑着，走到游余身边，凑近了说：“池唐的朋友就是我的朋友，以后有什么事你可以找我。”

游余：“好的，谢谢。”

还是这个平淡的反应，这人确实有够无聊。

孟清华又故意凑近她一点，小声抱怨：“哎，我和池唐以前经常一起出去通宵包夜上网的，昨天我邀她一起去玩通宵，她竟然不肯答应我，她是被你教成这样的吗，怎么这么听话？”

他长得不错，笑起来又很乖巧斯文，从前凑近其他女孩子耳边这样说话，对方都要害羞回避，但是游余毫无反应，她只是微微皱了一下眉说：“去网吧玩通宵？”

孟清华：“是啊，你是好学生，看不惯这种事吧？不过池唐很喜欢通宵上网，虽然是朋友，你也不该管太多不让她去吧？”

说到这里，他话里的敌意已经掩饰不住了，脸上神情皮笑肉不笑的。

游余抬头看他一眼，还是异常平静：“想上网就白天去吧，晚上通宵不休息对身体不好。”

孟清华无语，这是白天还是晚上的事吗？

“白天要上课啊，难道我们的好学生学委是在撺掇我们逃课吗？”孟清华重新挂上笑脸露出假笑。

游余：“池唐要是想去，我可以帮她请假。”

“我想去哪儿？”池唐的声音忽然插进来。她擦着湿润的手，显然是从厕所回来，狐疑地看着并肩站在一起说话的游余和孟清华。

孟清华见她过来，摆手打了个招呼，把手放在了游余的肩上，做出十分亲昵的样子：“我刚和学委聊天，说哪天想和你去网吧通宵打游戏，学委不让你去呢。怎么样，你听她的话吗？”

池唐最讨厌别人管教她，越是不让她做的事就越是要去做，天生反骨，这一点孟清华很了解。

池唐看一眼他凹出来的造型：“不看看自己多重，压在别人身上干吗？”

孟清华：“我明明是在说通宵上网的事……”

池唐：“我不想去，你想去就自己去。”

孟清华放开压在游余身上的手，因为池唐干脆的回答，脸上的笑容收敛了几分：“大家以前就是朋友，虽然有段时间不见，也不用这么特意疏远吧，不想和我一起玩了？就那么点事，你不至于还在生我的气吧？”

池唐不客气地问他：“你是又犯病了吗？”

说完她也不管孟清华什么反应，拉着游余往教室里走。

游余扶了一下自己的眼镜，对她说：“通宵上网还是不太好，你要是想去打游戏，就白天去吧。”

池唐不知道为什么没好气地瞪了她一眼：“我就想晚上去！”

游余就很自然地让步了：“也行，但是最好不要经常玩通宵，也要注意安全。”

池唐嗤之以鼻：“我初中晚上出去玩通宵都不怕。”

游余忽然说：“不然，你哪天要去，我跟你一起去。”

池唐：“什么？”

游余和通宵上网这项活动好像沾不上边，导致池唐觉得自己是不是幻听了。

游余重复：“我是说，你要是晚上出去玩通宵，我和你一起去。”

孟清华这段时间，总是和魏行行她们说起池唐从前的事，对于他描述里的那个池唐，和游余现在认识的这个池唐有一点点不一样，更稚嫩一些，游余忽然想要更了解她的事。池唐喜欢做的事可能是她并不喜欢的，但她不想去排斥，想去稍微尝试一下。

池唐有点不能想象游余混出学校玩通宵的样子，本想一口回绝，但临到出口又觉得好像也挺有趣的，于是话锋一转:“好，那不如今晚就去。”

明天周六，刚好玩通宵回来还能睡觉，让这个断网星人感受一下网瘾少女的生活。

结果她们把这话在寝室里一说，最后变成了寝室五个人一起去玩通宵。除了路芝，她周五晚上是要回家的。

变成了宿舍集体活动后，又加进来了一个死皮赖脸的孟清华，他一个男生混在几个女生中间倒是挺自在的，有说不完的话。

作为乖孩子的张檬和夏园园都没尝试过网吧玩通宵，还有点小激动。夏园园走在路边上就紧张地问池唐：“我们真的能进网吧吗？不会被赶出来吧？”

池唐：“没事。”

夏园园一听，感到更加紧张了：“会有检查吗？”

魏行行拉住这个胆小的同桌，对她说：“你看游余。”

夏园园：“游余怎么了？”

魏行行：“看她这么淡定的样子，就不用怕了，游余都不在意，我们就更不用在意了。”

这话说得有点怪，但夏园园还真的被安抚了，从游余那里找到了安慰。

但是孟清华很不满意，他还想看游余紧张害怕的样子呢，一般那些好学生、乖学生不都这样吗，什么出格的事情都不敢做，瞻前顾后，胆小得很。

池唐轻车熟路地把他们带到一个网吧，开了个大包间。开机子的时候，网管瞧了他们一眼，什么都没说，直接递过去几张上机卡。夏园园紧张了一路，进了包间才放松下来，开始高兴地选位置。

大家来网吧都有各自的事要做，池唐当然是打游戏，其他人看番看电影看小说，唯独游余，一直在查资料，还拿出个笔记本，完全是有备而来。

游余坐在池唐左边，池唐一转眼就能看到她的电脑屏幕，见到她在浏览各大高校官网和周边地图，不仅看那些排名前列的大学，还会找那些艺术类院校以及查找许多学校里面的知名专业。

池唐："你在看什么？"

游余："上次张檬不是问我们以后想做什么吗，我觉得差不多应该考虑学校和以后的专业问题了。"

池唐果断地扭头，继续看回自己的游戏界面。坐在她右边的孟清华听着她们说话，发出一声轻微的嗤笑，对池唐说："我们再开一局，我带你'吃鸡'。"

池唐没看他，冷漠地说："你那么烂的技术就别学人家带妹了。"

孟清华能屈能伸："你是我姐，你带我'吃鸡'。"

时间到了凌晨，大家开始觉得困了。池唐看一眼旁边的游余，她还在查找各种专业资料，小本子上记了好几页的内容，有些专业和学校的名字画了圈，有些打了问号。

"你饿不饿？"

游余取下眼镜揉了揉眼睛："还好。"

池唐起身："我去买点吃的，你们要吃什么？"

瘫在椅子里的其他几个人都精神起来，纷纷开口，孟清华也站起来："我跟你一起去。"

刚准备站起来说要一起去的游余闻言，又缓缓坐了下去，没有开口。

池唐和孟清华走出包间，去外面的一条小吃街打包食物，这边这个时间还挺热闹，哪怕夜风还很冷，也有人在热火朝天地吃夜宵。

等待打包的过程中，池唐去买了饮料，孟清华跟在她身边说："你同桌不愧是学霸，连来网吧玩通宵都和我们不一样，连游戏也不玩，你不觉得她有点扫兴吗？"

池唐哐一声重重掼上饮料柜门："你别又乱发病。"那语气又冷又凶。

店老板淡定地从电脑上播放的狗血剧中抬头："学生崽，别那么用力关门。"

体育课，太阳热烈，驱散了春日的寒潮，操场上的水泥地面被太阳照得一片雪白，红色的橡胶跑道也在阳光下呈现出一种鲜艳明亮的色彩。

501寝室的几个女生打了一阵羽毛球，热得不行，纷纷躲进了操场旁边的树荫下，连魏行行也懒得上场虐菜了，几个人排成一排坐在花坛边缘闲散聊天。

话题不知不觉就从上一次的测试成绩转到了孟清华和池唐身上。

“池唐，刚才下课，我听到你又跟孟清华吵架了，其实我觉得他人挺不错的，你怎么老是骂他有病啊？”张檬对这件事表示不解。

孟清华对谁都大方，挺好说话，尤其对池唐更是好脾气，但池唐有时愿意和他说几句话，有时候又烦不胜烦地和他吵架，对此不仅是张檬，其他人也有点奇怪。还有人私底下猜测池唐以前是不是和孟清华交往过，现在孟清华转学过来，是想和她复合。

池唐听着张檬和魏行行你一言我一语说出了（3）班同学们私底下的猜测，脸色不由得一黑，远远看着篮球场上和其他男生一起打篮球的孟清华，踹了一脚花坛，骂道：“又来了，这家伙就是喜欢搞这些小动作。”

她三番五次警告他都没用，难不成真要动手打架才行吗？

“怎么回事呀？”夏园园问。

池唐扯掉耳朵上的耳机线，有点不知道该怎么开口。

“他是真的有病。”池唐糟心地回忆起自己的初中，“我跟他认识挺久，在一起玩也挺久的，但是他有个毛病，我跟谁走得近一点，关系好一点，他就去招惹谁。”

夏园园表示惊叹：“啊？！”

张檬解题思路飘忽：“那么，如果你和男生玩得好，他也去招惹？”

池唐：“这不会，但我很少和男生玩在一起。”

魏行行则看向游余，关注点截然不同：“每次都是同桌受害，那游余不是危险了？”

游余这才明白了，为什么之前去网吧玩通宵过后，池唐悄悄和她说，让她不要理会孟清华，也不要和他说话。

路芝：“其实，我觉得孟清华可能是对池唐有好感，但是他对池唐有好感干吗去招惹她的朋友？”

魏行行：“我们不如想一想，如果孟清华直接招惹池唐，会有什么后果？”

几个人在脑海里想象一遍，得出一致结论——如果孟清华招惹池唐，他早没了。就像是他们（3）班的黑皮体委，一颗少男心都被池唐冻碎。

学生时期的朦胧好感，产生和消失都很容易，持久喜欢下去才是不容易，如果一直没有回应，就好像柴堆，烧完了柴没人再添柴，再炽热的火最终都会熄灭。

这么一对比，她们就发现孟清华好像真的有点奇葩。

夏园园："我以前都没见过这样的人，他到底怎么想的？"

魏行行啧啧了两声："他这样的人吧，你说他坏，也不是很坏，至少班上很多人包括我们之前不也觉得他人还不错吗？但是对池唐来说，他做的那事又挺恶心人的。"

张檬精准打击："哦，就像搅屎棍一样。"

路芝："不要说这个，感觉有味道了。"

池唐皱着眉："他以前就是这样，会故意对别人做一些模糊不清的事情。算了，不提他了，反正你们平时都注意一点别跟他走太近就行。"她说到一半，懒得再说，没有了继续谈论下去的兴致。

对于魏行行她们来说，就是听了个人类迷惑行为，但是对于池唐来说，孟清华这个人真的给她带来过不少的麻烦。

"你们以前是很好的朋友吗？"就剩下两个人坐在这边的时候，游余忽然开口问道。

她没说名字，但池唐明白她是在说谁。刚才不想和其他几个人说起的事，被游余询问起来，池唐还是开口了。

"我以前的朋友挺少的，我脾气不好不喜欢理人，认识的朋友最后都慢慢疏远了，有一段时间我身边只有他一个人会和我一起玩游戏。后来我们有四个人一起玩，一个女生，是我的同桌，还有一个男生是那个女生玩得好的人。"

游余结合了一下之前池唐说的话，合理猜测道："然后，孟清华就去招惹那个女生了？"

池唐面无表情地点了点头。

池唐："最让人无语的就在这里，所以我们最后闹崩了。我那时候的同桌和我关系最好，她对着我哭，说她玩得好的人开始和我走得近，她才和孟清华在走得很近，觉得我们对不起她。”

那三个人都是她曾经的朋友，她都不知道他们三个人到底搞什么，乱七八糟的，就不能安安心心当朋友一起打游戏吗？

反正就因为那些事情，她们大吵了一架，之后，她就没有朋友了，一直是一个人，直到来到这边，遇到游余。

如今想起来那时的混乱，池唐还是感觉一股火往心头冒：“我什么都没做，最后搞得好像全都是我的错。”

游余见她毛都奓了，赶紧安抚地拍拍她的肩。她初中忙着学习，因为家庭的事情过得惶恐又疲累，从来没体验过这样复杂的感情问题。她还以为世上的感情都是很简单的，要么是两条交叉线，要么是两条平行线，谁知道有时候还会结成网。

“你确实没错，不要理会他们的话。”游余又拍了拍池唐，语气里就有点担忧，“那现在怎么办呢？孟清华万一又做这样的事……”

她说到这里，见池唐看着自己，露出一点得意的神情。

她哼一声，轻声说：“他有本事就来，现在我的同桌是你，看他怎么办。”她压根就没想过孟清华能招惹到游余，游余和她从前那个同桌并不一样，游余和所有人都不一样。

池唐：“你肯定不会被他挖墙脚的吧？”

游余朝她笑起来，抱着膝盖坐在树荫下微笑的样子格外温柔坚定：“嗯，我不会喜欢他的。”

事情果然不出池唐的预料，孟清华在经过初步的观察，确定游余和池唐关系很好之后，又开始故技重施了。

他从小卖铺里买零食回来，照例在班上发给和他关系好的朋友，还有一些女生，最后到池唐和游余这边，给了池唐一个棒棒糖，把剩下的另一个给了游余，笑嘻嘻地对做题的游余说：“一共两个棒棒糖，一个给池唐，一个就给学委了，学委喜欢这种糖吗？”

对于他的特意搭话，游余下意识地看了一眼池唐，然后才回答说：“我不要，你都给池唐吧。”

孟清华：“为什么不要啊，学委，你这也太伤我的心了吧？”

池唐看着他表演，有点看不下去。如果说从前她不关心，也压根看不出来孟清华这些小心思、小动作的内涵，那经过一个惨痛的教训之后，她对于孟清华的种种行为与语言，都产生了条件反射般的警惕。

她朝他伸手：“都给我吧。”

池唐拿到了两个棒棒糖，转手递了一个给游余，经过她的手，游余就接了。

游余看了看手中的糖，很是认真地询问：“这个是一对棒棒糖吗？”

池唐：“对，看包装是一对。”

孟清华脸都变色了。

池唐瞧见他那脸色，嘎嘣一声咬碎了嘴里的糖：“怎么了，你不是要给游余吃糖吗，现在她吃了你摆这个表情干吗？”

后座看似在和其他人聊天的魏行行，没有忍住笑声，扑哧一声，又赶紧转头。

池唐以为孟清华被自己直截了当骂过后，多少会收敛一点，但是他显然没有按照她的期望消停下去。

一错眼没看见，孟清华就趁着她不在的间隙，提着作业本坐到她的位置上去了。池唐一进门，瞧见孟清华用着她的笔，占着她的位置在缠着游余问题目。名义上是问题目，实际上他是说闲话。

“柯老师都说了，同学互相帮忙，成绩好的帮一帮成绩差的，你看我们两个，一个（3）班成绩最好，一个（3）班成绩最差，你是不是有义务要教教我？”

游余回答他：“你昨天也说有题不会做，我觉得你不会做的题太多了，就和柯老师说了一下，她说晚上让你准备好错题集，去办公室一趟，她会单独给你补课。”

孟清华脸上的笑容僵住了。

池唐刚好听到游余的这一句话，实在没能保持住自己冷酷的表情，当场笑得蹲在了地上，扶着自己的桌腿颤抖。

从前别人说她不好亲近，现在这个不好亲近的称号，她觉得送给游余更合适。

炎热的天气，一群男生在球场上打球，从旁边经过的人看着他们不停奔跑跳跃，都感觉周围的空气变得更灼热稀薄了。

眼看晚自习快要开始，预备铃响起，满头大汗的男生们终于停了下来，各自休息喝水。孟清华拿着球，瞧见操场旁边经过的游余，大声喊了句："学委！"

他抬手就把球砸到了游余身前的铁丝网上，发出一声巨响。

游余朝他看了眼，孟清华走过去捡球，嬉笑着问她："去干吗呢？"

游余："去办公室听课，你要是也想听课，我可以跟柯老师说。"

孟清华："不了……"

等到游余走开了，几个男生按住孟清华的肩，朝他挤眉弄眼："你是不是对学委有意思啊？这段时间总是看你去学委的座位那边转悠，见到她就要搭话打招呼。"

这段时间以来，孟清华对于游余的亲热态度，(3)班同学们看在眼里，原本怀疑他是不是和池唐有什么关系的人，现在都认定他想追游余了。其实游余长得也不差，就是成绩好到有点离谱，而且她每天除了学习就是学习，仿佛一个学习机器。虽然她不是池唐那种冷淡的性格，但因为只专注做自己的事，大家也觉得她有种距离感。

池唐还有人敢招惹，游余的话，大家都默认她更接近老师那种等级，因此压根没人想过追她。

"你真想招惹学委啊？我感觉不行，人家一心学习。"

"是啊，我也觉得你没机会，还是早点放弃吧。"

"嗯，招惹池唐不行，池唐跟游余差不多，摆明了没人拿得下。"

孟清华听着其他人的劝告，耸耸肩什么都没说。十几岁的女生不就那么回事，哪有人不想谈恋爱，都是装的。他以前想追的人，除了池唐，都能追到手，他不觉得游余有池唐那么特殊。

晚自习时间，游余不在，孟清华跑到这边来坐。见池唐还是那副爱搭不理的样子，孟清华把话题拉到了游余身上，他说："学委是五月份的生日吧？那快了，她生日怎么过，请大家出去吃一顿吗？她要是没钱请人吃饭，我可以帮她请。"

池唐："管好你自己。"

孟清华："我是想帮她，又不要报答，说不定她愿意呢？"

池唐："你在想屁吃。"

孟清华不以为意，继续说："要送她什么生日礼物好？衣服、鞋子？项链、手表或者香水、口红？女孩子都喜欢这些的吧，我看她也没有这些。池唐你要送她什么？"

池唐没理他。

孟清华没完没了地问："池唐，你给她送过什么礼物？"

池唐不耐烦地道："关你什么事啊？"

孟清华："我参考一下啊，你送过她很多东西吗，都有什么？说不定我也可以送她一样的。"

池唐冷笑："我给她送过文胸，你有本事去送，我马上报警用猥亵罪把你抓起来。"

女生给女生送文胸正常，但要是毫无关系的男生给女生送文胸，那就是性骚扰了。孟清华一阵无语："你怎么还给她送过这个？"

池唐不想再和他说话，往后敲敲魏行行的桌子："班长，这里有个人打扰我自习，很吵，你把他的名字记上，再把他遣返回去。"

魏行行正和后座的人低声讨论题目，闻言熟练地记了名字，又说："孟清华，赶紧回你自己的位置上去。"

孟清华还赖着不愿意走，拖长了音调说："班长，其他人也有不在自己位置上坐的，你怎么只管我啊？"

魏行行："因为你一直说话很吵，赶紧回去自己的座位！"她板起脸敲桌，池唐也是很不耐烦的模样，孟清华这才慢腾腾地起身走人。

但是下晚自习之前，他又晃荡过来，手里拎着一封粉色的信，当着池唐的面，光明正大地压进了游余的书本底下。

池唐有点想把它抽出来丢进垃圾桶，但最后只是看了两眼，没有其他动作。魏行行几个人也看见了，趴在池唐身后小声说："孟清华给游余的？"

"不是吧，真让池唐给说中了啊，孟清华真的要追游余！"

"有病啊，真的有病！"

魏行行撺掇池唐："快，快打开看看到底写的什么！"

池唐："是给游余的，不是给我的，我拆开看什么？"

魏行行："是你拆的，游余就绝对不会介意的。"

池唐没动，直到游余回来了，她才说："那个信，孟清华放过来的。"

游余放下书，直接拿起信拆开，一目十行地看完，又递给了池唐。池唐这才好像不太在意地拿过去看了两眼。

看完，她不屑地道："好老土，直接网上抄的吧？他还真是不要脸，直接就在底下写自己的名字。"

她看完了，游余又拿了回去，原样放好。

池唐："这种东西不扔垃圾桶你还放好？"

游余："不是，我给老师。"

池唐想说，你好毒啊。

游余说到做到，第二天就把这封写了孟清华名字的信交给了班主任柯老师。然后孟清华就被柯老师叫去了办公室，整整两节课都没有回来，临近第二节大课间他才回来，脸上一贯的笑容都消失了。

他没有理会旁边男生的打趣，走到游余面前，语气不善："学委，没必要吧，你不喜欢也不该交给老师吧，我们之间的事情，你找老师是什么意思？"

游余很平静地说："因为我们两个之间没什么事情，我才会交给老师处理。"

"对啊。"张檬在她身后插话道，"要是换成池唐给她写的，她肯定收好，不会交给老师，主要是你这个人不行。"

"行——"孟清华抬手指了指游余，"你行。"

见他怒气冲冲地走了，张檬嗤笑一声："真是没完没了了，池唐都和他说清楚了，他还在这针对你们，他究竟要干吗呀？"

游余不吭声，拿出自己借来的心理方面的书籍，继续看。

风波过去没两天，孟清华好像懒得再继续向游余示好了，毕竟人家不为所动。晚自习下课时间，游余准备回教室的时候，被黑暗角落里的一只手扯了过去。

孟清华等在这里，是想和游余聊一聊，突然出手拽她，也是带着想看她惊惶出丑的恶意，但是，对方好像完全没有被吓到，顺着他的拉扯，安安静静地跟着他走到了小树林后面。

“你知道我想跟你说什么吧，游余？”孟清华抱着胳膊问。

游余离他一米远，语气有一点池唐式的冷淡：“你想说什么？”

孟清华也不兜圈子，直接说道：“我知道你挺穷的，平时根本没零花钱用吧？我每个星期给你生活费，还给你买衣服怎么样？多个朋友也不亏啊。”

游余对他的提议没什么反应，而是看着他说道：“你这个人，就像池唐说的，真的有病，是心理疾病。”

“你这么做是因为池唐吧，你觉得这样，我就会和池唐闹矛盾，以后我们就做不成朋友，说清楚一点，你的行为都是在针对池唐。”游余的语气平静得像是上课在回答问题，“你从前就做过这种事，赶走池唐身边所有的朋友，让她只能接受你给的‘感情’，你是想孤立她，再控制她，你这种病态的心理会给人造成伤害，为什么不去看医生？”

孟清华气极反笑：“你说什么？”

游余：“我说，你的所作所为让我觉得恶心。”恶心，且愤怒。

就是面前这个男生，用这种不入流的办法抢走池唐的朋友，更加过分的是，他是在故意摧毁池唐的自信和与人交往的能力。

池唐之前和她说起初中几个朋友的事，虽然池唐说自己没有错，但是潜意识里还是怀疑自己，怀疑是自己的性格不好，觉得自己这样的性格就算有朋友也会很快离开。就是这样的怀疑，让她刻意对人冷漠，刻意和人保持距离以保护自己。

池唐自己可能都没有发现吧，她其实是个很胆小的孩子。

孟清华被游余这直白的一番话说得恼羞成怒，走上前两步，居高临下地逼视着游余：“你算什么东西，哪来的资格和我说这些？”

游余转了转手里厚厚的书：“我要说的已经说完了，所以——”

她举起书，毫不犹豫地重重甩在了孟清华的脸上。

“说说，你们怎么会打架？”柯老师看着面前的两个学生，语气和眼神都有点奇怪。

她叱咤江湖这么久，在学校里什么样的学生没见过？她当班主任这么多年，因为打架闹到她这里来的学生没有一百也有八十。这些正值青春期的孩子闹矛盾然后控制不住脾气打起来简直正常得不得了，可是面前这个，她的得意门生游余，要说这孩子会跟人打架，她是不信的。

就算人都站到她面前来了，柯老师还是有点不能相信。

游余这孩子热爱学习也算是她生平少见，更难得的是性格好又沉稳大度，小小年纪就比一般同龄人耐得住寂寞。因为她的家庭，柯老师没少私底下听那些学生说难听话，这些游余都不介意，听了也当作没听过。柯老师真是不知道，还有什么能让游余气到要和人打架的。

肯定是很严重的事情了。想到这里，柯老师的表情也严肃起来。

“都不想说话吗？游余，你来说说，孟清华做了什么你要和他打架？”虽然力求公平，但柯老师心底毕竟对两个学生有偏好，对他们平日的性格看在眼里。再看游余眼镜都被人打破了。女生和男生打架，大家都默认女生有劣势，她难免问话的时候也带上了偏向性。

要真是有人找麻烦，那肯定是孟清华先找的麻烦。

可是平日里有问必答的学生游余，站在那摇头不想多说。

柯老师没办法，只好用更加严肃的表情看孟清华：“那孟清华，你来说。”

孟清华扯扯嘴角，感觉到下巴、脸颊和嘴角都是一阵酸疼，导致他的笑容也变得古怪起来，他故作轻松地说：“我之前给学委写了封信逗她，所以她生气了呗。”

反正不管怎么样，他不会把之前和游余说的那番话说给老师，他可不想被人诬蔑成心理变态。他相信游余也不会想要把池唐牵扯进来，八成也就认了他的借口。

柯老师狐疑地看他：“真的？”

她还是比较相信游余说的话，见游余也点头了，这才松口：“行吧，既然你们都这么说，那就这么算，每人写一千字检讨交上来，下次注意，有矛盾找我帮你们调解，不能自己打架知道吗？”

孟清华被放出办公室，游余被留下了，办公室里就两个人，柯老师这才再一次询问她：“游余，现在没人，老师可以保密，你跟老师说，孟清华是不是对你做了什么……不好的事情，你才动手的？”

那个“不好的事情”，游余看着柯老师的表情才反应过来她是在担心什么，心里顿时有点哭笑不得：“柯老师，真没什么，就是他老招惹我，我生气了才冲动了一点。”

柯老师闻言也是松一口气，没有就最好，又叮嘱了几句才让游余离开。游余离开办公室，发现孟清华还在外面等她。两个人对视一眼，都是一样没什么表情。

游余低着头仔细地擦了擦自己裂了一块的眼镜，没理会旁边孟清华的盯视。

“想不到，你脾气还挺大。”孟清华说着凑到了游余的耳边，语气阴森森的，“敢打我，你给我等着。”

他还没遭过这样的罪，游余这么一个女生，力气竟然那么大，他除了脸上几处，还有身上其他地方都遭到了攻击，他穿得又薄，谁能想到她动起手这么干脆，手里拿着又硬又厚的一本书，专用书脊尖角打他。要不是顾及自己的风度，他现在都没法直着走路了。

再看她呢？他当时就只来得及还手了一下，打掉了她的眼镜就被发现喝止住了，她脸上也就红了一块，现在看上去倒像是两个人都吃了亏似的。

他吃了这么大一个暗亏，肯定不能就这么算了。

这事确实没能这么算了，池唐也不能算。

两个人回去后，池唐看见游余脸上的红痕还有她那个裂了的眼镜，立马怒了。

学校里发生点什么事都传得特别快，而且越传越夸张，哪怕现在下了晚自习好一会儿了，501寝室的几个人还是很快知晓发生了什么事。

“我为我以前的眼瞎道歉，我最开始的时候竟然还觉得孟清华人模人样挺不错，现在看来，他就是个垃圾！”

“对，敢打我们游余，他人没了！”

“总不能这样白给他打了吧？还有游余的眼镜呢！”

大家都义愤填膺，唯独池唐沉着脸没说话。大家都猜得到，游余为什么和孟清华打架，肯定是因为池唐的事。游余这个性格，要她跟人打起来也是难得，要不是在乎池唐这个朋友，她肯定不会做这种冲动的事。

“说起来，游余竟然会打架？”激动过后，几个人开始惊叹。

“是啊，游余，你身上其他地方受伤了没？只有脸上吗？”

游余只说没事，又笑着宽慰了她们几句，但是唯独池唐，看她坐在那儿的样子，游余都不知道说点什么才能让她不生气。

她肯定是在生她自己的气，还有生孟清华的气。游余宁愿池唐是生她的气，这样的话过几天就能好了，可池唐一旦和自己闹别扭了，那就不知道还要气多久了。

游余走过去，轻轻按了下池唐的肩:“现在天黑了，宿舍大门要关了。”

池唐抱着胳膊面无表情地说：“我不会趁夜跳窗出去找孟清华打架，你放心。”

这么说着的人，第二天上体育课，在游余请假去修眼镜的时候，找到了孟清华。

“你昨天打游余了？”她一出口就是掩饰不住的火药味。

孟清华昨天才遭到一顿打，现在身上的皮肉还疼着，见池唐怒气冲冲地过来要找碴儿的模样，嘴一撇：“我就动了她一下，你也不看看她打了我多少下，打得又重，你看我这肚子，都青了。”他说着就撩起T恤，露出自己的肚子。

池唐眼都不眨，抬手就往他的肚子上砸，就砸在先前那处青色上面。

孟清华再一次措手不及，不由得发出一声杀猪般的尖叫。

“池唐你干吗？”

池唐见他后退，追上去就要接着打，孟清华手忙脚乱地抵挡了几下，见她不停也有些恼火起来，她现在是为了她那个同桌找他麻烦来了？

“池唐，你再不停我还手了！”

池唐也不和他说话，动手就是打，哪里有空隙往哪打。她的打架经验可比游余多多了，虽然没游余那么大的力气，但是落在身上也是差不多疼。

孟清华毕竟是个男生，认真起来一把将她掀开，魏行行几个人听到声音，提着羽毛球拍过来刚好看到这一幕。

“这厮在打我们池唐！”

“我去，削他！”

就连最胆小的夏园园也挥舞着手里的球拍冲了上去，除了魏行行几人，还有几个和她们一起打羽毛球的女生，被魏行行一带，都不知道发生了什么就全上去了。她们一来，只会用球拍往孟清华身上招呼，池唐反而没有下手之地，被挤到了战圈之外。

等到事态好不容易平息下来，一群人又被领到了柯老师的办公室里。

柯老师看着这么一片人，有点糟心，弄清楚情况后问："池唐，你又是为了什么要和孟清华打架？"

池唐："我看他不顺眼，其他人以为孟清华在欺负我，所以过来帮忙，跟她们没关系。"

柯老师："跟她们无关，那你还挺讲义气呗？"她心里也猜得到，池唐和游余关系好，说不定就是因为昨晚上游余的事才会和孟清华打起来。她有心想让这事大事化小，见到除了孟清华样子有点狼狈，但也没什么大事的样子，最后只惩罚她们写检讨。

孟清华黑着脸离开，难得没有理会池唐。从前他就知道池唐打架很凶，还挺喜欢她那凶样，但是第一次被这个"朋友"的拳头打在身上，他才发现并没有想的那么可爱。

几个女生聚在一起，她们也要写五百字的检讨书，不过魏行行承诺给她们每人找个检讨书模板，让她们照着抄一遍，她们也就没觉得有什么了，聚在一起往回走，讨论着孟清华的"真面目"。

"打女生也太垃圾了吧？"

"真是想不到，他之前还给过我零食。"

"听说他昨天还和游余打架了。"

"池唐就是因为这个才要和他打架的吧？"

"好像是，不过能让游余动手打架，孟清华做了什么？"

池唐默默地把她们领到小卖铺，买了一堆冰棍奶糕和零食，算是谢过她们几个今天的"拔刀相助"。

游余带着修好的眼镜回来，一回来就听说了这件事，很是无奈地看着池唐。

游余："我和他闹矛盾，他不会算在你身上，现在你都和他闹翻了，他想办法对付你怎么办？"

池唐不屑地冷笑:“我怕他吗?他就是个㞞货,真能做得出什么大事,就不会一直用些不入流的小伎俩。我以前被他弄烦了也不打他,就是懒得动手而已,我现在不想忍了。”

好歹当过很长时间的朋友,她也不想对朋友动手,所以多有忍让,但是他打游余,这事就绝对不能忍。

游余听得出来池唐的意思,对她笑了笑。她觉得池唐其实是个很长情的人,自以为冷漠,其实心里非常柔软。

“那你去哪里都和行行她们一起,别落单,我怕他报复你。”游余叮嘱说。

池唐:“你才比较危险吧。”

游余从善如流地道:“好的,那我们都小心。”

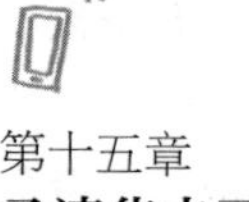

第十五章

孟清华走了

孟清华家庭富裕，又被家里人惯着，从没丢过这么大的脸，如今被人又打又骂，心里怎么都过不去，一直琢磨着给游余一个教训。

然而，事情没有他想的那么简单。

最开始，他想在（3）班搞分裂孤立，毕竟游余这么个被老师偏爱的贫穷好学生，和其他人格格不入，按照他的设想和经验，稍微引导一下，让班上的人对她产生恶感，还是很容易的。

可是他活动了好几天完全没有见到效果，（3）班那些人嘴里吃着他买的零食，到了要他们出力的时候就完全不会配合了。

（3）班也是奇怪，明明平时除了池唐还有她们寝室里几个人，都没什么人会主动和游余说话，对她的态度还挺疏远的，结果要说她的坏话，（3）班都没几个人响应，倒是隔壁（2）班和（4）班有些人是游余从前的同班同学，愿意附和他一下。

他用些蝇头小利聚集起一帮狐朋狗友——像是在从前学校里那样，一群人一起搞小团体排挤人，传流言。一般女生听到那些难听话，气哭了都是最轻的，可是游余呢，完全不在意。有一天她经过他们身边，听到他们的故意谈论，还用一种有点好笑的眼神瞧了他们一眼，仿佛觉得他们的行径幼稚可笑，这让孟清华觉得非常恼火。

不仅想要挤对游余的目的没达到，孟清华还震惊地发现，自己反而在（3）班被人排挤了。他先前做的那些事，别人也不是全都没发现，再加上以魏行行这个班长为首的一群女孩子以及以黑皮为首的另一群男生，在看到孟清华和游余、池唐对上之后，心理上就更偏向池唐和游余。

就那么几天时间，孟清华发现自己买的零食大家还是照吃不误，但他们完全是把他当冤大头，平时没人主动和他说话了，之前和他勾肩搭背的（3）班男生们也不找他一起打篮球了，去上个厕所，还听到有人在背后说他的坏话。

“先前是没看清他的真面目，谁知道他还打女生，老子最看不起打女生的男人了，这还叫男人？”

“就是，我先前就觉得他一脸假笑，明显看不起我们嘛。”

男生这边都是这么个情况，女生那边更加严重，（3）班有一个全班女生专用群，魏行行在里面发了不少孟清华的真面目揭秘，把从池唐那里了解到的关于孟清华从前的事迹全都写了个明明白白，就为了不让（3）班的小姐妹们被孟清华那张小白脸给迷惑住。

这样一来效果斐然。

总之，孟清华想故技重施地玩弄人心，却不料搬起石头砸自己的脚。眼看着他在（3）班越来越不受人欢迎，他干脆也不装了，完全暴露出了自己的真面目。这些人不喜欢他？他还看不起这些人呢。

他就是看不起那些土气的学生，看不起那些为了一点廉价零食还要争抢的同班同学，看不起那些一骗就到手一撩就脸红的花痴女生，还有那些嫉妒他有钱长得好的男生。

连柯老师都知道了他在班里的境况。她不喜欢班上这种排挤的风气，可是说到底这事也是孟清华自作自受，最开始他融入班级不是挺好的？他非要闹事。现在这种情况下被全班排斥，他还怎么安心学习？

作为班主任，柯老师最在乎的就是学生的学习情况，哪怕孟清华自己看上去并不在乎，她还是找了个时间建议孟清华转到其他班，换个环境试试。

这些话听在孟清华耳朵里，无疑就是这个班主任偏心好学生，在剔除班级里学习不好的“害群之马”。

“不劳老师费心了，我在班上挺好的。”孟清华一口回绝。他怎么可能这么简单就落荒而逃？

然而，关于他的讨论仍然没停歇。

“怎么样怎么样？孟清华答应转班没有？”

“没有，他不肯走。”

“啊？他怎么这样啊？”

去办公室门口打听完消息回来的同学，给大家带来了一个失望的消息，大家顿时一阵叹息。

作为这次事件的导火索的池唐和游余两个人反而没再关注孟清华的事，目前已经变成了（3）班其他人齐心想把孟清华赶出去——大家相处得好好的，气氛也融洽，忽然孟清华阴阳怪气一下，搞得所有人都不愉快，谁乐意啊。

池唐没关注孟清华的事，在考虑游余的生日。游余的生日马上要到了，魏行行她们说到时候寝室一起去吃一顿，但是各自送什么礼物都还要考虑。

池唐想来想去，最后去买了一副眼镜。先前游余的眼镜被孟清华砸坏了，虽然修了修，但池唐看着还是感觉不顺眼。

游余生日的前一天是放假，本来是挺高兴，只是池唐回了趟家拿东西，意外发现家里多了很多婴儿用的东西，她那个大着肚子的后妈竟然已经生了。算算时间，她肚子里那孩子，应该是在去年暑假怀上的，她爸去年暑假就不在家，说不定孩子还真是他的。

她爸得了心心念念的儿子，显然已经把她这个不讨喜的女儿忘在了脑后，完全没告诉她这件事。当然她自己也不关心就是了，才会现在才知道这件事。但是几个月下来，她已经没有先前那么在意了。

后妈如今怀里抱着个孩子，看上去倒是比从前温柔一些，见她突然回来，竟然还给了她一个笑脸，对她说：“回来了，来看看你弟弟。”

池唐对于后妈的友好没什么兴趣，对那个小孩子倒是有点好奇，多看了两眼。

不知道是不是错觉，总感觉这个家里多了个小孩子，空气里都有一股奶味，池唐越来越觉得不习惯了，拿了东西赶紧回学校去。她想，放假也不要回家算了，她爸现在应该更没有心思管她，或许这次的暑假，她也该找个地方做暑期工。

有可能她和游余能一起做个伴儿。

这么一想，她都忍不住考虑起到时候去哪里找暑期工了。

回去学校，池唐没有把自己多了一个弟弟的事告诉其他人，而是对游余说了关于暑期工的事。游余一听，捏着笔就笑了：“挺辛苦的，你可以吗？”

池唐最受不了别人说她不可以：“你看不起我吗？”

“没、没，到时候我跟你一起。”游余熟练地连连安抚，两个人坐在一起很快讨论起要去做什么比较合适。

游余生日当天，收到了朋友们送的小礼物。她这一生，前十几年都没有得到过生日礼物，第一份礼物就是池唐给她的。今年，池唐的礼物没有和其他人一样当面送给她，而是在她们回到寝室后，游余才从自己的枕头底下摸出来一个盒子。

游余打开来，是一副新眼镜，细细的银色边框，和她先前的那一副有点像，但是更加精致好看。

她第二天就换上了这副新的眼镜。对她来说，生活仍然平静。

平静之下，暗藏着不平静的暗流。

五月份，孟清华针对游余的动作还在继续。他找了几个常在学校外面转悠的闲散二流子，准备着只要游余外出就让她好看。对于高中生来说，这些人也就是他能接触到胆子最大的人，欺负一个小女生还是手到擒来的。

可惜的是，等了好几天，不管是上学还是放学，他们都没见游余迈出过校园一步，她好不容易出去一趟，还是坐车随老师一起去外校参加竞赛。

“既然她不出来，你们不会进学校去找她吗？”孟清华对他们的毫无进展很不满意，奈何这些人就是些小混混，本身都不是什么好东西，也不跟他一个高中小男生讲信用，事不好好干，只知道提加钱，孟清华只好又给了他们一些钱，他们这才答应趁着放假学校人少的时候进去学校找人。

他们几个胆子也大，听孟清华说放假的时候他们学校的女生宿舍只有几个人住，看守也不严，一下子动了歪心思，带上了一些工具，一共四个人，趁夜翻墙进了学校。

学校里面装的摄像头被翻墙上网的学生们弄坏了两个，又被孟清华告知过具体路线，四人很顺利地到了女生宿舍楼下。这个时间已经不早了，但还有两间宿舍没有熄灯。

“那就是 501 吧？果然像那小子说的，那女生睡得晚。”

“他是说里面有两个女生，一个叫池唐的不能动。”

“哈哈哈，还不能动，哥哥们就动给他看看，他还能拿我们怎么样吗？既然要做，就做绝一点。”

几个人从窗户上的铁丝网爬上去，踩着外墙凸起的边缘，转到厕所窗户，从大开的窗户进去，一路摸到五楼。

咚咚——

忽然响起的敲门声惊动了水池边洗鞋子的游余，池唐也扯下耳机，跷着腿坐在床上看向宿舍门。

“谁呀？”游余关上水龙头问道。

外面没有回答，几个黑影贴着门小心没有发出声音。

因为宿舍早已落锁，整栋楼里就只有几个女生，池唐和游余都以为外面是其他寝室的女生，虽然有点奇怪这大晚上的过来敲门又不说话，但还是准备过去开门。

池唐下了床，走到门边又随口问了一句：“谁啊？”

外面还是没出声，有些女生喜欢开玩笑，会故意躲在门后不出声，等门开了突然吓人一跳，池唐没怎么在意，手放在门锁上轻轻扭动。

就在这时，她听到了外面有隐隐约约的喘息声，好像是男人激动的粗喘。她的耳朵非常灵敏，对各种声音尤其敏感，在这一瞬间，她想起了好几年前的那个夜晚，有男人在自己的房门外试图撬锁，就发出过这样的声音。

冷汗先一步冒了出来，她迅速把扭了一半的锁咔嗒一声扣回去，大声问道：“究竟是谁？不说话我喊人了！”

她突然大起来的声音非常突然，不仅是游余，房门外贴着的男人也吓得发出一声抽气，还有人低声喝骂。这回池唐听得清清楚楚，外面就是两个男人的声音，女生宿舍里这个时候怎么会有男人？

“外面有两个男的！”她下意识地压住门说道，游余两手都是水，听到这句话，毫不犹豫地按响了宿舍里的报警器。这东西是魏行行送给她的生日礼物，能发出很大的报警声音。她当时还开玩笑说游余总是一个人住在宿舍，要注意安全，说不定哪天遇到小偷就能派上用场，没想到这么快就用到了。

刺耳的警报声在黑夜里如同一声惊雷。

门外的男人们被吓了一跳，没想到两个小女生这么警惕，知道今天是什么事都做不成了，转身就要跑，脚步声在走廊上清晰无比。游余刚拨通电话报警，见到池唐在屋内左右张望，提起垃圾铲准备开门去追。游余没被那门外的男人吓到，倒是被池唐的大胆给吓到了，阻拦不及，只好拿着电话，也提着拖把追出去。

哐哐哐——在警报声中，池唐边追边用力敲击起宿舍的铁栏杆，发出更大的声音，大声喊：“有小偷！有小偷！”

这么大的声响，其他宿舍的女生也满头雾水地跑出来看，有一个住在走廊尽头的女生，打开门就见几个男人过来，吓得尖叫一声，又把门给关上了。宿舍楼下的门卫阿姨举着电击棒往楼上跑，学校大门那边的保安也被这声音惊动跑了过来，还有附近的教师楼，一下子亮了十几盏灯。

那几个男人也是慌了手脚，听到池唐在身后弄出的追逐声音，越是心急越是忙乱，好一会儿才逃出女生宿舍，其中一个还从三楼摔了下来，没跑出多远又和门卫迎面遇上，下意识地扭头往学校里面的树林钻。这个时候在学校住的老师们拿着五花八门的武器也跑过来了，一群人追进树林，再过不久，警车的声音也由远及近。

女生宿舍这边暂时安静下来，游余把池唐紧紧按在原地，语气难得有些严厉：“你刚才就那么追出去，万一他们几个人狗急跳墙动手怎么办？你知道他们有没有带刀？”

那四个偷偷潜入女生宿舍的流氓，最后还是被抓住了，一个不落。第二天，孟清华也被带走，因为那被抓的四人招供说这事和他也有关。

周一，（3）班没有人有心思上课，其他几个班也是，几乎人人都在议论周六晚上那场骚乱，说什么的都有，谣言传得越来越离谱。本身周六晚上在宿舍住的人不多，大多还躲在宿舍里不敢出来，亲眼见过那些人的没有几个，但是个个说起那天晚上的事都好像亲眼见到了一样。

池唐和游余没有多说，只和魏行行几人聊了聊，说清楚情况。（3）班的学生就比较同仇敌忾了，听说这事可能还是孟清华搞出来的，对他更为厌恶。

“听说是他找那几个人进学校的，他想干吗呀？太可怕了吧？”

“他这是犯罪吧，应该坐牢！”

“他不是没满十八岁吗？好像不会被抓吧？”

大家议论纷纷，连柯老师都没有心思上课了。她作为班主任，也参与了警方的调查，知道了一些内情。这事其实很容易就能查清楚，学生孟清华和同班女生游余闹矛盾，雇社会闲散人员想要“教训”该女生，结果这四个人自作主张——从他们身上搜出的工具可以证明这一点，他们的工具还挺齐全。

“我就是想让他们教训一下游余，吓吓她而已，我怎么知道他们胆子这么大？”孟清华坚持自己的说法，最后配合调查完了，警方还是把他放了回来。

他最后只是交了一点罚金，又被教育了一通，就被他爸领了回去。

而那四个小混混，因为有两个人还有偷盗抢劫前科，最后被判了一年零六个月到三年不等的有期徒刑。

这个结果并不让人满意。折腾一通，最后孟清华这个始作俑者没受任何处罚，这谁能受得了？

柯老师作为班主任，和校领导商议了两天，最后对孟清华做出了劝退处理。

这个学生，不能再在南林一中继续读书了，他的档案里面也会记录这一次大过，仿佛对于一个“孩子”来说这样就是足够严重的处罚。

孟清华回来收拾东西准备走的那一天，（3）班所有人都冷眼看着，走廊外面还有许多其他班级的同学也在偷偷看他。他经过的地方都是一阵嘘声，最后还是柯老师过来，喝止住了学生们的行为，把他送走。

池唐跟了出去，在临近校门的地方叫住了孟清华。

孟清华脸上神情阴沉沉的，再也笑不出来了，看着她的时候眼神闪烁。

池唐冷冷地看着他："柯老师说，你只是想让那些人教训一下游余，没想到他们会起其他心思，对吗？"

孟清华扯了扯嘴角："当然，我没想到他们会做那种事。"

池唐："可是我不信。"

"你真的完全没想过这些人大晚上偷溜进女生宿舍，会做一些什么事吗？你心底一定想过彻底毁掉游余，或者想过干脆再毁掉我，看看我到时候还能不能这么傲，是不是？"池唐一字一顿地问。

孟清华脸一僵，还在嘴硬："你有证据证明我是这么想的吗？"

池唐："初一下学期的时候，我听过你和一些男生说，'池唐那么傲，哪天傲不起来就有趣了'。我一直记得。"

孟清华羞恼，下意识地露出讥嘲不屑的表情："那你还继续和我做朋友，和我一起玩？我还真以为你把我当好朋友了，没想到你什么都知道，你一直在逗我玩是吧？"

池唐当然不是为了逗这个人玩，她没有那种假装和人做朋友就为了耍人的爱好。只是她那时候朋友太少了，很珍惜他们，不愿意因为这么点背后说人的小事就和朋友闹矛盾，于是当作没听见，只当他是为了和男生们吹牛聊天一时嘴快说的。但是她现在想一想，他对她的恶意，早早就藏在这句话里面了。

从前的朋友，当初离开都不愉快，现在看来简直面目全非。

池唐第一次露出鲜明的厌恶神色："我一直搞不清楚你到底是喜欢我还是讨厌我，但是现在，我也不在乎这个，我只知道，我现在真的很恶心你。"

孟清华似乎被她的话语和神情激怒了，往她这边走了两步，学校门卫看着这边，虎视眈眈地扬声喊了句："干什么呢？"

孟清华只好放下拳头，站在原地，狠狠地看着池唐，池唐毫不畏惧地迎上他的目光："孟清华，我现在确实是拿你没办法，让你做了这种事还能平安离开，但是我告诉你，你最好下次别碰到我……"

孟清华走了，带着复杂的愤怒离开了，（3）班的气氛又变回了从前的和谐样子，甚至因为经历过孟清华的事，一下子变得更加融洽。

学校里经过这一次的事，找到了许多安全隐患，领导们对于学校安全格外上心起来，坏掉的监控器再也不能蒙混过关，全部换上了新的，还另外加了好几个，至此晚上再也没有学生能半夜翻墙出去上网了。

然后就是宿舍楼，原本就焊起了铁丝网的几栋楼，如今连三层以上的厕所窗户外面都加装了防盗网——男生宿舍同样，那些男生半夜偷溜出去的通道被封，只好唉声叹气地另找出路。

池唐不高兴了很久，对此游余偷偷和寝室里的几个人说："别跟她说任何关于孟清华的事，越提起她越想起从前和孟清华是朋友的事，越想越生气。"

用池唐的话来说就是："我以前怎么交了这么个朋友，我当时眼睛瞎吗？"这事想起一次她就恶心一次。

魏行行几人表示理解，没人特意提起之后，大家很快把孟清华这个人丢到了脑后。

之后倒是再没有什么倒霉事发生，她们的生活回归了平静，每日上课下课就是读书做题，学生的日常就是这样，大部分时间是枯燥又无聊的。

六月一结束，七月份眼看着就要放暑假了。这个暑假一放，就代表着他们的高二生涯即将结束，很快就要升入高三了。

高三学生和高二、高一学生，仿佛不是同一个物种，他们有单独的一栋楼，平时下课都没什么人在外面走动，吃饭、上厕所都是行色匆匆，放假最少，上课最多，晚自习结束很久，高三楼还是灯火通明，无数学生在里面继续奋战。他们甚至连体育课都没有，更别说其他活动了。

对于这些即将降临在她们身上的待遇，高二学生们都感到畏惧，为此魏行行班长颇有种"今朝有酒今朝醉"的态度，抓紧现在还没升上高三的时间，带着大家疯玩，组织活动，求老师们多赏几节体育课都是基本操作。

有些老师脾气好，受不了学生们耍赖纠缠，半推半就地就给了他们很多自由时间，最后柯老师不得不出来阻止他们："好了好了，别搞得像是末日狂欢一样，高三也就一年，努力一年，你们去大学继续玩，好好玩，好吧？"

池唐觉得，这明显是骗人的，只有傻子才会信这种话。

柯老师看着底下学生们的表情，笑眯眯地点名：“池唐，看你的表情，你有什么意见吗？”

池唐：“没意见。”

柯老师一走，池唐转身问魏行行：“柯老师是不是在针对我，她怎么老点我的名？”

魏行行：“没有啊，她不是挺喜欢你的吗？每次你考得好都要夸你，想你再接再厉。不过……”

她话锋一转：“如果柯老师对你有意见，那一定是因为你上课和游余说话了！”

行吧，怕自己耽误她的得意门生呢。池唐扭头戳游余：“听到了没？上课别和我说话，我和你说话你也不要理我。”

游余：“可以。”

坚持几天后，上着课，池唐又忘记这回事，忽然想到什么，在桌底下踢了踢游余的鞋子，轻声和她说话，游余也小声和她说了两句。

池唐：“不对呀，不是说了让你上课别理我吗？”

游余：“我忘了。”

两个人莫名其妙地一对视就笑起来，笑声有点控制不住，前面的柯老师压着粉笔在黑板上写字，粉笔发出嘎吱嘎吱的惨叫。她忽然扭头幽幽地问一句：“游余、池唐，你们两个说什么呢那么有趣，笑成这样？”

池唐控制着自己变成哭丧脸、下撇嘴，端起书装模作样认真学习，试图让柯老师放过她们。

柯老师：“我看你们是都会了，池唐来在黑板上做题。”

游余跟着站起来，柯老师加了一句：“这次游余不用上来，你次次就知道帮你同桌答题，让她自己来！”

夏园园抱着自己的手机，合拢双手像一只招财猫，不断对着池唐摆手：“求求啦！池唐求求你啦！就唱一个试试嘛！”

池唐再一次冷酷地拒绝了她：“不行。”

夏园园见自己装可怜没有用，看向一边的魏行行，用眼神示意她帮自己说几句。魏行行恨铁不成钢，深觉夏园园弄不清楚求助对象，这种时候找她有什么用？找游余啊，那么大一个游余摆在那里不知道用！

毕竟相处这么久，夏园园还是看懂了魏行行的眼神暗示，转到游余那边去求助她。在池唐的注视下，游余只能抱歉地看一眼夏园园，劝她说："既然池唐不愿意，那就算了吧，张檬和魏姐唱歌也不错，不如让她们试试？"

夏园园一口拒绝："那不行，她们唱的哪比得上池唐，肯定得不到前三！"

被嫌弃的魏行行佯装大怒："好啊，亏我还想帮你，结果你就是这么嫌弃我的！你没听过糟糠之妻不可欺吗？你这个渣男！"

几个人说着说着又歪楼了，变成了各种俏皮话斗嘴现场。

夏园园最近痴迷一部国产动漫番剧，恰好有个主题曲翻唱活动，将自己的翻唱视频发到某站上，前三名的作品都可以得到那部动漫中的限定角色手办。夏园园非常想要那个手办，奈何自己唱歌不好听，这才把主意打到了池唐身上，毕竟池唐可是（3）班公认的小歌手，在之前元旦晚会上一战成名，不只是三班，连其他班都知道他们班有个唱歌很好听的女生。

如果池唐愿意，以她的技术和歌喉，夏园园觉得第三名是可以拿到的。

可是，不管她怎么说事成之后请大家吃饭，还承包池唐的零食，池唐还是不愿意。夏园园这都灰心丧气了，结果去上厕所的时候，遇到了专门找过来的游余。

这位刚才当着池唐的面，旗帜鲜明地站在池唐那边的同学，特地跑来给她出主意。

"池唐不肯主要不是其他原因，她就是害羞，不太想露脸，所以你跟她说不用露脸，只露手就可以，她会答应的。"

听到游余这么说，夏园园半信半疑："就这么简单吗？"

游余点头："就是这么简单。"毕竟，池唐也是一个很简单的人，就像一道题，哪怕迷障设置得再多，只要不被干扰，其实解法是很简单的。

夏园园选择了相信游余，立刻重整旗鼓，游余又叮嘱她：“她要是一时还不答应，就是因为先前拒绝太多现在不太好意思直接答应，你多和她说几次，她就会答应了，池唐很心软的。”

她对朋友尤其心软。

夏园园得了这么个主意，马上就去试了试，结果不出游余所料，池唐最后还是答应了下来。夏园园乐得找不着北，仿佛自己的奖品已经近在眼前。

池唐不得不提醒她：“万一到时候拿不到前三……”

夏园园摆手：“如果不行那就是我和我家宝贝有缘无分，肯定不会怪你的，你放心吧！池唐我的亲姐妹，你能帮我这一次，臣不胜受恩感激！临表涕零，不知所言……”

池唐抬手阻止她继续背书：“好了，要唱什么歌，你给我看看。”

她是个很认真的人，既然答应了什么事，那就一定要做到最好，所以不仅听了原唱，听了其他人的翻唱，甚至还去补了这部夏园园喜爱的番，导致夏园园进入激情安利状态。也就只有在面对自己喜欢的东西时，夏园园这个平日里文静内敛的害羞小女生才会变一个模样。

“唉，这个太难了，这一段好多人唱不好，池唐你行吗？”激动过后，夏园园就开始觉得忐忑起来，和池唐一起看要翻唱的歌曲，持续性流失信心值。

池唐：“嗬……我会不行吗？”

游余在一旁边写字边笑，池唐这一点不服输的感觉她觉得特别有趣。

有时候她有兴趣但是不好意思说，需要别人推她一把，要做的事情想做到尽善尽美，别人对她有信心她就压力大，别人不相信她她反而动力十足，铆足了劲儿非要做到最好……

夏园园很是紧张了几天，还给池唐买了金嗓子喉宝。

池唐看她这样紧张，也不想再拖下去了，觉得自己练习得差不多，直接在某天宣布：“今晚上就录歌。”

夏园园：“要不要再练习几天？”

池唐：“不了。”

夏园园：“那就在寝室录吗？还是去教室？我听说在厕所唱歌有回

响比较好听，不如在厕所里录？”

池唐：“你是认真的吗？”

恰好是周五，下午一放学，夏园园就跑了，两个小时后神神秘秘地跑回来，提着一个袋子。

池唐：“什么东西？”

夏园园：“是我准备的衣服和鞋子！”

池唐拆开一看，竟然是那部番剧的女主角同款的衣服和鞋子。那番剧也是发生在校园的故事，女主角同样是个高中生，穿着格子校服裙和黑色的长筒袜，夏园园不知道从哪里弄来了同款。

在夏园园小动物一样的祈求目光下，池唐换上了衣服，抱着吉他去教室里录歌。去教室录是池唐决定的，她觉得教室这个地方更符合整首歌的意境。为此，寝室里的其他人也来帮忙，在同学们放学离开后，打扫了一遍教室。

夏园园准备用手机拍，但魏行行专门把家里的摄像机带来了，还算熟练地一通摆弄，承担了摄像的任务。

“虽然魏姐唱歌不行，但还是能在其他方面帮助姐妹的。”魏行行坐在课桌上抱着胳膊，摆出非常骄傲的样子。

张檬拿着扫把：“姐们儿也出力了好吗？”

夏园园感动得热泪盈眶，抱着她们大喊：“嗷嗷姐们儿我好爱你们啊！你们真好！”

游余把抹布叠好放回柜子里，笑着看了眼她们闹腾，又把目光放在了池唐身上。池唐抱着自己的尤克里里在选择具体的拍摄地点，非常认真。

正式开拍的时候，时间已经不早了，窗外的阳光变成橘色，在教室里铺开一层朦胧的黄色光。池唐沐浴在这样的光下，浅浅弹唱，说尽了青春的迷茫忧愁与激情热血，再加上一分青涩，和原唱是不太相同的演绎方式，更有青春校园的感觉。寝室里几个人听得大气都不敢喘，生怕破坏这份完美的声音。

池唐唱完一遍，到尾声的时候，恰好外面下课铃响了，多年未变的熟悉下课铃，一下子给这首歌添了许多韵味，实在是个有趣的巧合。

一遍就过，几个人看着都挺满意，接下来就是让魏行行帮忙制作上传。为此她们还特地给池唐申请了个某站账号，毕竟这个活动是要上传自己的视频，夏园园也不准备把这个当自己的作品发，只想要那个限量手办而已。

池唐在这事上没什么意见，魏行行和夏园园问她账号名字取什么，池唐想了想，觉得没什么头绪。她最怕取名字了，怪麻烦的。

思考半天，池唐回复："就叫……荷塘月色吧。"

魏行行："我妈她们跳广场舞都不用这个曲子了。"

夏园园："让我说，不如直接叫月色，多有意境！"

池唐："行吧行吧，你们决定。"

张檬："我觉得这个视频想火，我们得要有内涵，题目特别重要，要让人一看就有点进去的欲望！"

夏园园满脸天真地道："那这样就让游余来想标题吧。"

张檬："你在说什么傻话，游余就是个学霸，她懂什么起标题？"

最后标题是张檬和魏行行一起搞出来的——十七岁高中女生在学校翻唱《昨日之花》震惊老师和同学！

池唐看到的时候，歌曲都已经上传完了，无力回天，只能满脸无语地问几个室友："说好的内涵在哪儿？"

魏行行："内容有内涵就行了，标题要什么内涵？"

池唐录完了歌，以为这事到这里就完了，但没想到，这只是个开始。

自从那首歌的视频被传上去之后，她自己听了一遍，觉得很不错，之后就再没有看过，而夏园园一天刷无数次，每隔几个小时就给她们汇报数据。

"啊啊啊——有人收藏点赞了！"

"我就说池唐厉害，收藏上五千了！"

"啊啊啊——上首页推荐了你看你看这个我要截图留念！"

"这下我的手办稳了啊！稳了！我没想到竟然真的可以啊！"

不只是她，寝室里其余几人也没事抱着个手机在刷，看看人家的评论留言，见到一条夸奖的也要读给池唐听，与有荣焉的样子。

"'新人都是怪物'，哈哈哈没错没错，池唐这一段唱得真的太好了！"

“‘想看脸，感觉是个很好看的小姐姐’，对，没错，你猜对了，可惜你们都看不见！”

“‘这个腿我爱了’，岂有此理，歌这么好听还一心只知道看人家的腿！不过池唐这个腿、这个黑丝真的很可以啊，真的不错，这个角度好看快截图！”

池唐面无表情地看向她们：“我要报警了。”

第十六章 惊变

在暑假来临之前，考试前夕，池唐那个上传到某站的翻唱视频，已经有了百万点击，收藏点赞量都很可观，直接进入了活动页面的榜单首页，最后果然拿到了第二名——第一名是一位老牌翻唱歌手，自带百万粉丝，池唐这么个只发了一个视频的新人能打败那些粉丝十几万、几十万的翻唱，夺得第二名，已经是一个奇迹。

这么个半途冲出的黑马，因为被漫画原著作者转发点赞，又因为这部番剧的火热，也跟着火了一把。夏园园每天把池唐翻唱的版本在寝室里播放，魏行行还暗搓搓地在晚自习的时候放给大家听，这样的公开处刑，池唐坚持了几天下来，感觉自己的脸皮都变厚了。

“她们有必要吗？天天放天天放，张檬还做了手机铃声，她们每天听都听不厌的吗？”池唐忍不住和唯一一个正常人，自己的同桌游余抱怨。不管其他人怎么疯，游余还是一心学习，宠辱不惊，和她们就是不一样。

游余安慰她：“过段时间就好了，她们现在是比较激动。”

池唐：“可是走到哪里都听得见！”说高兴吧也高兴，可是这么大张旗鼓她真的不喜欢，搞得班上一些同学和老师都知道了，总拿她打趣，也太尴尬了。

忽然，一阵歌声响起，又是池唐无比熟悉的那首由她自己翻唱的歌曲。

池唐瞬间条件反射地四处寻找，看到游余默默地掏出手机接电话：“喂，你好……流量套餐？不好意思，不需要，嗯嗯，不需要，好的，再见。”

她挂掉电话，对上池唐复杂的神情。

池唐：“为什么？连你都把来电铃声改成这个？”因为基本上没有人给游余打电话，池唐竟然一直都没发现。

游余有点尴尬地笑笑：“因为，确实挺好听的。”

活动主办方联系了池唐，池唐提供了夏园园的地址，接下来就等着他们寄出奖品了。夏园园心愿达成，离校之前请整个寝室的朋友大吃了一顿。这次路芝也在。她虽然不经常参与宿舍活动，但和其他人相处得也不错。

席间大家谈论起暑假的话题。

“这个暑假你们要干吗呢？”

“还能干吗呀，待在家里呀。”

“下半年回来就要升高三了，不趁着这个暑假玩一玩？”

“去哪儿玩啊，大热天的，我感觉南林这边夏天越来越热了。”

“游余，你暑假还是要去打暑期工吗？”

“嗯，对。”

“我也想去了！你要做什么呀？”

游余看一眼池唐，回答说：“还不确定，我要先和柯老师一起去嘉山市参加一个竞赛，回来后再说。”

她之前是想和去年暑假一样，继续去奶茶店帮忙，毕竟已经熟悉了，但是池唐也想打暑期工的话，她就想再找找其他的事。两个人在一起干活，万一池唐不习惯，她还能帮一帮。而且，两个人在一起工作，暑假也能一直见面了，这样挺好。

池唐和她约好，等她从嘉山市回来，两个人再一起试着去找找暑期工作。

不过，这几天池唐就不得不先回家去住了。暑假学校照例是封校，不允许学生留宿，游余暂住在柯老师家中。

“我走了，大家下学期再见。”

“暑假多联系，离得不远我们暑假也可以一起约出来聚一聚嘛，一起写作业啊。”

“一起玩可以，一起写作业不行。”

“避暑可以去我家的旅馆，柠檬旅馆，夏天我们里那可凉快了！”

“游余，你找好了工作记得跟我们说一声。”

几个朋友互相告别，各自回家，夏园园又把那首歌拿出来放了。高二下学期，以这样一首青春的歌作为落幕，还算圆满。

池唐最后一个离开，对游余摆了摆手：“我走了。”

游余也摆了摆手：“我过几天回来了就去找你。”

池唐又是很久没回家了。上次回家，她还看到后妈抱着小弟弟笑得得意，这次回家，估计要看着他们一家三口相亲相爱，想想还挺腻味的。

她不太想那么早回家，特地在外面晃荡了许久，还在外面吃了晚饭——她不想和他们一家三口一起坐在桌上吃饭。

快天黑了她才来到家门口。隔壁都已经亮起了灯，但是他们家还是一片黑乎乎的，好像没有人在里面住。

难不成是她爸又找到了工作，已经去搞工程了，顺带把他孩子和老婆都带走了？有可能，她爸没告诉她这事也正常，毕竟有儿子了，哪还记得她这个女儿。

池唐撇撇嘴，用钥匙开门，进去关门换鞋。门厅这一小块亮起灯，她从柜子里找出自己单独放好的鞋子换上，忽然动了动鼻子，感觉屋子里气味有点奇怪。

拖鞋踩在地上发出嗒嗒的声音，池唐提着包走到客厅，往开放的客厅厨房那边随意扫了一眼。

红色，红色的血洒在米白色的地砖上，一团团、一片片。

池唐忽然打了一个激灵，蓦地反应过来自己看到了什么。她头皮一阵发麻，惊惶地环顾了一下这个屋子，她往后退了两步，第一反应是赶紧跑，跑到外面。对，她还要报警。

就在她想要扭头逃跑的时候，看见一个人从厨房里走出来，那是她爸池璋。有那么一瞬间池唐都没认出来那是她爸，因为他面上神情狰狞，手上拿着刀。

池唐再也忍不住了，发出一声短促的惊叫，手里的包咚的一声掉在地上，扭头就想跑。

男人扑了过来，他的动作那么快，力气又那么大，池唐还没跑到门口，跌跌撞撞的，手刚抓到鞋柜，就被人从后面按住了。一只手死死捂住她的嘴。

“呜呜呜！”她下意识地剧烈挣扎起来。

“不要吵！不要吵！”

“不要吵听见没有？”

他似乎处于暴怒边缘，池唐感觉到危险，再也不敢动了。池唐恐惧的眼神让池璋再一次愤怒起来。他用力给了她一拳：“你知道什么？都是那个婊子的错！都是她，她给老子戴绿帽，还想让老子给她养野种！

“那不是我的儿子，竟然不是我的儿子！

“要不是我去做了鉴定，我就被这个贱人给骗了！

“是她先骗我的！你是我的女儿，不能把这件事说出去知不知道？”

…………

游余来到嘉山市的第二天，这里就下了雨，因为临近南林市，两个地方的气候差不多，环境也相似，只是嘉山市这边没有南林那么多的植物，那些高楼大厦也更单调一些似的。这里下雨的气味也和南林不太一样。

她在这里没有认识的人，竞赛还没开始，就只能待在宾馆里。她是最能沉得下心做自己的事的，外面走廊上有其他学校的学生们在走动交谈，她也还是待在房间里看书。

只是外面忽然下了雨，雨雾蒙蒙，她就突然想起了池唐，拿出手机给池唐发了条消息。她拍了一张外面雨中的大楼发过去，但是那边的人过了好一会儿还没回。

游余看看时间，心想，她是不是还没起床呢？如果这个点她没起床，那今天肯定是不吃早餐了。也可能她起来了，但是在玩游戏，玩起游戏，她偶尔会不记得给人回消息，或者也可能是她昨天刚回家，心情不太好，就不想理人。

游余其实就是担心池唐回家又和她爸闹矛盾。每次池唐回家，她都有点担心。把手机放在练习册边上，游余一边等待消息，一边继续写题。

时间很快到了晚上，那边的人还没有回，游余又发了条消息过去：“吃晚饭了吗？”

池唐仍旧没回。

看来池唐确实是心情不太好。

昏暗的客厅里，被丢在一边的手机又忽然亮了，无声地显示着新消息，但是无人理会。

被绑在桌脚上的池唐昏昏沉沉。她已经被绑在这里一天一夜了，喉咙又疼又干，脑袋尤其疼。

屋子里满是烟味，有些呛人。

池璋也一晚上没睡，他坐在那一根接一根地抽烟，抽得很凶。屋子四处的窗户全都关得紧紧的，窗帘也全拉上，没有透气的地方，屋内的烟气久久不散。

她会死吗？池唐忍不住想。想到自己可能会被这个濒临疯狂的男人杀死，或者被他绑在这里饿死，池唐心里除了恐惧，竟然还有一点隐晦的解脱感。

然后她就想起了游余，还有魏行行、张檬她们。

那边池璋不知道做了什么决定，终于站了起来。他拉开了一角窗帘，神经质地往外看。夕阳的光从窗帘缝隙钻进来，落在池唐的脚下。这黄昏的光很像是那天她在教室录歌的时候。

她刚想到那首歌，就听见了歌声。是她的铃声。

虽然对于朋友们到处炫耀的行为感到羞耻，但她其实很喜欢这首歌，在发现游余把这首歌设置为铃声后，她也好像克服了那一点不好意思，悄悄把它设置成了铃声。

池璋被这突如其来的声音吓了一跳。他整个人几乎是跳了起来，大骂了一声，快步找到池唐落在客厅袋子里的手机，抬脚又踩又砸，那声音终于消失了。

另一边，始终没人接电话，最后干脆被挂了电话，游余都忍不住想，自己是不是有点烦人了？说不定池唐就是不高兴不想理人呢？

那就明天竞赛完再给她发消息吧，游余放下了手机。

手机被砸成一块破烂，池璋坐在沙发上喘了几口粗气，忽然又听到门口有人敲门。

咚咚咚——“有人吗？”

是不认识的男人声音，那声音在外面喊：“屋里有人吗？”

另一个女人的声音说：“怎么回事，没人应啊？小徐这个时候应该带着孩子在家的呀，刚才不是还有声音吗？”

这下子池唐听出来了，这是他们隔壁的邻居，她从前经常能看到这家人的爸爸带着孩子在外面玩球、散步、骑车。池璋神经质地狠狠抓了一把自己的头发，非常紧张地看着门口。

池唐心跳得很快，看着池璋神经质抖动的背影，忽然鼓足了力气，用尽全身力气往后一撞。沉重的大理石餐桌被移动，和地面摩擦，发出一声尖锐的重响。

“啊，我就说屋里有人！”门外的夫妻听到了这个声响，妻子说道。

屋内的池璋忽然爆发，大喝了一声：“滚，别在我家门口烦人！”

门口就没声了，那对夫妻大概听出来这屋的主人的凶恶语气，没有再说话，脚步声匆匆远去，隐约还有小声的抱怨。

听到他们离开，池璋猛然转头看向池唐：“你什么意思，你想干什么？你想害你老子是不是？”

嘉山市的雨下得非常大，明明是上午九点多，天却昏暗得很。游余从宾馆打着伞上车的时候，身上都打湿了一些，脚上的鞋几乎是瞬间被地上的积水浸透。

游余坐在车上等着出发去参加竞赛，柯老师刚走出旅馆的大门，好像是手机突然响了，她停下脚步站在台阶上接电话。瓢泼大雨遮盖了许多声音，游余透过雨幕，看见柯老师脸上露出惊愕的神色，她说的什么却听不清晰，但游余隐约觉得自己好像听到了池唐的名字。

坐上了车的游余又重新撑开伞蹚着水跑回到了宾馆大门前，她还没来得及问柯老师怎么了，柯老师就已经挂上了电话，满脸严肃地跟她说：“老师可能现在要坐车回去南林，游余，你一个人坐车过去参加竞赛行不行？”

游余一下子紧张起来，不是为了竞赛紧张，而是为了刚才那个隐约听见的名字。她又想起没人回的消息和没人接的电话，心中生出不好的预感。

她脱口问出："柯老师，是不是池唐出事了？"

柯老师诧异，又苦笑无奈地揉了揉额头，知道这事是瞒不过去了。游余和池唐关系那么好，听到这个消息，估计也不能专心参加竞赛。

"是池唐，她家里发生了一点事情，比较复杂，她现在人在医院。游余，老师是希望你能安心在这边参加竞赛，这些事有老师去帮忙处理……"

游余："柯老师，我跟你一起回去，现在就走！"

最终这场竞赛游余还是放弃了，柯老师觉得可惜，毕竟游余认真准备了这么久，临门一脚放弃总是可惜的。但是游余自己似乎不觉得，她满脸担忧，心急得不得了，心思已经完全不在竞赛上面了。

回到南林市，柯老师连家都没回，直接带着游余去了医院。她是一位很负责的老师，这事和她这个老师其实没有太大关系，但是警察将电话打到她这里，涉及她的学生，她二话不说就赶来了。

与之相比，池唐的生母唐女士那边，过了一夜了，连电话都没有人接。所以医院的病房里，除了一个女警察，没有其他人在。

病人安静地躺在床上，额头缝了针包扎过，脸颊肿起来，放在被子上输液的手上也满是伤口，有些触目惊心。

游余走进病房，下意识地屏住了呼吸。她走到床边，柯老师则和留在那里的女警察交谈起来，两个人走到了门外。游余一边看着病床上的池唐，一边听着外面的说话声。

"她父亲……邻居报警，现在人已经被抓起来……这个孩子没人管，母亲那边联系不上……"

游余抬手取下眼镜，擦了一把眼睛，坐在床边，小心把手搭在池唐细瘦的手腕上。她的脉搏还在缓缓跳动，游余张开手握住。

池唐没有反应，昏昏沉沉地躺着，一动不动。

"她昏睡着会比较舒服，醒来的话，因为中度脑震荡，可能会头晕胸闷恶心想吐……"医生也来了一回，都是柯老师在忙前忙后，游余跟在后面听着，把要注意的事都记下。

池唐晚上时终于醒来了，看到床边坐着游余，还有些恍惚。也就两三天没见，但是她总觉得好像已经过去很久了。

“嗯——”

各种糟糕的记忆和身体上的不适全部涌了上来，稍微动一动，池唐就感觉自己要吐了。

但是因为很久没吃东西，她只吐出来一点酸水。

“难受就不要说话了，躺着别动，我去找医生来，没事了啊。”游余给她擦拭整理了一下，匆匆跑出去。

池唐又睡了过去，游余觉得她其实根本还没清醒，浑浑噩噩的，一句话都没说过。

池唐家里发生了什么，柯老师去做了详细了解，游余是从柯老师那里知道的。

“池唐应该是从学校回去的时候刚好撞破这件事，被她爸给控制住了，后来刚好被邻居发现了，有惊无险……这孩子，真是难为她了，希望她能调整好心态。”

游余坐在池唐对面的空病床上还没有入睡，夜已经深了，但医院的夜晚并不安静，门外总是有脚步声和说话声。

床脚的一盏灯散发着朦胧微弱的光，那光照得周围的一切都冷冷的。游余向柯老师提出在这里照顾池唐，所以这里就只有她和池唐两个人。

白天听了柯老师和那个警察的话，游余有点睡不着。池唐还在睡着，一直睡着，睡着的样子非常安静，黑色的头发散在枕头上，面无血色，脸上有瘀青，包着纱布。

池唐当时遭遇了什么？这段时间里，她有多恐惧？游余只要想一想，就觉得不寒而栗。

这种事，大部分人也只有在各种新闻里面听说过，谁都没想到会发生在自己身边，但这种意外真实发生了，就发生在池唐的眼前。

虽然是放假，但是魏行行她们也听到了消息，跑到医院来探望。可惜的是池唐清醒的时间不多，她大部分时间闭着眼睛，而且人多，围着她说话，她会表现得很难受。

魏行行她们离得不近，都是来了又走，之后就在手机上联系游余，询问她池唐的情况，就连张檬还有她妈妈柠姨都风尘仆仆地来了一趟。柠姨还带了保温桶，给她们做了点粥。

池唐的状况一两天后就开始好转，清醒的时间多了起来，她只在最开始看到游余的时候叫了一声游余的名字，后来医生和柯老师她们偶尔问她话，她也会简略回答，不主动说话，也不主动问问题。除了看上去比从前沉默点，她的心理上好像没什么太大问题。

“应该是太难受了所以不想说话吧，不是脑震荡吗？会头晕恶心。”

看到手机上张檬的回复，游余仍然不能放心，总感觉池唐现在特别难受，又不知道该怎么让她好受一点。

“就是这里啊？”一个踩着高跟鞋的女人忽然在门外张望，看见病床上的池唐，嗒嗒嗒地走了进来，安静的房间里一下子充满了她高跟鞋踩踏地面的声音。

女人长得很漂亮，穿着打扮也非常靓丽。她一来，就站在病床边上对池唐说：“妈妈这些天去度假了，手机都关了没收到消息，所以现在才来，你没事吧？”

这竟然是池唐的妈妈？池唐很少说家里的事，基本上也没提起过她妈。游余曾见过池唐的爸爸一次，那次她对那个人就没有好感，现在这个池唐的妈妈，不知道是什么样的情况。

游余站起来拿杯子倒水，听到池唐的妈妈抱怨说：“这也太吓人了，我刚听到吓了一跳，池璋那男人真是有毛病……”

唐悦女士过来是在上午，快要到中午了。女儿受了伤住院，作为妈妈似乎应该留下来照顾，但她没有这个意思，看了一会儿池唐，自顾自吐槽一会儿池唐的爸爸，就说：“妈妈挺忙的，不能照顾你，我给你找个护工帮忙好吧？”

“随便你。”从她进来开始说话，池唐也就只对她说了这三个字。

接下来这对母女好像就没话可说了，唐悦不好现在就扭头走人，她叫的护工都还没到呢，于是自顾自找了个地方坐下。游余把一杯水放在她旁边，这个时候她才注意到游余，有点奇怪：“你是？”

游余："我是池唐的同学。"

唐悦："哦，你来看她啊？你坐，你和池唐说话吧。"她说完开始低头看手机。

池唐似乎对这样的母亲习以为常，都没多看她一眼，游余坐回原处。其实她这两天也很少和池唐说话，池唐不太愿意开口。

中午游余准备去医院食堂给池唐打点粥回来，唐悦很热情地摆了摆手："我订一些让人送过来就行了。"

她是池唐的妈妈，在这里照顾池唐更名正言顺，游余又默默地把饭盒放了回去，等着唐悦订饭菜。饭菜很快就到了，唐悦是个喜欢享受的大方人，订的饭菜有荤有素，很大一个包装食盒，在房间里一拆开，满是饭菜香味。

"病了多吃点营养的东西，这个肉汤可以喝一点……"唐悦话还没说完，一直很安静的池唐忽然从床上挣扎着坐了起来，扶着病床扶手呕吐。

病人呕吐的时候，样子实在不怎么好看，唐悦几乎是下意识地皱了皱眉，有点嫌弃地放下了手里的饭菜，觉得没有胃口了。游余反应更快一点，抢上去递垃圾桶和水漱口。

从她来照顾池唐这两天，她还没见过池唐这么大的反应。池唐趴在床边，看上去好像什么都吐不出来了，但还是不停干呕着，呕得撕心裂肺，看上去狼狈极了。游余看见她好像要摔下床了，连忙半抱着她让她把大半身子靠在自己身上，免得她脱力栽下床去。

唐悦还站在原地："这是怎么了？突然吐成这样，不舒服叫医生啊。"

游余忙乱中抬头看了她一眼："应该是受不了这个肉，阿姨你把这些拿出去吧。"这两天她都是给池唐喝点清粥清汤，就是怕她受不了油腻的东西，结果她的反应比她想的还要大。

桌上酱色的肉块才刚刚拆开，血一样的浓郁汤汁包裹着肉块。

唐悦随便收拾了下把袋子提出去，游余感觉池唐没有再吐了，就给她拿了毛巾擦脸和嘴。可是很快她察觉到不对，池唐伏在床边，靠着她，整个人都在颤抖。

最开始是细碎的呜咽，后来声音慢慢变大，好像再也压抑不住，就这么突然爆发了，不知道被触中了哪个点，池唐忽然间大哭起来。

她不知道是为什么哭，可能是为先前那一场遭遇感到后怕，可能是因为她爸给她带来的阴影，可能是因为这个并不亲近的母亲，也可能是因为身体不舒服。但是，这一切都太令人难过了。

游余坐在床边抱着池唐，女孩子纤细的身体因为痛苦而颤抖，她感觉眼睛一酸，差点和池唐一起哭了出来。她知道池唐太难受了，难受得不知道怎么发泄。

池唐很骄傲，要想看她哭多难啊。可现在呢，池唐紧紧拽着她的衣服，情绪激动，哭着哭着还狠狠地掐着自己的手。游余抓住她的手，把她藏在自己怀里，另一只手不断地抚着她的后背。

“好了好了……没事了，好了……”

在这混乱过后，唐悦站在门口说了声先走了，人就很快离开了，倒是她找的那个护工，一个中年女人在这边待着。但是其实池唐这边并没有太多事，偶尔擦脸、打饭盛粥都有游余干了，护工乐得偷懒，只偶尔扫扫地，其他时间都不见人。

池唐哭过一次后，看上去反而更好了些，说的话更多了点。她主动对游余说：“你回去吧。”

游余没有答应，问她：“我回哪里去？”

池唐就沉默了，她动了动唇，眼睛忽然又红了：“你在这儿耽误时间。”

游余：“你不舒服，我留在这里照顾你。”

如果她真的不舒服，和她不熟悉的护工在这里，池唐一定不会说的，她宁愿自己忍着，游余不放心。她照顾过病人，小时候还照顾着卧病在床的母亲。病人都是很痛苦的，而心理上的痛苦可能比身体更甚。

池唐没有再让她走，但是辞退了那个不做事的护工。她妈也没管这事，反正来过一趟看了她，就算尽到义务。

病房里大部分时间还是只有她们两个。

“你想听歌吗？”游余主动问她。

池唐：“听着头晕。”

不管是激烈的还是舒缓的音乐，用耳机听还是外放，她都觉得听着头晕，这是脑震荡的后遗症。药效过后，她甚至开始失眠。

那一场突然的大哭，好像让她恢复了感知，但是伴随而来的就是各种各样的情绪，脑子里的东西太多了，只要躺下去就陷入泥沼一样噩梦连连。

她从短暂的梦中惊醒。

游余早在池唐惊醒的时候就跟着醒了，她在这边睡觉很轻，有点动静就会醒来。见到池唐坐起来，捂着脸发出细细的吸气声，她过去跪在床上，像先前一样抱着池唐。

“做噩梦了？”

池唐没回答。

她过一会儿抬起头，重新躺回去。游余没走，就坐在她旁边。

池唐看着对面白色的墙壁。

“我好怕他……”

在遥远的记忆里，她还是小小一个的时候，曾经坐在她爸的怀里。那时她抬起头还看不到桌子，伸出两只手才能摸到桌子边缘，坐在她爸身前，占着他椅子的一小部分。她爸在打牌，手在桌面上来来回回，她就仰头看着。男人嘴里叼着烟，烟灰不小心掉在了她的脑袋上，那男人顺手用手指擦掉了那一点烟灰。

更多的，是不好的回忆。

“你再瞪？你再对老子瞪眼？”这一句话接下来就会是一个耳光。

“他那天向我走过来，我就很怕……”

游余抬起手，温暖的手掌捂住了池唐的眼睛。她慢慢躺下去，靠在池唐身后。

她真希望，池唐这一辈子，再也不要有像这样哭泣的时候。

炎热的夏天，哪怕病房里有空调，总是躺着不动也会难受，而且身上难免出汗。池唐躺了几天，实在忍受不了，想要擦洗一下。

她动一动就想吐的情况虽然比最开始好多了，但是还会头晕恶心，没办法独立洗漱。护工已经被辞退，她想擦洗只能让游余来帮忙。

都是女孩子，还是这么亲密的朋友，让游余帮忙擦身似乎没有什么，而且这些天都是游余在帮她擦脸，可是……真的脱了衣服坐在病床上等着游余帮忙擦背的时候，池唐又觉得有些不自在。

大概是因为身上那些伤，她想。

游余还是第一次完整地看到她身上这些伤，原本的一点尴尬局促，已经全部消失，不太敢下手去擦。

门关着，帘子拉着，外面还有人说话的声音，池唐坐在床上抱着膝盖，游余撸起袖子给她擦背，那背上有很大的一块瘀青，原本白皙的皮肤显出一种狰狞的模样。游余小心地用打湿的毛巾轻轻擦上去。

听到池唐解释，游余又问她："你背上这样了，晚上不会疼吗？是不是因为疼才睡不着？"

池唐："有点，不是很疼。"

游余认真建议："趴着睡怎么样？"

池唐有点无语地扭头看了她一眼，也不抱着膝盖遮什么了，直接转过来，露出腹部。

游余眉头紧锁："这里怎么也有伤？"

池唐去拿毛巾："好了，前面我自己擦。"

游余不放："你乱动会头晕。"

池唐："你不觉得尴尬吗？"

游余："都是女孩子。"

池唐："那你倒是不要脸红啊。"搞得她也忍不住跟着脸红。

游余："你先转过去吧，我给你擦手。"

池唐扭过头，又觉得一阵头晕，忍不住扶了扶额头，把脑袋磕在膝盖上。她心想，既然也会尴尬，就不要勉强自己吧，其实她慢慢来，自己擦一擦还是可以的。

其实想想有点奇怪，先前她们还一起洗澡泡温泉了呢，但是现在就她们两个，在这儿擦身，就莫名觉得窘迫起来。

最后还是池唐自己擦了剩下的一些地方，游余去换水，对着厕所里的小镜子，懊恼地捶了一下自己的脑门，无声地质问自己。眼镜也不小心弄歪了，她又抬手整理好。

擦完澡果然舒服了一些，池唐感觉心情也稍微好了一点。游余打开房门，重新拉开帘子，在她身边坐下，两个人对视了一会儿。

池唐在一种莫名绷紧局促的气氛中开口："我这几天都没看到你

做题。”

游余有点诧异：“你想看我做题吗？”

这什么脑回路，池唐无语。她是希望同桌别再盯着她看了，她已经好多了，不用看这么紧。

池唐：“我是怕你好几天不学会退步。”

游余竟然还认真解释：“一般来说，知识掌握得比较牢的话，几天不学不会导致成绩退步。”

池唐感觉不是她脑震荡，是游余脑震荡了，她怎么比先前还反应迟钝？

池唐拉起被子盖在脑袋上，不太想说话，游余愿意看就看吧。结果她刚盖上薄薄的一层被子，就听到游余的笑声。池唐又迅速把被子拉下来，看她：“你刚才在逗我玩吗？”

游余只是笑，有些开心。

她觉得池唐好像在慢慢恢复了，又会和她说话开玩笑了，这让她也觉得开心。

其实晚上，池唐还是偶尔惊醒，或者失眠，游余也睡得比较少，会和她聊聊天，两个人说一些漫无边际的话题，就像从前在寝室里那样。

池唐现在看手机还会头晕，所以游余还负责给她读魏行行她们在群里给她发的慰问以及一些关心的骚话——有些话，写在手机里，用文字传播，就没什么感觉，但是让游余念出来，说“池唐我不能没有你你一定要快点好起来爱你宝贝”诸如此类的话，真的还挺让人不好意思的。

池唐绷着脸听着，听游余用一种不自觉的朗读语文课文的语气念这些。

终于她忍不住了，摸到了手机，打字头晕，打到一半转去语音，闭着眼睛说了一条语音：“不要再发这种肉麻的话了，你们收敛一点。”

可是，所谓朋友就是一种很欠打的生物，听池唐这么一说，群里几个关心她的人，立刻打了鸡血似的，疯狂发一些更肉麻的话，显然是网上找的，池唐觉得看一眼都眼睛疼。

“好了，她们的关心我收到了，不要再读她们的话了，真的还不如读课文。”池唐说。

游余赞同："嗯，读课文挺好的。"

她不是读课文，是背课文。先给池唐背《琵琶行》。

池唐："这我也背得出来。"

游余："啊，对，但是你只背得出来这个吧。"

池唐想着，这人怎么说话的？

游余又笑起来："我发现，如果是课文你就很难背得出来，但是如果它们变成了歌词，你就背得很快，所以，不如你把要背的课文全都当成歌词唱出来吧。"

池唐："哈？"

虽然她脸上写满了"这个学霸在说什么怪东西"的无动于衷表情，但心里已经不自觉地开始试着用自己熟悉的调子去套课文，并且在脑海里试着哼哼出来了。

游余看她面无表情好像没什么反应，还以为她是不喜欢自己这个建议，结果去打饭回来，走到门外就听到屋里池唐在哼哼歌，用课文当歌词。

她在门外一手捂住上扬的嘴，不能笑不能笑，至少不能笑出声。

她轻手轻脚地退出去几步，又加重力道踩出脚步声，房间里面的声音果然瞬间消失了。

"就那个病房的女孩子啊！"

"是啊，就这个女孩子。"

"哇，这不会落下心理阴影吗？"

池唐站在走廊里，听到这样的讨论，有那么一瞬不知道要不要往前走。游余在她身后，轻轻推了她一把。池唐往前走，手被游余拉住。

游余扶着她，安静地走过那几个护士身边。

两人走出去没多久，听到身后骤然安静的几个护士姐姐发出懊恼的低声怒吼："啊啊啊！被人家小女孩听到了！"

"这也太尴尬了！"

游余拉着池唐的手，扶着她往前走，两个人走进电梯。电梯里只有她们两个人，两个人一个穿着蓝色条纹的病号服，一个穿着普通的T恤裤子，影子映在光滑的电梯墙壁上。

池唐这是第一次起身离开病房，因为身体情况已经好转了很多，游余也是看她在床上躺着难受了，才准备扶她去楼下走走。

池唐的手一直就是凉凉的，夏天也是这样。游余拉着她没放，两个人就这么慢吞吞地下了楼。住院部这边底下有个小花园，也有些病人在下面走着，身边都是陪着亲人或者护工，像池唐和游余这个年纪的小女生比较少见。

这边楼下有一大丛的月季，开着红花，池唐走一会儿累了，就坐在开月季的花坛边上，游余就坐在她身边，这时才放开了手。

游余："头晕吗？"

池唐："还好。"

游余起身去拿个水的工夫，回来就不见池唐了。下面这小花园也就这么大，池唐去哪儿了？游余站在那四处张望，对面一个老太太笑起来，朝她指了指花丛后面，游余这才注意到花丛缝隙里露出来的一角衣服。

她弯下腰，钩起沉甸甸的月季花枝，看向另一边坐着的池唐。

"你躲在这里干什么？"

"不是躲，是太阳太晒了。"

花坛另一边的狭窄缝隙，被墙面和花丛挡住了，形成了一块小小的半封闭空间，游余也坐进去，看到池唐手上拿着一朵花。

她若无其事地把手上的花放到了一边的树丛里。

游余假装没看到，给她倒水："来喝水。"

这里是个好地方，空气里带着香气，不像病房和走廊里总有股特殊的味道，又晒不到七月的太阳，但是抬头就能看到七月的天空。天空难得的晴朗，城市里很少能看到这样湛蓝的天空。

两个人在这坐了很久，直到柯老师照例来探望，没见到两个人，打了电话来。

柯老师带来了水果和问候，以及游余的作业。

"池唐受伤，需要好好休息，老师就特批你暑假作业不用做了，好吧？"听柯老师这么说，哪怕池唐心情再抑郁，也有种来自学生本能的快乐。

柯老师一走，池唐摸出手机，在寝室的群里发了个语音："柯老师说，我不用做暑假作业了。"

游余无语，不用做作业竟然这么快乐吗？

先前被她们听到在八卦的护士姐姐来查房，圆圆的脸上露出个不好意思的笑，给她们的小桌上放了酸奶豆糕巧克力和两个大苹果。

第十七章
南林又下雨了

暑假过去一半，池唐差不多应该出院了。

因为她家被封锁着，她暂时回不去，所有人都觉得她大概也不想回去。早在要出院之前，柯老师来看她们就和池唐商量了，让她和游余一样，暂时住到她家里去。

除了柯老师，柠姨也来了一趟，对池唐说："到我家去住吧，过年的时候不是在我那住得挺好吗？暑假那边更好玩，不少人去那边旅游的。"

池唐都没有回答，只说想一想，等出院了再说。

除了最开始那些天，池唐的后遗症有点严重，后来就慢慢恢复了，就连游余也觉得她已经没有什么事，从那个噩梦里面走出来了。

可是，就在出院前夕，池唐忽然一个人离开了。她自己办了出院，发信息告知朋友们和老师，说自己去母亲那里了。

"我去找我妈了，去她那里住一段时间，开学回来。"

游余只是去了一趟柯老师家里拿东西，没想到回来就发现池唐不见了。她其实不太相信池唐会去找自己的妈妈，她们相处的情况游余是亲眼看过的。那样陌生疏离的气氛，池唐怎么会突然去找她妈呢？

但是柯老师对此很理解："毕竟是亲生母亲，现在她父亲还在牢里，她又还没成年，肯定是跟在母亲身边比较好。"

因为池唐不回消息，游余又没有唐悦女士的联系方式，在她的坚持下，柯老师还是打电话询问了池唐的母亲，而唐悦女士的回复是“池唐确实是来我这里了”。

这不是谎话，池唐悄悄办理出院后，就去找了唐悦，在她家附近的酒店里住了两天，也和她见了两面。等到找她的人都知道她来了母亲这里之后，池唐才退房离开。

对于这个忽然到来，又忽然离开的女儿，唐悦并没有太过关注，在她看来，池唐现在的状况挺不错的，而且虽然没成年，但也十七了，身上又有身份证又有钱，从小就会自己管自己，她用不着担心。

池唐背着包独自一人去了另一座城市。她其实不知道自己要去哪里，地点是随便选的，只是想要独自一个人待着，不用为了让周围的人安心，特意装作无事发生，不用为了表明自己确实没有问题而勉强欢笑。

离开南林，是她躺在医院的病床上，有一天忽然冒出来的念头，然后这个念头越来越强烈，所以她就这么做了。

她提着一个小行李箱，背着背包，上了高铁。靠窗的位置，身边来来往往的乘客里也有很多和她差不多大的年轻人，都是趁着放假出来玩的，但是他们大多三五成群，像她这样独自一个人的比较少，而且她也没有他们那么快乐。

买票、坐车、订酒店，池唐独自一个人拿了房卡，把门锁好，然后坐在陌生的房间里大哭了一场。

假装自己没事的感觉，真的太难受了，她装不下去了。

她来到的这座城市里没有认识的人，走在街上，也没有人会多看她一眼，这种不被关注的感觉让她觉得放松。她可以长久地面无表情，不说一句话，可以在广场上或者公园的长椅上坐一天，看着周围的人来来往往。

这边的步行街有很多人，游客也很多，大多是年轻人，池唐走在这热闹的大街上，偶然间看到一个戴着眼镜的女孩。有那么一瞬间，池唐还以为自己看到了游余，仔细看才发现只是长得有点像。

她想起游余，照顾了她这么久，她突然离开了，游余肯定担心难过，可是……

池唐不知道自己想怎么样。

在她最难受的那段时间里，游余陪在她身边，好像不知不觉，她每次难过都是游余陪在她身边。

游余这个朋友，和魏行行她们几个朋友，是不一样的。

家庭、朋友，还有未来，她心里有许多许多不确定。她不确定自己想要什么，想做什么，就是觉得无比疲惫和烦躁。她再一次被她爸给击败了，从那之后，她感觉自己仿佛变得脆弱了很多，有很多次她莫名哭泣，需要游余不断地安慰她……池唐真的不喜欢这种脆弱。

天黑了，广场这边的各种灯亮了起来，不远处有人摆出了音箱和乐器，准备表演。广场上总是有这样的音乐人，大部分人不会为他们驻足，但是也有一些路人会停下来听一听。

池唐在那里坐了很久，看着那边比自己大不了几岁的年轻人摆弄乐器，然后一首接一首地唱歌。他唱了几首暂时休息，坐到了池唐身边。

“小妹妹，看你在这里坐了很久了，怎么，跟家里人吵架了吗？”年轻人问她。

要是从前，池唐被不认识的人搭讪，懒得理会，会直接站起来走人，可是她现在实在没什么力气起身离开，只坐在原地瞧了这年轻人一眼，也不说话。

年轻人笑了笑：“看你很不开心的样子，会唱歌吗，去唱一首？”

他指指自己的那些设备：“不会唱也没关系，随便吼一吼，就当自己去 KTV。”

池唐不知道他为什么突然过来邀请自己，语气很警惕：“我不认识你。”

年轻人看着她的表情，笑了：“看你好像很迷茫难过的样子，就过来和你聊聊天。虽然我现在看起来真的很像个在搭讪小女生的变态哥哥，但是我确实没什么坏心眼，不过像你这么大年纪的小女生，能保持警惕心也挺好。”

这个小姑娘或许自己不知道，她脸上还有一点未好的伤痕，一个人坐在这看着周围的人来来去去，模样真的怪可怜的。年轻人想。

不知道出于什么心思，也许是真的有段时间没唱歌，池唐真的走了过去，拿起架子上的话筒。年轻人走过来给她开伴奏，问她要唱什么歌。

看着那一排伴奏，池唐随手点了首比较眼熟的《贝加尔湖畔》。前奏响起的时候，路过的人有兴趣的会朝她看一眼，等到她唱第一句，一旁的年轻人哟了一声，拍了拍掌，有些诧异："唱得不错啊。"

慢慢地，周围停驻下来的路人多了点，围在外围听着。池唐从前并不喜欢在这种场合唱歌，会觉得尴尬放不开，但是心底莫名的情绪太多，她想要发泄一下，就不怎么在意这些了，坐在那安安静静地唱完了一首歌。

有人给她鼓掌，还有人喊再来一首。一来，她确实唱得很好听，二来，这么个年轻漂亮的小女生很养眼。

这一首唱完，池唐准备放下话筒，忽然听到伴奏再一次响起。那个站在一旁充当听众的年轻人问她："《最初的梦想》会唱吗？"

池唐再一次拿起话筒。

把眼泪装在心上
会开出勇敢的花
可以在疲惫的时光
闭上眼睛闻到一种芬芳
…………

她唱完两首，放下话筒，背着包要离开。那年轻人朝她招手："小姑娘，有什么事都会过去的。"

池唐离开这儿，又去了另一座城市，虽然仍然漫无目的，但是再一次听到有人在街头唱歌，她也停下了脚步听着。等那人停下来休息，她犹豫了一会儿，上前问："可以让我唱一首吗？"

那人有点意外，但还是点头了。

在这样陌生的街头，接过陌生人的话筒，对着陌生人唱歌，是一种很新奇的体验，但她觉得自己好了一点。

她背着包回去，路上又收到了游余的消息，魏行行她们的也有，都是问她最近过得好不好，她们以为她还在她妈妈那里。

她打了几个字，想想又删掉了，收起了手机。

在街头唱歌的大多是男人，池唐偶尔有一次看到女生，两个女生坐在一起，一个长发一个短发，看上去挺酷的姐姐，在合唱一首情歌。

池唐站在不远处看她们唱歌，因为街上人来人往，来来去去，只有她一个人一直站在那儿，两个女生也注意到了她。中途一个女生去买了奶茶，和另一个女生一人一杯，还有一杯，她朝池唐招了招手。

“喝不喝奶茶？”

池唐摇头，她不会在外面喝陌生人给的饮料和食物。

见她拒绝，那女生耸了耸肩不在意，将奶茶放在了一边，和她聊起天：“你在这儿听很久了，怎么样，我们唱得好听吗？”

池唐默默点头。

之后她们没有再交谈，两个女生也很快收拾东西走了，她们拉着手，边走边说笑打闹。

夜晚，游余又一次给池唐发了消息，没有说起什么，只问了句：“今天过得开心吗？”

依旧是没有人回答，但是游余知道池唐都看过了，因为界面上经常出现“正在输入”的字样，但是来来回回出现又消失，信息界面依旧是只有她一个发出的消息。

从池唐离开医院，已经过去快半个月了。游余如今暂住在柯老师家里，白天给周围的几个孩子做家教，晚上在房间里自己学习。虽然高三还没开始，但是她已经学完了大部分的高三课程内容。

柯老师的丈夫、孩子对她挺客气的，游余也尽量不给他们一家人添麻烦。她安静并且礼貌，会帮忙做家务，虽然柯老师总是客气地说不要她做什么，但游余还是帮着她洗碗扫地，偶尔也会给柯老师的孩子讲讲题。

她在这里住得很好，环境好，柯老师对她也好，可是游余还是觉得更加喜欢寝室。虽然那里只有属于她的一张床铺，但那是真正属于她的。她越来越希望有一个永远能回去的地方，能让她安心的地方。

每每想到这里，她就会想起池唐。池唐也无处可去了，虽然从前还没发生杀人事件，但从那时候开始，游余就觉得，池唐和自己一样，也是无家可归的。如今她说在母亲那里，游余还是为她担忧。池唐的性格，肯定不会把她母亲那里当成家，池唐和她一样，不想给别人添麻烦，在别人家里，又怎么会过得自由自在？

两个人离得远了，又没有交流，游余不知道她如今的状况有没有改善，吃得下吗？睡得着吗？

柯老师家的客房不大，一张床，窗前一张书桌，还有衣柜，外面路灯的光照进来。房间外面是柯老师的孩子在看电视，柯老师夫妻两个在小声地闲聊。

游余坐在书桌前，刚放下手机，忽然感觉手机连续振动了好几下。她下意识地以为是池唐回消息过来了，但是等到拿起来看才发现，发来消息的不是池唐，是夏园园。

放假这段时间，寝室里几个人经常聊天，但大多是在群里聊，游余偶尔会出现说一两句话，池唐完全没有出现过。

这次夏园园是私聊，非常激动地发了很多感叹号："游余快去看群消息！我分享了一个视频！快点进去看！！！"

游余先回复她一个好的，然后依言点进群里翻看消息。魏行行她们已经在群里发出了很多的消息，游余看着她们的刷屏，发现这事好像和池唐有关。她也不再看她们说了什么，只连续往上滑动，终于看到夏园园分享的那个视频。

那不知道是在哪里的街头，小小的三角广场，鲜花形状的路灯，周围行人驻足，池唐抱着一把吉他站在那唱歌，唱的正是那首熟悉的《昨日之花》，就是她先前在夏园园的要求下翻唱的主题曲。

虽然街头人声嘈杂，视频里歌声并不那么清晰，但从这个视频里，还是能感觉到那种清澈动人的音色。

夏园园是在池唐先前翻唱视频的评论里看到的这个链接，虽然活动已经过去，但夏园园还是会时不时刷一下那个视频的评论和弹幕，喜滋滋地和朋友们分享。这一次她就是刷评论的时候看到有人发出这个链接，说这个视频里街头唱歌的小姐姐，唱得和这个翻唱视频很像，想去询问是不是同一个人。

先前池唐录这个视频没有露出脸，不熟悉的人不确定，但认识的一眼就看出来了，所以夏园园她们才这么激动。

魏行行一个劲感叹："她都多久没出现了，我还以为她避世修仙去了！”

夏园园则问：“她是在她妈那里对吧？上街唱歌真有点东西啊！”

张檬说：“她看上去情况不错，放心了。”

只有游余，仔细看了好几遍那个视频，又按照提示找到了视频源头，查找发布视频的人所在地，最后得出结论，池唐并不像她之前说的，在她母亲那里，她应该是在另一座城市。

游余几乎是立刻就想询问池唐在哪里，是不是一个人在外面。但她忍住了，池唐先前特意告诉她们她在母亲那里，就是为了不让她们多担心询问。而且就算她现在问了，池唐也不一定会回答。

坐在桌前，游余取下眼镜，抵着自己的额头，闭着眼睛默默数了一百个数，然后再次戴上眼镜，翻看那个视频发布者发出的其他视频。

对方在另一个专门发布随拍小视频的软件里活跃着，主页上基本都是在街头录拍的唱歌视频，唱歌的人各不相同。游余很快找出了另一个有池唐出现的视频，这个视频应该是和上一个同一天拍的，相同的背景和衣服，只是池唐唱的歌不同。

刚才吻了你一下你也喜欢对吗
不然怎么一直牵着我的手不放
…………
慢慢喜欢你
慢慢地亲密
慢慢聊自己
慢慢和你走在一起
慢慢我想配合你
慢慢把我给你
…………

游余不知道这是什么歌，抄下了这个词，去网上搜索，才知道这首歌叫《慢慢喜欢你》。

她又仔细把那个人发布的视频都找了一遍，但是除了这两个视频，再也没有池唐的。她翻到这个视频的评论，刚好看见有人在问："这个唱歌的小姐姐人美声甜好想认识，求问博主小姐姐的联系方式！"

视频发布者回答说："前两天遇上的，她唱了两首歌就离开了，人家也不是固定在那里唱，我不认识啊！"

世界这么小，通过几个陌生人的评论，游余就看见了自己认识牵挂的人，可是世界又这么大，池唐一转眼又能消失在人海中。

游余再一次点开和池唐的对话框，输入又删除，最后发出一句："今天南林又下雨了，你那里呢？"

南林又下雨了？

她这里是晴天，晚上这会儿尤其热，街上人太多了。池唐拿着手机看信息，看了一会儿，旁边有人喊她："你来唱吗？"

她收起手机走过去："唱。"

那人问她："你唱什么？"

池唐说："孙燕姿的《雨天》。"

她站在那摆弄话筒，听着伴奏的声音，忽然想，自己虽然在晴天下，但心里好像一直在下雨。

她唱完要走，先前和她一起唱歌的人问她："你明天还来不来？"

池唐摇头："不来了。"

"哦，你要回家了？"

"不是，去其他地方看看。"

八月最热的天，游余穿着衬衫长裤，坐在人家的窗内，看着孩子写作业。六年级的小女生，对着作业愁眉苦脸，外面阳光太盛，屋内的空调发出轻微的嗡嗡声。

"姐姐，这题我不会。"

游余把不自觉走神的目光从窗外收回来，拿出草稿纸，给身边的孩子讲题。

同样的太阳，同样的炎热，池唐背着一个小包停在一家乐器行前面。透过橱窗，看见店里面放着吉他，她走进去，没过多久，背着一把吉他出来了。

这边的街上人不多，大概是因为这个时间外面太热，人都在家里躲着。池唐停在一片树荫下，拿出盒子里的吉他。

她会用尤克里里，换成吉他上手也很快。这几天和街边唱歌的人学了些，她是真的有这方面的天赋，自己摸索着就玩起来了。

不知道唱什么歌，她就坐在花坛边随口哼哼。树下细碎的阳光漏在她的鞋面上，蝉在身后的大树上鸣叫。真的太热了，她在这里坐一会儿，就感觉身上出了很多汗。

没弹一会儿，附近人家里的小孩好奇地凑过来，骑一辆红色的小车，肉乎乎的手上抱着一片西瓜在啃，啃了满脸。

对着这么一个观众，池唐随手唱了个《喜羊羊》的主题曲。虽然她不太记得歌词，但随便哼哼两句还是可以的。

小孩很给面子地露出高兴的笑容，大喊："是喜羊羊！"

池唐随便唱了一段就站起来。她闻到小孩手里的西瓜的香味了，实在有点香，闻着有点饿。

这段时间，她不太想吃东西，今天中午就没有吃，感觉什么都不想吃。这小孩手里的一点西瓜香，在这大热的天勾起了她的一点馋意，她忽然想吃东西了。

她拐进一个水果店，买走店主人放在保鲜柜里的一小半冰西瓜。

"辛苦了，来，吃两片西瓜休息一下吧。"补课孩子的家长端了一盘西瓜进来，招呼游余吃。

游余说了谢谢，和学生一起去休息吃西瓜，西瓜凉丝丝的，很香甜。吃了一口，游余也不知道自己是怎么想的，拿出手机拍了张照片，发给了池唐。

池唐在水果店老板那里拿了一次性的塑料勺子，正在挖西瓜吃，就收到了这条消息。

看着照片里端着西瓜的手，隐隐约约还能看见旁边桌上的一角试卷，池唐不自觉地笑了一下。

时间过得很快，暑假已经快要结束了，暑假结束的前几天，是池唐的生日，她仍是没有任何消息传来。

游余准时给她发了消息。

“池唐，生日快乐。”现在你在哪里，今天快乐吗？

“你什么时候回来？快开学了，魏姐她们都说想你了。”我也是。

暑假后一开学，就是高三。

都是相处了一年的老同学，大家一见面就寒暄上了，几句话说下来，一个暑假不见的生疏立马消失，上课铃打了两遍，教室里的吵闹声还停不下来。

教室里坐满了人，只有游余身边的位置还空着。

班上许多人不清楚池唐家里发生了什么，只是有点好奇池唐怎么这个时间还没有来上课，以为她迟到了。对于游余这几个知晓内情的人来说，看到池唐空着的座位，心里格外难受。

柯老师一直以为池唐在她母亲那里，也就没太担心，这才发现池唐早就离开，竟然不知道去哪儿了。这么大的孩子，正是心思最敏感、最难管教的年纪，但她的母亲对她也太疏忽了。柯老师和唐悦女士通完电话，就开始联系池唐，如果不是那边到底回了消息，她都要联系警察找人了。

第二遍上课铃打了十分钟，柯老师才姗姗来迟。她环顾了一圈教室，看见底下熟悉的学生们，目光掠过游余身边那个空位，略停了停，然后收回去，开口说：“这学期开学，大家就是高三了，等一下我们就要搬到后面的高三致远楼去，然后这一年，将是你们最重要的一年……”

门口忽然出现了一个人，那人有些消瘦的模样，背上背着包和一个琴盒，看上去有点风尘仆仆。

她站在门边说：“报告。”

柯老师停下声音，看到门口的学生，心下放松，面上绷住了。她想说点什么训斥一下这个大胆的孩子，但是张了张口只说出：“池唐同学，你迟到了，赶快回座位上去坐好。”

池唐走进这个熟悉的教室，才走进去两步，安静的教室里忽然响起一声椅子桌子被推开的刺耳声音。

一直沉默着的学委游余这个时候忽然站了起来，快步走到教室门口，一把抱住自己瘦了很多的同桌。

（3）班的同学们原本就看着迟到的池唐觉得奇怪，如今看到游余的动作，更是摸不着头脑。可是随即，他们又看见魏行行、张檬她们几个纷纷起身跑到门口，抱住了池唐。

几个女生抱在一起，又哭又笑，柯老师也无奈了，等她们激动过后才拍拍手掌说：“好了好了，上课了，都回座位上去，有什么话下课再说！”

教室重新回归平静后，柯老师继续先前的话题：“在座的同学们，有的刚成年，有的即将成年，你们要在这个珍贵的年纪尽最大的努力，把最后一年的成绩，作为给自己的成人礼。

“有的同学成绩好，有的同学成绩不理想，希望成绩好的同学再接再厉不要掉链子；成绩不理想的同学，老师也希望你们能在这一年迎头赶上，现在还不晚，你还能拼一拼，为了未来的你不会后悔。

“老师教过很多学生，送走了很多届毕业生，他们回来看老师的时候，说得最多的就是：‘老师，我好后悔当初高中没有好好学习。’

“我知道，很多同学不知道为了什么读书。为了以后读更好的大学，有更好的工作吗？从现实角度来说，确实如此。但是老师觉得，你好好学习，就是为了掌握自己的未来，为了能在以后自由地做出选择。如果你没办法克制自己的懒惰，没有让自己变得更好的决心，遇到困难只会自暴自弃，那你的一生都只能随波逐流，没有方向，被人推着活下去。所以，为了你们自己，为了你们在乎的人，努力，再努力！”

搬了新的教室，新出炉的高三生们一下子就好像到了孤岛，远离了高二、高一的热闹喧嚣，紧迫感从上学第一天，就灌进了他们的脑子。

饶是如此，大家还是对池唐感到很好奇，尤其是柯老师单独把她叫进办公室了。

池唐父亲杀人的事并不是什么秘密，毕竟当初这桩杀人案在南林上过新闻，家住南林，一些街坊邻居聊天也说起过这事，只是他们都没想过，这个杀人案竟然会和自己身边的同学有关系，于是又拿出来热议了一遍。

这些议论在看到池唐出现的时候，一下子都消失了，教室里无线一瞬间的安静。池唐没有在意，坐回自己的位置上，看见游余望着自己，朝她笑了笑。

游余看到她笑就放松了一点，凑近她低声说："你累吗？要是累了，我跟老师说一下，让你先回寝室去休息吧？我把你的床铺好了。"

后面的魏行行探过头来小声说："她昨天帮你铺了床，又打扫了，我们还以为你昨天就会回来呢。"

池唐一一看过她们，说："谢谢。"

最后她对游余说："一直没回你信息，对不起。"

游余摇摇头，想说点什么，柯老师已经抱着试卷走进来了，这是她的每年保留节目——开学考试。

什么青春的复杂心思，在残酷的考试面前，都瞬间化作现实的泪水。池唐捏着试卷，回想起自己暑假近两个月没看过任何一本书。她再瞧一眼旁边游余落笔迅速，显然是勤学不辍，放假了也严格要求自己，今年大概也能保持第一的好名次。

注意到她的目光，游余犹豫了一下，把试卷往她这边推了推。

池唐心情有些复杂，是什么让一个坚持要别人自己做作业不允许别人抄作业的人，在这种时候主动贡献出了试卷给人抄？

柯老师锐利的目光朝这边看过来，并不准备抄答案的池唐按住自己的额头，将目光定在自己的试卷上，慢吞吞地做着。

这大概会是个很惨的成绩，和上学期期末考试对比起来的话。但是柯老师应该能理解，希望她不要再拉自己去谈话。

考完试，游余把所有人的试卷收了上去，最后收了池唐的，往她的试卷上看了眼，这一眼就看到不少错处。

池唐："把我的试卷压下面，别放在上面。"放在最上面真的尴尬。

游余依言把她的试卷放下面，放在自己的后面，小声说："我帮柯老师改试卷，我给你改。"

池唐怀疑她要徇私枉法给自己搞虚假成绩，毕竟高中相识这两年了，同桌的底线一年比一年低，今年好像要再创新低，都准备给她抄试卷了。

但是迅速被改好发下来的试卷告诉池唐，她想太多了。试卷上的所有错处都被圈了出来，分也没虚加，甚至游余改得比老师还仔细，就是扣分比较温柔，只要能给的分都给了，可以扣可以不扣的分都没扣——最特殊的就是，错题都被红笔顺便订正过。

哪位同桌老师给她改试卷还要顺便帮她订正错题?

拿到这张试卷，池唐翻看一遍，突然有了灵感，掏出一本小本子，在上面涂涂画画地写歌词。

游余一回来，池唐顺手把歌词本塞回了课桌里。

上课，下课。

回到寝室，池唐还没爬到自己的上铺，就被魏行行和张檬她们联手抱着腰抱着腿给拖了下来，顺手推倒在下铺的游余的床上。

“啊啊啊！你暑假去干吗了！”

“太过分了，为什么给你发信息都不回啊？”

“说好的暑假一起打游戏你都不理我们，一定要给你一个教训！”

池唐被这几只手挠痒痒，整个人挣扎不得，大喊着往床角缩。游余赶紧把住自己的床铺，试图阻止这一场惨剧。

“好了好了，不来了！别闹她了！”游余想阻拦，结果被一起按在床上，几个女孩子嘻嘻哈哈地打闹起来，闹得隔壁寝室的人都听到声音过来瞧。一通闹完，魏行行从柜子里抱出一大瓶可乐，摆上杯子，给大家倒了几杯，大家就一起坐在床铺上喝可乐。

池唐坐在游余的床上，喝着嘴里的可乐，感觉到身边坐着的人，整个人都慢慢放松了。

来到学校，好像什么都没有变，没有发生那件可怕的事，她最苦恼的就是放假回去看到厌烦的人会难受。

也就只有去食堂吃饭的时候，大家各自打饭，她端着没有肉的饭菜，才让人感觉到，那件事在她身上烫出的清晰烙印。

游余第一个注意到了池唐的餐盘，端着自己餐盘的手紧了紧，又掩饰住自己一瞬间难过的神情。池唐没有表现出什么，默默吃着东西，听着其他人说笑，只是她吃得比从前更少了。

游余很难受。

注意到她没有跟上来，池唐转过头，朝她伸出手：“快点去教室，老师不是让你在黑板上抄题目吗？”

游余快走几步，握住了她的手。

魏行行她们挽着手走在前面，池唐和游余牵着手走在后面。

开学三天后，恰好是周末放假，她们升上高三之后一星期只剩下一天假，听说到下学期，只剩下一星期半天假。现在这周六、周日的两天假，大概就是“最后的晚餐”。

魏行行她们都回了家，寝室里又只剩下游余和池唐两个人在住。

前两天寝室里人来人往，大家都在，气氛似乎没有什么不对，但是今天只剩下两个人，寝室里比平时沉默许多。两人洗完澡躺在床上，熄了灯，一直没人说话。

池唐仰面躺着，过了一会儿，翻了个身，将手垂下床铺，晃了晃。

下铺有人轻轻碰了下她的手指。

池唐捏住那根手指，看着黑暗问：“我们是朋友吗？”

“是。”

“那我和魏姐一样吗？”

“不一样……”

“我和张檬一样吗？”

“也不一样。”

“我和园园一样吗？”

“都不一样。”

“我……和你一样吗？”

“一样。”

那只被她捏住了手指的手紧紧握住她的手。

刚进入九月，天气仍然十分炎热，寝室里只有电风扇在悠悠地转，能带来些许清凉。早听说学校要给宿舍装空调，只是说了一年多了，还只是传说，估计要等她们这一届毕业，这空调才能装上。

现在放假还住在寝室里的高三学生有不少，能听到一些说话笑闹的声响，门外也有人走动收衣服的声音。

池唐穿着睡裙坐起来，没有踩爬梯，直接一手抓着护栏，整个人翻下上铺，吊着脚踩在了游余的床铺上，双层的床架子因为她的动作发出嘎吱一声响。

黑暗里，看见隐约的轮廓翻下来，游余连忙坐起来。她还以为池唐是不小心摔下来了，下意识地要过来接，于是当池唐站在她的床沿上，游余刚好抱住了她的腿。

发现自己弄错了，游余又慢半拍地放开手，池唐就默默地坐在了游余的床铺上。

游余床上铺着的竹席和她床上铺着的竹席是同一个地方买的，但是她总觉得游余床上更凉快一些，或许是因为游余每天睡前都要擦一擦，而且不知道哪里来的老派作风，喜欢在床铺上洒些花露水，有种淡淡的清凉的香味。

看到游余好像傻了一样坐在角落里没反应，池唐有一瞬间不知道自己下来干吗，都是因为刚才一个冲动。她有点犹豫是不是要再回自己的上铺去。

她还没有做出行动，游余终于明白了现在是个什么情况，伸手往前摸了摸。游余本来就有些近视，拿下眼镜后，又是在这样的黑夜里，只能看见一个影子在自己附近。她抬手往前摸索，摸到了池唐的小腿。

池唐下意识地把脚往后缩了缩，游余也缩回手，坐回了自己的角落。

黑夜是最好的保护色，在这样看不清晰的朦胧中，很多话都能顺理成章地说出来。

游余忽然问："会不会觉得很奇怪？"

池唐慢慢把缩回去的腿伸长，搭在游余那床夏天的薄被上，靠在床架子上，也开口问："那，你感觉奇怪吗？"

游余摇摇头，不确定她是不是能看见，又加了句："不奇怪。"

池唐："那我也不奇怪。"

游余听到了，觉得自己像是跑了三千米，像是在炙热的太阳底下暴晒，像是突然从高处跳了下来。

她不记得自己什么时候开始渐渐接受池唐，只是想起她就有期待快乐的感觉。高中这两年，她在学校里的快乐都和池唐有关。

高一刚开始，她在那个班级里被孤立，说不在乎同学们的冷言冷语，不在乎那些有色的眼光那是假的，只是她一遍遍告诉自己不要去在意。

她每天晚上躺在床上，都要不停地调整自己的情绪。窘迫、孤独，还有彷徨恐惧会在黑夜里让她有想要流泪的冲动，直到池唐出现在她面前。

别人恶作剧写了她名字的情书；她被人丢掉的校服；父亲突然出现时，拉着她奔跑在雪夜里的人；她无处可逃的寒假和那只伸到她面前的手；过年的烟花；一整个暑假的奶茶；拇指琴和尤克里里的歌……

就连她人生中得到的第一份礼物，她拥有的第一件文胸，都是池唐送她的。

她逃离自己的家，开始新的生活，十六岁和十七岁的年纪，池唐给了她太多的勇气。

她发了一会儿呆，感觉池唐坐在了自己的身边。

池唐："在想什么？"

游余听见这个问题，试图认真思考，但是有点难，因为她感觉自己现在的脑子有点不清楚，大概这个时候给她一道最简单的数学题，她也做不出来。

所以她沉吟了很久，才边回想边组织语言："有一天，我们在上体育课……"

是在一个很寻常的日子。那一天的体育课，池唐和她一起打羽毛球，那一颗羽毛球不小心砸在了她的脑门上，对面的池唐看见了，握着球拍忍不住笑起来，池唐很少笑得那么灿烂快乐。

或许不是那时候才发现的，只是那天那种情绪到达了临界点，忽然觉得，这个人真的很好。

她是世界上最动人的少女。

断断续续，干巴巴地说了那天一起打羽毛球的事，游余能感觉得到池唐的疑惑。是的，在池唐听来，那天打羽毛球似乎没有发生什么特殊的事，因为当时她的感觉无法言说，她也不太好意思说。就像现在，她也不好意思询问得更清楚一点。

池唐却主动开口了，说："我之前一个人在外面过了一个月，在街上唱歌，人很多。"人虽然很多，她还是觉得很难过，连空气都有种窒息感。

她唱很多关于动人的歌，唱那些从前没什么感觉的歌词，却总是开始想起游余。她不确定的事情有很多，关于答案，只有游余能给她，这个从前常常给她题目答案的同桌这次也给了她答案。

池唐："我又在抄你的题目了。"

游余："什么题目？数学吗？"

池唐："我觉得你现在好像有点傻乎乎的。"

游余把脸埋进了膝盖里。

静静坐了一会儿，池唐准备回自己的上铺去，游余察觉到身边的动静，抬起头，抓住了她的睡裙。

游余让出了自己一大半的床铺，还把她唯一的一个枕头让了出来，于是池唐躺下了。她以前也经常睡在这张床上。

她的头发散着，落在枕头上面。

周日晚上的晚自习，魏行行几人看见游余没有去办公室。

"游余，今天不去办公室上课吗？"

"嗯，今天柯老师有事，我在教室自习。"

好像没什么不对，池唐的一只耳机塞在了她的耳朵里，两个人一人一只耳机，哪怕各自坐在那写自己的作业，气氛让人觉得有点奇怪。

魏行行看了一会儿，最后觉得，一定是池唐认真学习的样子太让人不习惯了。

"池唐，你今天好认真地在做作业啊。"

池唐扭头看了她一眼，把手里写完的作业本给了她同桌："给你批改。"

魏行行："你们在开小灶吗？我也要！大家一起学习嘛！"

可是，大家聚在一起学习，问题又来了。

张檬："游余老师，别只顾着给池唐辅导啊，都是学生，怎么能有亲生的和非亲生的区别呢？要雨露均沾！"

游余："好的……"这有点难。

柯老师最开始那一席话，还有上了高三的学生们有了紧迫感，班上很多从前散漫的人现在都开始认真学习了，至少这刚开学的一段时间，大多数人还有一点积极性，包括池唐也是。她虽然没说，但上课做作业都比从前有耐心一些。

游余看见她愿意学，自然高兴，也很乐意给她更多学习方面的照顾。

搬到高三致远楼，上课环境更清静了，不过因为后面就是大片树林，夏天晚自习出现的飞蛾更多了，池唐最受不了这种飞蛾，大热的天来上晚自习都一定要穿着外套。

几个人埋头写作业，有一只飞蛾飞到了池唐的背上，她自己没发现，游余发现了。游余捏了一张纸，轻手轻脚地抓住那只飞蛾，把它包在纸里面，没让池唐看见。

这样悄悄帮她解决一点小烦恼的事，游余做了很多，做得很自然。

中午的时间，大部分学生会习惯在教室里趴着睡一会儿，有的人用外套垫着，有的人会特意带一个小枕头放在桌上，池唐就是这种。

只是教室里太热了，总是容易睡得满头大汗，然而大家都一样，好像也没什么好抱怨的。魏行行半途醒来，无意间抬头一看，发现前面的游余看着厚厚的英语课外读本，口中默念英语，另一只手在给同桌扇风。

游余这也太照顾池唐了吧，魏行行想想，好像经历了暑假那件事，池唐确实受苦了，游余更照顾她一些也很正常。魏行行还想着，自己作为魏姐，也应该更照顾下池唐才对。

实在很热的时候，池唐会去买冰棒，那种一袋两个小冰棒的，她会掰下其中一个，直接塞进游余的嘴里。偶尔会是冰橙汁，她喝了几口，会问游余要不要，两个人会很自然地喝同一瓶水。

夏园园在后面开心地喊："我闻到了橘子的香味！"

大家都觉得，池唐和游余感情很好，是最好的朋友。

她们去食堂吃饭，池唐是一如既往地没有胃口，魏行行几人就听到游余问她："鱼肉能吃吗？试着吃一点鱼肉？"

池唐用不太乐意的语气答应了她："好吧。"

张檬端着餐盘："怎么讲呢，总感觉自己有点多余。"

夏园园："嗯……"

魏行行："好酸啊！"

她们自己说完，似乎觉得很有趣，又一起哈哈哈笑起来。

第十八章
她的十八岁

开学没多久，柯老师专门找游余进行了一次谈话。

“关于保送资格的事，上次老师和你简单提过，你现在是怎么想的？如果你要申请，那么肯定是能过的，你高一、高二的成绩，还有竞赛的奖项，足以让你通过审核。老师本身的话是比较倾向于让你保送，你成绩一直很稳，考试也能很好地发挥，参加高考对你来说不是很必要，更重要的是这样更稳妥一些。如果你准备申请，那现在就要开始准备起来了。”

游余听她说完，缓缓摇了摇头：“老师，我不准备申请保送。”

柯老师没想到她会拒绝，那两所顶尖大学的保送资格很高，审核也严格，往届是很多学生想保送但是被打下来，到了游余这里，她一定能过，怎么就不愿意了？

柯老师没急着劝，语气缓和地问：“你是怎么想的，跟老师说说？”

她知道游余一向有自己的主意，虽然游余才十几岁的年纪，平时看上去也挺好说话，其实认准了什么就是什么，做人做事都很坚定。如果不是这样，她也不能一路克服困难来到这里上学，又严格要求自己。如果她不愿意，那肯定是有原因的。

游余确实有原因，但是这原因，有一部分是不能和柯老师提的。

她说：“我还没选好想去的大学，或许不会是老师说的那两所顶尖大学，我觉得其他学校也很好，主要是看我想去的专业。而且高三对我来说也很重要，还有身边的朋友们，我想和她们一起认真读完高三，一起参加高考。”

这件事，她很早就在想。池唐或许不能和她考上同一所学校，但是哪怕不能上同一所学校，她也不能离池唐太远，最好是相邻的学校。这样一来，还有一年的时间，还要看池唐的想法，她不能现在就做下决定。

而且，高三这么重要，她确实想帮朋友们一把，除了池唐，还有魏姐她们。她想和她们一起高考，这是真话。或许在上大学之后，毕业之后，她会走得越来越远，和朋友们的联系也会慢慢减少，所以现在，她要珍惜这一年的时间。

就像柯老师开学时所说的，高三一年，应该是她们送给自己的成年礼。对她来说，和朋友一起度过，帮助她们，就是她给自己的礼物。

这些细致的想法，游余并没有和其他人说。柯老师虽然觉得可惜，但是游余不肯，最终也尊重了她的意愿，只是再三叮嘱，高三一年，她也不能放松，要持续地努力。

学习是痛苦的，或者说，不断认识到自己的不足是痛苦的，学习就是不断暴露自己的不足的过程。

在这紧凑的学习生活中，也并不只有辛苦，也有着闪烁的微小幸福时光。可能是一次晚自习，大家一起唱歌；可能是柯老师忽然过来分发的水果和糖，一个橘子或者一块牛奶糖；可能是英语课上，英语老师偷偷给他们放的一部电影……

对游余和池唐来说，这种微小的幸福可能更加具体私人一些。

高三要学的内容，他们高二时提前学了一点，而现在上课的速度更是飞快，有些同学接受不了这样的速度，只好课后加倍地认真学习补回来。很多人终于知道，为什么从前高三这边的一栋楼，下课也很少看见人了，原来是因为大家都必须争分夺秒。

同时，他们考试的频率更高了，大试小试接连不断。他们自己学校老师出的题，其他学校出的试卷，有时候都不正式，课桌也不分开，就让他们和平时上课一样考试。

哪怕是最讨厌考试的学生，也会在这种环境下慢慢习惯，每个人课桌上的试卷厚度都在不断增高。

作为老师的小能手，做事认真可靠，深受各科老师喜欢的学委游余，经常会被老师们抓壮丁，帮忙去批改试卷。鉴于考试的频繁程度，那么多需要批改的试卷也成为巨大的挑战。

池唐的试卷十次有八次是游余批改的，如果说游余没有特地去找她的试卷批改显然不太可能。

给自己的同桌批改试卷，当然是不太一样的。有些老师改到错题，会毫不客气地画个大叉表示愤怒，根据他们的愤怒程度，那些红叉能力透纸背。而游余不会，池唐错的题她都是画圈圈出来，实在不该错的，她会打一个小小的问号——不是给池唐的，是给她自己的。池唐比较容易错的题，她大概比池唐自己还要清楚。

在池唐的试卷上，除了那些一看就出自游余的标准红钩红圈，偶尔还会有些红笔画出来的小花小表情，也不知道游余是在哪里看来的。

有一次，柯老师没让游余代劳，自己抱着试卷发放。她一个个念到名字让人去拿，念到池唐的时候忽然咦了一声，把试卷举起来问："池唐，你的名字旁边怎么还画了两朵小花？"

红色的笔画的小花，显然不是池唐自己的杰作，柯老师一想就明白了，顿时觉得好笑。游余平时那么稳重，对好朋友还有这种玩闹的小心思，挺活泼的。于是她当着全班同学的面，开玩笑地说："因为这次池唐考得不错，所以游余你给她画两朵小红花以资鼓励？"

全班哄笑，后面魏行行她们笑得尤其大声。池唐抚住自己的额头，有点尴尬。

后来，游余画小花小表情，就藏在试卷的角角落落里。

偶尔，池唐还会在试卷角落不起眼的地方看见小小的一个字母，有时候在英文阅读理解后面，有时候藏在作文后面。

"这是什么意思？不同的标记代表我这次考得怎么样？"她拿着试卷问身边的同桌。

同桌回答她："只是随手写的。"

池唐才不信了。

池唐感到好奇，自己去寻找答案。其实也很容易，随着她们考试次数增多，她把那一叠出现过字母的试卷都翻出来，每一张上一个字母，很轻易就拼成了一句话。

因为她没有揭穿，游余偷偷写字母的行为还在继续，有时候写，有时候不写，而且藏得更隐秘，后来又陆陆续续拼出了一个“forever”。

池唐心想，游余平时看着不声不响，结果用试卷表达心意。

因为这样隐秘的乐趣，在她眼里，好像连试卷都变得可爱了些。

十月份，池唐收到了一个通知。

她的爸爸池璋的判决结果。

接到通知那天是一个晴天，在此之前已经下了快一个星期的雨，难得的晴天。

她没有说什么，只是一天都显得很沉默，午饭和晚饭都没有吃什么。去上晚自习之前，游余拉着她，让她坐在自己床边，蹲在她身前按着她的膝盖：“我帮你请假了，晚自习你不用上，就在寝室里休息好吗？”

池唐忍耐了一天的情绪忽然决堤，她弯下腰，把脸埋在自己的胳膊里，轻声抽泣。

游余抱着她的脑袋，用手梳着她的头发：“不难过了，没事的。”

在晚自习的上课铃声中，池唐躺在她的床上，脑袋枕着游余的腿，两个人静静地看着窗外的夕阳。

“他要死了。”

很多复杂的心情一瞬间涌上心头，如释重负吗？好像有的，她再也不用害怕这个人了。但是难过呢？好像也是有的，她叫了这么多年的爸爸。早早被妈妈抛弃，她也算和那个男人相依为命，可是到头来，感情不值一提，留给她的除了痛苦的回忆什么都没有。

她好像一个孤儿，失去了一次，又失去了一次。

坐起来擦掉自己的眼泪，深深吸气，她不要为池璋难受了。

游余侧身抱着她，对她说：“以后我们一直在一起，大学一起，毕业后也一起。”

池唐：“大学……我应该不能和你上一所大学。”

游余：“嗯，那就上两所相邻的大学，还可以一起住在校外，你别害怕，我说了以后会养你的。”

池唐："你十六岁就这么说了，十六岁说的也算数？"

游余认真地告诉她："嗯，到九十六岁也算数。"

现在好像感动就可以了，但是池唐忽然生出一股不服输的劲："到时候说不定谁养谁呢。"

游余："好的，那我养你也可以，你养我也可以，还可以互相养。"

反正，她开心就可以。

一个夏天的时间，池唐瘦了很多。她本来就不怎么胖，这么一瘦下来，脸上的轮廓都变锋利了，整个人显得更冷。不过（3）班的大家都早就习惯了她这个样子，关于她父亲的事，他们私底下议论了一轮，也没人在她面前说这事。

都是十几岁的同学，（3）班气氛又好，相处融洽，大家都是担心池唐受不了，并没有人故意用这个排挤人。

倒是有隔壁班一些人聊起过这事，故意站在走廊外面说，（3）班几个同学听着生气，站在凳子上，推开窗户和走廊里那几个人对骂——真要说也不是对骂，而是（3）班的同学端着英语书，一本正经地大声念着一些骂人的英语词汇，那几个在走廊里碎嘴的其他班同学被挤对得跑了。

游余更加担心池唐的身体，在她又一次发烧后，提出希望她能多锻炼。柯老师也是这么想的，她对于班上学生们的身体健康状况抓得很紧，仅次于抓成绩。所以为了他们能有一个好的身体迎接考试，柯老师要求他们每天早上都去操场上跑两圈。

许多同学学习可以，跑步就不行了。但是不管行不行都得上，池唐寝室里的几个人，夏园园和路芝最是娇生惯养，体力最不好，次次都垫底，跑完一次步就好像死了一次。

"不对啊，池唐看着那么瘦，怎么那么能跑啊！"

"游余也不对啊！为什么成绩那么好了，跑步还能这么好，这不公平啊！"

游余觉得这样还不太行，每天晚上还要拉着池唐去操场跑圈。跑两圈再回去休息，哪怕时间再不够也坚持这样。她也邀请过魏行行几人，可是她们连连摆手，完全不想参与这个锻炼，所以每天晚上的操场夜跑就只有她们两个人。

操场那边晚上有时候会出现男女一起散步，还有老师偶尔会去突击检查，池唐和游余就遇上过几次。

来检查的老师把那几个男生女生吓得翻树丛逃跑，还要叉着手站在那一通怒骂教育。说完了老师一扭头看见操场上还剩两个人在跑步，再仔细一看是两个女生，其中一个还是眼熟的游余，顿时和颜悦色地夸奖她们："知道锻炼身体很好，现在的学生就是太不注意锻炼，刚才那些学生就应该学学你们，这个年纪不好好学习好好锻炼，搞什么别的？不像话！"

池唐欲言又止。

池唐抓着旁边游余的手："我跑不动了。"

游余牵着她慢慢停下脚步，两个人往前走一段路算作休息，然后休息完了继续跑。

秋天，池唐能接受喝点肉汤了，那种看上去不怎么油腻的肉汤。

冬天，她开始愿意吃一些肉了，总算是稍微长胖了一点。

这一年的寒假，他们大部分时间在补课，高一、高二的学生放假离校了，高三的学生还在学习，他们放假的时间只有几天。这么几天时间，要去哪里是一个问题，最后池唐和游余还是跟着张檬回了她家，去了她们去年冬天住过的柠檬旅馆。

两人一年前来这里，和一年后再来，很多事情不太一样了，心情也不太一样。柠姨对她们还是很热情，直说她们高三考试辛苦了，给她们做了很多好吃的补一补。游余一度担心池唐在饭桌上会受不了，时不时看她一眼，但是池唐并没有表现出恶心的模样，很平静地吃了一顿饭。

吃完饭，她们走在上山的那条路上消食。

池唐说："我快要好了，不用这么紧张。"

确实，她爸那件事已经过去好几个月了，她只要不去想，每天忙着学习，其实也不怎么在意了，只要有时间，一切都会慢慢好转的。

她爸唯一让她感谢的地方，大概就是还给她留下了一点遗产。他的财产交了处罚金之后，剩下的都由池唐继承。也是从律师那里了解到具体资产后，池唐才明白他为什么这两年脾气越来越暴躁。

原来他从前那些财产都被他挥霍得差不多了，或许这两年搞工程还赔了钱，好几套房都卖掉了，也就只剩下了一套房给她继承。虽然不多，但也足够她上学了，从这一点上来说，她愿意感谢他。

有时候她觉得，和游余比起来，自己算是幸运的人。这两年多来，只依靠自己的努力，游余也坚持着把自己的生活过好，不管是做暑期工、做家教还是去竞赛，她每一件事都全力以赴。只要想到游余，池唐就觉得自己必须从那一次创伤里走出来，她没有资格沉溺在痛苦里。

或者，感性一点来说，游余给了她勇气。

她的“勇气”却很纵容她，对她说：“慢慢来也可以，不用急，也不用勉强。”

她们一起走过去年走过的山道，池唐想起去年那场忽然的冷战。其实，或许是从那时候开始，她就觉得有点模糊地明白自己的感觉，但是又不知道怎么回事，只能莫名发了一顿脾气。

她斟酌了一下说：“我以后尽量少发脾气。”

游余还没反应过来她在说什么，终于想明白后，扑哧一笑：“不，其实，我觉得还挺可爱的。”

池唐：“哪里可爱？你的眼睛呢？”

游余一本正经地推了推眼镜：“眼睛近视了。”

两个人回去旅馆，帮着洗刷了浴池，然后果然又被张檬推着一起泡澡。她们在这里住了几天，过了一个非常平静温馨的年，很快就要回去上课了，高三的放假就是如此残酷。

一上高三，时间好像被人按了快进，前进得飞快，一眨眼过了一个学期，一眨眼黑板上的高考倒计时变成了六开头的两位数。

南林一中的高三班级，倒计时都是从高三下学期一开学就开始的。作为班主任的柯老师不假手他人，每天到教室做的第一件事，都是把倒计时的天数改一次。每次看到她擦黑板改数字，(3)班的同学们就莫名有种紧迫的感觉。

池唐觉得这是故意的，她们柯老师玩得好一手攻心计。

如今大部分人最关心的还是学习成绩和高考这些，在学校里老师耳提面命，回到家父母也是不停唠叨，容不得学生们不把这事放在心上，其他的一切，都要为高考让步。

池唐没有这样的苦恼，没有家长会唠叨，而且同样是高三学子，她过得比其他同学幸福许多，这个幸福建立在她的同桌游余身上。

学习方面的任何问题，她的小老师都能为她解答，至于以后的报考学校、要选择的专业等，两个人也讨论过了——在一次网吧玩通宵的时候，池唐听游余讲述了她的想法。

大家都埋头苦读死读，游余已经考虑得很长远了。她在这一点上确实是远超常人地早熟，大概是因为她明白自己没有父母会为她的未来打算，只能自己为自己打算，连带着池唐也开始早早思考自己的未来。

整个高三都管得很严，一整个学期下来，池唐也就找到了那么一天能去网吧玩通宵，还全部都被游余用来和她聊学校和专业了，听起来实在有点惨痛。

她的游戏许久没有上，游戏上的好友都快把她忘记了，偶尔空隙时间登录上去，玩不了两局，手感都还没找回来，又要继续学习。

游余宽慰她："等高考完了，我陪你一起玩。"

池唐拒绝了："不，我不跟你一起玩，带不动，我不想再输了。"

最终池唐还是没有再玩游戏了。高三冲刺期断网，是常规操作，柯老师把（3）班所有学生安排得明明白白，一进教室，就整一个地狱苦海，每个人待在自己用书和试卷围起来的小城堡里，轮番挑战语数外物化生六门课，经常被虐得头昏脑涨双眼发直。

寝室里最娇气的是夏园园，有一天在寝室里忽然就哭了，哭得毫无预兆，上气不接下气，唬得她们围着她询问发生了什么。池唐也以为夏园园是被人欺负了，听了什么不好听的话被气哭，先前也不是没发生过这种事。结果她们问了半天，夏园园抽噎着说："怎么办？我好累，我不想学了，我成绩不好，肯定考不上好大学了。"

魏行行："那你哭有什么用？吓死我了，还以为你遇上什么事了突然哭成这样！"

夏园园的情绪来得快，去得也快，第二天她又能继续学。

像她这样的学生还有很多很多，每一个老师和家长都强调着高三是最重要的一年，一遍遍地说着考一个好大学的重要性，好像不能考上好大学这辈子就完了。很多心理素质不强的学生，承受了太多的压力，不管男女都会被这种压力给逼到哭出来。尤其南林一中抓成绩向来抓得很严格，每个月的红榜排名竞争都非常激烈，就连游余的第一名也时常受到挑战。

经常排名第二的那个男生王明煦就很不高兴上头老是有个女生压着，游余虽然不认识他，但王明煦从高一开始就单方面把游余当作对手，每次月考都铆着劲儿要超过她，可惜次次失败。他的分数在前十徘徊，最好的成绩就是排名第二，一次都没能登顶。

就因为这样，高三搬到致远楼后，两个班离得近了，经常在走廊上遇见，每回看见游余，王明煦都是一脸意难平的模样，怨气显而易见。

游余是不想和他计较，但池唐每次看见王明煦，见他瞪着游余，就会用更轻蔑嘲讽的表情瞪回去。一个怎么比都比不过游余的弱鸡，还好意思在这里瞪人。

她还没发难，那王明煦就受不了了，有一天错身而过时，忍不住停下脚步质问："你这眼神是什么意思啊？"

池唐抱着胳膊抬着下巴，嗤笑一声："我是什么意思，你是什么意思？每次看到游余就要瞪眼睛，田鸡都没你能瞪眼，你是不是输不起？"

王明煦学习是不错，骂人就不行了，看他被气得脸红脖子粗的样子，游余真怕出个意外两个人打起来。

最后架是没打成，但不知道从哪里传出谣言，说(1)班的王明煦和(3)班的池唐关系不一般，有人信誓旦旦地说看见王明煦在走廊上和池唐说话，脸都红了，还说池唐每次看见王明煦都要和他对视，明显就是有问题。

池唐心想，哪个眼瞎的孙子传的谣言？

王明煦比她还要愤怒，好像被侮辱了，气急了直接当着开玩笑那人的面说："我看得上她？那个成绩算什么，我真要看上也只能看上第一名！"

当事人这么一说，关于游余和王明煦的感情问题又到处流传开来，同样是之前信誓旦旦地说王明煦和池唐关系不一般的人，如今再次赌咒发誓。

池唐简直被他们气笑了，深深觉得这些人整天学习把脑袋都学傻了。

原本这不是件什么大事，也就一些无聊学生在繁忙的学习间隙里传一传八卦调剂一下，但老师们都对这种问题很敏感。因此，王明煦和游余都在某天晚上被老师叫去谈话了，至于谈话内容，无非那些不能早恋，耽误学习，稳住心态，专心备考之类的。

游余满脸无奈地重申了好几次自己和王明煦之间没有这个问题，才让柯老师放下心来，但不管事实怎么样，还是难免被人打趣几句。

池唐捏着自己的笔，有些生气。

游余无语。

池唐："那个王明煦是个智障吗，什么话都说，不过脑子。"

游余还是无语。

池唐："他不是针对你？"

游余："是不是都和我没关系。"

少男少女之间微妙的感情，实在很难说清，关于王明煦对游余有没有好感，谁也不知道，反正这两个人除了在红榜上，在其他地方完全没有交集，自然也不存在什么故事了。

压力甚大的高三学子们，在学习间隙里生产传播八卦用来放松续命，然而到了五月，高考的脚步越来越近，大家连传八卦的心思都没了，教室里经常安安静静，连魏行行都快要憋坏了。

柯老师一看，这不行啊，别考试时间还没到，学生全都趴下了。为了调动他们的情绪，柯老师不得不经常和大家谈一谈心，开解一下他们，但再香的"鸡汤"喝多了也都喝不下去。柯老师没办法，琢磨着给了他们两节体育课，让他们能稍微放松一下。

这来之不易的两节体育课，终于挽救了岌岌可危的学生情绪。

扔下书和笔奔跑向操场的那一刻，所有人都感受到了莫大的幸福——就好像死刑前突然多出来的生存时间。

池唐和游余找了一个清静的角落打球。打着球，池唐忽然想起先前游余说她们打球，她把球不小心砸到游余脑袋上的事，忽然心里一动，手里一转，一个羽毛球砰的一声拍出去，正正落在游余的脑门上。

这第一个，游余还没发现她是故意的，第二个羽毛球又落到她的脑袋上时，她才终于反应过来。

池唐没用力，羽毛球落下来轻飘飘的，也不疼，这种“玩闹”让游余有种莫名的窘迫感——她根本就是故意在闹她。

羽毛球大魔王魏姐完虐一圈回来，看见这边角落池唐在欺负人，立刻走过来大喊：“游余，让魏姐来替你报仇！看我和池唐来两局，保准每一个球都能砸到她的脑袋上，让她仗着自己比你厉害用球砸你！”

池唐：“嗬……”

游余汗颜地把魏行行劝走，和池唐两个人坐在操场边上看着其他人打羽毛球，忽然对视一眼一齐笑了起来。

五月十日，是游余的生日，十八岁的生日。

恰好是周日，能有小半天假，池唐出去了一趟回来，把一个小袋子偷偷藏进了游余的枕头底下。放完又觉得这样太隐秘了，不容易被发现，用手将小袋子一角钩了出来，露在枕头外面。这样一看，她才算满意了。

放好东西，池唐爬到自己的上铺，拉起被子盖着，假装自己在午睡。

没过多久，寝室门被打开，进来的人脚步声很轻。池唐很轻易地就能听出来，这是游余，整个寝室只有她会在一进门就注意到寝室里是不是有人在休息。其他人刚回寝室都是踢踢踏踏一阵吵闹，动作十分大，还要大声说笑，被人提醒了才会发现屋里有人休息。

游余走进来关了门，将什么东西放在了书桌上，大概是书和笔记那些，放好了又站在床前看了她一阵。虽然看不见，但池唐能感觉出来她的注视。看了一阵，她感觉有一只手在她的被子上碰了碰，游余轻轻叫了她一声。

“池唐？”

声音很轻，池唐没动弹，假装没听见。游余大概是觉得她真的睡着了，没有再喊她。池唐只能听得见细微的动响，猜测着游余现在是不是看见了她枕头底下放着的东西。

她细细听着，果然没一会儿听见了塑料袋簌簌的响声，还有盒子被拆开的声音。

然后底下又是好一阵没有动静，池唐心想，游余到底喜不喜欢这个礼物？她有点沉不住气，想坐起来直接往下看，又忍住了。

这个十八岁生日要送游余什么礼物，池唐考虑了很久。

十八岁就成年了，她觉得这一年的生日，和其他年份的生日，总要有些不一样的，送的东西也应该有意义。她想了很久，最后在网上找到了一个建议——送口红。

倒不是因为什么“女人天生爱口红”“女人应该有多少支口红”的营销口号，而是因为口红好像本身有一种别样的意味。它总是和“女人”这个词汇连在一起，而十八岁，从女孩到女人，就好像花苞绽放。

池唐先前看过一个古代爱情动画短片，其中有一段是女主角遇上心仪的人，每次去见心上人都要在唇上点一点红。后来她出嫁了，穿着喜服又坐在镜前点红唇，那样的镜头语言，配着一首《红妆》，池唐觉得很有韵味。所以再一看到口红这个建议，她马上就做出了决定。

她们才上高中，学校并不允许学生化妆，她平时最多也就用个洗面奶。这回去买口红，因为时间仓促，她还是穿着校服去的，走到那个柜台，面对琳琅满目的口红颇为不知所措，柜台后面的姐姐看她的眼神就好像看着一个小孩子去穿大人的鞋子似的。

那场景有点羞耻，让她想起高一那年去买文胸的那次情形。

买完口红走在路上，池唐又想，按照游余的性格习惯，她应该是不会喜欢这个礼物的。游余平时把自己打理得干净整洁就差不多了，从来不刻意打扮，和其他这个年纪的爱美少女不太一样，这口红大概买了她也不会用上。

而且，游余会不会觉得她买个口红很敷衍？所以池唐走到半途就有点后悔了，但是买都买来了，又不好临时改换，她也想不到其他礼物，最终还是拿回来送了出去——为了避免直面游余不喜欢的画面，她硬着头皮在那装睡。

寝室里特别安静，池唐对声音又很敏感，侧耳细听。她听见游余拆开包装拿出口红，又响起轻轻的声响，那应该是打开了口红的盖子。

看完了她应该就会收起来吧？池唐又安慰自己，就算不喜欢，游余肯定也不会说什么的，大不了下次再给她补个喜欢的礼物，比如一大堆的练习册……也不对，她们都快毕业了，买太多练习册也做不完。

池唐脑子里胡乱转着各种念头，忽然又听见脚步声，好像是游余起身去卫生间了。池唐心里一动，悄悄坐起来，看一眼下铺被打开的包装盒。她难道是去试用了？池唐踩着梯子下了床，光着脚走到卫生间往里看。

游余站在镜子前面，手法很生疏地在涂口红，显然是第一次用，虽然认认真真地描绘着，但大概是因为唇太干，有些涂不均匀。张扬热烈的红色，在这个平日里显得沉静的女孩子身上，有种别样的美丽。因为鲜艳的颜色，又或者因为她的神情。

两个人的目光在镜子里对上了，游余下意识地抬手遮了遮。池唐也有种不好意思的窘迫，但又想笑，大约过了三秒，她走进了卫生间，伸出手："我帮你涂。"

她其实也不怎么会。

而且她帮忙涂的时候，游余还一直下意识抿唇。她只好稍微用力捏一捏她的脸："张嘴。"

游余依言张开嘴，眼睛一直看着她，哪怕在镜片之后也能看到她的眼神十分明亮温柔。看她一阵，游余垂下眼，唇不由自主往上弯了起来。这一幕看上去竟然莫名有种熟悉感。

"好了……"

她涂得实在很失败，勾勒出的唇形太死板了，甚至有几分滑稽。池唐不由自主地说道："没涂好，擦了重新涂吧。"

五月下午炽烈的阳光落在她们脚下，落在白色的瓷砖上，反射出一片明亮的白光。

戴着眼镜的女孩子在阳光下，露出一个从未有过的灿烂笑容，仿佛一朵盛开的花。

池唐侧头看见镜子里的自己，她放下手里忘记放下的口红，抬手摘掉了游余的眼镜，低声说了一声："生日快乐。"

游余的生日过后，距离高考不到一个月。

人人都学得天昏地暗，考试前夕，一直让她们加紧学习的柯老师，忽然对她们说："明天考试了，今天大家就好好休息吧，下午只上两节课，晚自习也不用来上，养好精神。"

精神紧绷了这么久，突然间空了下来，所有人都有点不适应。不让看书做题了，她们甚至不知道自己还能做点什么。

因为担心学生私自外出会遇上什么问题，耽误考试，所有住校的学生都只能待在学校里。

晚上，虽说柯老师说了不用上晚自习，但还是有不少人去了教室，一部分是准备考试前再突击一下，有一部分是纯粹忘记不上晚自习的事，下意识地就过来了。

一群人在教室里，想学习的紧张得学不下了，不想学的也不知道能干什么。

魏行行提议："要不咱们来唱歌？"

一说到唱歌，所有人的目光都看向池唐。

在平常晚自习的时间，柯老师走到(3)班教室附近，听到了一阵歌声。她站在门边往里看，看见池唐抱着吉他在唱歌，唱的是语文必背古诗词。柯老师都给听笑了，想不到这学生会把语文要背的课文都当成歌来唱，还挺有趣的，而且也是真的好听。

悠扬的音乐回荡在教室里，班上很多人或坐或站地安静听着。柯老师也在门外听着，等到这些"课文歌"唱完，里面又换了一首《送别》。

长亭外，
古道边，
芳草碧连天。
…………
天之涯，
地之角，
知交半零落……
…………

每一年的毕业季，都有这样一场送别。毕业之后，她们每个人都有各自的方向，再难有这样的时刻了。

柯老师听完了歌，有点心生伤感，又笑了下，最终还是没有进教室，悄悄离开了。

高考三天，池唐有些不记得自己是怎么过去的，只记得考试前柯老师一再强调记得带准考证，不要紧张等叮嘱，好像就是一眨眼，这最后一关就这么过去了。

快得有些出乎意料，之前她把高考想得很难，但是真的经历了，似乎又觉得没什么。

考完那天，高三的同学们再度齐聚教室，不知道是谁先开始的，他们在教室里欢呼大喊，还有人撕书，乱抛作业和试卷。这似乎是某个传统，每年这个时候，高三致远楼底下都会铺上一层的纸。

池唐没有参与这群人解放的庆祝。她紧紧握着自己手里的东西，站在走廊上往下看，静静等待着。

游余考完就被柯老师叫去拿东西，抱着一沓纸走到楼下，听到池唐熟悉的声音在喊她。

“游余！”

游余下意识地抬头，看见站在二楼走廊上的池唐。

池唐对着她笑，伸出手，没头没脑地问她：“你要不要？”

游余看见池唐伸出的那只手上，有什么在阳光底下折射出明亮的光。

她手上还拿着另一枚。

游余倏然间明白了什么，脸上的笑忍不住地扬起来。

“我要！”她站在楼底下说。

整个致远楼很吵闹，许多人在欢呼笑闹，她们的声音在这其中显得微不足道。但她们都清楚地听到了对方的声音，好像有什么将她们隔绝了出来。

池唐在楼上微微倾身，手臂轻轻一扬。

在游余眼中，那一枚系着红线的金属圈划过毕业这天湛蓝的天空，朝自己落下来。她不由自主地上前两步，手一松，怀里抱着的一堆纸飘落满地，她抬起手，准确无误地接住了——

下课铃响了——

番外一

大学和家

这一届的大一新生刚入学没两个月，S 市音乐学院办了一场校园歌手大赛。

作为享誉国内的知名音乐学府，哪怕只是个校内比赛，动静也不小，好歹都是学音乐的，各系都有些拿得出手的人才，因此赛场上也是从一开始就展现出了激烈的竞争，还有明星校友回归母校观看学弟学妹们表演，这样一来，把比赛带得更加火热了。

和 S 市音乐学院相距不远的几所学校，都有学生跑到这边来看表演，离得最近的 S 市科技大学，国内排名前三的知名学府，著名的培育科研人员的摇篮，这两所学校的学生互相串门也算是日常。在决赛这一天，许多没有课的科大学生跑来凑热闹。

“要说考还是我会考，我们音乐学院长得好看的漂亮学姐多了去了，我今年一入学就傻了你知道吗？好家伙，这才几天啊，我都看到不下十个长得和明星一样的学姐了，和我同一届的也有很多女生挺漂亮的，哎，翰子，你们科大有好看的女生吗？”

被称作翰子的男生戴着一副眼镜，文弱瘦高的模样，语气有些不好意思：“我是去学习的，又不是去谈恋爱的。”

裴茂揽着好兄弟的肩，摇了摇手指头：“咱们都上大学了，上大学肯定要谈恋爱，不然不是白上了吗？咱们现在这个年纪，已经是合法恋爱了！”

不等王翰再说什么，他又嬉笑着说：“反正咱们两个学校离得近，以后你常来找兄弟玩，兄弟肯定给你介绍女朋友！”

王翰摇了摇头：“你还是先给自己找吧，我就算了。”

裴茂忽然嘿嘿笑了两声，压低声音说：“其实，我看上了一个学姐，今天带你来就是让你见见我暗恋的女神。她是大二的，比我高一届。”

王翰稀里糊涂地被亢奋的好朋友拉到礼堂，座位是不要想了，来得太晚座位早就被占光了，只能站在后面看看。周围站着的人还挺多，王翰先前还勉强能听着朋友在耳边叽叽喳喳，等到台上换了个人，身边的朋友一下子激动起来，活像参加偶像的演唱会，拽着他说：“快看快看，我女神！”

离得有些远，哪怕戴着眼镜，王翰也看不太清楚台上那个女生的容貌，只是这么看去，觉得那女生轮廓似乎挺漂亮，站在台上特别有气质。主持人报了名字，但是被台下欢呼激动的人声给淹没了。

王翰扭头对朋友说：“你这个学姐好像挺受欢迎的。”

裴茂：“那当然，我池学姐一进学校就是风云人物，备受青睐！”

王翰有点为朋友担心了：“那你追得到吗？”

裴茂：“追不追得到，试试呗，说不定人家学姐看上我有钱了呢？”

王翰有一瞬间无语，想说点什么，音乐前奏过去，耳边忽然响起歌声，塞满了人的礼堂一下子安静下来。

音乐学院的礼堂音响设备是真的很不错，完美地展现了台上那位学姐美妙的歌声。王翰虽然对音乐没什么研究，但他确定，这位学姐一把好嗓子确实是老天爷赏饭吃，他乍然被灌了一耳朵清脆的声音，连自己刚才想说点什么都给忘了。

在这种安静的时刻，有晚来的学生不敢大声，放轻步子，恰好停在了他身边的位置。

王翰也没有太注意，直到台上那位池学姐一首歌到了尾声，他才无意识地往旁边扫了一眼，这一看就看到了一张熟悉的脸。

“游余……学姐？”没想到会在这种地方看见这位在科大物理系有名的学神，王翰忍不住磕巴了一下。

恰好台上的学姐唱完，干脆利落地下了台，那戴着眼镜显得很温和的游余学姐才转头看他，露出一个笑：“你好。”

王翰不确定对方知不知道他是谁，应该是不知道的，毕竟他才入学两个月，朋友们吹牛叫他一声学霸，但在科大物理系还真算不上什么，而这位学姐据说进学校起就一路碾压同届学生，现在连学长学姐都开始被超越，是出了名的学习升级狂人，备受导师喜爱，两个人如今还算不上一个等级。有时候哪怕同一个学校同一个系同一个班级，人和人之间的差距也是巨大的。

“游余学姐，我也是科大物理系的。”王翰面对游余学姐，虽然没有朋友看见池学姐那么激动，但多少有点崇拜之心。难得能这么近距离接触对方，小男生还有点脸红，多嘴解释了一句。

游余点了点头说：“我记得。”她记性好，一个系的，又见过几次，当然记得。只不过，记得归记得，游余却没有什么心情在这里继续和不熟悉的学弟聊天，应了两句眼神就不由自主地往后台那边飘过去。

她最近忙了一阵，晚上都是住宿舍的，都没能回租的房子，好不容易今天事情告一段落，才挤出时间和导师请了假，匆匆跑过来想看池唐上台唱歌，结果紧赶慢赶还是来迟了点，最开始一小半没能听见。

身旁的学弟好像又说了句什么，游余记挂着好些天没见的人，没有听清，但是下一秒，她捕捉到了另一个声音。

“翰子！我决定了，我待会儿就要向池唐学姐表白！”

游余转头，看见那个拽着小学弟显得无比激动的男生。长得挺高，五官端正。

王翰注意到学神学姐的注视，还以为是朋友太闹腾了学姐受不了。他现在颇有面对导师的紧张，连忙拽住裴茂让对方小声点。裴茂哪还管得着他的小动作，满心满眼都是刚才在台上无比耀眼的女神。

恰好这个时候，三人都看见在后台方向，一个人影从幕布后面走出去，通过侧门离开了。门快速开合中，一抹光明亮地洒在那人秀美又有点冷淡的面容上。裴茂打了鸡血一样，拉住王翰：“好机会，我要一鼓作气地表白去了，走走走，快跟我一起过去拦住学姐！”

游余默默地跟着他们一起出去了，心里有些无奈。她本来也想去找池唐，但是现在这样，恐怕还要亲眼见证一场告白现场。

此时人基本上都在礼堂里，外面没什么人，池唐又拣着人少的路走，裴茂很快追了上去，喊道：“学姐！”

池唐听到陌生的声音，回头看了眼，这么一看，一下子看见了两个男生后面不远处的游余，当下脚步就慢了下来，最后停在绿化带旁边一棵花树下，抱着胳膊翻了个白眼。

裴茂兴冲冲过来，还没说话就看见学姐朝自己翻了个白眼。他哪见过高贵冷艳的学姐做这么接地气的动作，而且她还一副好像要和他算账的表情，真让人心里惴惴，忍不住反思自己有没有做什么，但是想来想去两个人先前好像都没什么交集，不该出现什么矛盾才对。裴茂沸腾的情绪被那么一凉，情绪饱满的一句告白说得结结巴巴。

“学姐……我叫裴茂，我喜、喜欢你，你能不能当我女朋友？”

池唐没兴趣在这听人告白，等着后面那位姓游名余的人过来，可对方反而停在那不动了。她只好先解决拦路虎，准备速战速决。

池唐将目光转向面前的男生：“你没有女朋友？”

裴茂一听，学姐这是什么意思？她好像是要答应？不然问我有没有女朋友干什么？他响亮地回答了一声：“是！我没有女朋友！”

池唐扯了扯嘴角：“你没有，怪谁？”

裴茂一蒙，不太能联系上下文理解这句话：“啊？”

已经经历过许多次被人告白，池唐驾轻就熟地抛下傻眼的人，越过他们往游余那边走去。看她眼神不善地越走越近，满身镇定气质的游余似乎轻轻地缩了缩脖子，随即又很快带上了温柔笑意。

池唐走到游余面前，发觉她长高了一点，自己需要稍微仰视，显得很没气势，于是脚一抬踩上了旁边的花坛，这才达成居高临下俯视游余的成就。

“我当你忘了我呢。”

她这句话一说，游余瞬间低头，合掌要拜。

池唐膝盖往前一伸，敏捷地挡住她的手：“你拜菩萨呢？”

游余：“菩萨原谅我。”

池唐：“刚才听到我唱歌没？”

游余老实地回答：“听到了，但前面一段没听到。”她脸上是真心实意的可惜表情。觑见池唐的神情，她语调温柔又试探着道：“等到最后一场决赛，我肯定不会错过了，一定看完全场。”

池唐：“还决赛呢，我就止步这一场了。”

游余的笑容消失，微微颦眉：“可是你唱得这么好，难道没有拿名次？”

池唐：“我不乐意了，本来就是给朋友救场帮忙的，没什么意思。”

游余这才重新露出笑容：“好，只要你没受委屈就好。”

池唐无意义地低骂了一声：“忙完了？忙完了回去，趁有时间一起打扫卫生，屋子再脏下去我也住校不回去了。”

游余：“那待会儿回去你把刚才那首歌再唱一遍我给听？”

池唐没回答，但看表情就是答应了。

池唐顺手捏着她的辫子作势要勒她的脖子，还有点余怒未消的样子。

池唐和游余在两所学校附近的小区租了一套房，房子不大，住着两个人还有一只猫。

她们已经在这里度过了两年的春节。对于她们来说，这里就是只属于她们的家。池唐再也不必想到“家”就回忆起那些不好的画面，游余也不必再寄人篱下，每年放假都要想自己能去哪里。她们的心都找到了能栖息的地方。

住了两年多的房子充满了生活气息，窗台上放着一些绿植，养得不是很好，虽然池唐关注了几位养花博主学了一些技巧，但是养花这种事大概还要看天分，她把那些花养得半死不活，养花的热情一过还经常忘记浇水。

到后来，大部分时间是游余在帮忙浇水。

小客厅放着的沙发是池唐的地盘，在家的时候她经常在上面躺着，旁边还有个懒人沙发，被猫占据了，游余就坐在旁边的书桌前面，埋头干活。她的课业和池唐的比起来有些繁重。

有些人上大学，日子过得轻轻松松，每天打游戏，不知道学了些什么；有些人上大学，有学不完的东西，哪怕老师没要求也会自主学习。游余从来都是后面这一种。而且除了本专业的课，她还在自学俄语，已经能做一些比较专业的翻译工作。

虽然小书桌是游余的地盘，但池唐偶尔也会占据一方在上面玩玩电脑，写写画画，两个人用同一个台灯、同一支笔，脚放在桌下偶尔会踢到对方。

池唐是编曲系学生，但是作曲、作词、唱歌都拿手，还是某站知名UP主。这个身份大概要追溯到高中朋友夏园园的一次请求，从那一首翻唱火了之后，高三快高考那段时间，魏姐又把她唱的高中必背古诗词串烧传到了某站上，又火了一次。后来这个账号，池唐也习惯了在上面发一发唱歌视频，莫名其妙地粉丝就越来越多，还有好些商业合作找上门来。

她自己做的一些歌，基本上都是在这个小书桌上完成的，录歌就在这个房间的各个角落，沙发上，或者卧室里。

她们睡在同一个卧室里，一张大床靠着阳台，朦胧白色的窗帘会在夜晚透出依稀的光，白天过滤刺眼的阳光，整个房间里都显得很明亮。

衣柜里两个人的衣服放在一起，有些乱，因为她们身高差不多，净身高大概是游余高那么一点点，穿的衣服码数也差不多，所以衣服基本上是混着穿。鞋子也是，门口鞋柜上的几排鞋两个人都能穿。

如果出现比较大的身高差异，那么就是因为两个人鞋跟高度不一样。每次一起出门，看见游余穿了跟稍微高一点的鞋，池唐就要把她拽回来，给她换上一双平底的，游余只好边摇头边笑地坐在小凳子上换一双鞋。

鞋柜最里面放着两双一模一样的红色高跟鞋，是去年的节日礼物。两个人都不怎么爱穿高跟鞋，但是这鞋买来的那一天，两个人穿着同样的红色高跟鞋和同款的裙子，推开沙发，在客厅里跳舞。

放了池唐曾经给游余弹奏过的那一首《一步之遥》，两个人抱着对方转来转去。这“跳舞”其实更像是玩闹，而且到后来两人觉得高跟鞋太难受，还直接踢掉了，光着脚在地上踩。

这两双高跟鞋自那以后就待在鞋柜里当纪念品。

卫生间稍微大一点，有一个浴缸。浴缸她们刚住进来时是没有的，池唐让人来装浴缸，还和游余开玩笑说：“家里有一只游鱼，怎么能没有水池？”

这个小小的水池，游余在学习了一天回家之后，躺着泡澡十分舒服。

不过，一般池唐不泡的话，游余也不会自己去泡，她更习惯简单的淋浴。

沐浴露、洗发露和其他护肤用品、化妆品两个人都是一起用的，游余习惯一直用同样的牌子和产品，池唐会试一试新的沐浴露、洗发露，用了新的香味，就凑到游余面前让她闻一闻。

“这个味道怎么样？”

“好香。”

不管是相同的香味，还是不同的香味，混在一起之后，都变成了特殊的混合香。

半开放式的厨房，挤着小烤箱、榨汁机电烤盘等小器具，大部分是池唐买的，她经常在网上转一转，种草了什么就买回来试试。

两个人平时在各自的学校吃饭，放假有时间了，才会买菜回家把这些小器具一个个用上，一起做一桌菜，跷着腿坐在小吧台边或者盘着腿坐在客厅里吃，说一说话，看一看电影。

厨房里的小吧台只适合两个人坐，如果来了朋友，就要展开小客厅的桌子。会来她们这里的朋友，只有张檬和夏园园。她们两个也考到了S市的大学，学校距离有点远，但偶尔会过来玩一玩，过来要留宿就会住在剩下的那间小卧室里。

她们以前宿舍玩得最好的几个人，只有魏行行考去了B市的大学，每每和她们聊天都要抱怨自己一个人孤身在外。夏园园尤其喜欢邀张檬一起来这边玩，再给魏行行发视频，让她羡慕嫉妒恨地看着她们四个人坐在一起吃吃喝喝。

家里的猫是入住最晚的成员，最开始只是借住。那是夏园园捡到的流浪猫，偷偷在宿舍养了一段时间后被同学发现了，大家不让养，她只能送走，就给送到了两个好朋友这里。

最开始说好帮忙养一两个月，后来好几个月过去猫还在这住着，夏园园也不提带走了，瞧见她们就心虚地直笑，每回来借机撸猫都十分开心。池唐懒得和她计较，就让这猫一直住了下来。

那是一只狸花猫，刚来那会儿瘦瘦小小，叫声细细的，很怕人。现在吨位沉重，跳上懒人沙发，整只都能陷进去，还经常和池唐打架，它脾气不好，和池唐十几岁的时候有的一拼。不过，打完了这二位就能挤在一个沙发上一起看电视，游余总感觉她们像是母女俩。

“池唐。”游余坐在书桌前，工作告一段落，侧头看见沙发上的池唐和猫，忽然叫了她一声。

沙发上的人和猫都转过头来看她，神情一模一样，连姿势都神似，看着有种猫拟人的喜感。

游余抬着手机咔嚓拍下一张照片，设为手机屏幕，替换掉上一张池唐浇花的照片。

番外二

过往和以后

游余二十二岁那年，又见到了自己的父亲。那个男人还是她记忆里的模样——皮肤黝黑，穿着寒酸，最寻常的艰苦农人模样。

但是又有些不一样了，二十二岁的游余重新审视他，发现他并没有自己十五六岁时看见的那么高大，也并不可怕。虽然面对她这个几年未见的女儿，他仍然是凶狠蛮横的态度。

他为了自身和这座城市格格不入的形象而感到局促，但对她这个女儿毫无生疏感，见到她之后就开始大骂她没良心。

说起来也是有趣，她从几岁开始干活，照顾生病的母亲，后来又要照顾弟弟又要照顾父亲，累得没有一天能休息，村里人都夸她有良心，可她带着这样的“美名”过得一点都不快乐。等到去追寻自己想要的生活，去学习，靠自己的努力赚钱之后，她再也没有联系过父亲，虽然她被骂没良心，可她还是快乐的。

而且，现在她一点都不后悔。

“要不是你叔的儿子回去说看到你在这里，我都找不到你，没良心的畜生，白眼狼，你老子生你养你，你长大了就跑走，几年不回去，现在能赚钱也不寄钱回去……”

好像种种纠葛，说到底都是因为一个钱字。

他上来想要给她一巴掌，就好像高一那年的元旦晚会一样。但是游余并不觉得恐惧，躲了一下，语调很平静地说："弟弟要钱上初中了吧，我可以给你两万块钱。"

两万块，对于现在的她来说并不算什么，但对于她父亲来说，那是一笔巨款。直到跟着她去取款机，看着她取钱，再把那两沓红票子拿在手里，男人的脸色才终于好转，但还带着讨债人的趾高气扬和理直气壮。

游余忽然笑着摇了摇头，不知道在感叹些什么，对他说："拿了钱，以后就不要再来找我了。"

父亲一瞬间变了脸色，收起钱怒骂："你永远都是老子的女儿，赚了钱就要给你老子和弟弟用！不然你一个丫头赚那么多钱干什么？"

游余看着他："你以前不是想带我回去让我嫁人，当时不是说人家的彩礼给两万？你就当已经两万块钱把我卖了。养老送终是你儿子的事，我就是个养大了能卖钱的丫头，卖出去了就是别人家的。"

这都是她从小听着这个男人说的话，女儿养大了就是别人家的，女儿没有用。因为是个女儿，她千求万求才能读书，一边读书一边帮家里干活；因为是个女儿不能延续香火，她在家里吃得最少干得最多却从来不被重视。

"谁家的女儿都只能卖一次，你还想卖好几次？哪有那么好的事？"游余一直很平静，哪怕面对着男人的怒骂她也眼都不眨，只是在男人想打她的时候反抗了，银行的工作人员跑来阻止。

游余望着男人，最后只说："你再来找我几次都没用，你的女儿已经被卖出去了，你现在没有女儿。"

她都不记得自己当时是怎么回家的，只记得太阳太大了，晒得人头晕，路边都是白光，身后的叫骂声越来越远。她回到家，在池唐常坐的沙发上枯坐了一会儿，猫绕到她脚边和她打了个招呼。她摸了摸猫，起身开始打扫卫生。

池唐背着包回来的时候，游余已经把家里彻底打扫整理了一遍，正在拖第二遍地。每次遇上什么难解的问题或者心情不好，游余都喜欢用打扫卫生来排遣这种负面情绪。

池唐似乎是被这干净闪亮的家给吓了一跳，过了会儿才脱鞋进门，去冰箱里拿了冰水，晃悠到她面前："你今天没课吗，这么早就回来了？

“怎么突然打扫卫生？”

游余没有说话，脸忽然被冰凉的手端了起来，池唐问她：“你是发生什么事了？”

游余从恍惚之中回过神来，笑一笑，本来想说没事，但是话到嘴边变成了一句：“我爸刚才来找我了。”

池唐瞬间拉下脸，一手把冰水往旁边重重一放：“他骂你了，打你了？人呢？我带你去和他打一架！”

好几年了，游余最开始还时常想一想要是父亲找来了怎么办，后来慢慢地就不思考这个问题了，因为她觉得不害怕了。她确实不害怕了，刚才她最多的感觉也只是恍惚而已，这种恍惚大概是“原来从前觉得天大的事也不过如此而已”的感叹。

游余放下拖把，拉住池唐的手，说出了自己最开始想说的那句话：“没事了。”

“他已经走了，不会再来了。”他肯定还会再来，但是再来也没什么用，既然她这么说了，那他再来也什么都得不到。甚至，那个一辈子只在那个小村子里生活，只敢对自己的女儿凶狠的男人，根本连找都找不到她。

比起这个，哄好池唐花费了她更多的心神和时间。池唐对于和她爸打架这事念念不忘，好像还是念高中时候的脾气，气得和猫打架，搞得游余刚清理过的地板和沙发都黏了一层猫毛。

那天晚上，她们出去散步，游余坐在广场的阶梯上，池唐就在旁边玩滑板，绕着她转来转去。这边的广场上挺多人在玩滑板，池唐不是玩得最好的一个，但她绝对是最吸引人眼球的一个。

池唐做了一个很潇洒的动作后，问她：“你刚才看到我那一下没有？”

游余：“看到了，很帅。”

池唐从她身边滑过去，看见游余坐在那又走神了，抬手就摘掉了游余扎辫子的发圈。发现自己的头发散下来，游余回神朝池唐看去，见她拿着发圈滑远了，还远远朝自己挥了挥那发圈。游余拢着头发看她故意逗自己玩，心里又生出那种很柔软的情绪。

她不由自主地伸出手，池唐看见了，就滑过来停在她面前，被她抓住了手。

“池唐，我们毕业了也在一起住行不行？”

池唐踩着滑板，动了动唇，那两个字逐渐变得清晰。

游余终于露出大大的笑容，眼睛朝上注视着她，一头时常扎辫子显得有点卷的黑发披散在身后。

池唐让她静静靠了一会儿，钩起她的头发，给她把头发重新扎起来。

有时候她们早上一起起床了，就会这样互相帮忙扎头发，池唐总是嫌弃游余给她扎的头发太板正了不好看，她给游余扎的鱼骨辫就非常好看。时间久了，游余的那些同学，都能在游余的辫子形状上分辨出来，今天她这辫子是自己扎的，还是池唐帮忙扎的。